을 유 세 계 문 학 전 집 · 9 3

사촌 퐁스

사촌 퐁스

LE COUSIN PONS

오노레 드 발자크 지음 · 정예영 옮김

❀ 을유문화사

옮긴이 **정예영**

서울대학교 불문과와 동대학원 불문과를 졸업했다. 2005년 파리 8대학에서 「발자크의 『인간 극』에서의 이미지의 정신분석」으로 박사 학위를 받았고 현재 서울대 불문과 교수이다. 논문 으로는 「발자크와 20세기 음악」, 「환상문학을 둘러싼 해석들-모파상의 『오를라』를 중심으 로」, 「발자크의 『양피 가죽』에서의 우연과 놀이」 등이 있으며, 역서로는 『골짜기의 백합』 등 이 있다.

을유세계문학전집 93
사촌 퐁스

발행일 · 2018년 5월 25일 초판 1쇄 | 2023년 3월 20일 초판 3쇄
지은이 · 오노레 드 발자크 | 옮긴이 · 정예영
펴낸이 · 정무영, 정상준 | 펴낸곳 · (주)을유문화사
창립일 · 1945년 12월 1일 | 주소 · 서울시 마포구 서교동 469-48
전화 · 02-733-8153 | FAX · 02-732-9154 | 홈페이지 · www.eulyoo.co.kr
ISBN 978-89-324-0475-2 04860 978-89-324-0330-4(세트)

차례

1844년 10월의 어느 날 오후 3시 즈음, 예순 정도 되었지만 그보다 나이가 더 들어 보이는 사내가 이탈리앵 대로*를 따라 걷고 있었다. 그는 코를 벌름거리고 입술은 위선적인 웃음을 띠고 있어, 매우 유리한 협상을 체결한 도매상인 또는 규방에서 만족한 채 나오는 총각과 같았다. 특히, 이런 모습은 파리에서 남자의 사적인 만족감을 나타내는 최고의 표현으로 알려져 있다. 이탈리앵 대로에 매일 의자에 앉아 지나가는 행인들을 관찰하는 재미에 빠져 있는 사람들은, 멀리서 이 노인을 보며 파리 사람들 특유의 미소를 어렴풋이 지었다. 그 미소는 빈정거림, 비웃음, 동정 등을 의미하는데, 살아 있는 진기한 골동품이 아니라면 가능한 모든 광경에 싫증이 난 파리 시민의 얼굴에 좀처럼 나타나지 않는다. 다음 일화는 이 사내의 고고학적인 가치와, 모두가 하나같이 미소 짓는 이유를 설명해 줄 것이다. 재치로 유명한 배우 이아생트에게 관중들의 웃음이 터지게 만드는 모자들을 어디서 구입하느냐고 물었더니, "구입하지 않습니다. 오래 가지고 있지요"라고 대답했다고 한다. 이와 같이 파리라는 거대한 극단을 이루는 수백만 명의 배우 중에, 자기도 모르게 이아생트의 분신이 된 자들이 있다. 이들은 지난 시대의 모든 우스꽝스러움을 간직한 그 시절의 귀신처럼 나타나, 당신이 친구의 배신 따위로 씁쓸한 비애에 사로잡힌 채 거리를 배회할 때 한 움큼의 즐거움을 선사한다.

이 행인의 차림은 1806년의 유행에 그나마 부분적으로 충실하여 제정기를 연상시켰지만, 그렇다고 풍자화 속 인물처럼 과하지는 않았다. 관찰자들에겐 이런 섬세한 과거 잔재들이 매우 귀중하다. 그런데 이런 작은 것들을 알아보려면 어슬렁거리기의 대가들이 지닌 분석적인 주의력이 필요했고, 멀리서도 웃음을 유발하기 위해서는 행인이 소위 눈에 띄는 특징, 무대에서 배우들이 반드시 성공적으로 등장하고자 할 때 찾아내는 엄청나게 기발한 뭔가를 선사해야 했다. 시들시들하고 비쩍 마른 이 노인은 은색 금속으로 된 단추가 달린 초록빛 옷 위에 개암색 스펜서*를 입고 있었다……! 상상해 보라, 1844년에 스펜서를 입은 사람의 출현은, 마치 두어 시간 동안 나폴레옹이 부활한 것과 마찬가지였다.

스펜서는, 그 이름에서도 알 수 있듯이, 아마도 자신의 잘록한 허리를 자랑스러워하는 영국 귀족에 의해 발명되었을 것이다. 아미엥 평화 협정* 이전에 이 영국인은, 모양새도 흉한 여러 겹의 깃으로 몸을 짓누르지 않으면서 상반신을 덮는 문제를 해결했다. 그러나 가느다란 허리를 가진 사람이 소수이기 때문에, 남자를 위한 스펜서는, 영국의 발명품이었음에도, 일시적인 유행에 그쳤다. 이 스펜서를 본 나이 사오십 대의 사람들은 상상 속에서 이 남자에게 접히는 장화, 리본 달린 피스타치오색 캐시미어 바지를 입혀 주고, 젊은 날의 의상을 입은 자신의 모습을 떠올렸다! 노파들은 젊은 시절의 인기를 기억했다! 젊은이들은 이 늙은 알키비아데스*가 왜 외투의 끝자락을 잘랐는지 궁금해했다. 모든 것이 이 스펜서와 너무나 잘 어울려서, 당신은 이 행인을 제정기 인간이라고 명명하기를 망설이지 않았을 것이다. 마치 제정기 가구라고 하듯이 말이다. 하지만 그는, 이 장엄하고 웅대한 시절을 적어도 직접 보아서 아는 사람들에게만 제정기를 상징했다. 왜냐하면 그런 모습은 유행을 충실하게 기억해야 알아볼 수 있기 때문이다. 제정기는 이미 너무 먼 과거가 되어서 모든 사람들이 그 갈로-그리스풍*의 실체를 상기시킬 수는 없는 노릇이었다.

그는 허세를 부리듯 모자가 뒤로 젖혀져서 이마가 거의 다 드러났는데, 이는 공무원들과 민간인들이 군인들의 허세에 맞대응하려던 방식이었다. 이 비단 모자는 14프랑짜리 흉측한 물건이었다. 그 안쪽 가장자리에는, 길고 넓은 귀가 아무리 솔로 문질러도 지워지지 않는 허연 자국을 남겼다. 모자 모양을 잡는 마분지 위에 비단이 항상 잘못 대어져 군데군데 울어서 매일 손으로 펴는 데도 문둥병에 걸린 것처럼 보였다.

떨어질 것만 같은 이 모자 밑으로는, 중국 사람들만이 만들어

낼 줄 아는 도자기 인형처럼 생기 없고 우스운 얼굴이 늘어져 있었다. 거품을 떠내는 국자처럼 송송 뚫린 구멍이 만들어 내는 그늘로 얼룩지고, 로마 시대의 가면처럼 돋을새김이 있는 그 넓적한 얼굴은 해부학의 모든 규칙을 부정했다. 골격이 보이지 않았다. 정상적인 윤곽이라면 뼈가 있어야 할 자리에 젤라틴질의 평면이 있었고, 파였어야 하는 곳에는 짓무른 혹이 솟아 있었다. 눈썹을 대신한 두 개의 붉은 줄 아래 회색빛 눈 때문에 슬퍼 보이는 이 얼굴은, 큰 호박 모양으로 눌려 있었고, 돈키호테풍의 코가 들판 위에 표석(漂石)처럼 두드러졌다. 세르반테스도 알았듯이, 이런 코는, 위대한 목표를 향해 헌신하지만, 결국에는 기만당하고 마는 선천적인 기질을 나타낸다. 그러나 해학적인 요소가 다분한 이런 추악함은 웃음을 유발하지는 않았다. 이 가엾은 사내의 흐릿한 눈에서 넘쳐흐르는 짙은 우수(憂愁)는 조롱하려는 사람에게 전염되어, 우스갯말이 입 밖으로 나오기도 전에 얼어붙었다. 자연은 이 남자에게 사랑의 표현을 금지한 듯했다. 이를 어기면 여인을 웃게 만들거나, 몹시 마음 상하게 할 것이기 때문이다. 프랑스인은 이런 불행 앞에서 입을 다문다. 여성의 마음을 끌지 못하다니, 그것은 불행 중에서도 가장 잔인한 것이었다.

자연으로부터 버림을 받은 이 사람은, 부자들이 흔히 닮고자 하는, 사교계에 속하지만 가난한 사람들의 옷차림을 하고 있었다. 황실 근위대가 신었던 모양을 본뜬 각반이 신발을 가렸는데, 그럼으로써 얼마간 양말을 갈아 신지 않아도 되었을 것이다. 검은 옷감으로 된 바지에는 붉은빛이 돌았고, 주름 위의 회거나 반들거리는 선은 그 형태만큼이나 구입 시기가 3년 전임을 알려주었다. 이 옷의 넉넉한 폭이 숨기지 못한 그의 수척함은 피타고라스다운 금욕보다는 체질에 의한 것이었다. 즉, 아랫입술이 두꺼운 입은 관능적이었고, 웃을 때 드러나는 흰색 치아는 상어도 부러워할 만했다. 둥근 옷깃이 달린 조끼도 역시 검은색 천으로 되어 있었으며, 그 안에 흰색 조끼가 또 있었고, 그 밑으로는 붉은색 손뜨개의 가장자리가 세 번째로 보였다. 이를 보면 당신은 가라의 조끼 다섯 벌*을 떠올릴 것이다. 커다란 하얀 모슬린 넥타이가 턱의 일부를 가려서 마치 얼굴이 그 속에 낭떠러지로 떨어지듯 빠져버리는 듯했다. 그 거만한 매듭은 어느 멋쟁이가 1809년의 매력적인 여성들을 유혹하기 위해 고안한 것이었다. 머리카락을 모방한 실크를 엮은 줄이 셔츠를 가로지르며 일어날 법하지 않은 도둑질로부터 시계를 지키고 있었다. 초록빛 웃옷은 바지보다 3년이나 더 낡았지만 놀라울 만큼 깨끗한데다, 최근에 갈아 끼운 검은 비로드 옷깃과 흰색 금속 단추를 보면 가사에 대한 매우 세심한 신경의 흔적을 알아차릴 수 있었다.

후두부(後頭部)에 모자를 걸치는 방식과 삼중의 조끼, 턱이 잠기는 거대한 넥타이, 각반, 초록빛 옷 위의 금속 단추 등 제정기에 유행하던 이 모든 흔적들에 '환상적인 멋쟁이*'들의 복고풍 향취가 더해진 모습이었다. 또, 다비드 화파의 분위기를 닮았고, 자코브*의 가느다란 가구를 상기시키는 주름의 아기자기함, 그리고 전체적으로 단정하고 간결한 그 무엇과도 조화를 이루었다. 한편, 한눈에 알아볼 수 있듯이, 그는 교양이 있지만 은밀한 중독에 빠져 있는 사람이거나, 보잘것없는 소득으로 가능한 모든 지출이 명확히 정해져 있어서 깨진 유리창, 찢어진 옷이 생기거나, 골치 아픈 자선 모금이라도 닥치면 한 달 동안의 작은 즐거움들이 없어지는 소액 연금 수령자 중 하나였다. 당신이 그 자리에 있었다면, 자질구레한 생계를 위해 남몰래 고군분투하는 이들이 그렇듯이 평소에는 슬프고 차가울 것 같은 이 괴상한 얼굴이 지금은 웃음으로 환해진 까닭을 아마도 궁금하게 생각했을 것이다. 하지만 이 비범한 노인이 귀중한 물건을 불시의 충격으로부터 보호하기 위해 이중 웃옷의 왼쪽 자락 두 겹으로 감싸서 모성적인 정성을 가지고 오른손에 들고 가는 모양을 보았다면, 그리고 특히 심부름을 맡은 한량처럼 분주한 표정을 보았다면, 당신은 그가 후작 부인의 복슬강아지만큼 귀중한 그 무엇을 찾아내어, 그것을 기세등등하게 제정기 사내다운 열정으로 60세의 매력적인 여인에게 배달하는 중이라고 의심했을 것이다. 그녀는 충실한 기사의 방문을 아직도 매일 기다리고 있을 터였다. 파리는 이런 광경들을 관람할 수 있는 유일한 도시이다. 말하자면 이곳의 거리는 프랑스인들이 무료로, 예술 그 자체를 위해 연기를 펼치는 연속적인 드라마 무대이다.

대담한 스펜서에도 불구하고, 이 삐쩍 마른 사내의 생김새 때문에 당신은 그를 파리의 예술가로 쉽게 분류하지는 않았을 것이다. 관례적으로 파리의 예술가는 파리의 개구쟁이와 비슷하게 부르주아들의 상상력 속에, 다시 유행하는 재미난 옛날 말을 쓰자면, 가장 생뚱맞은 쾌활함을 깨우는 특권을 가진 부류였다.

그러나 이 행인은 예술 대상 수상자였으며, 로마에 있는 프랑스 예술원이 다시 개원했을 때* 처음으로 상을 받은 칸타타의 작곡가, 바로 실뱅 퐁스 선생이었다……! 뿐만 아니라 우리의 어머니들이 흥얼거렸던 유명한 연가(戀歌)들, 1815년과 1816년 사이에 공연되었던 두어 오페라, 그리고 몇 편의 미발표 곡을 만든 장본인이기도 했다. 이 훌륭한 신사는 끝내 대중 극장에서 지휘자로서 여생을 보내고 있었다. 얼굴 덕분에 몇몇 여학생 기숙사에서 가르쳤고, 봉급과 사례금 이외에 다른 수입이 없었다. 그 나이에 아직도 사례금을 받으러 다니다니……! 낭만과는 거리가 먼 이런 상황 속에 얼마나 많은 수수께끼가 숨어 있을지!

이 마지막 스펜서 착용자는 제정기의 상징 그 이상을 달고 있었다. 세 겹의 조끼 위에는 커다란 교훈이 새겨져 있었다. 그는 프랑스에서 성과 없이 100년간 실행되었지만 여전히 유지되고 있는 콩쿠르라는 치명적이고 해로운 제도의 수많은 희생자 가운데 한 명을 무료로 보여 주었다. 재능을 쥐어짜는 기계인 이 제도는 1746년 예술부 장관으로 임명된 퐁파두르 부인*의 남동생 푸아송 드 마리니의 발명품이다. 한 세기 동안 수상자들 중에 재능 있는 이들이 몇 명이나 있었는지 세어 보라. 우선, 어떠한 제도적이거나 교육적인 노력도 위인들을 만들어 내는 우연의 기적을 대신하지 못할 것이다. 이는 발생학의 신비 중에서 근대의 야심찬 분석력으로도 가장 밝혀내기 어려운 부분이다. 이집트인들이 병아리를 부화시키는 화덕을 발명했다고 전해지는데, 만약 그들이 병아리들에게 즉시 먹이를 주지 않았다면 당신은 어떻게 생각했겠는가? 하지만 콩쿠르라는 온실로 예술가를 양산해 내려는 프랑스가 바로 그렇게 행동하고 있었다. 일단 이와 같은 기계적인 방법으로 조각가, 화가, 판화가, 음악가가 생산되면, 정부는 그들에 대해 댄디*가 저녁에 단추 구멍에 꽂았던 꽃을 신경 쓰는 만큼도 신경을 쓰지 않는다. 공교롭게도 재능 있는 자는 그뢰즈 또는 바토, 펠리시엥 다비드 또는 파녜스트, 제리코 또는 드캉, 오베르 또는 다비드 당제, 외젠 들라크루아 또는 메소니에 등*인데, 이들은 수상에 대해서는 관심이 없고, '사명'이라는 보이지 않는 태양의 광선 아래 맨 토양 위로 자라난 경우들이다.

위대한 음악가가 되기 위해 정부의 지원을 받고 로마로 파견된 실뱅 퐁스는 그곳에서 골동품과 예술품에 대한 취미를 배워 왔다. 그는 최근에 '잡동사니'라는 대중적인 낱말로 지칭되는 그 모든 작품들, 손과 사유(思惟)의 걸작들에 관해 대단한 안목을 키웠다. 이 에우테르페*의 아들이 1810년 즈음에 파리로 돌아왔을 때, 그는 열렬한 수집가가 되어, 그림, 조각, 액자, 상아 또는 원목 공예품, 에나멜, 도자기 등을 가득 싣고 있었다. 로마에서의 유학 기간 동안 이런 것들을 구입하는 비용, 그리고 그만큼의 운송비로 아버지 유산의 대부분이 날아갔다. 로마에서 공식적으로 보낸 3년의 체류 기간 이후 이탈리아로 여행 갔을 때 어머니에게서 상속받은 재산조차 같은 방식으로 써 버렸다. 그는 연명하기 위해 매춘부들이 미모에 의존하듯이 재능에 의존하는 예술가답게 무사태평한 마음으로 베니스, 밀라노, 피렌체, 볼로냐, 나폴리 등 각각의 도시에서 몽상가, 사색가처럼 생활하며 실컷 구경하고 싶었다. 퐁스는 이 굉장한 여행 동안 행복했다. 아니, 1809년에 통용되던 표현대로 "여성을 상대로 한 작업의 성공"이 추악한 외모 때문에 금지되었고, 인생의 만사가 자신이 세운 이상에 미치지 못하는 운명에 처한, 감수성이 풍부하고 섬세한 사내가 행복해질 수 있는 한도만큼 행복했다. 그러나 그는 그의 영혼의 울림과 현실 사이의 불일치에 대해 체념했다. 그의 마음속에 순수하고 생생하게 간직된 아름다움을 향한 감성이 그에게 1810년과 1814년 사이에 명성을 안겨 준 기발하고 세련되고, 우아함이 넘치는 선율들의 원천이 되었을 것이다. 유행, 인기, 파리의 일시적인 광란 위에서 쌓인 모든 명성은 퐁스와 같은 이들을 남긴다. 큰일에는 이토록 엄격하면서, 작은 일에는 경멸적이고 관대한 나라는 없을 것이다. 퐁스가 1824년에 아직은 사람들의 귀를 즐겁게 하고 최후의 연가 몇 곡으로 알려진 음악가였다면, 곧 독일 화성과 로시니의 작품들에 가려져서 1831년에 무엇이 되었을지 상상해 보라! 그리하여, 이 무명의 삶 속에서 빚어진 유일한 비극이 시작되던 1844년에, 실뱅 퐁스는 낡아빠진 8분 음표의 가치에 지나지 않았다. 그가 근무하는 극장과 인근 극장의 연극 음악을 싼값에 작곡했음에도 악보상들은 그의 존재조차 몰랐다.

이 사내는 우리 시대의 뛰어난 대가들을 제대로 평가할 줄 알았다. 명곡들의 훌륭한 연주가 그를 울게 만들었다. 그러나 음악에 대한 그의 사랑은 호프만의 소설에 나오는 크라이슬러*와 같은 이들에 미치지는 않았고, 대신 아편이나 하시시를 피우는 사람들처럼 내면으로 음미했다. 평범한 사람이 위대한 시인의 형제가 될 수 있는 유일한 능력, 다시 말해 감탄하고 이해할 줄 아는 능력은 파리에서 너무나 드물기 때문에 퐁스는 경의를 받을 만했다. 파리에서는 모든 생각들이 여관에 잠깐 들르는 여행자들과 비슷하다. 이 사람이 더 이상 성공을 거두지 못한다는 사실이 놀라울 수도 있겠지만, 그는 순진하게 자신이 화성 부분에서 약하다는 점을 고백하곤 했다. 대위법 공부를 소홀히 했다는 것이다. 그리고 근대의 관현악법은 너무 거대해져서 그에게 벅차게 느껴졌다. 새로이 공부했으면 현대 작곡가들 사이에서 제자리를 지키면서 로시니까지는 못되더라도, 에롤드* 정도는 되었을 텐데 말이다. 결국 그는 수집가의 기쁨 속에서 추락한 명성에 반해 크나큰 보상을 얻었는데, 만약 자신의 수집품과 로시니의 명성 사이에 선택해야 했다면, 믿을 수 있겠는가? 그는 사랑하는 수집품 보관실을 택했을 것이다. 노음악가는 라위스달, 호베마, 홀바인, 라파엘로, 무리요, 그뢰즈, 세바스티아노 델 피옴보, 조르조네, 알브레히트 뒤러의 그림을 단돈 50프랑을 주고 구입했을 때에만 그것을 즐겁게 감상할 수 있다고 이야기했던 판화 수집가이자 학자인 슈나바르의 격언을 따랐다. 퐁스는 100프랑 이상의 물건은 구입하지 않았고, 50프랑을 지불할 때에는, 그것이 적어도 3천의 가치를 지녀야 했다. 세상의 가장 아름다운 작품일지라도 300프랑이라면, 그에게는 존재하지 않는 것이나 마찬가지였다. 기회는 드물었지만, 그는 성공의 세 가지 조건을 갖추고 있었다. 다시 말해, 수사슴의 다리, 한가하게 거닐 시간, 이스라엘 사람의 인내심을 가지고 있었다.

로마와 파리에서 40년 동안 실천한 이런 원칙은 성과를 거두었다. 로마에서 귀국한 이후 한 해에 약 2천 프랑씩 투입한 결과, 퐁스는 아무에게도 보여 주지 않은, 온갖 분야의 걸작들을 소유하고 있었고, 그 수집품들에 매긴 번호가 1,907이라는 엄청난 숫자에 달했다. 그는 1811년에서 1816년까지 파리를 종횡으로 뛰어다니면서 오늘날 1,000에서 1,200프랑의 가격에 판매되는 작품들을 10프랑에 사들였다. 매년 파리의 경매장에서 전시되는 8만 4천 개의 그림 중에서 추려 낸 것들이 있었고, 퐁파두르 후작 부인 시절의 귀중한 물건들을 수레에 싣고 옴으로써 '검은 조직'*의 위성 노릇을 하는 오베르뉴 사람들에게 사들인 세브르의 소프트 페이스트* 도자기들이 있었다. 그는 프랑스 유파의 재치와 천재성을 지닌 이들, 즉 루이 15세풍, 루이 16세풍을 창조한 르포트르, 라발레 푸생 등의 위대한 무명 예술가들을 제대로 평가하여 17세기와 18세기의 잔재들을 긁어모았다. 이들의 작품은 오늘날 새로운 것을 만들어 낸답시고 판화 전시실의 보물들을 항시 들여다보고 교묘하게 모방하려 하는 우리 예술가들의 소위 창작물들의 소재를 제공해 준다. 퐁스는 수집가에게 형언할 수 없는 행복을 선사해 주는 이런 물물교환 덕분에 많은 곡들의 영감을 얻었다. 골동품을 사는 즐거움은 부차적일 뿐이고, 진정한 기쁨은 그것들을 되파는 일이다. 퐁스는 최초로 담뱃갑과 미세화를 모으기 시작했다. 그는 유명한 골동품상들과 왕래하지 않았기 때문에 골동품 세계에서 유명하지 않았고, 자신이 모은 수집품들의 금전적인 가치에 대해서 무지했다.

고인이 된 소므라르가 이 음악가와 사귀려고 노력하긴 했었다. 하지만 이 골동품 수집의 왕자조차도 그 유명한 소바조*의 수집품들과 유일하게 비견할 만한 퐁스 박물관에 발을 들여놓지 못했다. 퐁스와 소바조 사이에는 여러 유사점이 있었다. 퐁스처럼 음악가이고 큰 재산이 없었던 소바조는 같은 방식으로, 같은 수단으로, 예술에 대한 똑같은 사랑을 가지고, 상인들과 효과적으로 경쟁하기 위해 전시실을 꾸미는 유명한 부자들에 대한 똑같은 증오를 품고 물건들을 모았다. 손에서 나온 모든 작품들, 창조적인 노동의 기적들에 있어서 그의 경쟁자이자 분신, 적수와 마찬가지로, 퐁스는 채워지지 않는 탐욕, 아름다운 연인을 향한 남자의 사랑을 마음속으로 느꼈기에, 죄네르가(街)의 방에서, 경매인의 망치질 아래 행해지는 전매는 골동품을 모욕하는 범죄로 여겼다. 그는 어느 때나 자신의 박물관을 향유했다. 위대한 작품들을 제대로 음미하기 위해서 태어난 영혼들은 진정한 연인들의 숭고한 감정을 품어서, 어제만큼이나 오늘도 똑같은 즐거움을 느끼고, 절대로 싫증을 내지 않기 때문에 작품들이 다행스럽게 영원히 젊음을 간직한다. 그렇게 부성애로 감싸고 가는 물건도 이런 방식으로 찾아낸 것임에 틀림없다. 얼마나 애정을 가지고 다루는지, 수집가들이여, 당신네는 알 것이다!

이와 같이 전기(傳記)적인 윤곽만으로는 모든 사람들이 이렇게 외칠 것이다. "생긴 건 추하지만 세상에서 가장 행복한 자가 아닌가!" 실제로 어떤 고민도, 어떤 우울도 마음에 뜨는 뜸과 같은 기벽 앞에선 저항하지 못한다. 어느 시대에나 '쾌락의 술잔'을 들이켜지 못하는 이들이여, 무엇이든(벽보를 수집하기도 한다!) 수집하라. 그러면 행복이라는 금괴를 잔돈으로 얻을 것이다. 편집증적인 열중은 관념의 상태로 승화된 쾌락이다. 그러나 퐁스 영감을 부러워하지 마라. 부러워한다면, 이런 감정들이 대개 그렇듯이, 그것은 오해의 소산이다.

자연의 노동을 대상으로 아름다운 대결인 인간의 노동, 그 위대함에 대한 끊임없는 감탄으로 살아가는 영혼을 지닌, 이 섬세한 사내는 일곱 개의 대죄 가운데 신이 가장 너그럽게 다스릴 항목의 노예였다. 퐁스는 식도락가였다. 보잘것없는 재산과 골동품에 대한 열정 탓에 그는 까다로운 입맛에 전혀 부합하지 않는 식단으로 만족해야 할 신세였기에, 처음에 이 독신자는 매일 시내로 나가서 식사함으로써 문제를 해결했다. 게다가 제정기에는 오늘날보다 유명 인사들을 훨씬 우러러봤다. 이유는 어쩌면 이들이 수가 적고, 정치적인 야망이 별로 없었기 때문일지도 모른다. 매우 적은 대가를 치르고 시인, 작가, 또는 음악가가 될 수 있었다! 퐁스는 니콜로, 파에르, 베르퉁* 등의 라이벌이 될 가능성이 크다는 평판 덕분에 너무나 많은 초대를 받아서, 변호인들이 소송 건들을 수첩에 적듯이 수첩에 써 놓아야 했다. 그는 예술가답게 접대하는 모든 사람들에게 자신이 작곡한 연가를 들려주고, 피아노 포르테를 연주하고, 그가 일하는 극장의 표도 주었다. 그들의 집에서 연주회를 준비해 주고, 친척들의 집에서는 심지어 가끔 바이올린을 켜서 즉흥적으로 작은 무도회도 열었다. 당시 프랑스의 가장 잘생긴 남자들은 대프랑스 동맹의 가장 잘생긴 남자들과 전쟁터에서 검을 겨루어 싸웠다. 따라서 몰리에르가 엘리앙트*의 유명한 대사 속에서 공포한 위대한 법에 의거해서 퐁스의 추함은 '개성'이라고 명명되었다. 간혹 아름다운 부인의 심부름을 했을 때 사랑스러운 사람이라는 말도 들었지만, 그의 행복은 거기에 그쳤다.

1810년부터 1816년까지 6년간 지속된 이 기간 동안, 불행히도 퐁스는 저녁을 맛있게 먹었을 뿐만 아니라, 자신을 초대하는 사람들이 신선한 재료를 구하고, 가장 좋은 포도주 병을 따고, 후식, 커피, 리큐어를 정성스럽게 준비하는 등 그를 최대한 후하게 대접하기 위해 돈을 아끼지 않은 것에 익숙해졌다. 제정기에는 많은 집들이 파리에 넘쳐 나는 왕, 여왕, 왕자들의 화려함을 모방하여 손님 대접도 후했다. 오늘날 의장, 부의장과 서기를 갖춘 회사들, 아마 회사, 포도 회사, 양잠 회사, 농업 회사, 산업 회사 등 수많은 회사들을 만듦으로써 의회 놀이를 하듯이, 그 당시에는 왕을 흉내 내는 놀이가 성행했다. 오늘날에는 사회의 치료사를 배정하기 위해서 사회적인 상처를 찾아내는 지경에 이르렀다. 이렇게 교육받은 위장은 미식의 지혜를 얻었으므로 반드시 정신에 영향을 미쳐서 그것을 타락시킨다. 마음의 모든 주름마다 웅크려 있는 쾌락은 여왕이 되어 명령하고, 의지와 체면을 맹렬히 밀어 내어 어떤 대가를 치르더라도 충족되고자 한다. 여태껏 주둥이 폐하의 욕구는 제대로 묘사된 적이 없다. 먹고사는 문제에 가려져서 문학적인 비판을 면했다. 하지만 밥상으로 파산한 이들의 수는 상상을 초월한다. 이렇게 봤을 때, 밥상은 파리에서 매춘부의 경쟁자인데, 달리 말해 전자가 수입이라면 후자는 그것의 지출이다. 예술가로서 쇠퇴하자 항상 초대받는 손님의 위상에서 식객의 처지로 전락했지만, 잘 차려진 밥상에서 40수*짜리 식당들의 스파르타식 수프로 바꾸는 것이 그로서는 불가능했다. 자립이 그런 엄청난 희생의 대가에 달려 있음을 깨달으면서 소름이 끼쳤고, 계속 잘 먹고 살기 위해, 제철에 신선한 재료를 음미하며, 정성스럽게 준비된 훌륭한 요리를 맛나게 쩝쩝거리기 위해(속되자만 의미심장한 표현이다) 가장 비겁한 행동도 마다하지 못할 기분이 들었다. 먹이를 쪼는 새처럼, 목구멍이 찼을 때 감사의 표시로 겨우 노래 한 곡 재잘거리면서 달아나는 퐁스는 사회에 얹혀서 잘 먹고 사는 데 적잖은 즐거움을 느꼈다. 그 대가로 사회는 그에게 무엇을 요구했던가? 재롱을 부리기만 하면 되었다. 자기 집을 끔찍하게 싫어하고 남의 집에서 사는 모든 독신자들이 그러하듯, 사교계에서 감정을 대신하는 사회적인 가면들에 익숙했던 그는 아첨을 잔돈처럼 사용했고, 사람들에 대해서 꿰뚫어 보려 하지 않고 그들의 직함으로 만족했다.

견딜 만한 이 단계가 또 10년간 지속되었다. 그러나 그동안 얼마나 힘겨웠던지! 말하자면 비가 오는 가을이었다. 그 기간 내내 퐁스는 다니는 모든 집에서 필요한 존재가 되려고 애쓰며 무료로 밥상에서 자리를 지켜냈다. 수많은 심부름을 하며, 어떤 경우에는 문지기와 하인들을 대신하며 치명적인 길로 들어섰다. 물건 사는 심부름을 수시로 맡기도 하고, 이 집에서 다른 집으로 파견된 정직하고 순진한 비밀 정보원이 되기도 했다. 하지만 아무리 뛰어다니고 비겁하게 행동해도 아무도 그에게 고마워하지 않았다. 사람들은 이렇게 생각했다. '퐁스는 노총각이야. 시간이 남아돌지. 우리를 위해 뛰어다니는 걸 기뻐하지. 이런 일조차 없으면 어떻게 하겠어?'

곧 노인 주위에 퍼지기 마련인 냉랭한 분위기가 감돌기 시작했다. 강풍은 전달되어, 특히 노인이 추하고 가난하다면 정신적인 기온에 더더욱 영향을 미친다. 추하고 가난한 노인은 세 번 노인인 셈이 아닌가? 붉은 코, 야윈 볼, 손끝의 동상이 함께 하는 인생의 겨울이 왔다.

1836년부터 1843년까지 퐁스가 초대받는 일이 드물어졌다. 이 식충을 찾기는커녕, 집집마다 그를 어쩔 수 없이 내야 하는 세금처럼 받아들였다. 아무도 그에게 그 무엇에 대해서도, 실제로 그의 도움을 받은 일에 대해서도 고마워하지 않았다. 등을 돌린 가정들은 예술에 대한 어떠한 존경심도 없었고, 성과만을 숭배했으며 1830년부터 그들이 정복한 것만을 중요하게 여겼다. 그것은 바로 재산과 높은 사회적 지위였다. 부르주아에게 재치 또는 천재성이 불러일으키는 경외심을 느끼게 하기에는 퐁스는 정신이나 몸가짐이 충분히 탁월하지 않아서, 완전히 경멸을 받지는 않았지만 자연히 대수롭지 않은 존재가 되었다. 그는 매우 큰 아픔을 느꼈지만, 수줍은 사람들이 그러하듯이 거기에 대해 이야기하지 않았다. 그는 조금씩 자신의 감정을 참고, 자신의 마음을 성전으로 삼아서 그 속에 들어가는 데 익숙해졌다. 이런 반응을 보고 천박한 사람들은 '이기적'이라 명명한다. 고독한 자와 이기적인 자는 매우 흡사해서, 헐뜯는 것을 좋아하는 이들이 속 깊은 사람들을 비방할 근거가 충분히 있어 보인다. 특히 아무도 제대로 관찰하지 않고, 모든 것이 흐르는 물처럼 빠르고, 모든 것이 내각처럼 잠깐 머물다 지나가는 이곳 파리에서 더욱 그러하다.

사교계는 자신들이 비난한 이들에게 끝내 형을 내리기 마련이라서, 퐁스 사촌은 이기적이라는 비난 아래 짓밟히고 말았다. 부당하게 신망을 잃는다는 것이 수줍은 사람들을 얼마나 낙담시키는지 아는가? 수줍은 이의 불행을 누가 실감나게 묘사하겠는가? 매일 악화되는 이 상황이 치사스러운 타협으로 살아야 하는 이 가엾은 음악가의 얼굴에 서린 슬픔의 원인이다. 그러나 욕망으로 인한 비겁함은 그 속에 더욱 빠져들게 할 뿐이다. 욕망이 요구하면 할수록 사람을 더욱 구속하고, 그것을 위해 치르는 모든 희생은 엄청난 호화로움을 약속하는 부재한 이상처럼 느껴진다. 뼛속까지 어리석은 부르주아의 건방지고 경멸적인 시선을 받은 퐁스는 포르토 와인, 먹기 시작한 메추라기 그라탱을 복수처럼 음미하며 '너무 비싼 값은 아니군'이라고 생각했다.

하지만 인간 탐구자의 눈에는 이런 삶에도 정상 참작의 여지가 있었다. 실제로, 사람은 어떤 종류든 만족을 느끼며 살아야 진정으로 존재한다. 욕망이 없는 사람, 완벽하고 덕성스러운 사람은 괴물이요, 아직 날개를 달지 않은 천사이다. 가톨릭의 신화 체계에서는 천사들에게 머리밖에 없다. 지상에서 성인군자는 사거리의 매춘부조차도 성(性)이 없는 존재로 전락시킬 지루한 그랜디슨*뿐이다. 이탈리아 여행 중에 따뜻한 기후 덕분에 드물게 경험할 수 있었던 저급한 연애를 제외하고 퐁스는 여인에게서 미소를 받아 본 적이 없었다. 많은 남성들이 그런 비운을 겪는다. 퐁스는 태어나면서부터 괴물이었다. 그의 부모는 그를 노년에 낳아서, 마치 과학자들이 비정상적인 태아를 보관하는 에탄올 병에서 옮긴 듯한 시체 같은 안색이 그런 철 지난 출산의 상흔이었다. 다정하고 섬세하며, 몽상을 좋아하는 이 예술가는 자신의 얼굴이 강요하는 운명을 받아들일 수밖에 없어서, 사랑 받기를 완전히 포기했다. 독신주의는 그에게 선택이 아니라 불가피한 것이었다. 덕성스러운 수도승들의 죄인 식탐이 그에게 팔을 벌리자 그는 예술 작품에 대한 경탄과 음악에 대한 숭배 속에 뛰어들었듯이 그 안으로 뛰어들었다. 맛있는 음식과 수집은 그에게 여인의 구실을 했다. 음악은 그의 직업이었다. 직업을 사랑하는 사람을 본 적이 있는가? 결국에 직업은 결혼과 비슷해져, 그 단점만 느껴질 뿐이다.

브리야 사바랭*은 미식가들의 편을 들며 그들의 입맛을 정당화했지만, 사람이 식탁에서 누리는 진정한 즐거움을 충분히 부각시키지 않았는지도 모른다. 인간의 힘을 동원한 내적인 싸움인 소화(消化)는 맛을 숭배하는 이들에게 사랑의 가장 강렬한 쾌락과 동등하다. 삶의 능력이 매우 거대하게 발휘되어, 뇌는 횡경막에 위치한 제2의 뇌 앞에서 사라지고, 도취감은 다른 모든 기관들을 무력화한다. 황소를 삼킨 보아뱀들은 너무나 도취되

24

어서 꼼짝 없이 죽임을 당하기도 한다. 40세가 넘어서 누가 저녁 식사를 잘하기 위해 일을 하겠는가? 그래서 모든 위인들은 검소했던 것이다. 엄선하여 인색하게 재어서 음식을 먹는 중병 환자들은 단 하나의 닭날개가 불러일으키는 위의 취기를 자주 경험한다. 모든 쾌락이 위 운동 속에 집중된 얌전한 퐁스는 항상 그런 환자들과 같은 처지에 있었다. 항상 음식에서 얻을 수 있는 모든 감각들을 구했고, 여태껏 매일 충족되었다. 습관과 결별할 수 있는 사람은 아무도 없다. 자살하려는 수많은 사람들이 매일 저녁 도미노 놀이를 하러 가는 카페를 떠올리며 죽음의 문턱에서 멈춰 서기도 한다.

1835년이 되어 운명은 퐁스에게 여성들의 무관심에 대해 복수할 수 있게 해 주었다. 속된 말로 노년의 지팡이를 내려 준 것이다. 태생부터 노인이었던 이 사내는 우정 속에 인생의 지지대를 찾았고, 사회가 그에게 허락한 유일한 결혼, 즉 다른 남성, 노인, 그것도 자기처럼 음악가와 결혼했다. 라퐁텐*의 훌륭한 우화가 없었더라면, 이 이야기의 제목은 '두 친구'로 정했을 것이다. 하지만 그건 어떤 진정한 작가도 주저할 문학적인 범죄, 신성모독이 아니겠는가? 우리 우화 작가의 명작은, 그의 마음의 고백이자 꿈의 기록인데, 그 제목에 대한 독점권을 영원히 누려야 한다. 작가가 '두 친구'라는 두 단어를 정면 합각(合閣)에 새긴 그 페이지는 신성한 소유물 가운데 하나요, 인쇄술이 존재하는 한 매 세대마다 경외심을 가지고 들어서고, 세계가 방문할 사원이다.

퐁스의 친구는 피아노 교사였는데, 생활과 생각이 그와 너무나 잘 맞아서, 행복해지기에는 너무 늦게 만났다고 퐁스가 말하곤 했다. 1834년에야 그들은 여느 기숙사 시상식에서 처음으로 서로를 알게 되었다. 신의 의지에 반하여 지상 낙원에서 흘러나오는 인간의 대양 속에 두 영혼이 이토록 서로 닮았음을 발견한 적은 없었을 것이다. 이 두 음악가는 머지않아 서로에게 필수적인 존재가 되었다. 서로 신뢰하고 8일 만에 형제처럼 되었다. 한마디로, 슈뮈크는 퐁스라는 사람이 이 세상에 존재한다는 사실을 믿지 못했고, 퐁스는 슈뮈크와 같은 이가 살아 있음을 의심할 정도였다. 이것만으로도 이 두 사람이 충분히 묘사되지만 요약의 간결성을 좋아하지 않는 독자들도 있어서, 반신반의한 이들을 위해 증명해 보일 필요가 있다.

이 피아노 연주자는, 모든 피아노 연주자들이 그러하듯이, 독일인이었다. 위대한 리스트, 위대한 멘델스존처럼, 슈타이벨트처럼, 모차르트와 두섹처럼, 마이어처럼, 될허처럼, 탈베르크처럼, 드레쇽, 힐러, 레오폴드 마이어, 크람머, 치메르만, 칼크브레너, 헤르츠, 뵈츠, 카르, 볼프, 픽시스, 클라라 빅처럼 독일인*, 그리고 모든 독일인처럼 독일인이었다. 슈뮈크는 뛰어난 작곡가였지만, 음악적으로 두각을 나타내기 위해 천재에게도 필요한 대담성이 부족한 성격이라 교사로 머물 수밖에 없었다. 독일인들의 순진함은 나이 들면서 퇴색한다. 그러나 젊은 시절의 순진함이 원천이 되어 나이 든 후에 그들은 도랑의 물을 끌어올리듯, 그것으로 주변의 불신을 물리치고, 과학, 예술, 또는 경제 등 모든 분야에서 성공의 토양을 비옥하게 만든다. 프랑스에서는, 몇

몇 영리한 사람들이 독일의 순진함을 식료품 가게 주인의 어리석음으로 대체한다. 그러나 슈뮈크는 마치 퐁스가 자기도 모르게 제정기의 모든 잔재를 몸으로 간직하듯이 어린 시절의 순진함을 그대로 간직하고 있었다. 이 진정한, 고귀한 독일인은 무대와 관객의 역할을 혼자서 맡으며 자기 자신을 위해 음악을 연주했다. 그는 나이팅게일이 숲속에 살듯이 20년 동안 파리에 독종(獨種)으로 살다가, 분신 퐁스를 만나게 된 것이다(『이브의 딸』을 볼 것*).

퐁스와 슈뮈크 둘 다 마음과 성격 속에 독일인들 특유의 유치한 감상벽을 지니고 있었다. 이를테면, 꽃에 대한 사랑, 자연의 경이에 대한 숭배처럼. 이런 사람들은 눈앞에 실물 크기의 풍경을 축소판으로 보기 위해 커다란 유리병을 정원에 꽂아 놓기도 한다. 또는 진리를 찾아 각반을 차고 천 리를 떠나는 독일 학자의 학구열처럼. 그 진리는 결국 안마당의 자스민 나무 아래 우물가에 앉아 웃으면서 그를 바라보고 있는데도 말이다. 또, 세상의 가장 보잘것없는 현상에도 심리적인 의미를 부여하려는 성향처럼. 이런 성향에 의해 얀 파울 리히터의 불가해한 작품들, 호프만의 도취로 가득한 책들, 그리고 가장 단순한 문제들 주위에 두르는 2절 판형 난간이 독일에서 생산되는 것이다. 그런 문제들이 파놓은 심연 속에는 한 명의 독일인만이 들어가 있다. 둘 다 가톨릭이어서 함께 미사 참례를 했고, 고해 신부에게 결코 고백할 말이 없는 아이들처럼 종교적인 의무를 다 했다. 그들은 천상의 언어인 음악과 관념 및 감정의 관계가 관념과 감정, 그리고 언어의 관계와 같다고 굳게 믿었는데, 연인들처럼 자기의 신념을 스스로 확인하기 위해 음악의 향연을 주고받으면서 이 체계에 대해 끝없이 대화를 나누곤 했다. 퐁스가 신중한 만큼 슈뮈크는 주의가 산만했다. 퐁스는 수집가인 반면 슈뮈크는 몽상가였고, 후자가 정신적인 아름다움을 추구했다면, 전자는 물질적인 아름다움을 찾으러 다녔다. 퐁스가 도자기 찻잔을 보고 사는 동안 슈뮈크는 로시니, 벨리니, 베토벤 또는 모차르트의 주제를 떠올려 이 음악 선율의 기원이나 닮은꼴을 감정의 영역 안에서 찾으며 코를 풀고 있었다. 모아 둔 돈을 산만하게 관리하는 슈뮈크, 수집에 대한 열정에 돈을 쏟아붓는 퐁스, 이들은 각자 같은 결과에 다다랐다. 매년 말일에 주머니 속이 텅 비어 있었다.

이런 우정이 없었다면, 퐁스는 슬픔으로 죽었을 것이다. 그러나 자기 마음을 토로할 다른 마음을 찾자, 삶은 견딜 만해졌다. 슈뮈크에게 자신의 고뇌를 처음으로 털어놨을 때, 이 착한 독일인은 그렇게 비싼 대가로 다른 데서 식사하지 말고, 자기처럼 집에서 빵과 치즈를 먹고 살라고 충고해 줬다. 어쩌나! 퐁스는 자신의 마음과 위는 천적이기 때문에, 마음을 아프게 하는 것을 위가 기꺼이 받아들인다는 사실을, 바람둥이한테 놀릴 애인이 필요하듯이 자기에게는 맛있게 음미할 저녁이 없어서는 안 된다는 사실을 감히 고백하지 못했다. 전형적인 독일인이어서 프랑스인들의 빠른 관찰력을 갖추지 못한 슈뮈크도 시간이 지나면서 퐁스를 결국 이해했다. 그래서 그는 퐁스를 더욱 사랑하게 되었다. 두 친구 중에 한 명이 다른 한 명보다 스스로 우월하다고 믿을 때만큼 우정을 더욱 돈독하게 하는 것은 없다. 친구의 식탐이 얼마나 강한지 알아냈을 때 슈뮈크가 두 손을 비비며 기뻐하는 모습을 보고 천사라도 할 말을 잃었을 것이다. 그다음 날, 착한 독일인은 직접 가서 구입한 별미 요리로 점심을 차렸고, 친구를 위해 매일 새로운 종류로 갖추려고 정성을 기울였다. 그들은 함께 살기 시작한 이래로 점심은 항상 집에서 함께 먹었다.

만약 두 친구가 아무것도 존중할 줄 모르는 파리 사람들의 조롱을 면했을 것이라고 생각한다면, 당신은 파리를 모르는 사람이다. 슈뮈크와 퐁스는 자신들의 재산과 가난을 결합하면서, 집도 합치는 것이 경제적이라는 판단하에, 마레 지구에 위치한 평온한 노르망디 거리의 한 평온한 건물에 있는, 매우 불공평하게 나누어진 아파트의 집세를 함께 지불했다. 그들이 대개 함께 외출했고, 나란히 같은 거리를 거닐었기 때문에, 동네에 한가한 산책꾼들이 그들에게 '두 호두까기 인형'이라는 별명을 붙였다. 이런 별명 덕분에 슈뮈크를 묘사하지 않아도 된다. 그는 마치 바티칸에서 유명한 니오베의 유모 상이 우피치 미술관의 트리부나방에 있는 비너스 상과 대비되는 것만큼 퐁스와 비교되었다.

이 건물의 수위인 시보댁(宅)은 두 호두까기 인형의 살림이 굴러가는 축이었다. 이들의 삶을 마무리 지을 이 비극에서 매우 큰역할을 담당하기 때문에 그녀가 등장할 시점을 위해 묘사를 아껴 둘 필요가 있다.

이 두 사람의 정신세계에 대해 아직 설명하지 않은 부분은 19세기의 47년 해에 살아가는 99퍼센트의 독자들에게 가장 이해시키기 어려운 부분이다. 아마도 철도의 개통으로 인한 눈부신 경제 발전이 풍습의 전환을 가져온 때문일 것이다. 이는 작으면서도 큰 변화이다. 두 사람의 극단적인 섬세함을 헤아릴 수 있도록 설명해 보겠다. 철도가 우리에게 빌려 간 돈을 되돌려 받기도 할 겸, 그 비유를 빌리자. 오늘날 기차는 철로를 달리면서 미세한 모래알을 부수고 지나간다. 승객들의 눈에는 보이지 않는 그 모래알 하나를 신장 속에 넣으면, 그들은 신장 결석이라는 가장 끔찍한 병으로 고통을 느끼고, 죽음에 이를 수도 있다. 기관차의 속력으로 돌진하는 우리 사회에서 전혀 관심을 끌지 못하는, 보이지 않는 모래알에 불과한 것이 이 두 사람의 심장 속에 던져져서, 툭하면 마음의 결석을 일으켰다. 그러면 서로의 고통에 대해 강한 동정심을 느끼며 각자 자신의 무력함을 한탄했다. 본인들의 감정에 관해서는 병적으로 예민했다. 노년도, 파리라는 연속적인 드라마의 무대도 맑고, 어리고 순수한 이 두 영혼을 굳세게 만들지 못했다. 두 사람이 나이가 들수록, 내면의 고통이 더욱 깊어졌다. 어떠한 방종에도 빠지지 않는 순결한 사람들, 조용한 사색가들, 진정한 시인들이 그러하도다!

두 노인이 결합한 뒤, 그들의 일과는 거의 비슷해서 파리의 마차를 끄는 말들의 거동을 특징짓는 형제와 같은 동질성을 띠게 되었다. 여름이나 겨울이나 아침 7시에 일어나서, 아침 식사를 하고 기숙학교에 수업을 하러 갔다. 필요시에 그들은 서로를 대신하기도 했다. 퐁스는 연습이 있을 때 정오쯤에 극장에 가는 일 외에, 자유로운 시간은 모두 한가하게 거리를 산책했다. 그리고 저녁에 두 친구는 극장에서 만났다. 퐁스가 슈뮈크를 그곳에 취직시켰던 것이다. 이 일을 설명하자면 다음과 같다.

퐁스가 슈뮈크를 만난 시점은 그가 무명 작곡가들이 오를 수 있는 최고의 지위인 지휘자의 자리를 요구하지도 않았는데 얻은 직후였다. 7월 혁명의 부르주아 영웅이었던 포피노 백작이 당시 장관이어서, 친구 중 한 명에게 극장을 맡겼을 때, 그 자리는 불쌍한 음악가에게 돌아갔다. 벼락출세한 이가 마차를 타고 가다가 발밑에 바지를 잡아당기는 끈도 걸지 않고, 형용할 수 없는 색의 외투를 입은 채, 덧없는 자본보다 고상한 관심사에 골몰한 부랑자를 보면서 옛 친구임을 알아차리고 수치심을 느끼는 경우가 있다. 고디사르라는 친구가 바로 그런 인물로, 예전에 외무 사원으로 일을 하며 위대한 포피노 집안의 출세에 크게 기여한 바 있었다. 백작, 그리고 두 번이나 장관을 지낸 후 귀족 의원이 된 포피노는 그 유명한 '위대한 고디사르'를 배신하지 않았다. 그러기는커녕, 그는 외무 사원이 옷을 새로 장만하고 지갑을 다시 채울 수 있도록 도와주고 싶었다. 정치, 의회의 허영심이 옛 잡화상인의 인격을 망치지 않았던 것이다. 여전히 여성 편력이 강했던 고디사르는 당시 파산하려 하는 극장에 대한 특권을 요구했다. 장관은 그것을 주면서 강력한 합자회사를 이룰 만큼 충분히 부유한 노인들 여러 명을 보내 주기까지 했다. 마침 그들은 모두 무대복 아래를 사랑하는 호색한들이었다. 포피노 저택의 식충이었던 퐁스는 덤으로 따라갔다. 큰돈을 모은 고디사르 회사는 1834년에 훌륭한 발상을 대로변에 실행하려 했다. 바로 민중을 위한 오페라 하우스였다.

발레와 요정극의 음악을 위해 웬만한 실력도 갖추고 작곡도 조금 할 줄 아는 지휘자가 필요했다. 고디사르 이전에 극장을 경영하던 회사는 오랫동안 파산 상태로 있었던 탓에 서기가 없었다. 퐁스는 악보 필경사 자리에 슈뮈크를 소개했다. 그것은 인정받지는 못하지만 탄탄한 음악적인 지식을 필요로 하는 업무였다. 슈뮈크는 퐁스의 충고에 따라 이 부서의 책임자와 타협하여 기계를 만지는 일은 하지 않기로 했다. 퐁스와 슈뮈크의 협력은 환상적인 결과를 낳았다. 독일인답게 화성을 매우 잘 다루는 슈뮈크는 퐁스가 작곡한 선율의 기악 편성을 맡았다. 흥행한 두어 편의 연극 음악으로 사용된 신곡들이 음악 애호가들의 감탄을 자아냈을 때, 아무도 누구의 작품인지 알아보려고 하지도 않고 '진보'라고 운운했을 뿐이다. 퐁스와 슈뮈크는 목욕탕 속에 잠겨 버리듯이 영광 뒤에 가려졌다. 파리에서, 특히 1830년 이래로 엄청난 수의 경쟁자들을 수단과 방법을 가리지 않고, 강력하게 밀어 내지 않고는 아무도 성공하지 못한다. 그렇게 하기 위해서는 허리에 힘을 굉장히 많이 주어야 하는데, 두 친구는 모든 야심을 방해하는 마음의 결석을 앓고 있었다.

보통 퐁스는 저녁 8시 즈음에 극장 오케스트라로 출근했다. 서곡과 반주를 지휘해야 하는 인기작 공연들이 시작되는 시간이었다. 소극장 대부분이 이런 느슨한 근무를 용인하지만, 퐁스는 극장 행정과의 관계에서 전혀 욕심이 없는 태도를 견지했기 때문에, 더욱 마음 편하게 행동할 수 있었다. 게다가 슈뮈크가 필요에 따라 퐁스를 보완했다. 시간이 지나자, 슈뮈크는 오케스트라에도 자신의 입지를 굳혔다. 위대한 고디사르는 말하지 않았지만 퐁스의 친구가 귀중하고 유용한 일꾼임을 알아보았다. 큰 극장에서와 마찬가지로 오케스트라에 어쩔 수 없이 피아노를 들여야 했다. 피아노는 지휘자 옆에 놓였고, 정원 외의 봉사자 슈뮈크는 그곳에 앉아 무료로 연주했다. 야심도 허영심도 없는, 마음씨 착한 독일인을 단원들이 알게 되었을 때, 모두가 받아들였다. 극장 측에서는 파이노, 비올라 다모레, 잉글리시 호른, 첼로, 하프, 카투사의 캐스터네츠, 방울, 삭스가 발명한 악기들 등 민중적인 소극장 오케스트라에는 연주자가 없으나 음악에 흔히 필요한 악기들을 적은 보수를 주고 슈뮈크에게 맡겼다. 독일인들은 자유의 거대한 악기를 연주할 줄 모르지만 대신 자연히 모든 음악 악기를 연주할 줄 안다.

극장에서 매우 사랑을 받는 두 노예술가는 그곳에서 현자처럼 지냈다. 남녀 배우와 무용단이 섞여 있는 가장 끔찍한 조합이 수익성은 있지만 관장, 작가, 음악인들에게 골칫거리를 안겨 주는 가운데, 두 친구는 이때 발생하는 부작용들에 대해 눈을 감고 다녔다. 선량하고 겸손한 퐁스는 타인과 자신을 존중하여 모두에게 높은 평을 받았다. 한편 모든 분야에서 투명한 생활, 흠 없는 정직함 앞에서는 가장 악한 심성을 가진 이들까지도 경의를 보내기 마련이다. 파리에서는 아름다운 덕성이 커다란 다이아몬드, 귀중한 골동품처럼 인기를 끈다. 배우, 작가들 중에 아무도, 아무리 염치없는 무용수도 퐁스나 그의 친구를 감히 조금이라도 속이거나 놀리지 못했다. 퐁스는 가끔 휴게실에 들렀지만 슈뮈크는 극장 외부와 오케스트라를 잇는 지하 통로밖에 몰랐다. 늙은 독일인은 공연에 참여하는 날, 쉬는 시간에 용기를 내어 객석을 바라보면서 스트라스부르 태생으로 독일 켈에서 온 집안 출신인 플루트 수석에게 귀빈석을 대체로 메우는 사람들에 대해 묻곤 했다. 점차로 플루트 수석에게 사회 교육을 받아서 상상력이 아이 수준에 머문 슈뮈크는 창부의 존재, 13구에서의 결혼, 수석 무용수의 낭비벽, 객석 안내인들의 불법 거래 등이 사실임을 인정할 수밖에 없었다. 귀여운 악행들은 이 의젓한 사내에게 바빌론의 부활, 퇴폐의 극치로 여겨졌고, 그 앞에서 그는 아라베스크 같은 중국의 한자를 보듯 미소를 지었다. 능란한 사람들은 퐁스와 슈뮈크가, 요즈음 유행하는 말로, 이용당하고 있다는 상황을 알아차렸을 것이다. 하지만 그들은 돈으로 손해를 본 만큼 존경과 공경을 벌었다.

고디사르사(社)의 신속한 성공을 알린 서곡이 울려 퍼졌던 발레 공연의 흥행 이후, 극장주들은 퐁스에게 벤베누토 첼리니의 작품으로 추정되는 은으로 된 군상(群像)을 보냈다. 퐁스는 집에서 슈뮈크와 함께 그 어마어마한 가격에 대해 논했다. 자그마치 1,200프랑이었다! 양심적인 사내는 그 선물을 돌려보내려 했다. 고디사르는 그에게 그것을 받게 하는 데 애를 먹었다. "배우들도 이 사람 같았으면!" 고디사르가 동업자에게 말했다. 외관상으로 매우 평화로운 두 사람의 삶은 단지 퐁스를 사로잡는 기벽, 즉 시내에서 저녁 식사를 해야 하는 맹렬한 욕구 때문에 흔들리곤 했다. 퐁스가 외출하기 위해 옷을 입을 때, 슈뮈크가 집에 있는 날이면, 이 선량한 독일인은 고질적인 습관을 한탄했다. 그는 흔히 외쳤다. **"크래써 쌀이라토 쪘으면!"** 그러고는 체면을 구기는 이런 악습관을 치료할 수 있는 방법을 모색하곤 했다. 진정한 친구들은 정신적인 영역에서 개들만큼 후각이 발달하여, 친구의 슬픔을 알아차리고, 그 원인을 헤아려서 염려한다.

퐁스는 오른손 새끼손가락에 제정기에는 묵인되었으나 오늘날 우스꽝스러워진 다이아몬드 반지를 항상 끼고 다녔다. 슈뮈크의 경우, 천상의 평온함이 끔찍하게 못생긴 얼굴을 완화시켜 주었던 반면, 퐁스는 진정한 프랑스인이어서 그러지 못했다. 독일인은 친구의 우울한 표정을 보고 식충이라는 직업에서 생길 만한 고충들이 점점 더 심해진다는 사실을 눈치챘다. 실제로 1844년 10월에, 퐁스가 저녁을 먹는 집들의 수는 자연히 매우 제한적이었다. 친척의 반경에 머물러야 하는 형편에 처한 가엾은 지휘자는, 곧 보게 되겠지만, 친척이라는 단어를 너무 폭넓게 정의하고 있었다.

옛 수상자는 부르도네 거리의 부유한 비단 상인 카뮈조의 첫 부인의 친사촌이었다. 그녀는 작곡가의 부모가 1789년 혁명 이전에 설립한 후 유한책임 사원으로 남은 궁정 자수업 회사의 소유주였던 유명한 퐁스 형제의 유일한 상속녀였다. 1815년에 리베 씨가 그 회사를 첫 번째 카뮈조 부인의 아버지로부터 사들였다. 카뮈조는 10년 전부터 일손을 놓고, 1844년에 수공업 이사회 회원, 하원의원 등을 지내고 있었다. 카뮈조 집안이 퐁스를 친근하게 대하자, 피 한 방울도 나누지 않았고, 인척간도 아니었음에도, 그는 자신을 비단상의 둘째 부인이 낳은 자녀들의 사촌으로 여겼다.

카뮈조의 둘째 부인은 카르도 집안 출신이었다. 그리하여 퐁스는 카뮈조의 친척으로서 카르도 집안으로도 진출했다. 이 두 번째 부르주아 가문은, 가구 수가 많았고 그 인척 관계로 인해 카뮈조의 세력과 맞먹는 집단을 이루었다. 카뮈조의 둘째 부인의 오빠인 공증인 카르도는 시프르빌가(家)의 처녀와 결혼했다. 유명한 시프르빌가는 화학 제품의 제왕으로, 앙셀름 포피노가 군림한 일용 잡화 도매업과 맞어져 있었다. 주지하다시피 포피노는 7월 혁명 덕분에 가장 세습적인 정치권력의 핵심에 자리했다. 퐁스는 카뮈조와 카르도 집안을 왕래하고, 줄을 타서 시프르빌, 그리고 포피노 잡안에 사촌의 사촌이라는 자격으로 발을 들여놓았다.

노음악가가 최근 교류하는 범위의 이 간단한 도식은 그가 1844년에 1)프랑스 귀족원 의원이자, 농상부 장관을 지낸 포피노 백작, 2)공증인이었고 파리의 구청장이자 구의원인 카르도 씨, 3)하원 의원, 파리 시의원, 수공업 이사회 회원이자 곧 귀족 의원이 될 전망인 아버지 카뮈조 씨, 4)첫 번째 카뮈조 부인의 아들로, 퐁스와 실제로 유일한 친척 관계, 즉 오촌 관계에 있는 카뮈조 드 마르빌 씨 집에 가족처럼 드나들 수 있는 이유를 설명해 준다.

마지막 카뮈조는 아버지와 두 번째 부인의 아들인 이복동생과 스스로를 차별화하기 위해 자신의 성(姓)에 마르빌 영지의 이름을 덧붙였다. 그는 1844년에 파리 대법원의 법원장이었다.

퇴직 공증인 카르도는 그의 사무소를 이어받은 베르티에라는 사람에게 딸을 결혼시켰는데, 퐁스도 물려준 업무에 포함되어 있었기에, 그의 표현대로 "공증인의 입회하에" 저녁 식사 자리를 유지할 수 있었다.

이것이 퐁스가 "가족"이라고 부르며 그토록 힘들게 수저의 권리를 지켜 낸 부르주아 상류 사회였다.

방문하는 집 열 군데 중에서, 예술인을 가장 반갑게 맞이해야 하는 카뮈조 법원장의 집이 그가 제일 공을 들이는 곳이었다. 하지만 불행히도, 루이 18세와 샤를 10세의 문당번이었던 고(故) 티리옹 씨의 딸인 부인이 남편의 오촌을 친절하게 대한 적은 없었다. 퐁스는 이 무시무시한 오촌댁의 환심을 사는데 시간을 낭비했다. 즉, 카뮈조 양을 무료로 가르쳤으나 불그스레한 머리카락을 가진 이 소녀를 번듯한 연주자로 만드는 데 실패했다. 퐁스가 그 순간 귀중한 물건을 손에 쥔 채 향하는 곳이 바로 법원장 집이었다. 사법관의 준엄한 분위기를 풍기는 이 집의 엄숙한 초록 휘장, 담갈색의 벽지, 양탄자와 장중한 가구들이 주는 감흥 때문에 그는 그곳에 들어서면 튈르리궁*에 와 있는 기분이 들었다. 이상하게도, 그는 바스-뒤-랑파르 거리의 포피노 저택에서 오히려 편안함을 느꼈다. 아마도 거기에 있는 예술품들 때문이었으리라. 구직(舊職) 장관은 정치계에 입문한 뒤 아름다운 물건들을 수집하는 버릇이 생겼는데, 이 버릇은 틀림없이 가장 흉악한 행태를 몰래 수집하는 정치에 대한 해독제 역할이었을 것이다.

마르빌 법원장은 부인이 10년 전에 부모, 즉 티리옹 부부가 모은 약 15만 프랑을 남기고 죽은 후에 구입한 아노브르 거리의 집에서 살았다. 정면이 북향이라 길가에서 보았을 때 상당히 어두운 모습의 이 집은 마당이 남향으로 나 있고 그 뒤에 어여쁜 정원이 있었다. 루이 15세하에 당대 가장 세력 있는 재력가가 1층에 살았었는데, 사법관의 가족이 그 층 전체를 차지했다. 2층은 부유한 노부인이 세 들어 있어서, 집 전체가 사법관의 직에 걸맞는 평온하고 번듯한 모양새를 갖추었다. 사법관이 어머니의 유산에 자신이 20년 동안 저축한 돈을 더해서 구입한 빼어난 마르빌 영지는 노르망디에 아직도 건재한 훌륭한 대건축물인 성과, 1만 2천 프랑짜리 수익성이 좋은 농장으로 이루어졌다. 1백 헥타르*의 공원이 성을 둘러싸고 있었다. 오늘날 왕이 누릴 만한 이러한 사치에 법원장은 약 1천 에퀴*의 값을 치르기 때문에, 토지의 순이익은 9천 프랑밖에 되지 않았다. 이 9천 프랑에 봉급을 더해서 법원장은 1년 수입이 약 2만 프랑이었고, 특히 여기에 아버지의 첫 부인의 외동아들로서 받게 될 유산의 절반이 기다리고 있다는 것을 감안하면 충분해 보이는 액수였다. 하지만 마르빌 부부는 파리의 생활과 그들의 지위에 따른 품위를 유지하는 데 들어가는 비용으로 수입의 절반을 지출해야만 했다. 1834년에 그들의 살림은 빠듯했다.

이런 재산 목록을 알면 스물세 살의 처녀인 마르빌 양이 10만 프랑의 지침금과 유산이라는 미끼에도 아직 결혼하지 못한 이유를 이해할 수 있다. 유산에 대한 전망은 신랑감들에게 교묘하게, 그러나 헛되이 제시되곤 했다. 5년 전부터 퐁스 사촌은 법원장 부인의 하소연을 들어줬다. 롱바르 지구의 질투심 많은 이들에 의하면, 7월 혁명으로 혜택을 본 사람으로는 부르봉의 분가(分家)*만큼이나 일용 잡화상인 포피노를 들 수 있었다. 그런데 부인은 이 일용 잡화 도매상의 일인자 아들인 젊은 포피노 자작의 냉담한 눈앞에 마르빌 양의 유산을 성과 없이 흔들어 댄 후에, 주변의 모든 검사 대리들이 결혼하고, 법원의 새로운 판사들도 이미 아이아버지가 되어 가는 것을 볼 수 있었다.

슈아죌 거리에 이르러 아노브르 거리의 모퉁이를 돌기 직전, 퐁스는 가장 파렴치한 흉악범들이 경찰관 앞에서 느끼는 정신적인 고문을 순수한 영혼들에게도 경험하게 해 주는, 설명할 수 없는 목메임 때문에 멈칫했다. 그 원인은 단지 법원장 부인이 그를 어떻게 맞이할지 걱정스러웠기 때문이다. 심장의 섬유질을 짓찢는 그 모래알은 둥글게 마모되기는커녕 점점 날카로워졌고, 이 집의 하인들이 끊임없이 그 각을 더욱 뾰쪽하게 갈아 줬다. 실제로, 카뮈조 가족이 사촌 퐁스를 하찮게 여기고, 집안 전체에서 그의 위상이 추락하자 하인들도 그에게 무례하게 굴지는 않았지만 그를 '빈민'의 한 종류로 취급했다.

퐁스에게 최대의 적은 마르빌 부인과 그녀의 딸의 침모인 마들렌 비베라는 마르고 가느다란 노처녀였다. 이 여인은 얼굴의 농에도, 아니 어쩌면 농과 독사와 같은 길쭉함 때문에 퐁스 부인이 되겠다는 욕망을 품었다. 마들렌은 늙은 총각의 눈앞에 자신이 모은 2만 프랑을 자랑했지만, 퐁스는 붉은 기가 지나치게 도는 이러한 행복을 사양했다. 그 후부터 주인들의 인척이 되고자 했던 이 응접실의 디도*는 그에게 가장 사악하게 골탕을 먹였다. 계단에서 그의 발소리가 들리면 그에게 들리도록 "식객이 오셨구먼!"이라고 크게 외쳤다. 시종이 없을 때 자신이 식사를 차리기라도 하면, 그의 술잔에 포도주는 조금만 따르고 물은 많이 따라서, 넘치기 직전인 잔을 흘리지 않고 입으로 가져가는 곤혹을 치르게 했다. 또, 그녀는 영감에게 음식 덜어 주는 것을 잊어서 마르빌 부인이 상기시켜 줘야 했다(그 말투는…… 사촌 퐁스의 얼굴이 화끈거릴 정도였다). 아니면 그의 옷에 양념을 엎질렀다. 벌을 받지 않는다고 확신하는 아랫사람이 불행한 윗사람을 공격하는 꼴이었다. 집안의 몸종과 침모의 역할을 동시에 수행하는 마들렌은 카뮈조 부부가 결혼한 후부터 그들과 함께 있었다. 그녀는 주인들이 지방에서 궁핍한 생활을 하던 초기에, 바깥주인이 알랑송 법원에서 판사였던 시절을 함께했다. 카뮈조가 망트 법원의 법원장으로 일하다가 1828년에 수사 판사로 임명되어 파리로 상경했을 때 그들의 생활을 도왔다. 따라서 그녀는 앙금이 쌓이지 않기에는 이 가족과 너무나 가까웠다. 바깥주인의 인척이 되어 거만하고 야심찬 부인을 골려 주려는 욕망 뒤에는 조금씩 쌓인 은밀한 증오심이 틀림없이 깔려 있었을 것이다. 때로는 자갈이 산사태를 일으키는 법이다.

"마님, 퐁스 씨가 오십니다. 그것도 스펜서를 입으셨어요! 25년 동안 저걸 어떻게 보관했는지 알고 싶어지네요." 마들렌이 법원장 부인에게 와서 말했다.

큰 거실과 자신의 침실 사이에 있는 작은 응접실에 남자의 발소리가 들리자, 카뮈조 부인은 딸을 쳐다보면서 어깨를 으쓱했다.

"마들렌, 항상 너무 민첩하게 알려 줘서 의사 결정을 할 시간이 없군요." 부인이 말했다.

"마님, 장이 외출해서 제가 혼자 있었어요. 퐁스 씨가 종을 울려서 열어 드렸는데, 거의 집안 분이라 저를 따라오는 것을 막지 못했습니다. 지금 들어와서 스펜서를 벗고 계십니다."

"아가." 부인이 딸에게 말했다. "우린 이제 잡혔어. 꼼짝 없이 여기서 저녁 식사를 해야겠구나."

그러고는 딱한 표정을 짓는 사랑스러운 딸을 보고 다시 입을 열었다. "자, 영원히 그 사람을 내쫓을 수는 없잖니."

"불쌍해라! 저녁 식사를 못하게 하다니요!" 카뮈조 양이 대답했다.

작은 응접실에서 헛기침 소리가 울렸다. 그것은 '다 들려'라는 의미였다.

"그렇다면 들어오라고 해요!" 카뮈조 부인이 마들렌에게 어깻짓을 하며 말했다.

"아저씨, 시간이 이른데, 어머니께서 옷을 갈아입으시려는 순간에 느닷없이 오셨네요."

부인의 어깻짓을 목격한 퐁스 사촌은 너무 고통스러운 타격 때문에 인사말이 제대로 생각나지 않아서, 심오한 한마디로 대신했다. "세실 사촌, 여전히 예쁘네요." 그리고 카뮈조 부인을 향해 몸을 돌리며 그녀에게 인사를 건넸다. "친애하는 사촌, 평소보다 조금 일찍 온 것을 나무라지 말아 주세요. 영광스럽게도 제게 부탁하신 물건을 가져왔습니다."

법원장, 부인, 그리고 세실을 '사촌'이라고 부를 때마다 그들에게 몸이 두 동강 나는 수치심을 느끼게 하는 불쌍한 퐁스는 벚나무로 뛰어나게 조각된 장방형의 작고 어여쁜 상자를 옆 주머니에서 꺼냈다.

"아, 잊어버리고 있었어요!" 법원장 부인이 냉담하게 말했다.

이런 반응은 얼마나 잔인한가! 가난한 친척이라는 죄밖에 없는 친척의 정성을 완전히 부정하는 셈이 아닌가!

"어쨌든, 정말 친절하시군요, 사촌." 그녀는 다시 말했다. "이 작은 장난감을 위해 돈을 많이 드려야 합니까?"

이 질문에 사촌은 속으로 소스라쳤다. 그는 이 보물을 선물함으로써 모든 식사 값을 한꺼번에 지불하려 했던 것이다.

"감히 선물로 드리는 것을 허락해 주실 줄로 생각했습니다만." 그는 동요된 목소리로 말했다.

"뭐라고요? 뭐라고 하신 거예요?" 부인은 대꾸했다. "우리끼리 격식을 차리지 말자고요. 우리는 함께 빨래라도 할 정도로 서로를 잘 알잖아요. 사촌께서 자비로 전쟁을 치를 만큼 충분히 부자가 아니라는 사실을 알고 있어요. 상점들을 돌아다니는 데 시간을 빼앗기신 것만으로도 이미 크죠……."

"사랑스러운 사촌, 당신이 이 부채의 가치를 지불해야 한다면 가지려고 하지 않을 겁니다." 퐁스가 감정이 상해서 말했다. "이

건 양면을 다 그린 바토*의 걸작이랍니다. 하지만 걱정 마세요, 사촌, 그 가치의 백 분의 일도 주지 않았습니다."

부자에게 "당신은 가난해요!"라고 말하는 것은, 그라나다 대주교에게 그의 설교가 형편없다고 귀띔해 주는 격이다*. 법원장 부인은 남편의 지위, 마르빌 영지의 소유, 그리고 궁정 무도회의 초대 등을 너무나 자랑스러워했기에, 이런 지적이 급소를 찌르지 않을 수 없었다. 특히나 그녀가 은혜를 베푼다고 여기는 보잘것없는 음악가라서 더욱 그랬다.

"이런 물건을 사촌께 파는 사람들은 그렇게 멍청한가요……?" 그녀가 노기를 띠며 물었다.

"파리에 멍청한 장사란 없습니다." 퐁스가 거의 거칠게 대답했다.

"아저씨께서 수단이 좋으신 거군요." 세실이 논쟁을 멈추게 하려고 끼어들었다.

"귀여운 사촌, 나는 랑크레, 파테르, 바토, 그뢰즈를 아는 재주가 있지만, 무엇보다 사랑하는 어머니의 마음에 들고 싶은 바람이었소."

무식하면서도 허영심으로 가득 찬 마르빌 부인이 식객으로부터 그 무엇도 받는 처지가 되고 싶지 않았던 차에, 무지함이 큰 도움이 되었다. 그녀는 바토의 이름조차 알지 못했던 것이다. 작가의 자존심과 비견할 만큼 강한 수집가들의 자존심을 제대로 보여 주는 것이 있다면, 바로 이 순간 퐁스가 20년 만에 처음으로 사촌에게 대든 용기이다. 자신의 대담함에 스스로도 놀란 그는 다시 평화로운 태도로 돌아와 세실에게 이 환상적인 부채의 아름답게 조각된 살에 대해 설명해 주고 있었다. 여기서 이 사내가 두려움에 떠는 비밀스러운 이유를 알기 위해서는 부인을 개략적으로 소개할 필요가 있다.

예전에는 작고, 살찌고, 산뜻한 금발이었던 마르빌 부인은 마흔여섯 살 즈음에 여전히 작지만 비쩍 마른 여인이 되었다. 젊은 시절에는 섬세한 색채를 띠었던 볼록한 이마, 들어간 입은 본래 거만한 그녀의 표정을 시무룩하게 바꾸었다. 집 안에서 절대적인 권력을 행사하는 습관은 그녀의 인상을 몰인정하고 험상궂게 만들었다. 시간과 함께 금발은 눈에 거슬리는 갈색이 되었고, 아직 생기 있고 날카로운 눈에는 숨겨진 시기심으로 채워진 법관의 교만함이 서려 있었다. 그 까닭은, 부인이 퐁스가 저녁 식사를 얻어먹는 졸부들의 집안 중에서 거의 가난한 편이었다는 데 있다. 그녀는 상업 재판소의 법원장이었던 부유한 일용 잡화상이 차례대로 하원 의원, 장관, 백작, 그리고 귀족원 의원이 된 것을 용서하지 않았다. 포피노가 귀족 의원으로 승격된 비슷한 시기에 아들 대신에 시의원으로 임명된 시아버지도 용서하지 않았다. 파리에서 18년을 근무한 남편이 파기원(破棄院) 고문에 오르기를 기대하고 있었으나, 법원에서 잘 알려진 무능력으로 인해 배제되었다. 1844년의 사법부 장관은 1834년에 카뮈조가 법원장으로 임명된 것을 한탄했다. 그는 기소부(起訴部)에 배치되어, 수사 판사의 경력 덕분에 고소장을 작성하는 업무를 수행했다. 여러 차례의 실망은 마르빌 부인을 지치게 했고, 남편의

44

능력에 대해 더 이상 환상을 품지 않은 그녀를 몰인정한 사람으로 만들었다. 원래 퉁명스러웠던 성격이 날카로워졌다. 자연스럽게 늙었다기보다는 나이보다 일찍 늙어 버린 그녀는 거절당한 바를 얻어 내기 위해서 거친 브러시처럼 까칠하게 처세했다. 말투가 신랄하여 친구가 별로 없었고, 그녀와 성격이 비슷한 신앙심이 깊은 노파들 몇 명에 둘러싸인 채, 서로 지지하고 있었기 때문에 사람들이 그녀를 두려워했다. 따라서 불쌍한 퐁스와 치마를 입은 이 악마의 관계는 마치 학생과 회초리로만 이야기하는 교사의 관계와 같았다. 그리하여 선물의 가치에 대해 무지한 법원장 부인은 퐁스의 갑작스러운 대담함 앞에서 의아했다.

"이걸 어디서 구하셨나요?" 세실이 보물을 살피면서 물었다.

"드뢰 근처에 있는 오네라는 성을 경매했는데, 거기서 이 물건을 막 가져온 라프가의 골동품 장수에게서요. 오네는 퐁파두르 부인이 메나르를 짓기 전에 살았던 성인데, 지금까지 알려진 것들 중에 가장 아름다운 목공예품을 그곳에서 구해 냈답니다. 너무 뛰어나서 우리의 유명한 조각가 리에나르가 표본으로 달걀형 액자를 예술의 극치라고 간직했을 정도예요……. 그곳은 보물 창고였어요. 이 부채는 그 골동품 장수가 상감세공으로 된 귀중품 탁자 안에서 발견했다죠. 내가 그런 것들을 수집했다면 탁자도 샀을 겁니다. 그런데 너무 비싸요! 리즈네르의 가구 하나에 3천에서 4천 프랑 한다니까요! 14, 17, 18세기의 독일, 프랑스 상감세공사들이 나무를 이용해 그림을 그리듯 제작했다는 것이 파리에서도 알려지기 시작했어요. 수집가의 재능은 유행을 앞서가는

데 있죠. 자, 내가 20년 전부터 수집하는 프랑켄탈 도자기는 5년 후면 세브르의 소프트 페이스트의 배 가격에 팔릴 거요!"

"프랑켄탈이 뭐죠?" 세실이 물었다.

"팔라티나 선거후(選擧侯)*의 도자기 공장의 이름입니다. 불행히도 베르사유의 정원 이전에 먼저 존재해서 튀렌*이 파괴한 저 유명한 하이델베르크의 정원처럼 우리의 세브르 제조소보다 오래되었어요. 세브르는 프랑켄탈을 많이 베꼈죠……. 작센과 팔라티나 지역에서 독일인들이 우리보다 먼저 훌륭한 작품들을 만들어 냈다는 사실을 인정해야 하오."

모녀는 마치 퐁스가 중국말을 떠들어 대는 것처럼 서로를 바라보고 있었다. 파리 사람들이 얼마나 무지하고 배타적인지 상상하기조차 힘들다. 그들은 그들에게 가르쳐 주는 것만 알 뿐이다. 그나마도 배우고자 하는 마음이 생길 때 말이다.

"프랑켄탈을 어떻게 알아보죠?"

"마크요!" 퐁스가 열을 내며 말했다. "그 모든 매혹적인 걸작들에 마크가 찍혀 있어요. 프랑켄탈의 마크는 C와 T가 (샤를-테오도르의 첫 글자) 얽혀 있고, 그 위에 대공의 관(冠)이 씌워져 있어요. 오래된 작센은 두 자루의 검과 금색의 고유 번호가 있고, 뱅센은 호른이 그려져 있죠. 빈은 닫히고 빗금 쳐진 V, 베를린은 두 개의 줄, 마인츠는 바퀴예요. 세브르는 두 개의 L인데, 여왕의 도자기는 앙투아네트를 의미하는 A 위에 왕관이 있습니다. 18세기에는 유럽의 모든 군주들이 도자기 제작에 경쟁적으로 주력했어요. 숙련공들을 서로 빼앗았죠. 바토도 드레스덴의

46

제조소를 위해 식기 그림을 그렸는데, 그게 엄청난 가격으로 뛰어올랐어요(드레스덴에서 요즈음 그것들을 모방해서 복제하기 때문에 일가견이 있어야 한답니다). 그때는 이제 다시 만들지 않을 정말 훌륭한 물건들을 제작했습니다."

"설마……."

"아닙니다, 사촌! 라파엘로, 티치아노, 렘브란트, 반 아이크, 크라나흐의 그림과 같은 작품들이 앞으로 다시 나오지 않는 것과 마찬가지로, 어떤 상감 세공, 어떤 도자기들은 앞으로 만들어지지 않을 겁니다……! 보세요! 중국인들은 정말 솜씨가 좋고 능숙하죠. 하지만 오늘날 그들은 그랑 망다랭이라 명명되는 자신들의 아름다운 도자기들을 모사한답니다. 자, 가장 큰 그랑 망다랭 꽃병 두 개의 가격은 6천, 8천, 또는 1만 프랑 나가는 반면, 현대의 복제품은 200프랑에 구입할 수 있습니다!"

"농담이죠?"

"사촌, 이 가격을 듣고 놀라시지만, 아무것도 아닙니다. 도자기가 아닌 세브르의 소프트 페이스트로 된 12인용 만찬 식기 묶음이, 매입 가격으로 10만 프랑입니다. 1750년에 세브르에서 그런 묶음이 5만 프랑에 판매되었습니다. 저는 원제품을 보았습니다."

"부채 이야기를 좀 더 해 주세요." 보물이 너무 낡았다고 여기는 세실이 말했다.

"짐작하시겠지만, 사랑하는 어머니께서 제게 부채를 부탁하시는 영광을 주셨을 때, 저는 사냥을 나섰습니다." 퐁스가 대답했다. "저는 파리의 모든 상점들을 뒤졌지만 마음에 드는 물건을 구하지 못했습니다. 친애하는 법원장 부인께 걸작을 드리고 싶었거든요. 그래서 저는 유명한 부채들 중에서 가장 아름다운 마리 앙투아네트의 부채를 드리려고 했습니다. 그런데 어제 아마도 루이 15세가 주문했을 이 굉장한 걸작을 보고 반해 버렸어요. 제가 도대체 왜 라프 거리를 갔을까요? 게다가 오베르뉴 지방 사람에게요! 구리 제품, 고철, 금색 가구를 파는? 저는 말이죠, 예술품들이 영혼이 있다고 믿어요. 그것들은 애호가들을 알아보고, 그들을 부릅니다. 칫, 칫! 하면서요……."

부인은 딸을 보면서 어깨를 으쓱했다. 이 재빠른 몸짓을 퐁스는 눈치채지 못했다.

"그 인색한 인종들을 잘 알죠! '모니스트롤 영감, 새로운 거 뭐 없소? 장식이라도 있나?' 큰 장사들 이전에 항상 사들인 물건들을 제게 보여 주는 그 장수에게 물었어요. 그랬더니 모니스트롤이 이야기해 주기를, 리에나르가, 드뢰의 성당에서 왕의 세비로 수작들을 제작하던 그 조각가 말이오, 리에나르가 오네 성의 경매에서 도자기와 상감된 가구에 눈이 먼 파리의 장수들로부터 목공예품을 구해 냈다고 하더군요. '난 별거 안 건졌지만, 이걸로 여행 경비는 벌었다네'라며 내게 그 귀중품 탁자를 보여 줬습니다. 그건 환상적이었어요! 부셰의 밑그림을 뛰어난 기술로 상감해서…… 앞에서 무릎을 꿇을 지경이었답니다! '이거 보시오, 선생, 닫혀 있던 서랍에서 이런 게 나왔소, 부채가. 열쇠가 없어서 억지로 열어야 했지만. 누구한테 이걸 팔 수 있을지 알려 주시오.' 그러면서 이 조각된 벚나무 상자를 꺼냈습니다. '보시오!

후기의 장식적인 고딕과 비슷한 퐁파두르 양식이오.' 나는 대답했어요. '상자가 예쁘네. 그건 가져가겠네, 상자만. 부채는, 모니스트롤 영감, 이런 낡은 보석을 선물할 퐁스 부인이 없기도 할뿐더러, 새것 중에 예쁜 게 많지 않다. 오늘날 이런 독피지(犢皮紙) 위에 그림은 정말 기적적인 수준이고, 값도 싸지. 파리에 화가가 2천 명이나 있으니 말일세!' 그리고 저는 황홀함을 감추며 이 부채를 무심하게 펼쳤어요. 매혹적이고, 자연스럽고도 훌륭하게 제작된 두 점의 작은 그림을 냉정하게 쳐다보면서요. 저는 퐁파두르 부인의 부채를 들고 있었다니까요! 바토는 이걸 구상하는 데 기진맥진했죠. '가구는 얼마에 팔 거요?' '1천 프랑이요! 벌써 산다는 사람이 있어요!' 저는 그에게 여행 경비를 추정해서 부채 값을 제안했어요. 우리는 서로 눈의 흰자를 들여다보았고, 그 사람이 제 꾀에 넘어가고 있다는 걸 알 수 있었죠. 그가 다시 살피기 시작할까 봐 부채를 재빨리 상자에 넣고, 정말 그 자체로도 보물인 상자의 조각에 대해 경탄했습니다. 나는 모니스트롤에게 말했어요. '이것 때문에 사는 거요. 보시다시피, 상자만 마음에 들어요. 이 귀중품 탁자는, 1천 프랑보다 더 받을 수 있소. 이 구리 조각 좀 보시오! 진정한 본보기요…… 이걸 모사할 수 있지…… 똑같은 게 아직 없소. 퐁파두르 부인을 위해서는 모든 것을 하나만 제작했으니까…….' 이 사람이 귀중품 탁자에 대해 흥분하여 부채를 잊어버리고 리즈네르가 제작한 가구가 얼마나 아름다운지 알려준 대가로 이것을 헐값에 팔아넘겼어요. 이렇게 된 거예요! 하지만 이런 거래를 성사시키기 위해서는 경험이 많아야죠! 일종의 눈썰미 싸움인데, 유대인, 또는 오베르뉴 사람의 눈썰미란!"

골동품 장수의 무지를 누르고 이긴, 교활함의 승리를 재현하는 노예술가의 생생한 몸짓과 정열은 네덜란드 회화의 소재가 될 법한 광경을 연출했으나, 법원장 부인과 그녀의 딸에게는 아무 소용이 없었다. 그녀들은 차갑고 경멸적인 시선을 서로 나누며 속으로 생각했다. '정말 괴짜라니까……!'

"그게 재밌어요?" 부인이 물었다.

이 질문에 얼어붙은 퐁스는 부인을 때리고 싶은 충동을 느꼈다.

"사랑하는 사촌, 이건 걸작 사냥입니다!" 그가 다시 입을 열었다. "그리고 우리는 먹잇감을 지키는 적들을 상대하는 거요! 술책에 술책으로 맞서야 하죠! 노르망디인, 유대인, 오베르뉴인이 끼고 있는 걸작은 동화에서처럼 마법사들이 감금한 공주와 마찬가지입니다!"

"그런데 어떻게 알아요, 이걸 정말 밭…… 누구라고요?"

"바토요! 사촌, 18세기의 가장 위대한 프랑스 화가들 중 한 명이요! 자, 여기 그의 특성이 보이지 않습니까?" 그는 시골 여자로 분장한 귀부인들과 목동으로 분장한 대귀족들이 추는 원무(圓舞)를 나타내는 목가적인 그림을 가리켰다. "이 흥겨움! 이 열기! 이 색채! 그리고 이 솜씨! 하나의 붓질로! 마치 글씨를 가르치는 교사의 필체처럼, 그 노력이 전혀 느껴지지 않아요! 다른 쪽을 보세요! 살롱에서 열린 무도회요! 겨울과 여름이죠! 이 장식들! 그리고 보관 상태도 뛰어나죠! 물미는 금으로 만들어졌고, 양쪽이 아주 작은 루비로 마무리가 되었어요. 제가 루비를 잘 닦았어요."

"그렇다면, 사촌, 저는 이렇게 고가의 제품을 받을 수 없어요. 이걸 팔아서 연금을 받지 그러세요." 부인은 속으로 이 훌륭한 부채를 가지고 싶은 마음이 간절해졌다. "부덕한 손이 들던 물건이 덕성의 손으로 돌아올 때가 되었습니다." 노인이 자신감을 되찾으며 말했다. "이런 기적이 일어나는 데 백 년이 걸렸군요. 궁정에서 어떤 공주도 이런 걸작에 견줄 만한 것을 갖지 못할 거라고 확신하셔도 됩니다. 안타깝게도 덕성스러운 왕비보다 퐁파두르와 같은 여인에게 더 많은 것을 베풀어 주는 게 인간의 본성이니까요……!"

"그렇다면, 받겠어요!" 부인이 웃으며 말했다. "세실, 내 천사, 저녁 식사가 우리 사촌에게 걸맞도록 가서 마들렌과 상의하렴……."

부인은 빚을 털어 버리려 했다. 예의에 어긋나게 큰 소리로 내린 이러한 지시는, 잔금을 치루는 인상을 강하게 풍겼기에 퐁스는 현장에서 들킨 처녀처럼 얼굴이 붉어졌다. 아주 큰 자갈이 심장 속에 얼마간 굴러다녔다. 진한 빨간 머리의 세실은 평소에 현학적인 체하는 아가씨로, 법조인 아버지의 엄숙함을 모방했고, 어머니의 메마름을 닮아 있었다. 그녀는 나가면서 퐁스를 무시무시한 부인과 단둘이 남겼다.

"우리 귀여운 릴리, 예쁘기도 하지." 부인은 여전히 세실의 어린 시절 애칭을 사용했다.

"매력적이죠!" 퐁스가 손가락을 꼼지락거리며 대답했다.

"요즘 세상을 정말 이해할 수 없어요." 부인이 말을 이었다. "아버지가 파리 대법원에 법원장이자 레지옹 도뇌르 3등 훈장 수훈자이고, 할아버지는 백만장자 하원 의원, 귀족원 의원 후보자, 가장 부유한 비단 도매상이면 뭐합니까?"

새로운 왕족*에 대한 충성 덕분에 법원장은 최근에 레지옹 도뇌르 3등 훈장을 받았다. 질투심 많은 이들에 의하면 이는 포피노와의 친분으로 얻은 것이었다. 포피노 장관은 매우 겸손한 사람이었음에도, 알다시피, 백작의 작위를 받아들인 바 있다.

그러면서 그를 추종하는 수많은 친구들에게 이렇게 말한 바 있다. "아들을 생각해서지."

"오늘날엔 사람들이 돈만 밝힙니다." 퐁스가 대답했다. "부자들에게만 존경을 표하죠……."

"하늘이 내게 불쌍한 샤를을 앗아 가지 않았다면 얼마나 더 어려웠을까……?" 부인이 외쳤다.

"자녀가 둘이셨다면, 가난하셨을걸요. 재산의 동등 분할 때문이죠. 허나 걱정하지 마시오, 아름다운 사촌. 세실은 시집 잘 갈 겁니다. 저렇게 완벽한 색시가 또 어디 있나요."

식사하러 가는 집의 주인 앞에서 퐁스의 재치는 이 지경까지 낮아졌다. 고대극의 합창단처럼 그들의 생각을 반복하거나 비굴하게 토를 달았다. 그는 예술가들의 특권인 창의성을 감히 발휘하지 못했다. 그의 젊은 시절에는 그런 창의성이 번뜩이는 말이나 행동들이 넘쳐 났지만 숨죽이는 습관 때문에 눌렸고, 다시 고개를 들면 좀 전처럼 매몰차게 무시당했다.

"저는 단지 2만 프랑의 지참금만을 가지고 결혼했다고요……"

"1819년에 말입니까, 사촌?" 퐁스가 끊었다. "당신처럼 총명하고, 루이 18세 왕이 후원하던 처녀가요?"

"어쨌든 내 딸은 완벽하고 기지가 넘치는 천사죠. 마음도 너그럽고, 지참금 10만 프랑에다, 매우 두둑한 유산을 받을 전망인데, 아직도 우리가 끼고 있어야 하니……"

마르빌 부인은 결혼시킬 딸을 가진 어머니들이 하는 하소연을 늘어놓으며 20분 동안 딸과 자신에 대해 이야기했다. 유일한 사촌인 카뮈조 집에서 20년 동안 저녁 식사를 했지만, 가엾은 사내는 자신의 일, 삶, 건강에 대한 작은 관심 하나도 받지 못했다. 퐁스는 모든 곳에서 속내 이야기들을 받아 주는 일종의 하수구로서, 입이 무겁기로 알려져 있었고, 또 그럴 수밖에 없었다. 한마디라도 함부로 발설했다가 열 곳의 집이 그에게 문을 닫을 수도 있었기 때문이다. 들어주는 역할과 함께 무조건 공감해 주는 역할을 겸했다. 어떤 이야기를 들어도 지지했고, 아무도 비난하지도, 편들지도 않았다. 그의 앞에서는 모든 사람들이 옳았다. 따라서 그는 더 이상 사람 취급을 받지 못하는 하나의 위장(胃腸)에 불과했다! 이 장광설 중에 부인은 딸과 결혼하겠다는 신랑감이라면 누구라도 따지지 않고 맞이하겠다는 심정을 사촌에게 조심스럽게 털어놓았다. 연금 2만 프랑을 받는다면 48세의 남자도 좋다고 암시하기까지 했다.

"세실은 스물세 살이잖아요. 불행히 스물다섯, 스물여섯이 되면 결혼시키기 매우 어려워질 거예요. 사람들은 젊은 처녀가 왜 그때까지 저러고 있나 의아해하니까요. 우리 주변에선 이미 이 상황에 대해 말들이 너무나 많아요. 진부한 이유들은 다 한 번씩 써먹었죠. '아직 어리잖아요, 부모를 너무 사랑해서 떠나고 싶지 않답니다. 집에 있는 게 좋대요, 이 아이는 까다로워요, 고귀한 신분을 원하죠!' 우리 스스로도 우스꽝스러워진다는 걸 잘 압니다. 게다가 세실은 기다리는 데 지쳐서 괴로워해요, 불쌍한 것!"

"뭐가 괴롭다는 겁니까?" 퐁스가 우둔하게 물었다.

"아니, 모든 친구들이 자기보다 먼저 시집가니 자존심 상하죠!" 어머니는 늙은 유모의 말투로 대답했다.

"사촌, 지난번 감사하게도 여기서 저녁 식사를 하게 해 주신 이후에 무엇이 달라졌기에 48세 된 남자를 맞이할 생각까지 하게 되었나요?" 불쌍한 음악가는 공손하게 물었다.

"얼마 전 법원의 한 판사 집에 선을 보러 갈 예정이었어요. 그 아들은 서른 살인데 재산도 상당하고, 우리 바깥양반이 금전적인 대가를 받고 회계감사원의 검사관 자리를 얻어 주었어요. 정원 외로 들어간 겁니다. 그런데 그 젊은이가 마비유 무도회장*의 여인을 따라 이탈리아로 떠난 적이 있다는 이야기를 지금 막 전해 들었어요. 우리와 혼인하지 않겠다는 거절의 뜻이죠. 어머니가 돌아가셨고, 아버지의 유산을 받기 전에 이미 연금 3만 프랑을 보유하고 있는 젊은이를 우리에게 주기 싫은 거예요. 이러니 지금 기분이 좋지 않다는 걸 이해해 주세요, 사촌. 위기의 순간에 오셨어요."

퐁스는 자신이 두려워하는 집주인들 앞에서 적당한 말들이 항상 뒤늦게 생각났다. 머릿속을 뒤지고 있던 중에 마들렌이 들어와서 부인에게 작은 쪽지를 전해 주고 답변을 기다렸다. 쪽지의 내용은 다음과 같았다.

'사랑하는 엄마, 법원에서 아버지가 이 쪽지를 보내셨다고 하면 어떨까요? 내 결혼 일을 다시 논의하기 위해 친구분의 집으로 식사하러 가자고 하셨다고 사촌을 돌려보낸 다음에, 우리는 포피노 댁에 가서 우리의 계획대로 할 수 있잖아요.'

"누가 이걸 가져왔니?" 부인은 재빨리 물었다.

"법원의 심부름꾼이요." 메마른 마들렌이 뻔뻔스럽게 대답했다.

그럼으로써 늙은 하녀는 짜증이 난 세실과 함께 자신이 이 음모를 꾸며 냈다는 사실을 알리고 있었다.

"딸과 함께 5시 반까지 가겠다고 전하세요."

마들렌이 나가자마자 부인은 퐁스를 가식적인 표정으로 바라보았다. 이 표정은 퐁스의 여린 마음에 마치 미식가의 혀에 식초와 우유의 혼합물이 닿는 느낌과 같았다.

"친애하는 사촌, 저녁 식사는 준비 중이니 우리 없이 드세요. 바깥양반이 법원에서 쪽지를 보내어 판사 집과의 결혼 논의가 재개되었다는군요. 우리는 그곳에서 식사할 예정이에요. 서로 껄끄러울 것 없는 사이니까 여기 편하게 계세요. 사촌에게는 비밀이 없어서 솔직하게 말씀드리는 겁니다……. 이 귀여운 천사의 결혼을 방해하고 싶지 않으시지요?"

"제가요? 사촌, 오히려 신랑감을 구해 줬으면 좋으련만. 하지만 제 주위에는……."

"그렇죠, 구하기 힘드시겠죠." 부인이 건방지게 대꾸했다. "계실 거죠? 세실이 내가 옷 입는 동안 말동무가 돼 드릴 거예요."

"아, 사촌, 저도 다른 데서 식사해도 됩니다." 사내가 말했다.

부인이 그의 가난을 꼬집는 방식 때문에 마음이 몹시 상했지만, 하인들 사이에 혼자 남아야 한다는 생각이 더욱 소름 끼쳤다.

"왜요……? 식사 준비는 다 되었어요. 아니면 하인들이 먹을 텐데요."

이런 끔찍한 말을 듣자 퐁스는 방전되는 갈바니 전지가 그의 몸에 닿은 것처럼 벌떡 일어서서, 사촌에게 차갑게 인사를 하고는 스펜서를 입으러 갔다. 응접실과 인접한 세실의 침실 문이 반쯤 열려 있어서, 퐁스가 정면에 있는 거울로 배꼽 잡고 웃으며 어머니에게 이야기하는 세실을 볼 수 있었다. 그녀의 고개 동작과 표정은 늙은 예술가에게 비열한 속임수를 짐작케 했다. 퐁스는 눈물을 머금고 계단을 천천히 내려갔다. 그는 이유도 모른 채 이 집에서 쫓겨나고 있음을 알아차렸다. "난 이제 너무 늙었나 봐. 세상은 노년과 빈곤을 싫어해. 그것들은 정말 추악한 것들이지. 이제 초대받지 않고선 아무 데도 가지 말아야겠어." 영웅다운 결심이었다……!

집주인이 그 집에 직접 살아서 마차 출입문이 항상 닫혀 있는 집들이 으레 그러하듯이, 1층 수위실 앞에 위치한 부엌 문이 자주 열려 있었다. 따라서 요리사와 시중꾼의 웃음소리가 밖에서도 들렸다. 퐁스가 그렇게 빨리 떠나리라고 생각하지 못한 마들렌이 방금 전 그를 어떻게 골탕 먹였는지를 이야기하고 있었다.

시중꾼은 그런 장난을 열렬히 지지했다. 새해에 작은 은화 한 닢밖에 주지 않는 단골손님은 그런 대접을 받아 마땅했다.

"그건 그런데, 만약 삐져서 다시 오지 않으면 새해에 3프랑이 날아가는 거잖아……." 요리사가 지적했다.

"어떻게 알겠어?" 시중꾼이 대답했다.

"뭐, 언제든 그렇게 될 텐데, 그게 큰 상관있겠어?" 마들렌이 다시 말했다. "저녁 얻어먹는 집집마다 하도 주인들을 성가시게 해서 다 쫓겨날걸."

그 순간에 음악가가 문지기에게 소리쳤다. "문 좀 열어 줘요!" 이 고통스러운 외침에 부엌에는 갑자기 깊은 침묵이 내렸다.

"듣고 있었나 봐." 시중꾼이 말했다.

"뭐, 어쩔 수 없지, 아니 잘됐어. 이제 끝장난 쥐가 됐네." 마들렌이 대꾸했다.

부엌에서 오간 대화를 하나도 놓치지 않은 불쌍한 사내는 이 말까지 들었다. 마치 살인범들과 필사적으로 싸운 노파처럼 만신창이가 되어 대로를 따라 집으로 걸어갔다. 상처 입은 자존심이 그를 광풍에 날리는 지푸라기처럼 떠밀었기 때문에 혼잣말을 하며 발작적으로 재빠르게 걸었다. 마침내 그는 어떻게 왔는지 모른 채 5시에 탕플 대로에 와 있었다. 이상하게도 전혀 식욕이 돋지 않았다.

퐁스의 이른 귀가가 집에서 일으킬 혁명을 이해하기 위해서, 약속대로 시보택에 대해 설명할 필요가 있다.

노르망디가는 거닐면 지방에 와 있다는 착각을 할 만한 거리가운데 하나이다. 풀이 자라고, 지나가는 행인 한 명도 반향을 일으키고, 모두가 서로를 안다. 앙리 4세 왕의 통치하에 그 구역을 계획하면서 각 거리를 지방의 이름을 본떠서 명명하고, 그 중심에는 프랑스에 헌정된 아름다운 광장을 구상했다. 이 거리의 집들은 바로 그 시절에 지어졌다. 유럽 구역의 발상은 이런 계획을 따라한 것이다. 세상은 어디서나 무엇이든 반복한다. 투기에서도 그러하다. 두 음악가가 살고 있는 집은 앞마당과 뒷마당이 있는 옛 저택이었다. 길과 통하는 앞마당은 지난 세기 마레 지구가 지나치게 유행하는 동안 만들어졌다. 두 친구는 옛 저택의 3층 전체를 차지했다. 이 이중 건물은 팔십 대 노인인 필르로 씨의 소유였는데, 26년 전부터 그의 수위였던 시보 부부한테 관리가 맡겨졌다. 마레의 수위는 그 일만으로 먹고 살기에는 수입이 충분치 않았던 까닭에, 시보 씨는 관리비의 에누리와 장작 더미마다 채취하는 토막 이외에, 개인적인 생업에도 종사했다. 많은 수위들처럼 그는 재단사이기도 했다. 시간이 지나자, 시보는 양복점 주인들을 위해 일하기를 그만두고, 동네 작은 부르주아지의 신뢰를 얻어 세 거리를 반경으로 모든 옷의 수선, 짜깁기, 새로 고치기 등의 일을 독점하는 특권을 누렸다. 수위실은 넓고 깨끗한데다, 방 하나와 인접했다. 따라서 시보 부부는 구역의 수위들 가운데 가장 행복한 무리에 속하는 것으로 알려졌다.

작고 시들시들한 사내인 시보는 거리가 내다보이는 격자창 높이의 탁자 앞에서 책상다리를 하고 항상 앉아 있다 보니 얼굴이 거의 올리브색을 띠게 되었다. 그는 그 일로 하루에 40수를 벌었고, 58세에 아직도 일하고 있었다. 그 나이는 수위들의 황금기이다. 수위실이 너무나 익숙해져서 굴에게 껍데기와 같은 것이 되어 버린 데다가, 동네에서 유명하다.

　시보댁은 식당에서 해산물의 껍질을 까는 아름다운 여인이었는데, 시보와 사랑에 빠져서 카드랑 블뢰 식당을 그만두었다. 당시 그녀는 28세로, 그런 일을 하는 예쁜 여자에게 본의 아니게 닥치는 많은 사건들을 경험한 후였다. 특히 식당 문 앞에서 일을 할 때 서민 여성들의 아름다움은 오래가지 않는다. 부엌의 열기를 얼굴에 맞아서 표정이 굳어지고, 웨이터들과 함께 마신 남은 술병은 피부에 스며들어서, 해산물을 손질하는 여인들보다 더 빨리 무르익는 열매도 없다. 시보댁에게는 다행스럽게도, 결혼과 수위 생활이 현상 유지를 할 수 있도록 시의적절하게 다가왔다. 루벤스의 모델처럼 남성적인 미모를 간직하여 노르망디가에서 그녀의 라이벌들이 '뚱보'라고 부르며 헐뜯었다. 그녀의 피부색은 이지니산(産) 버터* 덩어리의 광택에 비견할 만했고, 살집이 있었음에도 매우 날렵하게 업무를 처리했다. 시보댁은 그런 여인들이 얼굴의 면도를 해야 할 나이에 이르렀다. 그렇다면 48세가 되었다는 말 아닌가? 콧수염이 있는 여자 수위는 집주인에게 청결과 안전의 가장 확실한 보증수표나 다름없다. 시보댁이 빗자루를 들고 의기양양하게 서 있는 모습을 만약 들라크루아가 봤다면, 틀림없이 그녀를 모델로 전쟁의 여신 벨로나를 그렸을 것이다!

기소장의 문체를 빌자면, 시보 부부의 상황은 이상하게도 두 친구에게 영향을 미치게 되었다. 따라서 역사가는 충실한 기록을 위해 수위실에 대해서 몇몇 세부 사항을 언급하지 않을 수 없다. 길 쪽으로는 폭이 길이의 두 배인 완전한 아파트 세 채와, 뒷마당과 앞마당 사이 옛 저택에 세 채로 구성된 집 전체가 벌어들이는 수입은 8천 프랑에 달했다. 거기에 레모냉크라는 고철 장수가 길 앞에 가게를 내고 있었다. 이 사내는 몇 달 전부터 골동품 장수가 되었는데, 퐁스가 보유한 물건들의 가치를 잘 알고 있었기에 음악가가 들락거릴 때 가게 뒤편에서부터 인사를 보냈다. 이런저런 일의 에누리는 시보 부부에게 약 4백 프랑을 벌게 했고, 거기에 주거와 땔감을 무료를 얻었다. 시보의 여러 소득은 한 해 평균 7백에서 8백 프랑이 되었고, 여기에 새해 사례금을 더하면 연 1,600프랑을 거둬들였다. 그들은 보통 서민들보다 더 잘살며 그 돈을 말 그대로 먹어치웠다. "한 번밖에 못 살잖아!" 시보댁은 그렇게 말하곤 했다. 혁명기에 태어난 그녀는, 보다시피 교리를 알지 못했다.

거만한 주황빛 눈을 가진 이 여성 수위는 카드랑 블뢰에서 일한 경력 덕분에 요리에 대한 몇 가지 지식을 보유했다. 시보는 동료들의 부러움을 샀지만 중년이 되어 노년의 문턱에 이르러서는 그들에게 예금이 100프랑도 남아 있지 않았다. 잘 입고, 잘 먹고 살면서, 부부는 26년 동안 엄정한 성실성의 대가로 동네에서 존경을 받았다. 가진 것은 없지만 본인들의 말대로 남의 돈은 난 푼도 가지지 않았다 — 시보댁은 아무데나 'ㄴ'을 넣는 말버

롯이 있어서, 남편에게도 "당신은 정말 **녜뼈**"라고 말하곤 했다. 왜 그러느냐고 묻느니 그녀에게 종교에 관심 없는 이유를 묻는 것이 차라리 나았다. 대낮에는 이런 삶과, 예닐곱 거리에서 얻은 명성, 집에 대해 주인이 부여한 전권에 대해 자랑스러워하면서도 연금이 없다는 사실에 남몰래 신음했다. 시보는 손과 다리에 통증이 있다고 불평했고, 부인은 불쌍한 남편이 그 나이에 아직도 일하는 신세를 한탄했다. 30년간 수위 생활을 한 이가 정부가 불공정하다고 비난하며 레지옹 도뇌르 훈장을 요구하는 날이 올지도 모를 노릇이다! 동네에 떠도는 잡담을 통해 하녀 아무개가 유산에 포함된 종신연금 3백에서 4백 프랑을 받게 되었다는 소식이 전해질 때마다 수위실에서 수위실로 푸념들이 연쇄적으로 터져 나왔다. 이것만 보아도 파리에서 가장 보잘것없는 직종에서도 창궐하는 질투심을 짐작할 수 있다. "쳇! 우린 유산에 올라갈 날이 없겠지! 팔자가 이러하니. 하인들보다 더 쓸모 있는데도 말이야. 믿을 만한 사람들이라, 수입을 관리하고, 모든 일에 대비하지. 그래도 우린 개처럼 취급을 받으니, 원! 행복과 불행 외에는 아무것도 없지." 시보가 옷을 가져오면서 말했다. "남편을 수위실에 있게 하고, 내가 요리사로 취직했더라면 3만 프랑은 저축했을 거야. 난 삶을 잘못 살았어. 편안하고 겨울에 따뜻한 수위실에서 모자라는 것 없이 사는 게 전부인 줄 알았지." 시보댁은 손을 두꺼운 허리에 얹고 이웃 여자에게 하소연하곤 했다.

1836년에 두 친구가 옛 저택 3층으로 이사 왔을 때, 그들은 시보 부부의 살림에 일종의 혁명을 일으켰다. 그 내막은 다음과 같다. 슈뮈크는 퐁스와 마찬가지로 수위에게 집안 청소를 맡기는 습관이 있었다. 노르망디가에 자리를 잡으면서 두 음악가는 시보댁을 고용하는 데 동의했고, 그녀는 한 달에 각자에게 12프랑 50상팀, 합해서 25프랑을 받고 그들의 청소부가 되었다. 1년이 지나자 고참 수위는 포피노 백작 부인의 종조부인 피유로 씨의 집에 군림하듯이 두 노총각 집에 군림했다. 그들의 일이 곧 그녀의 일이 되었고, 그들을 "우리 냥반들"이라고 불렀다. 그러다가 두 호두까기 인형이 양처럼 순하고, 까다롭지도 의심이 많지도 않은 진정한 아이들이라는 것을 알게 된 그녀는 서민층 여인의 마음으로 그들을 보호하고, 사랑하고, 정성 어린 헌신으로 시중을 들게 되었다. 가끔 야단도 쳤으며, 파리에서 살림 비용을 불리는 사기로부터 그들을 지켰다. 한 달에 25프랑을 내고 두 노총각은 의도치 않게, 자신들도 모르는 새어머니를 얻었다. 시보댁의 가치를 파악한 이들은 순수한 마음으로 그녀에게 찬사, 감사, 새해 선물을 베풀었는데, 이는 이런 가정적인 연대를 더욱 공고히 했다. 시보댁은 돈을 받는 것보다 인정받기를 훨씬 선호했다. 모두가 잘 알다시피, 이런 감정은 월급을 항상 올려 주기 마련이다. 시보는 아내의 두 양반에게 심부름, 수선, 그들과 관련된 일 등을 반값에 해 주었다.

둘째 해가 되면서 3층과 수위실 사이의 결속을 더욱 굳히는 새로운 요인이 생겼다. 슈뮈크는 아무것도 신경 쓰고 싶지 않은 자신의 게으른 성미를 만족시켜 주는 협약을 시보댁과 맺었다.

하루에 30수, 또는 한 달에 45프랑을 받고 시보댁이 슈뮈크에게 점심과 저녁을 차려 주기로 한 것이다. 퐁스도 친구의 점심이 자신의 입맛에도 맞아, 18프랑에 점심을 의뢰했다. 이런 식사 조달 체계는, 수위실의 한 달 수입에 약 90프랑을 보태어, 두 세입자는 침범할 수 없는 귀빈, 천사, 귀염둥이, 신이 되었다. 시중을 받는 데 일가견이 있는 프랑스 국왕도 이 호두까기 인형들만큼 잘 모시는 신하가 없었을 것이다. 그들의 우유는 항상 통에서 새로 나와 신선했고, 그들은 1층과 3층의 주민들이 구독하는 신문을 공짜로 읽었다. 이 이웃들은 평소에 늦게 일어나기도 했거니와, 필요시에 신문이 아직 도착하지 않았다고 이야기만 하면 되었다. 한편, 시보댁은 집안, 옷, 복도 등을 플랑드르 사람에게 뒤지지 않을 만큼 깨끗한 상태로 유지했다. 그녀 덕분에 편한 삶을 누리던 슈뮈크는 기대하지도 않았던 행복을 맛보았다. 한 달에 약 6프랑에 시보댁이 그의 세탁과 수선을 맡았다. 담배 값으로는 한 달에 15프랑을 지불했다. 이런 세 가지 지출 항목이 한 달에 66프랑에 달했고, 열두 달로 곱하면 792프랑이 된다. 여기에 월세와 세금 220프랑을 더하면 1,012프랑이다. 시보가 만드는 의상의 비용은 150프랑이었다. 이 심오한 철학자는 1년에 약 1,200프랑으로 생활하고 있었다. 파리에서 사는 게 유일한 소원인 유럽의 많은 사람들이 1년에 1,200프랑만을 가지고, 마레 지구의 노르망디 거리에서 시보댁과 같은 여인의 보호를 받으며 살 수 있다는 사실을 안다면 얼마나 기뻐할까!

시보댁은 저녁 5시에 들어오는 퐁스를 보고 의아했다. 초유의 사건인데다, '우리 냥반'이 그녀를 보지도 못하고 인사도 안 했던 것이다.

"어쩜! 여보, 퐁스 씨는 백만장자가 되었거나 미쳤나 봐요!" 그녀는 남편에게 말했다.

"그런 것 같네." 시보가 재단사들의 은어로 '단검'을 넣고 있던, 달리 말해 넓히고 있던 소매를 떨어뜨리면서 대답했다.

퐁스가 기계처럼 집으로 들어갈 무렵, 시보댁은 슈뮈크의 저녁 식사 준비를 마치고 있었다. 그것은 온 마당에 냄새가 퍼지는 일종의 스튜였다. 다소 인색한 구이 장수의 가게에서 산, 삶은 쇠고기의 찌꺼기에 버터를 두르고 채 썬 양파와 함께 버터가 고기와 양파에 스며들 때까지 익혀서, 이 수위실 요리가 튀김처럼 보이도록 했다. 시보댁은 이것을 시보와 슈뮈크에게 나눠 주기 위해 정성을 다해 만들었다. 맥주 한 병과 치즈 한 조각만 곁들이면 늙은 독일 음악 교사에게는 충분했다. 믿어 주길, 영광 속의 솔로몬 왕도 슈뮈크보다 더 맛있는 식사를 하지 못했다. 대로변의 식당들이 부슈라 거리의 구이 장수에게 되파는 재료의 양과 질에 따라, 이렇게 양파를 넣어서 끓인 스튜 또는 남은 닭고기 튀김이나, 파슬리 소스 냉육과 시보댁이 발명한, 어머니가 친자식이라도 모르고 먹어치웠을 소스에 구운 생선, 아니면 멧돼지나 사슴 고기 등이 슈뮈크의 일상적인 식단이었다. 그는 '**진철한 씨포 푸인**'이 차려 주는 음식이라면 무엇이든지 군말 없이 먹었다. 그리고 날이 갈수록 친절한 시보댁은 이런 일일 밥상의 비용을 절감시켜 20수에 마련할 수 있게 되었다.

"저 불쌍한 냥반이 뭔 일인지 보고 올게요. 슈뮈크 씨의 식사 준비가 됐으니." 시보댁이 남편에게 말했다.

부인은 오목한 토기를 흔한 도자기 그릇으로 덮고 나이답지 않게 달려가 슈뮈크가 퐁스에게 문을 열어 주는 순간에 두 친구의 집 앞에 도착했다.

"**왜 크래, 친쿠**?" 독일인은 퐁스의 낙담한 표정을 보고 놀라서 물었다.

"다 얘기해 줄게. 자네와 저녁 먹으러 왔어……."

"**처녁, 처녁!**" 슈뮈크는 기뻐했다. "**크런테 안 퇴지!**" 친구의 식도락 성향을 기억하며 덧붙였다.

늙은 독일인은 적법한 청소부의 권리에 따라 엿듣고 있던 시보댁을 보았다. 진정한 친구의 가슴속에서만 번득이는 영감에 사로잡혀, 수위에게 가서 복도로 끌고 나왔다.

"**씨포 푸인, 우리 봉쓰는 맛난 움씩을 좋아해요. 가트랑 플레에 카서 포토주와 착은 식싸를 추문해 줘요. 앤초피, 마가로니! 리킬리스 식싸를요!**"

"그게 뭐예요?"

"**크건! 푸르주아씩 쏭아지, 촣은 움료, 고쿱 포르도 포토주 한 평, 크리고 체일 맛있눈 주천부리인 쌀 그로켓, 훈체한 퇘치 피켸요! 돈 내춰요! 아무 말토 마요. 내일 아침에 타 갑울케요.**"

슈뮈크는 손을 비비며 명랑한 얼굴로 들어왔다. 그러나 친구의 마음에 한순간 쏟아진 불행의 이야기를 듣고 곧 다시 점점 경악한 표정으로 돌아왔다. 그는 자신의 관점에서 세상을 묘사해 주면서 퐁스를 위로하려 했다. 파리는 남녀들이 격렬한 왈츠의 소용돌이 속으로 빨려 들어가는 연이은 폭풍우와 같아서, 사람들이 외양만을 보고 "쏙은 볼 출 모르키 대문에" 아무것도 기대하지 말아야 한다는 것이었다. 자신이 유일하게 아꼈고, 자신을 좋아했던 여학생 세 명에 대한 이야기도 백 번째로 해 주었다. 그 여학생들이 각자 3백 프랑 정도 동등하게 내서 그에게 9백 프랑짜리 작은 수당을 보장해 줬는데, 해가 갈수록 그를 방문하는 것을 잊고 파리 생활 속에 너무나 열렬하게 빠져 버린 나머지 그가 그녀들을 보러 가도 3년째 만나지 못했다(사실 슈뮈크는 이 귀부인들의 집에 아침 10시에 가곤 했다). 어쨌든 수당은 공증인들이 지불해 주었다.

"근테 청말 작한 아이틀이야. 한마티로, 내 작은 썽녀 쎄실리아, 싸랑쓰런 여자틀이치. 보르당튀에르 푸인, 팡트네스 푸인, 티 디예 푸인*. 장셰리체에써나 볼 수 이써. 캐네틀은 나를 못 보치…… 날 아추 좋아해. 내카 캐네 집에 처녁 먹으러 카면 아추 좋아할 덴테. 캐네 시콜 집에토 칼 쑤 이써. 근테 난 친쿠 봉쓰와 있는 케 훨씬 터 좋아. 내카 보코 십을 태, 매일 볼 쑤 있으니카."

퐁스는 친구의 손을 자신의 두 손으로 꼭 감싸며 온 마음을 전했다. 둘은 긴 이별 끝에 다시 만난 연인들처럼 몇 분 동안 그러고 있었다.

"매일 여키써 처녁 먹어……!" 슈뮈크는 내심 법원장 부인의 매정함에 감사했다. "차! 울리 가치 골통붐 하자. 악마토 울리 싸이에 고리를 넣을 쑤 없을 커야."

"울리 가치 골통붐 하자"라는 용감한 말을 설명하기 위해서 슈뮈크가 수집학에 관한 한, 완전히 무지하다는 사실을 고백해야 한다. 퐁스의 박물관 용도로 내준 거실과 작은 방에 그가 아무것도 훼손시키지 않을 수 있었던 것은 오로지 우정의 온 힘에 의해서이다. 작곡가인 슈뮈크는 음악에만 속했고, 따라서 친구의 귀여운 장난감들을 보기를, 마치 물고기가 초대받아서 룩셈부르 공원의 꽃 전시를 바라보는 듯했다. 퐁스가 자신의 보물 위 먼지를 털 때 들이는 정성을 보고 그도 환상적인 작품들을 존중했다. 아직 말을 배우지 않은 아이의 몸짓에 의미 없는 문구들로 대답하는 어머니처럼 친구가 감탄할 때 "크래, 예쁘네"라고 대꾸했다. 두 친구가 함께 살기 시작한 이래로, 슈뮈크는 퐁스가 추시계를 일곱 번이나 바꿔 오는 것을 목격했다. 매번 덜 훌륭한 물건을 더 아름다운 것으로 교환했다. 당시 퐁스는 불*의 가장 뛰어난 추시계를 소유하고 있었다. 구리로 상감되고 조각 장식이 있는 흑단 추시계였다. 라파엘로에게 세 시기가 있었듯이, 불은 두 시기가 있었다. 처음에는 구리를 흑단에 결합시켰고, 후에는 본인의 신념과 반대로 자개에 전념했다. 그 분야를 개발한 경쟁자들을 뛰어넘기 위해 기적 같은 명작들을 탄생시켰다. 퐁스의 유식한 설명에도 슈뮈크는 불 1기의 뛰어난 추시계와 다른 열 개 사이의 차이를 전혀 알아보지 못했다. 그래도 친구가 기뻐하기 때문에 그는 자기 자신보다도 그 **하잖은 물컨**을 더 정성스럽게 돌보았다. 그렇기에 "**울리 가치 골통붐 하자**"라는 슈뮈크의 장렬한 선언이 퐁스의 절망감을 달래는 힘을 발휘했다는 것은 더 이상 놀랍지 않았다. 그것으로써 독일인은 "네가 여기서 저녁 식사를 한다면 나도 골동품 수집에 투자하겠네"라고 이야기한 셈이었다.

"선생님들, 저녁상이 차려졌습니다." 시보댁이 유난히 기고만장하게 말했다.

슈뮈크의 우정 덕분에 차려진 저녁 식사를 보고 음미하면서 퐁스의 의아한 심정이 쉽게 상상이 될 것이다. 살면서 너무나 드물게 느끼는 이런 감동은 두 사람이 서로에게 끊임없이 "나는 또 다른 너야"라고 말할 수 있는 불변의 헌신에서 오는 것은 아니었다(그것은 익숙해진다). 아니, 오히려 사생활의 행복을 확인시켜 주는 증표들이 야만적인 세상사와 대조되면서 밀려오는 것이다. 이는 위대한 두 영혼이 사랑 또는 우정에 의해 결합했을 때 두 친구나 두 연인을 계속해서 새로이 맺어 주는 세계이다. 그러니 퐁스는 두 줄기의 굵은 눈물을 훔쳤다. 슈뮈크도 젖은 눈을 닦을 수밖에 없었다. 그들은 아무 말도 하지 않았지만 서로를 더욱 사랑하게 되었고, 서로에게 보낸 향기로운 눈짓은 법원장 부인이 퐁스의 마음에 던진 자갈의 상처를 치유해 주었다. 슈뮈크는 피부가 벗겨질 정도로 손을 비비고 있었다. 평소에는 군주에 대한 경외심으로 얼어붙은 두뇌 속에 갑작스럽게 피어났을 때만 독일인에게 떠오를 수 있는 어느 발상 때문이었다. 그는 입을 열었다.

"싸랑하는 봉쓰?"

"네 생각을 맞출 수 있어. 매일 함께 저녁 먹기를 바라는 거지?"

"매일 이러케 먹케 해 줄 쑤 있케 내카 부차였으면……." 착한 독일인이 말했다.

시보댁은, 퐁스가 가끔 대중극 관람 표를 줬기 때문에 그를 슈뮈크만큼 높이 평가했다. 그녀는 다음과 같이 제안했다. "그거야 뭐! 3프랑이면 포도주만 빼고 매일 2닌분의 식사를 차리겠네! 너무 맛나서 그릇을 난 씻겨도 되게 깨끗이 핥아먹게 말이에요."

"싸씰, 씨포 푸인이 해 추는 밥이 왕의 부엌에써 나오는 음씩보타 맡있치……."

점잖은 독일인은 희망에 부풀어서 불손한 작은 신문들처럼 궁중 식탁의 가격에 대해 매도하기까지 했다.

"그래?" 퐁스가 대답했다. "그럼 내일 먹어 볼게."

이 약속을 듣고 슈뮈크는 식탁보, 그릇, 주전자도 휩쓸리도록 식탁의 반대쪽 끝으로 단번에 뛰어가서 퐁스를 껴안았다. 마치 가스가 친화성이 있는 다른 가스를 덮치는 듯했다.

"꿈만 캍타!"

"선생님께서 매일 여기서 저녁 식사 하실 거라고요!" 시보댁이 뭉클해져서 자랑스럽게 말했다.

자신의 꿈을 이루게 해 줄 사건이 일어났음을 모른 채, 마음씨 좋은 시보댁은 수위실로 내려와서 「기욤 텔」*에서 조세파가 무대에 등장하듯이 들어가 접시와 남은 음식을 던져 놓고는 외쳤다. "여보, 튀르크 카페에 가서 커피 작은 걸로 두 잔 사 와요! 화덕에 있는 남자한테 내 주문이라고 말해요!" 그녀는 튼튼한 무릎 위에 손을 올려놓으며 집 앞의 벽을 바라보았다. "오늘 저녁

퐁텐댁한테 가 봐야지⋯⋯!" 퐁텐댁은 마레 지구의 모든 요리사, 하녀, 시종, 수위 등을 위해 카드로 점을 쳐 주었다. "이 두 냥반이 우리 집에 온 이후로 적금이 2천 프랑으로 불어났어. 8년 만에! 정말 운수대통이지! 퐁스 선생의 저녁 식사로 땡잡을 생각 말고 집에 붙어 있게만 할까? 퐁텐댁의 카드가 일러 줄 거야."

퐁스도, 슈뮈크도 상속자가 없다는 것을 보고, 약 3년 전부터 시보댁은 "우리 냥반들"의 유서에 자신의 이름이 들어가기를 기대하게 되어, 더욱 정성을 쏟았다. 이 탐욕스러운 생각은 여태껏 매우 청렴했던 콧수염 사이에서 늦게 자라나기 시작했다.* 매일 시내로 외식하러 나갔던 퐁스는 그때까지 그녀가 "우리 냥반들"에게 행사하려는 지배력에서 벗어나 있었다. 수집벽이 있는 이 늙은 광대의 방랑 생활은 시보댁의 머릿속에 희미하게 떠다니는 유혹의 계획을 방해했다. 이 기념할 만한 저녁 식사를 기점으로 하여 그 계획은 완전한 작전으로 발전했다. 15분 후에 시보댁은 키르시바서를 곁들인 맛있는 커피 두 잔을 들고 식당에 들어왔다.

"씨포 푸인 만쎄! 내 쌩각을 읽거쿤." 슈뮈크가 외쳤다.

식충이 신세타령을 조금 하는 바람에, 텃새가 철새를 위해 아양을 떨듯이, 슈뮈크가 위로해 주어야 했다. 그 후 두 친구는 함께 외출했다. 슈뮈크는 카뮈조 집안의 주인들과 하인들의 태도 때문에 상처 입은 친구를 혼자 내버려 두지 않으려 했다. 그는 퐁스를 잘 알았기에, 오케스트라 지휘석에 앉아서도 끔찍하게 슬픈 상념들에 사로잡혀 둥지로 돌아온 긍정적인 효과를 망칠 수도 있다는 점을 염려했다. 자정 즈음에, 퐁스를 팔 밑으로 부축하고 집으로 데려오던 슈뮈크는 사랑하는 연인에게 하듯이 보도가 끝나고 다시 시작하는 지점을 알려 주고, 물길이 있을 때 조심시켰다. 그는 길의 포석들이 솜으로 되어 있기를, 하늘이 파랗기를, 그리고 천사들이 연주하는 음악을 퐁스에게 들려주기를 바랐다. 친구의 마음에서 자기가 점령하지 못했던 마지막 영역까지 끝내 정복했던 것이다!

약 3개월 동안 퐁스는 매일 슈뮈크와 함께 저녁 식사를 했다. 식대 45프랑에 포도주로 35프랑을 지불해야 했기 때문에 우선 그는 한 달에 80프랑을 수집품을 사는 데서 줄여야 했다. 그리고 슈뮈크의 독일식 정성과 익살에도, 노예술가는 예전에 식사했던 집들의 고급스러운 요리, 작은 리큐어 잔, 맛있는 커피, 수다, 가식적인 예의, 손님들, 그리고 험담들이 그리워졌다. 삶의 황혼에 접어들어서는 36년간 지속된 습관과 결별하지 못하는 법이다. 130프랑짜리 포도주는 식도락가의 잔에 그다지 탐스럽지 않은 액체로 비춰진다. 따라서 잔을 입에 댈 때마다 퐁스는 자신을 대접하던 집주인들의 탁월한 포도주를 한없이 아쉬워했다. 그리하여 3개월 후에, 퐁스의 섬세한 심장을 산산조각 낼 뻔했던 끔찍한 아픔이 무뎌져서, 마치 바람을 너무 많이 피워서 헤어진 여인을 그리워하는 노인처럼 사교계의 즐거움만을 기억했다. 자신을 갉아먹는 깊은 우울을 감추려고 했지만 노음악가는 정신 속에 뿌리를 둔 불가해한 병에 걸린 것이 명백했다. 단절된 습관으로 인한 향수를 설명하기 위해, 하나의 작은 예만 들어도 될 것이다. 작은 일이지만 쇄자갑의 망사처럼, 영혼을 쇠사슬 속에 가두어 버린다. 퐁스의 이전 생활에서 가장 큰 기쁨을 선사하던 요인은, 모든 식충을 행복하게 만드는 놀라움, 즉 뜻밖의 특선 요리, 또는 부르주아 집안에서 저녁 식탁에 향응의 기분을 더하려는 마님이 기세 좋게 내놓는 후식 따위였다. 시보댁은 자랑하기 위해 식단을 미리 알려 줘서, 퐁스는 이와 같은 미식의 황홀함을 누릴 수 없었다. 생활의 주기적인 감칠맛이 완전히 사라졌다. 저녁 식사는 옛날 우리 조상들이 명명했듯이, "덮개로 가린 요리"의 느닷없음이 결여된 채 지나갔다. 슈뮈크는 이런 부분을 이해할 수 없었고, 퐁스는 불평하기에 너무나 세심했다. 인정받지 못하는 천재보다 더 슬픈 것이 있다면, 그것은 바로 인정받지 못한 위장이다. 사람들은 실연의 아픔을 지나치게 들먹이는데, 이런 정념은 헛된 욕구에서 연유한다. 왜냐하면 피조물이 우리를 버렸을 때, 창조주를 사랑하면 된다. 그분은 우리에게 주실 보물을 가지고 계시다. 하지만 위장은……! 아무것도 그것의 고통과 비교될 수 없다. 무엇보다 삶이 중요하지 않은가! 퐁스는 진정한 시(詩)였던 어떤 크림 요리를 그리워했다. 어떤 화이트 소스는 걸작이었다! 송로를 넣은 가금류 요리는 얼마나 사랑스러웠던지! 그리고 무엇보다 파리에서만 구할 수 있는 라인강의 잉어, 그리고 그 양념! 가끔 퐁스는 포피노 백작의 요리사를 생각하며 "오, 소피!"라고 소리쳤다. 행인이 그런 탄식을 들었더라면 사내가 연인을 떠올리고 있다고 착각했겠지만, 실상은 연인보다 더욱 진귀한 대상, 즉 살찐 잉어를 향한 외침이었다! 게

다가 곁들인 양념은 그릇 안에서는 맑지만 혀 위에서는 진한, 몽티옹 상* 감이었다! 옛 저녁 식사의 추억은 소화기 향수에 사로잡힌 지휘자를 매우 여위게 했다.

1845년 1월 말 즈음, 카뮈조 부인과 일이 있고 나서 4개월이 지났을 무렵, 모든 독일인들처럼 빌헬름이라는 이름을 가진, 그리고 모든 빌헬름들 사이에서 구별되기 위해 슈밥이라는 성을 가졌으나 그런 점에서는 모든 슈밥과 다르지 않은 젊은 플루트 연주자가 지휘자의 상태를 슈뮈크에게 알릴 필요가 있다고 판단했다. 극장에서 사람들이 걱정하고 있었던 터였다. 늙은 독일 음악인이 연주하는 악기들이 사용되는 공연의 첫날이었다.

"퐁스 영감이 쇠약해지셨어요. 몸 안에 뭔가 불협화음이 나고 있어요. 눈빛은 슬프고, 팔 동작에 힘이 없어요." 빌헬름 슈밥이 시무룩하게 지휘석에 올라가는 퐁스를 가리키며 말했다.

슈뮈크는 『캐논게이트 연대기』*에서 아들을 스물네 시간 동안 더 곁에 두기 위해 총살형에 처하게 하는 어머니와 마찬가지로 매일 저녁 함께 식사할 수만 있다면 퐁스를 기꺼이 희생시켰을 것이다.

"극장에서 모두가 걱정해요. 그리고 우리의 무용 수석인 엘로이즈 브리즈투의 말처럼 코를 풀 때도 거의 소리를 안 낸답니다."

노음악가는 평소에 코를 풀 때 길고 깊이 파인 코가 손수건 속에서 울려 호른을 부는 것처럼 들렸다. 이런 소음은 퐁스 사촌을 향한 법원장 부인의 가장 끈질긴 비난의 대상이었다.

"재미케 해 줄 쑤만 이타면 무쓴 칫이라토 할 덴테. 씸씸한카 퐈." 슈뮈크가 말했다.

"어쩜." 빌헬름 슈밥이 대꾸했다. "퐁스 선생님께선 우리 보잘 것없는 녀석들하곤 격이 다른 분이신 것 같아 제 결혼식에 감히 초대를 못하고 있었어요. 저 결혼하거든요……."

"크래? 어터케?"

"아, 아주 정상적으로." 빌헬름은 슈뮈크의 이상한 질문이 비꼬려는 의도였다고 오해했다. 슈뮈크는 그러기에는 너무나 성실한 기독교인이었다.

"자, 여러분, 자리에 앉으세요!" 퐁스가 극장주의 종소리를 듣고 자신의 작은 부대를 바라보았다.

200회 공연에 이른 요정극 「악마의 약혼녀」서곡이 연주되었다. 첫 쉬는 시간에 빌헬름과 슈뮈크는 빈 오케스트라 가운데 홀로 남겨졌다. 공연장의 온도는 열씨(列氏)* 32도였다.

"얘키 촘 틀어봅씨타." 슈뮈크가 빌헬름에게 말했다.

"자, 귀빈석에 앉아 있는 저 젊은이 보이시죠……? 알아보시겠어요?"

"천혀……."

"아, 노란색 장갑을 끼고 부자의 광채로 빛나고 있어서 그래요. 프랑크푸르트에서 온 제 친구 프리츠 브루너예요."

"오케쓰트라썩에 차네 엽에써 콩연 보러 오턴 친쿠?"

"맞아요. 못 믿을 정도로 엄청난 변신이죠?"

약속된 이야기의 주인공은 얼굴에 괴테의 메피스토펠레스*다운 냉소와 오귀스트 라퐁텐의 온화한 소설 속의 순박함을 동시에 지닌 독일인이었다. 교활함과 순진함, 계산대의 매정함과 승마 클럽 회원의 절제된 자유분방함, 그러나 무엇보다 샤를로테보다 독일 제후들 때문에 괴로워하는 베르테르처럼 권총을 손에 쥐게 만드는 환멸. 정말로 독일의 전형적인 얼굴이었다. 그는 아주 유대인스럽기도 하면서 아주 순박했고, 어리석으면서 용감했고, 권태를 부르는 지식, 자칫 철없는 행동으로 무용지물이 되는 경험을 갖췄고 맥주와 담배를 남용했다. 그리고 이 모든 모순들을 대변하듯 아름답고 피곤해 보이는 푸른 눈 속에 악마 같은 섬광이 번뜩였다. 은행가처럼 세련되게 차려입은 프리츠 브루너는 티치아노의 색깔을 띤 대머리와, 그 양쪽에 곱슬거리는 짙은 금발 몇 가닥을 극장 전체에 선보이고 있었다. 그가 금전적으로 사정이 폈을 때 이발비를 지불할 수 있도록 방탕함과 가난이 남겨 준 몇 가닥이리라. 예전에는 화가들이 그린 예수 그리스도처럼 아름답고 신선했던 얼굴은 병적인 색채로 물들었고, 붉은 콧수염과 황갈색의 턱수염 때문에 거의 음산해 보였다. 눈의 맑은 푸른색은 슬픔과의 씨름으로 흐려졌다. 마지막으로 파리의 타락한 풍습은 한때 어머니가 황홀하게 바라보았을, 자신의 눈을, 아름답게 복제한 듯한 눈의 꺼풀과 주위를 시들게 했다. 이 조숙한 철학자, 젊은 노인은 계모의 작품이었다.

여기서 프랑크푸르트 탕자의 기이한 이야기가 시작된다. 중심지이지만, 평온한 도시에서 일어난 가장 놀라운 일이다.

프리츠의 아버지인 게데온 브루너는 프랑크푸르트의 유명한 여관 주인으로, 은행가들과 공모하여 관광객들의 지갑을 대상으로 법이 허용하는 채취를 행하는 이들 중의 한 명이었다. 한편 정직한 칼뱅교도였던 그는 개종한 유대인 여성과 결혼하여 그 지참금 덕분에 재산을 불릴 수 있었다. 유대인 여성은 열두 살 아들 프리츠를 아버지의 보호와 비르라츠 회사의 우두머리인, 라이프치히의 모피상 외삼촌의 감시하에 남겨 두고 세상을 떴다. 자신의 가게에서 파는 모피만큼 부드럽지 않던 삼촌은 아버지 브루너에게 어린 프리츠의 재산을 건드리지 말고 은행 가격에 의거한 마르크화로 알 자르칠드 은행에 예치하도록 강요했다. 유대인다운 이런 요구에 대해 복수하기 위해, 아버지는 여자의 눈썰미와 팔다리 없이는 커다란 여관을 운영할 수 없다는 이유로 재혼했다. 그는 다른 여관 주인의 딸을 귀한 보석이라고 여기며 아내로 맞이했다. 이런 착각은 부모가 애지중지한 외동딸이 무엇인지 경험한 적이 없었던 탓이었다. 브루너의 두 번째 부인은 악하고 경박한 젊은 독일 여성의 전형이었다. 재산을 탕진하고, 남편을 프랑크푸르트 자유시와 근교에서 가정적으로 가장 불행하다고 알려진 사내로 만듦으로써 첫 번째 브루너 부인의 원수를 갚았다. 이 도시는 소문에 의하면, 백만장자들이 아내들로 하여금 자신들만 사랑하도록 강요하는 시 특별 법안을 곧 제출하려는 곳이다. 이 독일 여성은 독일인들이 통틀어서 라인 포도주라고 부르는 다양한 식초들을 좋아했다. 또한 파리에서 유행하는 품목도 좋아했다. 승마도 좋아했고, 장신구 역시 좋아했다. 값비싼 것 중에 그녀가 싫어하는 대상은 단 하나, 여자들이었다. 그녀는 어린 프리츠를 몹시 싫어했고, 만약 칼뱅주의와 모세주의의 산물인 그가 프랑크푸르트 태생이 아니었더라면, 그리고 라이프치히의 비르라츠사의 보호하에 있지 않았더라면 미쳐 버렸을 것이다. 그러나 비르라츠 삼촌은 모피에 전념하느라 은행 가격의 마르크화만 돌보고, 아이는 계모의 손아귀에 놀아나도록 내버려 두었다.

이 하이에나는 기관차에 버금가는 노력에도 아이를 가질 수 없었기에 아름다운 브루너 부인의 귀여운 아들을 더욱 증오했다. 악마 같은 생각으로, 이 사악한 독일 여성은 프리츠가 스물한 살이 되자 독일 정서에 반하는 방탕한 생활 속에 밀어 넣었다. 영국산(産) 말, 라인 강의 식초와 괴테의 그레트헨*들이 유대인 여성의 아이와 그의 재산을 모조리 집어삼키기를 기대했다. 비르라츠 삼촌이 성인이 된 프리츠에게 큰 유산을 남긴 뒤였다. 온천 유원지의 룰렛 게임과 빌헬름 슈밥도 일원이었던 포두주의 친구들이 비르라츠의 원금까지 먹어 치웠지만 젊은 탕자본인은 동생들에게 귀감으로 오래 남았다. 오늘날 프랑크푸르트의 집집마다 자녀들이 은행 가격의 마르크화가 깊숙이 숨겨진 강철 계산대 뒤에 겁먹은 채로 얌전히 있도록 그를 허수아비처럼 써먹고 있다. 꽃다운 나이에 죽는 대신 프리츠 브루너는 어여쁜 공동묘지에 계모가 묻히는 것을 행복하게 볼 수 있었다. 독일인들은 고인을 기린다는 명목으로 그런 곳에서 원예에 대한 광적인 사랑을 충족시킨다. 두 번째 브루너 부인은 자신의 부모보다도 먼저 죽었고, 늙은 브루너는 그녀가 자신의 금고에서 꺼낸 돈과 엄청난 마음고생의 대가로 아무것도 받지 못했다. 부인이 얼마나 괴롭혔으면, 헤라클레스의 체력을 지닌 이 여관 주인이 67세에 마치 보르지아의 유명한 독극물에 의해 파괴된 듯이 노쇠해져 있을 정도였다. 부인을 10년 동안 견뎌낸 후 그녀에게서 아무런 유산도 받지 못한 낭패감 때문에 여관 주인은 하이델베르크의 또 다른 폐허가 되었다. 하지만 너무나 잘 유지된 아름다운 폐허를 보러 오는 관광객들의 열기를 북돋기 위해 하이델베르크의 명물들이 보수되듯이, 그는 여행자들의 영수증에 힘입어 끊임없이 재생되었다. 프랑크푸르트에서는 그를 실패자로 여기고 손가락질하며 말하곤 했다. "유산을 남기지 않는 나쁜 여자와 프랑스식으로 키운 아들이 사람을 어디까지 망가뜨릴 수 있는지 보라."

이탈리아와 독일에서는 프랑스인이 만악의 근원, 모든 화살의 과녁이었다. 그러나 신은 자신의 소명을 따라…… (나머지는 르 프랑 드 퐁피냥의 시에서처럼*) 큰 네덜란드 호텔의 주인은 자신의 울분을 계산서에 반영하여 여행자들에게만 화풀이를 한 것은 아니다. 아들이 완전히 파산하자, 게데온은 그를 모든 불행의 간접적인 원인으로 여기고 빵과 물, 소금, 불, 집과 담뱃대조차 제공해 주지 않았다. 여관 주인이면서 독일인 아버지로 치면 내릴 수 있는 저주의 극치였다. 지역의 행정 당국도 아버지가 애초에 범한 잘못을 따지지 않고 그를 프랑크푸르트의 가장 딱한 사람으로 여기고 도와주었다. 프리츠는 독일식 소송 끝에 이 자유 도시의 영역에서 추방당했다. 프랑크푸르트는 비록 독일제국의 의회가 자리하는 곳이지만, 그렇다고 사법부가 더 인간적이거나 더 현명하지는 않다. 첫 물줄기가 새어 나온 항아리를 누가 들고 있었는지 알기 위해 죄악과 불행의 강을 거슬러 올라가는 재판관은 드물다. 브루너가 아들을 잊은 것과 마찬가지로, 그의 친구들 또한 그랬다.

아, 이 이야기가 프롬프터의 구멍 앞에서 공연될 수 있었다면! 세련된 파리 사교계 한복판에 나타나 초연을 보러 귀빈석에 홀로 앉은 이 비통한 얼굴의 독일인이 어디서 왔는지 궁금해하는 신문기자, 댄디들 그리고 몇 명의 여인 등의 관객들을 위해 공연될 수 있었다면, 「악마의 약혼녀」라는 요정극보다 훨씬 강렬했을 것이다. 이미 기원전 3천 년에 메소포타미아에서 펼쳐진 위대한 우화*의 20만 번째 재연이었음에도 말이다.

프리츠는 걸어서 스트라스부르까지 갔을 때, 그곳에서 탕자가 성서의 고향에서는 만나지 못한 것을 만났다. 여기에 알자스의 우월함이 있다. 이 지역에는 수많은 너그러운 영혼들이 숨 쉬고 있어서, 프랑스의 재치와 독일의 건실함이 이룬 결합물이 얼마나 아름다운지 독일 앞에서 뽐낼 수가 있다. 마침 빌헬름은 며칠 전부터 부모의 유산을 상속받아 10만 프랑을 소유하게 되었다. 그는 프리츠에게 팔을 벌리고, 마음을 활짝 열어 주었으며, 문을 열어 주고 지갑도 열어 주었다. 프리츠가 먼지를 뒤집어쓴 채, 비참하고 거의 나병 환자가 되어 라인강 저편에 이르러 진정한 친구의 손에 진정한 20프랑짜리 동전을 만난 순간을 묘사하려 한다면, 송가(頌歌)를 창작해야 할 것이다. 이런 노래는 꺼져 가는 우정의 불빛을 되살리기 위해 핀다로스와 같은 시인만

이 그리스어로 인류에게 선사할 수 있다. 프리츠와 빌헬름의 이름은 다몬과 피티아스, 카스토르와 폴룩스, 오레스테스와 필라데스, 뒤브뢰유와 펙메자, 슈뮈크와 퐁스와 나란히 놓아야 한다. 또한, 모노모타파*의 친구들에게 우리가 지어 주는 온갖 이름들도 함께 떠올리자. 그들을 생생한 육체를 지닌 현실적인 인물로 그려 내지는 않았다는 점에서 라퐁텐의 천재성이 돋보인다. 프리츠가 빌헬름과 함께 자신의 유산을 마셔 버린 것과 마찬가지로 빌헬름도 프리츠와 함께, 알려진 모든 담배를 피우면서 먹어 버렸으므로 더욱 이 둘의 이름은 위의 쌍을 이룬 무리에 합류할 자격이 있었다.

두 친구는 이상하게도 스트라스부르의 선술집에서, 가장 저급한 방식으로, 스트라스부르 극장의 단역 배우들과, 방탕한 삶 속에서 평생 뒹군 알자스 여인들과 함께 유산을 삼켜 버렸다. 매일 아침 서로에게 말하곤 했다. "이제 그만하고 결단을 내려야지. 남은 돈 가지고 뭔가를 해야 할 텐데!" 프리츠가 말하기를, 그래! 오늘까지만, 그리고 내일…… 아! 내일…… 탕자들의 삶에서 '오늘'은 거만한 인물이지만 '내일'은 전임자의 용기 앞에서 소스라치는 비겁자이다. '오늘'은 옛 희극의 허세꾼이라면, '내일'은 팬터마임의 피에로이다. 마지막 1천 프랑짜리 지폐에 이르자, 두 친구는 소위 왕립 역마차에 올라타고 파리로 향하여 예전에 게데온 브루너의 일등 종업원이었던 그라프의 집, 마유 거리에 있는 라인 호텔의 다락방에서 지냈다. 프리츠는 그라프의 추천 덕분에 켈레르 형제의 은행에 사무원으로 들어갔다. 라인 호텔의 우두머리였던 그라프는 유명한 재단사 그라프의 동생이다. 재단사는 빌헬름을 장부 담당자로 고용했다. 호텔 주인은 네덜란드 호텔에서 쌓은 수업을 생각해서 두 탕자에게 이 작은 자리를 구해 주었다. 이 두 개의 사실, 파산한 친구를 알아본 부자 친구, 무일푼의 두 동향인에게 관심을 쏟는 독일인 호텔 종업원 때문에 어떤 이들은 이 이야기가 소설이라고 믿을 것이다. 그러나 오늘날 허구가 진실과 유사해지기란 매우 어려운 만큼, 진실은 허구와 비슷하다.

6백 프랑을 받고 사무원으로 일하는 프리츠와 같은 보수로 장부를 돌보는 빌헬름은 곧 파리처럼 요부 같은 도시에서 살아가는 어려움을 실감했다. 그리하여 가끔 빵에 버터를 바를 수 있기 위해, 상경한 지 2년째가 된 1837년에 플루트 연주자로서 꽤나 재능이 있었던 빌헬름이 퐁스가 지휘하는 오케스트라에 입단했다. 프리츠는 봉급을 살찌우기 위해 비르라츠 가문의 후손다운 경제적인 능력을 발휘하는 수밖에 없었다. 열의에도 불구하고, 또는 어쩌면 재능 때문에, 이 프랑크푸르트인의 수입은 1843년이 되어서야 2천 프랑에 달했다. 훌륭한 계모인 빈곤은 어머니들이 해 주지 못한 것을 했다. 경제와 세상, 그리고 인생을 가르쳐 주고, 어린 시절에 불행하기 마련인 위인들에게 채찍질로 베푸는 위대하고 엄격한 교육을 주었다. 프리츠와 빌헬름은 평범한 사내들이어서 빈곤의 모든 교훈을 새겨듣지 않았다. 그녀의 매질을 피하고, 젖이 딱딱하고 팔이 말랐다고 원망하기만 하니 그 안에서 천재들의 애무에 굴복하는 착한 요정 위르젤*이 솟아 나오지 않았다. 그래도 그들은 재산의 가치를 깨닫고, 만약 다시 그들의 손에 들어온다면 그 날개를 잘라 버리겠다고 다짐했다.

빌헬름은 이 모든 이야기를 피아니스트에게 독일어로 했다.

"자, 슈뮈크 할아버지, 이제 한마디만 더 하면 모든 게 설명될 겁니다. 브루너 영감이 죽었어요. 그는 아들도, 우리를 재워 주는 그라프 씨도 모르던 사실인데, 바덴 지방 철도의 창립자 가운데 한 명으로, 엄청난 수익을 얻어서 4백만 프랑을 남겼답니다. 하여 오늘 저는 마지막으로 플루트 연주를 합니다. 초연이 아니었다면 이미 며칠 전에 갔겠지만, 내 파트를 비워 두고 싶지 않아서요."

"크래, 찰해써, 절므니. 크런테 누쿠랑 켤론해?"

"우리가 지내는 라인 호텔의 주인 그라프 씨의 딸이요. 저는 7년 전부터 에밀리 아가씨를 사랑해 왔죠. 아가씨는 비교육적인 소설을 너무 많이 읽어서 앞날이 어떻게 될지도 모르고 저를 위해 모든 신랑감을 따돌렸죠. 이 젊은 숙녀는 앞으로 큰 부자가 될 전망이에요. 리슐리외 거리의 재단사인 그라프의 유일한 상속녀니까요! 프리츠는 우리가 스트라스부르에서 먹어 치운 돈의 다섯 배, 50만 프랑을 제게 줄 겁니다……. 그는 또 은행에 1백만 프랑을 넣고, 재단사 그라프 씨도 거기에 50만 프랑을 투자하고, 제 약혼녀의 아버지가 지참금 역시 그렇게 하도록 허락할 뿐만 아니라 그만큼을 또 보태 주십니다. 브루너와 슈밥 가문은 자본금 250만 프랑을 소유하고 있어요. 프리츠는 우리의 계좌를 보호하기 위해 최근에 프랑스 은행의 주식을 샀어요. 이건 프리츠 재산의 전부가 아니에요. 프랑크푸르트에 1백만 프랑 정도로 추정되는 아버지의 집들이 있고, 이미 큰 네덜란드 호텔을 그라프의 사촌에게 세 놓았어요."

"큰테 차네는 친쿠를 쓸쓸케 쳐다포네. 쌤나써 클러나?" 슈뮈크는 빌헬름의 이야기를 주의 깊게 듣고는 지적했다.

"쌤이 아니라, 프리츠의 행복이 염려되는 겁니다. 저게 만족한 사람의 얼굴입니까? 파리가 그를 가만히 두지 않을까 봐 두려워요. 나를 본받았으면 좋겠어요. 옛 악마가 언제 깨어날지 아무도 모르죠. 우리 둘 중에 정신을 가장 똑바로 차린 사람은 프리츠가 아니랍니다. 지금 차려입은 복장, 오페라글라스, 이런 것들이 다 걱정스럽네요. 극장 안의 창부들에게만 시선을 주고 있습니다. 프리츠를 결혼시키기란 얼마나 어려운지 상상도 못할 겁니다! 프랑스에서 '예의를 갖춰서 연애를 건다'라고 하는 일을 끔찍하게 싫어하니까요. 이 친구는 가정 속에 밀어 넣어야만 합니다. 마치 영국에서 사람을 영원 속으로 밀어 넣듯이 말이죠."

초연이 끝난 다음에 항상 일어나는 소란을 틈타 플루티스트는 지휘자를 결혼식에 초대했다. 퐁스는 즐겁게 승낙했다. 슈뮈크는 3개월 만에 처음으로 친구의 얼굴에서 미소를 보고는 이 섬광 같은 기쁨 속에서 퐁스를 좀먹는 아픔의 깊이를 헤아렸다. 슈뮈크는 침묵을 지키며 그를 노르망디 거리로 데려갔다. 진정으로 고매하고, 사심 없고, 대범한 사람이 이처럼 약한 모습을 보이다니⋯⋯! 금욕주의자 슈뮈크는 아연실색하며 찌르는 듯한 슬픔을 느꼈다. 왜냐하면 퐁스의 행복을 위해서 아끼는 '착한 봉

쓰'와 더 이상 매일 마주 보고서 식사할 수 없음을 깨달았기 때문이다! 그런 희생을 치루는 일이 가능할지조차 알 수 없었다. 생각만 해도 미칠 것만 같았다.

로마의 아벤티노 언덕 위로 올라간 듯이* 노르망디가에서 자존심을 지키며 침묵하는 퐁스의 태도는 물론 법원장 부인을 궁금하게 만들었다. 그녀는 식충을 내쫓고 나서 별로 걱정하지 않았다. 아름다운 딸과 함께 단지 사촌이 귀여운 릴리의 장난을 이해했다고 생각했지만, 법원장은 이와 달랐다. 카뮈조 드 마르빌 법원장은 법원에서 승진한 후에 엄숙해진 작고 뚱뚱한 인물이었다. 그는 키케로를 존경했고, 이탈리아 극장보다 오페라 코미크*를 더 좋아했으며, 배우들을 비교하고, 군중을 따라다녔다. 정부를 지지하는 신문의 기사를 자기의 생각인 양 이야기했고, 의견을 말할 때 앞서 발언한 판사의 견해를 달리 돌려서 제시했다. 성격의 주된 특징들이 충분히 알려진 이 법관은 지위 때문에 모든 일을 진지하게 받아들일 수밖에 없었는데, 무엇보다 친척들과의 관계를 중시했다. 아내에게 완전히 지배당하는 남편들이 그러하듯, 법원장은 작은 일에 있어서 독립성을 지키는 시늉을 했고, 아내도 그것을 존중했다. 한 달 동안은 퐁스가 나타나지 않는 이유에 대해 부인이 둘러대는 상투적인 설명에 넘어갔으나, 끝내 40년 친구인 노음악가가 더 이상 자기 집에 오지 않는 것을 의아하게 여겼다. 게다가 퐁파두르 부인의 부채처럼 엄청난 선물을 한 후라서 더욱 이상했다. 그 부채는 포피노 백작이 걸작이라고 알아보았고, 심지어 튈르리궁에서는 모두가 서로 만져 보려고 하며 법원장 부인에게 칭찬을 아끼지 않았다. 부인의 허영심은 더 할 나위 없이 충족되었다. 사람들은 상아로 된 열 개의 부챗살에 놀랍도록 섬세하게 새겨진 장식의 아름다움을 그녀 앞에서 나열했다. 포피노 백작 집에서 한 러시아 부인은 (러시아 사람들은 어디를 가든 그곳이 러시아라고 착각한다) 공작 부인에게나 어울릴 만한 물건의 실제 주인을 보고 속으로 웃으며, 이 굉장한 부채를 6천 프랑 주고 사겠다고 제안했다. 그다음 날 세실은 아버지에게 말했다.

"어쨌든 불쌍한 사촌이 이런 쓸데없는 물건에는 눈썰미가 있다는 건 인정해 줘야 해요……."

"쓸데없는 물건이라니!" 법원장이 대꾸했다. "정부는 돌아가신 소므라르 참사관 님의 수집품들을 30만 프랑에 사들이고, 그것들을 보관하기 위해 클뤼니 저택을 사서 보수하는 데 파리 시청과 반씩 나눠서 1백만 프랑 이상 지불할 계획이란다. 아가야, 이 쓸데없는 물건들은 대개 사라진 문명들의 유일한 증언이야. 에트루리아의 단지, 목걸이는 앞에 것은 때로 4만 프랑, 뒤의 것은 5만 프랑이 나가는데, 에트루리아인들이 이탈리아로 망명한 트로이 사람들이라는 사실을 알려 주면서, 트로이가 포위되던 시절의 예술이 얼마나 뛰어났는지 보여 주지."

이것이 바로 작고 뚱뚱한 법원장이 농담하는 방식이었다. 그는 아내와 딸을 대할 때 무겁게 비꼬곤 했다.

"세실, 이런 쓸데없는 물건들을 알아보기 위해 필요한 여러 지식들은 고고학이라는 학문이야. 고고학은 건축, 조각, 회화, 귀

금속 세공술, 도예, 최근에 생긴 기술인 고급 가구 공예, 레이스, 태피스트리, 한마디로 인간 노동의 모든 창조물들을 다루지."

"퐁스 사촌이 학자라는 말씀이세요?" 세실이 물었다.

"아, 그런데 그 양반 왜 요즘 안 보이지?" 법원장은 스쳐 지나간 수많은 작은 일들이 갑자기 모여서, 사냥을 비유로 들자면, 총탄이 나갔을 때 일으키는 동요를 느낀 사람의 얼굴이었다.

"별거 아닌 것 가지고 삐쳤나 보죠." 부인이 답했다. "이 부채를 선물했을 때 충분히 고마워하지 않았나 봐요. 당신이 아시다시피 내가 이 분야는 잘 모르잖아요……."

"당신이! 세르뱅*의 가장 재능 있는 제자들 중 한 명이!"

"나는 다비드, 제라르, 그로, 지로데, 게랭, 포르뱅, 튀르팽 드 크리스 등은 알죠……."

"그래도……."

"그래도 뭐요?" 부인은 사바의 여왕과 같은 표정으로 남편을 바라보았다.

"여보, 바토는 누군지 알아야지요. 요즘 매우 유행인데." 법원장의 공손한 말투는 그가 아내를 얼마나 떠받드는지 나타냈다.

이 장면은 「악마의 약혼녀」가 초연되기 며칠 전에 있었다. 그날 귀빈석에 앉은 모든 관객들이 퐁스의 병색을 보고 놀랐다. 퐁스를 자기 집 식탁에 자주 앉혔고, 그를 심부름꾼으로 쓰던 사람들은 의아하게 생각하던 참이었고, 그중 몇 명이 극장에서 그의 모습을 목격하자 이들 사이에서 염려가 점점 커졌다. 퐁스가 산책하면서 예전에 왕래하던 사람들을 멀리서 보았을 때 조심스럽게 피했지만 어쩔 수 없이 모니스트롤 가게에서 전 장관 포피노 백작과 정면으로 마주쳤다. 모니스트롤은 퐁스가 법원장 부인에게 언급하던, 새로 닦은 보마르셰 대로의 유명하고 대담한 골동품상들 가운데 한 명이었다. 그들은 물건들이 요즘 점점 희귀해져서 구하기 거의 불가능해진다며 특유의 교활하고 과장된 언사로 가격들을 올리곤 한다.

"친애하는 퐁스, 왜 이렇게 얼굴 보기 힘들어졌어요? 얼마나 보고 싶었다고요. 포피노 부인도 우리를 이렇게 버린 이유를 궁금해하고 있어요."

"백작, 어떤 친척 집에서, 내 나이가 되면 환영받지 못한다는 걸 알려 줍디다. 그간 내게 예의 있게 대한 적은 없지만, 적어도 모욕하진 않았지. 난 아무에게도 뭘 요구하지 않았소."

그는 예술가의 자존심을 세우며 말했다.

"친절을 베풀어 주는 대가로 가끔 나를 초대하는 사람들의 심부름을 했소. 그러나 내가 오해했었나 보오. 친구들, 친척들 집에 저녁 식사를 하는 영광을 누리는 대신 무한히 과세를 지불하고 부림을 당해야 하는 거였소……. 그러니, 식객으로서 사표를 냈소이다. 집에 들어가면, 어떤 식탁도 내게 주지 못한 것, 진정한 친구가 있다네."

노음악가는 아직 이런 말들의 쓰라림을 몸짓과 어투로 강조할 줄 알았다. 포피노 의원은 충격을 받아 위엄 있는 음악가를 따로 끌어냈다.

"자, 자, 친구, 무슨 일이 있었던 거요? 무엇 때문에 기분이 상했는지 말 좀 해 줘요. 외람되지만, 우리 집에선 항상 예의를 지켰다는 걸……."

"자네가 유일한 예외야. 게다가 자넨 대귀족이자 높은 정치인이잖나. 많은 걱정거리로 다 설명이 되지."

포피노는 사람들과 사물들을 다루는 데 상당한 능란함에 이른 사람이었다. 퐁스는 결국 마르빌 법원장 집에서 당한 수모를 털어놓았다. 포피노는 그의 서러움을 깊이 동정하여 즉시 자상하고 품위 있는 아내에게 말했고, 그녀는 법원장 부인을 만나자마자 힐난했다. 한편 전 장관도 이에 대해 법원장에게 몇 마디를 하여, 카뮈조 드 마르빌 댁에서 가족 재판이 열렸다. 비록 카뮈조는 자기 집에서 전적으로 주인이 아니었지만 그의 질책은 '실제적, 그리고 법적으로' 너무나 근거가 명확하여 부인과 딸이 죄를 인정할 수밖에 없었다. 두 사람은 스스로를 낮추고 모든 것을 하인들의 잘못으로 돌렸다. 이들은 불려와 야단을 맞고, 완전한 자백을 한 후에야 용서를 받았다. 하인들의 말을 들은 법원장은 퐁스 사촌이 자기 집에 틀어박혀 있을 합당한 이유가 있었음을 깨달았다. 아내에게 지배당하는 가장들이 그러하듯, 법원장은 남편으로서, 법조인으로서의 온 권위를 발휘하여 만약 앞으로 퐁스 사촌이나, 방문해 주는 모든 손님들을 자기 자신과 똑같이 대하지 않으면 이 집에서 내쫓기고, 따라서 이 집에서 긴 시간 근무해서 얻은 혜택들을 잃어버리게 될 것이라고 선언했다. 자기 자신과 똑같이 대접하라는 말에 마들렌은 미소를 지었다. 법원장이 말했다.

"자네들이 용서받을 수 있는 길은 하나밖에 없네. 내 사촌께 사과를 해서 화를 풀어 드리는 거지. 그가 용서해 주지 않으면 모두 내쫓을 테니, 그분을 찾아뵙고 여기서 계속 일할 건지 아닌지가 달려 있다고 빌어들 보게."

다음 날, 법원장은 공판이 시작되기 전에 사촌을 방문하기 위해 조금 일찍 나섰다. 시보댁이 법원장이 왔음을 알리고, 그가 등장하자 그 자체로 하나의 사건이었다. 난생처음으로 그러한 영광을 누려 보는 퐁스는 사죄를 예감했다. 상투적인 인사를 주고받은 후 법원장은 입을 열었다.

"사랑하는 사촌, 은신하시는 이유를 끝내 알게 되었답니다. 그리하여 사촌에 대한 존경심이 더욱 커졌습니다. 한마디면 충분합니다. 제 하인들은 모두 쫓겨났어요. 아내와 딸애는 땅을 치고 있고요. 용서를 빌기 위해 꼭 뵙고 싶어 합니다. 여기엔, 사촌, 무고한 사람은 이 늙은 판사입니다. 포피노 집에 가서 저녁을 먹기 위해 몹쓸 장난을 친 소녀 때문에 저를 벌하지 말아 주세요. 게다가 저는 지금 모든 잘못을 인정한 채 화해하러 왔어요……. 36년간의 우정이 조금 금이 갔다 할지라도 약간의 위력은 있지 않았습니까. 자…… 오늘 저녁 저희 집에 식사하러 오셔서 화해합시다……."

퐁스는 모호한 답변을 희미하게 늘어놓다가, 그날 저녁에는 은행가가 되기 위해 플루트를 잡초 밭에 버리는 오케스트라 단원의 약혼식에 참석해야 한다고 이야기했다.

"그렇다면, 내일!"

"사촌, 포피노 부인께서 황송하게도 너무나 공손한 편지로 날
······."

"그러면 그다음 날······."

"그다음 날은, 플루트 수석의 동업자인 독일인, 브뤼네르*라는
이름을 가진 이가 오늘의 답례로 예비 부부를 초대한다네······."

"인기가 좋으시네요. 사람들이 서로 초대하려고 경쟁하니. 그
럼 다음 주 일요일에 합시다! 법원에서 말하듯이 8일 연기하죠."

"하지만 플루티스트의 장인이 될 그라프라는 양반 집에서 저
녁을 먹기로······."

"그럼 토요일로 정합시다. 그때까지 잘못을 눈물로 뉘우친 어
린 소녀를 다독거려 주실 겨를도 생기네요. 하느님께서도 참회
만 하면 용서해 주십니다. 저 불쌍한 어린 세실에게 하느님 아버
지보다 더 엄격하시렵니까······?"

약점을 찔린 퐁스는 공손함의 도를 뛰어넘는 문구들을 늘어
놓으며 층계참까지 법원장을 배웅했다. 한 시간 후 법원장의 하
인들이 퐁스 영감 집에 몰려와서 비겁하고 아첨을 잘하는 하인
이 무엇인지 보여 주었다. 그들은 눈물까지 흘렸다! 마들렌은
퐁스를 따로 불러서 결심한 듯이 그의 발 앞에 엎드렸다. "선생
님, 다 제 탓이에요. 제가 선생님을 사랑하고 있다는 거 아시잖
아요." 그녀는 울음을 터뜨리면서 말했다. "이 잘못은 제 피 속에
끓고 있던 복수심의 탓으로 봐주세요. 우린 연금을 잃게 될 겁니
다······! 선생님, 제가 미쳤어요. 동료들이 제 미친 짓 때문에 피
해 보는 걸 원치 않아요······. 이제 알았어요. 제가 선생님 짝이

될 팔자가 아니라는 걸요. 생각을 고쳐먹었어요. 전 너무 욕심이 컸어요. 그래도 아직도 사랑해요. 10년 동안 선생님을 행복하게 만들어 드리고 이곳에서 모든 것을 돌보는 행복만을 꿈꿔 왔습니다. 그건 정말 좋은 삶이었을 거예요……! 아, 선생님, 제가 얼마나 사랑하는지 아신다면! 제가 하도 못되게 굴어서 눈치 못 채셨나요? 제가 내일 죽는다면, 제 유품 중에 뭐가 있는지 아세요……? 선생님에게 모든 걸 남기는 유서요…… 그렇답니다. 제 큰 함 속에, 보석들 밑에요!”

　마들렌은 이러한 현을 튕기면서, 상대가 썩 마음에 들지 않을지라도, 열렬한 사랑의 대상이 되었을 때 높아지기 마련인 자존감의 희열 속에 퐁스를 빠뜨렸다. 마들렌에게 위엄 있게 용서를 해 준 다음, 모두에게 자비를 베풀어 그들이 전부 그 집에 머물 수 있도록 사촌 법원장 부인을 설득하겠다고 약속했다. 퐁스는 전혀 비굴하게 행동하지 않고 예전의 모든 쾌락을 다시 누릴 수 있게 된 것에 대해 말할 수 없이 흡족했다. 사람들이 그를 찾아왔고, 이에 따라 체면을 세웠다. 하지만 슈뮈크에게 이런 승리를 이야기하자 친구가 슬퍼하고 말하지 못하는 의혹으로 가득 찬 얼굴에 마음이 상했다. 결국 갑자기 변한 퐁스의 표정을 보고 착한 독일인은 거의 넉 달 동안 친구를 독차지함으로써 맛보았던 행복을 희생시키며 함께 기뻐했다. 정신의 병은 몸의 병에 비해 엄청난 이점을 가졌다. 욕망의 대상을 누리지 못한 박탈감 때문에 생기는 반면 그 욕망이 충족되었을 때 순식간에 치유된다. 그 날 아침, 퐁스는 완전히 다른 사람이 되었다. 우울하고 죽어 가던 노인은 예전에 법원장 부인에게 퐁파두르 후작 부인의 부채를 가져다줄 때의 의기양양했던 퐁스로 돌변했다. 슈뮈크는 자신이 이해하지 못하는 이런 현상에 대해 깊은 사색에 빠졌다. 진정한 금욕주의는 프랑스의 쾌락주의를 결코 이해하지 못할 것이다. 퐁스는 진정한 제정기의 프랑스인으로서, 지난 세기의 쾌락주의와 「시리아로 떠나며」 등의 연가들이 노래하는 여성에 대한 헌신을 겸비했다. 슈뮈크는 마음속 깊이 독일 철학의 꽃 아래 자신의 슬픔을 묻었다. 하지만 8일 만에 얼굴이 노랗게 되어 시보댁이 동네 의사를 불러오기 위해 꾀를 써야 했다. 의사는 고빌리루빈 혈증이 의심된다고 하여, 시보댁은 이 전문 용어를 듣고 아연실색했는데, 쉽게 말하자면 '황달'이다.

어쩌면 처음으로, 두 친구는 함께 시내에 저녁 식사를 하러 갔다. 슈뮈크에게는 독일로 소풍 가는 격이었다. 실제로, 라인 호텔의 주인인 요한 그라프와 그의 딸 에밀리, 재단사 볼프강 그라프와 그의 아내, 프리츠 브루너와 빌헬름 슈밥은 독일인이었다. 프랑스인은 퐁스와 공증인뿐이었다. 아버지가 분별 있게 딸이 호텔에 드나드는 온갖 부류의 사람들과 접촉할까 봐 걱정하여, 뇌브데프티샹 거리와 빌르도 거리 사이에 있는 리슐리외 거리에 위치한 성대한 저택을 소유한 재단사 부부가 조카를 키웠다. 이 아이를 친딸처럼 사랑하는 이 훌륭한 부부가 신랑 신부에게 1층을 내주었다. 이곳에 브루너, 슈밥 은행이 창립될 터였다. 이 행복의 근원인 브루너의 유산을 실제로 받는 데 걸리는 시간인 약 한 달 전부터 모든 일이 결정되어서 유명한 재단사가 신혼

집을 새로 단장하고 거기에 가구를 들였다. 은행의 사무실들은 길가로 나 있는 호화로운 가게와 안뜰과 뒤뜰 사이에 있는 옛 저택을 합친 날개관에 마련되었다.

노르망디 거리에서 리슐리외 거리로 가는 동안, 퐁스는 정신이 다른 데 팔린 슈뮈크에게 죽음이 고맙게도 뚱뚱한 호텔 주인 아버지를 데려간, 이 새로운 탕자 이야기에 대해 자세하게 물었다. 가장 가까운 친척들과 막 화해를 한 퐁스는 즉시 프리츠 브루너를 세실 드 마르빌과 결혼시키고 싶은 바람에 사로잡혔다. 우연히도 그라프 형제의 공증인이 바로 예전에 그 사무소의 두 번째 일등 서기 출신으로, 카르도의 사위이자 후계자였다. 마침 퐁스가 그의 집에 저녁 식사를 자주 하곤 했었다.

"아, 베르티에 선생, 오랜만이구려." 노음악가가 자신을 접대했던 사람에게 손을 내밀었다.

"도대체 왜 저희 집에 더 이상 오지 않으시는 건지요? 집사람이 걱정합니다. 「악마의 약혼녀」 초연에 선생님을 뵙고 걱정이 궁금증으로 바뀌었습니다."

"노인네들은 쉽게 성을 낸다네. 한 세기 뒤처진다는 죄가 있어요. 허나 어쩌겠나? 한 세기를 대표하는 걸로 충분하지, 죽음을 맞이하는 세기의 사람이 될 수 없거든."

"아, 한꺼번에 두 세기를 넘나드는 건 쉽지 않죠." 공증인이 예리한 표정을 지으며 말했다.

"그건 그렇고," 영감은 젊은 공증인을 구석으로 끌고 가며 말했다. "왜 내 사촌 세실 드 마르빌을 결혼시키지 않는 거요……?"

"아, 왜라니요…… 사치가 수위실에까지 침투한 이 시대엔 젊은이들은 지참금 10만 프랑밖에 가져오지 않는다면 파리 대법원 법원장의 딸이라고 할지라도 백년가약을 맺기를 꺼리죠. 마르빌 양의 신랑이 속할 계급에서, 남편으로 하여금 1년에 3천 프랑만 지불하게 하는 여인은 존재하지 않습니다. 그 정도 지참금의 이자 가지고는 겨우 예비 신부가 몸치장하는 비용을 충당할 수 있어요. 연금 1만 5천에서 2만 프랑을 받는 총각은 아늑한 중이층에서 살면서, 아무에게도 품위를 지킬 필요가 없으니 단 한 명의 하인으로 충분하고, 재단사가 책임져 주는 체면 외엔 차릴 것이 없어서 돈을 마음대로 쓸 수 있습니다. 앞날을 내다보는 어머니들에게 대접받고, 파리 패션계의 왕이 됩니다. 반면 부인은 다 갖춰진 집을 원하고, 마차가 필요하고, 극장에 갈 때 박스* 좌석을 요구합니다. 총각 때는 자기 자리만 사면 되었건만. 한마디로, 결혼 전에는 혼자서 대변하던 재산을 부인이 대변하게 되는 거죠. 부부가 3만 프랑의 연 수입을 가졌다? 지금 세계에서는 부자였던 총각이 샹티이 경마장 입장료도 아끼는 불쌍한 녀석으로 전락합니다. 자식까지 낳으면……? 궁핍해지는 거죠. 마르빌 부부가 이제 오십 대가 되셨으니 유산의 만기일은 15 내지 20년 후입니다. 어떤 신랑감도 그걸 지갑 속에 그렇게 오랫동안 묵혀 두길 원치 않아요. 창녀들과 마비유에서 폴카를 추는 철없는 젊은이들의 마음이 계산으로 썩어 빠져서 우리가 설명해 주지 않아도 결혼할 총각들이 이 문제의 양면을 이미 연구했답니다. 우리끼리니까 말인데요, 마르빌 양이 신랑감들의 머리가 돌 정도로 심장을 뒤흔드는 건 아니라서, 모두 결혼을 꺼리죠. 간혹 제대로 된 이성과 연금 2만 프랑을 소유한 젊은이가 속으로 야심을 채우려는 목적으로 혼인의 용의를 보일 때는, 마르빌 양이 별로 관심을 갖지 않아요…….”

“그래?” 음악가는 의아해서 물었다.

“아…… 오늘날 모든 총각들이, 퐁스 선생님이나 저처럼 못생긴 녀석들까지 건방지게도 60만 프랑의 지참금과 얼굴도 예쁘고 재치 있고, 교육을 잘 받은, 흠 잡을 데 없이 완벽한 양갓집 딸들을 원합니다.”

“사촌 처녀는 결혼하기 힘들다는 말인가?”

“부모가 마르빌 땅을 지참금으로 주려는 결심을 하지 않는 한 처녀로 머물 겁니다. 그들만 원했다면 이미 포피노 자작 부인이 되어 있을 텐데요. 저기 브루너 씨가 오네요. 브루너사(社) 창립 문서와 결혼 계약을 읽어야겠군요.”

소개와 축하의 말들이 오간 후, 퐁스는 친척들로부터 계약에 서명해 달라는 부탁을 받아, 문서의 낭독을 들었다. 5시 반 즈음 식당으로 갔다. 만찬은 사업자들이 일을 잠시 제쳐 뒀을 때 베풀 줄 아는 호화로운 식사였고, 라인 호텔의 주인인 그라프가 파리의 일급 납품업자들과 맺는 특권적인 관계를 잘 드러냈다. 퐁스도 슈뮈크도 이와 같은 음식을 먹어 본 적이 없었다. 생각까지 황홀해질 만한 요리들이었다……! 국수는 전대미문의 풍미를 지녔고, 바다빙어 튀김은 다른 음식과 비교를 불허했고, 제네바의 연어는 진정한 제네바식의 소스로 양념되었으며, 플럼 푸딩의 크림은 그것을 발명했다고 알려진 유명한 런던의 의사조차 놀라게 했을 정도였다. 다들 저녁 10시에 식탁에서 일어섰다. 그 날 소비된 라인강과 프랑스산 포도주의 양은 댄디들도 경악시 켰을 것이다. 독일인이 침착하고 얌전한 몸가짐을 유지하면서 얼마나 많은 액체를 들이켤 수 있는지는 아무도 모른다. 독일에 서 저녁 식사를 할 때에는 병들이 마치 지중해의 아름다운 해변 에서 파도가 파도의 뒤를 잇듯이 줄줄이 이어지고, 스펀지 또는 모래사장의 흡수성을 가진 듯한 독일인들 안으로 사라지는 광 경을 보아야 한다. 이 모든 일이 프랑스인의 소란 없이 태평하게 이루어진다. 대화는 여전히 고리대금업자의 즉흥적인 논리처럼 점잖고, 얼굴들은 코르넬리우스나 슈노르*의 벽화 속의 약혼녀 들만큼, 다시 말해 감지하기 어려울 정도로 붉어지고, 추억들은 파이프의 연기처럼 천천히 피어오른다.

10시 반 즈음, 퐁스와 슈뮈크는 정원의 벤치 위에 은퇴한 플루 트 수석 양옆에 앉아서, 어떻게 이 지경에 이르렀는지도 모른 채 서로의 성격, 의견, 불행 등을 털어놓고 있었다. 고백들이 잡스 럽게 뒤섞이던 중, 빌헬름은 프리츠를 결혼시키고 싶은 소망을 포도주에 힘입어 간절하고 열렬하게 표출했다. 퐁스는 빌헬름 의 귀에 흥분하며 속삭였다.

"친구 브루너를 위해 이런 계획은 어때요? 사랑스럽고, 얌전 한 스물네 살 아가씨. 집안도 매우 좋아요. 아버지는 법원의 가 장 높은 자리 중의 하나를 차지하고, 지참금 10만 프랑에, 1백만 어치의 유산이 기다리고 있다네."

"잠깐만요! 당장 프리츠에게 이야기하고 올게요." 슈밥이 대답했다.

두 음악가는 브루너와 그의 친구가 그들 앞을 지나치고 또 지나치며 서로의 말에 교대로 귀를 기울이면서 정원을 도는 것을 구경했다. 퐁스는 머리가 조금 무겁고, 완전히 취하지는 않았지만 껍데기가 중력에 이끌리는 만큼 그 속에 생각들은 가볍게 날아다니는 상태였다. 포도주가 일으키는 안개 사이로 프리츠 브루너를 관찰하면서 그의 표정에서 가족의 즐거움을 향한 동경을 읽어 내려 애썼다. 슈밥은 곧 퐁스에게 친구이자 동업자를 소개했고, 브루너는 신경을 써 줘서 고맙다는 인사를 했다. 대화가 시작되었고, 두 독신자인 슈뮈크와 퐁스는 결혼을 찬양하며 악의 없이 "그건 남자의 종착역"이라는 농담을 던지기까지 했다. 예비부부의 예비 거실에서 아이스크림과 차, 펀치, 과자가 차려졌을 때, 출자자가 동업자를 곧 모방할 것이라는 소식이 전해지자 거의 전원이 술에 취한 이 점잖은 사업가들의 무리는 웃음바다가 되었다. 새벽 2시에 대로변을 따라 집으로 향한 슈뮈크와 퐁스는 이 지상의 일들이 음악적인 조화에 이르는 이치를 남은 이성으로 열심히 논했다.

다음 날 퐁스는 악행을 선행으로 갚는다는 큰 기쁨에 사로잡힌 채 사촌 법원장 부인의 집으로 갔다. 가엾고 아름다운 영혼이여……! 신약성서의 가르침대로 바르게 행동하는 사람들에게 몽티옹 상을 수여하는 이 시대에 누구나 인정하겠지만, 그는 분명히 성스러움의 경지에 달했다. '아, 식충한테 엄청난 은혜를 입겠구먼.' 그는 슈아죌 거리의 모퉁이를 돌면서 생각했다.

자기만족에 덜 몰두한 사람이라면, 능란하고 의심이 많은 사람이라면 이 집에 다시 발을 들여놓는 순간 부인과 딸을 유심히 살폈을 것이다. 하지만 이 불쌍한 음악가는 예술의 아름다움만큼이나 도덕적인 선을 믿는 순진한 아이였다. 그는 세실과 부인이 떠는 아양에 기뻐했다. 12년 동안 눈앞에 경가극, 비극과 희극 공연을 보아 온 탓에 어쩌면 이에 대해 무뎌져서 사회적인 희극을 알아보지 못했다. 파리의 사교계에 드나들어서 법원장 부인의 메마른 몸과 마음, 오직 명예에 대한 맹렬한 집착, 정절을 지킬 수밖에 없는 원통함, 허위 신앙심과 집에서 군림하는 여성의 거만함을 알아차린 사람들은 그녀의 잘못이 판명된 후로 남편의 사촌에게 품은 증오를 상상할 수 있으리라. 모녀의 호의적인 태도는 엄청난 복수심을 숨기고 있었다. 난생처음으로 아멜리는 자신이 좌지우지하는 남편 앞에서 과실을 범한 것이었다. 게다가 이런 굴욕의 원인 제공자를 친절하게 대해야 했다……! 추기경들의 거룩한 모임이나 수도원장들의 총회에서 수년간 지속되는 위선적 관계들 이외에는 이런 상황을 비견할 데가 없다. 3시에, 법원장이 대법원에서 돌아왔을 때, 퐁스는 프레데릭 브뤼네르 씨를 알게 된 놀라운 경위들, 새벽에서야 끝이 난 전날의 만찬들, 그리고 프레데릭 브뤼네르와 관련된 모든 일에 대한 이야기를 겨우 마친 직후였다. 세실은 곧바로 본론으로 들어가 프레데릭 브뤼네르의 옷차림, 키, 생김새, 머리카락과 눈의 색깔에 대해 물었고, 그가 기품이 있다고 판단을 내린 다음 그의 대범한 성격에 감탄했다.

"불행한 시절의 친구에게 50만 프랑을 주다니! 어머 엄마! 저는 마차와 이탈리아 극장에 박스석을 가질 수 있어요."

어머니가 자신을 위해 바라는 모든 조건과, 포기했었던 소망들이 충족될 상상에 세실은 거의 예뻐졌다.

부인은 한마디만 했다. "귀여운 아가, 넌 보름 안으로 결혼할 수 있겠다."

모든 어머니들은 스물세 살의 딸을 '아가'라고 부른다! 법원장이 끼어들었다.

"그래도 시간을 들여서 조사를 해 봐야지. 내 딸을 아무에게나 줄 수 없잖아……."

퐁스가 대답했다. "조사하려면, 모든 계약은 베르티에 사무실에서 이루어졌소. 그리고 아름다운 사촌, 내게 하신 말 기억해요. 마흔이 넘었고, 반쯤 대머리인데 삶의 폭풍 속에 쉬어 갈 수 있는 항구가 되어 줄 가족을 원하는 거요. 난 거기에 대해 말리지 않았소. 세상에는 온갖 취향들이 있지……."

법원장은 대꾸했다. "그러니까 더욱 프레데릭 브뤼네르 씨를 만나 봐야겠네. 난 병약한 사람한테 딸을 주고 싶지 않아요."

"그렇다면, 사촌 마님, 원하시면 닷새 후에 직접 보고 판단하세요. 지금 생각하신대로라면, 잠깐 봐도 충분할 테니까……."

세실 모녀는 몹시 기뻐하는 손짓을 했다. 퐁스가 이어서 말했다.

"프레데릭은 고상한 예술 애호가인데, 내 보잘것없는 수집품들을 자세히 구경시켜 달라고 부탁했소. 내 그림과 골동품을 본 적이 없으니 함께 오세요. 내 친구 슈뮈크가 데리고 온 두 친척 이라고 하고, 부담 없이 미래의 신랑감과 인사를 나눌 수 있을 거요. 프레데릭은 두 분이 누군지 전혀 모를 테니."

"그게 좋겠군!" 법원장이 환영했다.

전에는 멸시하던 식충에게 얼마나 많은 정성이 쏟아졌을지 짐 작할 만하다. 가엾은 영감은 그날만큼은 부인에게 진정한 사촌 의 대접을 받았다. 행복해진 어머니는 기쁨의 물결 속에 증오심 을 잠기게 하여, 특별히 고안한 눈빛, 미소, 그리고 말들로 영감 을 황홀경에 빠뜨렸다. 그는 자신이 베푸는 선행, 그리고 앞으로 펼쳐질 미래로 인해 환희에 찼다. 브루너, 슈밥, 그라프 집에서 계약서에 서명한 날과 같은 만찬에 계속 참석하지 않겠는가? 축 제가 이어지는 삶과, '뚜껑이 덮어져 있는 접시', 놀라운 요리, 그 윽한 술의 행렬이 그의 눈앞에 보이는 듯했다.

법원장은 퐁스가 간 다음에 부인에게 말했다.

"우리의 사촌 퐁스가 이런 횡재를 안겨 주면, 지금 지휘자로 받는 봉급만큼의 연금을 줘야지."

"그럼요." 부인이 답했다.

신랑감이 마음에 들 경우 이런 저열한 선심을 받아들이도록 세실이 노음악가를 설득하는 일을 맡았다.

다음 날, 프레데릭 브뤼네르 씨의 재산에 대한 확실한 증거를 얻기 위해 법원장은 공증인 사무실로 갔다. 부인으로부터 이 사 실을 미리 알게 된 베르티에는 새로운 의뢰인인 은행가 슈밥, 즉

전 플루티스트를 불렀다. 친구가 이처럼 영예로운 집안과 혼인을 맺을 생각에 눈이 먼 슈밥은(독일인들이 사회적인 지위를 얼마나 따지는지는 잘 알려져 있다. 독일에서는 여인들도 장관 사모님, 판사 사모님, 변호사 사모님이다.) 골동품상을 구슬리는 수집가처럼 살살거렸다. 세실의 아버지가 그에게 말했다.

"무엇보다, 내가 딸에게 마르빌 땅을 계약으로 증여할 테니, 부부 재산제로 결혼시키길 희망합니다. 브뤼네르 씨가 마르빌을 넓히기 위해 땅에 1백만 프랑을 투자해서, 내 딸과 그 자녀들의 미래를 금융계의 기복으로부터 안전하게 지킬 수 있는 지참 부동산이 구성되었으면 합니다."

베르티에는 턱을 어루만지며 생각했다. '법원장님 잘 나가시네.'

슈밥은 부부 재산제에 대해 설명을 들은 후 친구의 동의를 약속했다. 이런 조건은 다시 가난해질 염려가 없는 투자 방식을 원하던 프리츠의 바람을 충족시켜 줬다. 법원장은 덧붙였다.

"현재 120만 프랑어치의 농장과 목초지 매물이 나왔어요."

슈밥이 대답했다. "은행에 우리 계좌를 보장하기 위해선 은행 주식 1백만 프랑이면 충분해요. 프리츠는 사업에 2백만 이상을 쓰려고 하지 않으니, 법원장님께서 원하시는 대로 할 겁니다."

법원장으로부터 이런 소식을 들은 아내와 딸은 기뻐서 정신을 잃을 뻔했다. 이처럼 돈 많은 포획물이 결혼이라는 그물에 너그럽게 잡힌 적은 없었다. 아버지가 딸에게 말했다.

"너는 브뤼네르 드 마르빌 부인이 될 거다. 남편이 그 이름을 자기 이름에 붙일 수 있도록 허가를 받아 줄 테고, 그다음에는 귀화 허가장도 얻게 될 거니까. 내가 귀족원 의원이 되면 내 뒤를 이을 거야!"

부인은 닷새 내내 딸을 단장시키기 위해 준비했다. 당일에는 세실에게 직접 옷을 입히고, 영국 여왕이 독일 여행을 떠날 때 해군 대장이 뱃놀이 요트를 의장하는 데 들이는 정성으로 자기 손으로 무장시켰다.

한편 퐁스와 슈밥은 퐁스의 수집실, 아파트, 가구들을 해군 대장의 선박을 청소하는 선원들처럼 날렵하게 털고 닦았다. 목조 조각 사이에 먼지 하나 없었고 구리는 반짝거렸다. 파스텔을 덮고 있는 유리는 라투르, 그뢰즈, 「코코아 주전자」를 그린 유명한 리오타르의 작품들, 불행히도 단명한 이런 회화의 기적을 선명하게 보여 주었다. 피렌체산 청동의 유약이 영롱하게 빛났다. 스테인드글라스의 섬세한 색체가 찬란했다. 모든 것이 그 형태 안에서 빛났고, 시인이기도 한 두 음악가가 구성한 걸작들의 합주 속에서 영혼을 울리는 선율을 펼쳤다.

이미 시작한 연극 무대 위로 등장하는 어색함을 피하기 위해 능란한 두 여인은 먼저 왔다. 영토를 확보하기 위해서였다. 퐁스는 친척들에게 슈뮈크를 소개했는데, 그녀들의 눈에는 그가 바보로 보였다. 4백만장자인 신랑감에 정신이 팔려서 두 무지한 여자는 퐁스 영감의 예술평을 건성으로 들었다. 그녀들은 환상적인 세 액자의 붉은 비로드 위에 띄엄띄엄 놓인 프티토의 법랑 제품을 무관심한 눈으로 바라보았다. 반 호이쑴과 다비드 드 하임의 꽃, 아브라함 미뇽, 반 아이크의 벌레들, 알브레히트 뒤러,

크라나흐의 진품, 조르조네, 세바스티아노 델 피옴보, 바퀴젠, 호베마, 제리코의 작품 등 회화의 희귀품들을 비롯해 어느 것도 그녀들의 호기심을 자극하지 않았다. 이 재물들을 비춰 줄 태양을 기다리고 있었던 것이다. 하지만 에트루리아의 몇몇 보석들과 담배 케이스들의 가치 앞에서는 놀라워했다. 피렌체 청동 작품을 손에 들고 분위기를 맞추기 위해 감탄하고 있었을 때, 시보댁이 브뤼네르 씨가 왔다고 알렸다! 그녀들은 돌아보지 않고 조각된 거대한 흑단 틀 속에 들어 있는 엄청난 베니스산 거울을 이용하여 신랑감 중의 제왕을 살폈다.

빌헬름에게 미리 이야기를 들은 프레데릭은 남아 있는 얼마 되지 않는 머리를 다 빗어 모았다. 어둡지만 부드러운 색조의 우아한 바지에, 최신 유행의, 최고로 세련된 비단 조끼와 프리슬란트 여성이 손으로 짠 천에 투명 장식을 한 블라우스를 입었고, 하얀 그물이 달린 파란색 넥타이를 맸다. 그의 시곗줄과 단장의 손잡이는 플로랑과 샤노르의 제품이었다. 겉옷은 그라프 영감이 가장 귀한 감으로 직접 재단했다. 스웨덴산 장갑만 보더라도 이미 어머니의 재산을 먹어 치운 사내임을 알 수 있었다. 두 여인이 노르망디 거리의 바닥에 울린 마차 소리를 미리 알아맞히지 않았더라도, 그의 에나멜 입힌 부츠가 반짝거리는 모양은 낮은 2인용 쌍두마차를 타고 왔다는 것을 말해 주었다.

방탕한 스무 살 청년의 번데기를 벗어 은행가로 거듭난 마흔 살의 사내는 관찰력이 뛰어나기 마련이다. 게다가 브루너는 순진하다는 독일인의 평판을 십분 이용하는 법을 배웠다. 이날 아침

내내 가정생활과 총각의 삶 사이에서 망설이는 남자의 고민하는 표정을 지었다. 세실은 프랑스 사람이 되어 가는 독일인의 얼굴 위에 이런 표정을 낭만성의 극치라고 생각했다. 비르라츠 가문의 후손에게서 베르테르를 보았다. 결혼에 관하여 작은 소설을 짓지 않는 아가씨가 어디 있겠는가? 40년 동안 인내로 모은 작품들을 브루너가 보고 감탄하며 처음으로 제값을 매겼을 때 퐁스는 매우 기뻐했고, 세실은 스스로 가장 행복한 여인이라고 여겼다. 그녀는 생각했다. '시인이잖아! 여기서 몇 백만 프랑의 가치를 알아보다니. 시인은 돈을 세지 않고, 재산은 아내에게 맡기고, 시키는 대로 하면서 던져 주는 사소한 일에 정신을 팔겠지.'

영감 침실의 두 격자형 유리창의 유리 각각은 스위스산 채색 스테인드글라스였다. 수집가들이 구하려고 장거리 이동까지 하는, 가장 싼 것도 1천 프랑이 나가는 걸작을 열여섯 개나 보유하고 있었다. 1815년에 이 스테인드글라스는 6프랑과 10프랑 사이에 매매되었다. 이 엄청난 컬렉션을 이루는 육십 개의 회화 작품들, 가필된 부분이 하나도 없는 진품 그대로의 순수한 걸작들의 가격은 경매의 열기 속에서만 매겨질 수 있었다. 각각의 그림 둘레에는 굉장한 가치의 액자가 찬란하게 빛을 발했다. 온갖 양식을 볼 수 있었다. 현재 영국 식기의 무늬와 유사한 커다란 장식이 있는 베니스 액자, 예술가들이 "플라플라"라고 부르는 장식이 특징인 로마 액자, 대담한 나뭇잎 무늬의 스페인 액자, 순박한 인물들이 조각된 플랑드르와 독일의 액자, 주석, 구리, 나전, 상아로 세공된 흑단 액자, 회양목 또는 구리로 된 액자, 루이 13세 양식,

루이 14세 양식, 루이 15세 양식, 루이 16세 양식의 액자 등 가장 아름다운 표본들로 구성된 귀한 컬렉션이었다. 드레스덴이나 빈의 보물고 관리자보다 더 운이 좋은 퐁스는 나무의 미켈란젤로, 그 유명한 브루스톨론의 액자 한 점도 보유하고 있었다.

물론 마르빌 양은 새로운 골동품에 대해 매번 설명을 요구했다. 그녀는 이 놀라운 작품들의 세계에 브루너를 통해 입문하려 했다. 감탄하는 그녀의 모습이 너무나 순진하고, 그림 한 점, 조각품 한 점, 동상 한 점의 가치와 아름다움을 프레데릭으로부터 배우는 것이 너무나 즐거워 보여서 독일인은 긴장했던 마음을 풀었다. 그의 얼굴이 다시 젊어졌다. 결국 양쪽에서 우연한 이 첫 만남에서 의도했던 것보다 진도를 멀리 나아갔다.

만남은 세 시간 동안 지속되었다. 브루너는 계단을 내려가는 세실의 손을 잡아 주었다. 현명하게 느린 속도로 층계를 내려가면서 여전히 예술에 관한 이야기를 하던 세실은 사촌 퐁스의 하찮은 수집품을 향한 신랑감의 찬사에 놀랐다.

"우리가 본 것 모두가 돈이 많이 나간다고 생각하세요?"

"아, 사촌께서 컬렉션을 제게 팔고자 한다면, 오늘 저녁이라도 80만 프랑에 사겠어요. 그것도 손해 보는 일이 아닐 거예요. 60점의 그림만 하더라도 경매에서 그보다 더 높은 가격으로 떨 테니까요."

"그렇게 말씀하시니 믿어야겠네요. 오늘 가장 관심을 쏟으신 부분이니 그럴 수밖에 없죠."

"아니…… 그런 비난에 대해선, 다시 뵐 수 있도록 어머님께

제가 댁을 방문해도 되는지 허락을 여쭙는 것으로 답을 대신하겠어요."

'내 딸내미 참 영특하기도 하지!' 딸을 바로 뒤따르던 부인이 생각하며 큰 소리로 말했다. "와 주시면 정말 환영하겠습니다. 우리의 사촌 퐁스와 함께 저녁 식사하러 오세요. 법원장 양반도 만나 뵈면 기뻐할 겁니다…… 사촌, 감사해요." 그녀는 "이제 우리는 죽거나 살거나 영원히"라는 말도 이보다 더 강렬하지 않았을 정도로 퐁스의 팔을 의미심장하게 눌렀다. "사촌, 감사해요" 와 함께 퐁스에게 던진 눈빛은 포옹이나 마찬가지였다.

젊은 여인을 마차에 태운 뒤, 그리고 고급 2인용 삯마차가 샤를로 거리에서 사라졌을 때, 브루너는 결혼 이야기를 하는 퐁스에게 수집품 이야기를 했다.

"무슨 장애물이 있나……?" 퐁스가 물었다.

"아, 아가씨는 보잘것없고, 엄마는 좀 젠체하는 것 같은데요…… 봅시다." 브루너가 대답했다. 퐁스가 지적했다.

"앞으로 괜찮은 재산이 기다리고 있지. 1백만 이상……."

"월요일에 뵈어요. 그림을 제게 파신다면 50에서 60만 프랑은 족히 드리겠어요……."

"그래?" 영감은 자신이 그 정도로 부자라는 사실을 몰랐다. "내 인생을 행복하게 만드는 걸 처분하지는 않을 거요……. 죽은 후에나 인도하여 팔 거요."

"그렇다면 봅시다……."

"일 두 건이 진행 중이네." 수집가는 이렇게 말하면서도 결혼 생각뿐이었다.

　브루너는 퐁스와 인사를 나눈 후 호화로운 마차에 실려 사라졌다. 퐁스는 문지방 위에서 파이프를 피우고 있던 레모냉크에게 신경을 쓰지 않고 멀어지는 작은 마차를 바라보았다.

　바로 그날 저녁, 법원장 부인이 의논하기 위해 시아버지 댁에 갔다가 포피노 가족과 마주쳤다. 양갓집 아들을 포획하는 데 실패한 어머니들이 자연스럽게 품는 작은 복수심을 충족하기 위해 마르빌 부인은 세실이 화려한 결혼을 곧 하게 된다는 암시를 흘렸다. "세실이 누구와 결혼한다는 건가?"라는 질문이 모든 입에서 나왔다. 그리하여 법원장 부인은 비밀을 누설한다고 자각하지 않은 채 몇 마디를 귓속말로 발설하고, 그 말들을 베르티에 부인이 직접 확인하여, 그다음 날 퐁스가 미식 활동을 펼치는 부르주아들의 천국에서 떠도는 소문은 다음과 같았다.

　세실 드 마르빌은 인류애 때문에 4백만 프랑을 소유하고 있는, 은행가가 된 젊은 독일인과 결혼한다네. 소설 속 주인공처럼, 진정한 베르테르처럼 매력적이고, 선하고, 이미 과거에 망나니 생활을 청산한데, 미치도록 세실에게 빠졌다네. 첫눈에 반했고, 세실이 퐁스의 그림 속 모든 성모들과 경쟁하여 승리했기에 더욱 진정성이 보장된 사랑이라네, 등등.

　다음다음 날, 몇 명이 단지 금니가 정말 존재하는지* 알기 위해 법원장 부인에게 축하를 해 주려 방문했다. 예전에 '완벽한 비서의 길라잡이'라는 책에서 써야 할 문구를 찾아보았듯이 어머니들은 부인이 생각해 낸 놀라운 변주들을 참고해도 될 것이다.

"구청과 교회에서 돌아왔을 때나 결혼이 성사되었다고 할 수 있잖아요. 지금 우린 가볍게 만나는 단계예요. 우리의 기대에 대해 밖에서 이야기하지 말아 주시길 친구로서 부탁해요"라고 시프르빌 부인에게 말하는가 하면, "행복하시겠어요, 부인. 오늘날 자식 결혼시키기도 힘든데" 하고 묻자 "어쩌겠어요? 우연이었죠. 하지만 결혼이란 흔히 이렇게 이루어지지 않습니까" 하고 답하기도 했다.

"끝내 세실을 시집보내신다면서요?" 하고 카르도 부인이 묻자, 부인은 '끝내'에 담긴 빈정거림을 간파하면서 답했다.

"네, 그런데 다 갖췄어요. 재산, 친절, 선한 성격, 귀여운 외모. 사랑하는 내 딸이 그 정도는 받을 자격이 있죠. 브뤼네르 씨는 아주 멋지고 품위 있는 젊은이에요. 고품격을 좋아하고, 인생에 대해 잘 아느니만큼 세실한테 미쳤어요. 진심으로 사랑한답니다. 그에게 삼사백만 프랑이 있음에도 불구하고 세실이 받아 주기로 했어요……. 우린 그렇게 욕심이 많진 않지만……."

"좋은 건 나쁠 게 없죠."

"재산보다는 내 딸을 향한 사랑 때문에 승낙하기로 결심했죠." 법원장 부인은 르바 부인에게 말했다. "브뤼네르 씨가 너무나 급해서 법정 기간 안에 결혼하길 원해요."

"외국인이라……."

"맞아요. 그래도 저는 참 행복하답니다. 사위가 아니라 아들을 얻은 셈이에요. 브뤼네르 씨는 정말 매력적으로 섬세하죠. 부부 재산제로 결혼하는 데 얼마나 기꺼이 찬성했는지 몰라요…….

가족의 안전을 위한 커다란 보장이죠. 언젠가는 마르빌과 합쳐질 목장을 120만 프랑어치 구입할 겁니다."

다음 날에는 같은 주제에 의한 다른 변주를 했다. 브뤼네르 선생은 대부호로서 모든 일을 대부호처럼 처리했다. 다시 말해, 돈을 세지 않았다. 그리고 마르빌 법원장이 그에게 의원 출마를 할수 있는 특별 귀화 허가장만 얻어 주면(법무부가 그이를 위해 작은 법 하나를 제정해 줄 만했다), 사위는 귀족원 의원이 될 터였다. 브뤼네르 씨의 재산은 정확히 알려지지 않았지만, 가장 귀한 말과 파리의 가장 고급스러운 마차를 소유했다, 등등.

카뮈조 부부가 이런 전망들을 공개하는 데 느끼는 즐거움은 이런 승리가 얼마나 예상 밖이었는지 여실히 보여 주었다.

퐁스의 집에서 맞선을 본 직후 마르빌 선생은 부인의 독촉을 받아 법무부 장관, 대법원장과 검찰총장을 자기 집에서 열릴 신랑감의 제왕을 소개하는 날 만찬에 참석해 달라고 설득했다. 세 명의 높은 사람은 약속 날짜까지 불과 며칠 안 남았음에도 승낙했다. 각자는 이 가장이 그들에게 맡기는 역할을 이해했고, 즐거운 마음으로 도와주기로 했다. 프랑스에서는, 돈 많은 사위를 사냥하는 어머니들을 기꺼이 도와준다. 포피노 백작과 백작 부인도 본인들의 초대가 부적절하다고 생각하면서도 그날의 호화로움을 더하는 데 역시 기여했다. 모두 합해서 열한 명이었다. 세실의 조부인 노인 카뮈조와 그의 아내가 이 모임에 빠질 수는 없었다. 앞에서 보았듯이, 독일의 가장 부유한 자본가이자 고상한 취향의 소유자로(그는 '귀여운 아가'를 사랑했다), 뉘싱겐, 켈레르, 뒤 티예* 등의 라이벌이 될 사람으로 알려진 브뤼네르 선생을, 참석자들의 사회적인 지위에 힘입어, 그 자리에서 완전히 약혼시키려는 목적이었다.

법원장 부인은 이미 사위로 여기는 브루너에게 다른 손님들의 이름을 알려 주면서 매우 계산적으로 순박한 말투로 말했다.

"우리 집에서 모이는 날이에요. 절친한 친구들밖에 없어요. 우선, 아시다시피 곧 귀족원 의원으로 임명될 남편의 아버지, 그리고 포피노 백작과 백작 부인이십니다. 아드님이 충분히 부자가 아니라서 우리 세실과 결혼하지 못했지만 그래도 좋은 친구로 지내죠. 법무부 장관님, 대법원장님, 검찰총장님, 이렇게 우리 친구들이에요……. 법원에서 재판이 6시 전에 끝나는 법이 없어서 저녁 식사는 조금 늦게 하게 될 거예요."

브루너는 의미심장하게 퐁스를 바라보았다. 퐁스는 '이게 바로 우리 친구들, 내 친구들이요……!'라는 뜻으로 손을 비볐다.

능란한 여성이었던 부인은 세실이 그녀의 베르테르와 잠시 단둘이 있도록 사촌에게 따로 할 이야기가 있었다. 세실은 한참 수다를 떨다가, 프레데릭이 그녀가 숨겨 놓은 독일어 사전과, 독일어 문법 교재, 그리고 괴테의 작품집을 알아볼 수 있게 방향을 잡았다.

"아, 독일어를 배우십니까?" 브루너가 얼굴이 붉어지면서 물었다.

프랑스 여인들만이 이런 함정을 고안할 줄 안다.

"어머, 짓궂으셔라……! 이렇게 내 비밀 장소 안을 뒤지시다니요. 괴테의 원문을 읽고 싶어서요. 2년 전부터 독일어를 배운답니다."

"독일어 문법이 참으로 어려운가 봐요. 열 장도 잘리지 않았네요*……" 브루너가 순진하게 대답했다.

세실은 당황하여 얼굴의 홍조를 보이지 않기 위해서 돌아섰다. 독일은 그런 신호에 저항하지 않는다. 세실의 손을 잡고 의아한 그녀를 자신의 정면에 다시 세우고 정숙한 사람들이 기억할 오귀스트 라퐁텐의 소설 속에서 약혼한 연인들이 서로를 바라보듯이 그녀를 바라보았다. 그는 말했다.

"당신은 너무나 사랑스러워요!"

그녀는 '당신은요! 누가 당신을 사랑하지 않겠어요?'라는 의미의 장난기 어린 손짓을 했다. 그러고는 퐁스와 함께 돌아온 어머니에게 속삭였다. "엄마, 잘되어 가고 있어요!"

이와 같은 날에 한 가족의 모습은 묘사할 길이 없다. 모두가 딸을 위해 좋은 신랑감을 잡은 어머니를 보며 흐뭇했다. 사람들은 아무것도 모르는 척하는 브루너, 모든 것을 아는 세실과 찬사를 구걸하는 법원장을 이중의 의미, 또는 이중의 칼날을 지닌 단어들로 축하했다. 세실이 기발하게 에둘러서 퐁스에게 1,200프랑의 종신연금에 관한 아버지의 계획을 알려 주자 그는 자기 몸 안의 모든 피가 귀로 몰려오는 소리가 들리고, 공연장 무대의 모든 가스등이 보이는 듯했다. 노예술인은 브루너가 자신이 가진 동산의 가치를 알려 주었다는 이유를 대며 단호히 거절했다.

장관, 대법원장, 검찰총장, 포피노 등 바쁜 사람들은 모두 물러

갔다. 곧 아버지 카뮈조, 은퇴한 공증인 카르도와 그의 사위 베르티에밖에 남지 않았다. 퐁스는 가족끼리 남았다고 생각하고 세실이 방금 전한 제안에 대해 눈치 없이 법원장 부부에게 감사를 표했다. 이렇게, 인정이 많은 사람은 첫 충동에 복종한다. 브루너는 이런 연금이 일종의 상금이라는 생각에 유대인으로 돌아와 계산적인 사람 특유의 냉정한 태도를 취했다.

"내 수집품들은, 우리의 친구 브뤼네르와 거래를 하든, 내가 가지고 있든 항상 이 집안의 소유로 남을 거요." 퐁스가 놀라는 가족들에게 자신이 그토록 엄청난 가치를 소유하고 있다는 사실을 알리면서 말했다.

브루너는 빈곤하다고 여겨지던 사람이 거대한 재산의 소유자로 판명되었을 때 이 무지한 자들에게서 보이는 변화를 관찰했다. 그는 집안의 우상인 세실을 어머니와 아버지가 얼마나 애지중지하는지도 이미 간파했다. 그리하여 재미 삼아 의젓한 부르주아들의 놀라움과 감탄을 자아냈다.

"세실 아가씨께 퐁스 선생님의 그림들이 저한테 그만한 금전적인 가치가 있다고 말씀드렸습니다. 하지만 오늘날 예술품들에 매겨지는 가격으로 보았을 때, 경매에서 이 컬렉션이 얻을 가치는 아무도 예상할 수 없습니다. 5만 프랑에 이르는 그림들이 여럿 있는 것으로 보아, 그림 60점이 1백만 프랑은 나갈 겁니다."

"선생님의 상속자는 참 행복하겠어요." 은퇴한 공증인이 말했다.

"내 상속자는 사촌 세실이지." 영감이 친족 관계를 굳이 주장하며 대답했다.

노음악가를 향한 감탄이 여기저기서 터져 나왔다.

"커다란 유산의 상속녀가 되겠군." 카르도가 웃으면서 말하고는 자리를 떴다.

아버지 카뮈조, 법원장, 부인, 세실, 브루너, 베르티에와 퐁스만 남도록 다른 사람들은 일어섰다. 이제 공식적인 청혼이 있으리라고 추정했던 것이다. 실제로 이 사람들끼리만 남겨졌을 때, 브루너는 부모들이 좋은 전조라고 여길 만한 질문을 했다. 그는 부인에게 말을 걸었다.

"제가 잘 보았다면, 세실 양이 외동딸이죠?"

"맞아요." 그녀는 자랑스럽게 대답했다.

"골치 아프게 할 사람도 없어." 브루너가 자연스럽게 청혼을 할 수 있도록 퐁스 영감이 강조했다.

브루너의 얼굴에 걱정스러운 기색이 비쳤고, 불길한 침묵으로 인해 기묘하고 냉랭한 분위기가 깔렸다. 마치 부인이 자신의 '귀여운 아가'가 간질 환자라고 고백하기라도 한 듯했다. 법원장은 딸이 그 자리에 머물면 안 되겠다고 판단하여 그녀에게 손짓을 보냈다. 세실은 알아차리고 나가 버렸다. 브루너는 침묵을 지켰다. 모두는 서로를 쳐다보았다. 상황은 매우 어색해지고 있었다. 경험이 많은 카뮈조 노인은 퐁스가 발굴한 부채를 보여 준다는 핑계로 독일인을 부인의 방으로 데리고 가면서, 아들과 며느리, 그리고 퐁스에게 신랑감과 단둘이 있게 해 달라는 눈치를 보냈다.

"이게 그 걸작이라네!" 부채를 가리키면서 옛 비단 장수가 말했다. 브루너는 한참 살펴보았다. "5천 프랑의 가치는 족히 가졌네요."

"내 손녀에게 청혼하러 온 게 아니던가요?" 예비 귀족원 의원이 물었다.

"예, 선생님. 그리고 어떠한 혼인도 이보다 더 저를 영광스럽게 할 수 없다는 점을 믿어 주세요. 세실 아가씨보다 더 아름답고, 상냥하고, 제 마음에 드는 여인은 어디에도 없습니다. 하지만……."

"아, '하지만'은 허용되지 않아요. 아니면 당신의 '하지만'에 대한 설명을 즉시 해 주길 바라오……."

브루너는 엄숙하게 말을 이어갔다. "선생님, 서로 약속한 바가 없어서 참으로 다행입니다. 왜냐하면 아무것도 모르던 저를 제외하고 모두가 귀한 장점이라고 여기던 외동딸이라는 사실이 오히려 제게는 절대적인 장애니까요……."

"아니, 엄청난 장점이 당신에게는 단점이라고? 그런 결단은 정말 특이하구려. 그 이유를 알고 싶소."

독일인은 냉정하게 설명했다.

"선생님, 저는 오늘 법원장님께 따님과의 결혼 허락을 받기 위해 왔습니다. 저는 세실 양에게 본인이 원하기만 하면 제 재산으로 줄 수 있는 모든 것을 줌으로써 행복한 앞날을 약속하고 싶었습니다. 하지만 외동딸은 부모들의 관대함 때문에 제멋대로 하는 데 익숙해지고 어떠한 방해도 받은 적이 없는 아이입니다. 제가 예전에도 그렇게 우상이 된 아이들이 있는 집안들을 관찰한 적이 있듯이, 여기서도 선생님의 손녀 따님이 우상일 뿐만 아니라, 부인께서도 역시…… 잘 아시죠! 선생님, 이런 이유로 제 아버지의 가정생활이 지옥이 되어 가는 과정을 목격했습니다. 제 모든 불행의 원인인 계모는 사랑을 한 몸에 받는 외동딸이었고, 가장 어여쁜 약혼녀였지만 악마의 화신이 되었습니다. 세실 양은 물론 이런 원칙에서 예외겠죠. 그러나 저는 이제 젊지 않습니다. 마흔 살이라, 법원장님 사모님께서 군림하는 걸 보고 자랐고, 그런 사모님께서 신탁처럼 여기시는 젊은 여성을 행복하게 해 주기에는 나이 차로 인한 어려움들이 너무나 많습니다. 제게 세실 양이 사고방식과 습관을 바꾸기를 요구할 자격이 있습니까? 자신의 아주 작은 소원도 들어주는 아버지와 어머니 대신 사십 대 남성의 이기심에 부딪힐 거예요. 만약 저항하면 사십 대 남성이 항복하겠죠. 따라서 저는 정직한 사람답게 물러나겠습니다. 그런데 만약 제가 이 집을 한 번밖에 방문하지 않는 이유를 설명해야 한다면 모든 비난을 달게 받겠습니다."

"그런 이유라면, 물론 특이하긴 하지만, 이해할 만은 하오……."

"제 진심을 의심하지 마십시오." 브루너는 예비 의원의 말을 끊으며 재빨리 끼어들었다. "프랑스에서 흔히 찾아볼 수 있듯이, 자녀가 많은 집안에서 번듯하게 자라고, 돈은 없지만 마음씨만은 확신할 수 있는 가엾은 처녀를 혹시 알고 계시면, 당장 결혼하겠습니다."

이런 선언에 이어진 침묵을 틈타서 프레데릭 브뤼네르는 세실의 조부를 남기고 법원장 부부에게 정중히 인사를 한 후 가 버렸다. 자신의 베르테르가 인사하고 갔다는 사실을 생생하게 논평하듯이, 세실은 임종을 맞는 환자처럼 창백한 얼굴로 등장했다. 어머니의 옷장 안에 숨어서 다 들었던 것이다. 어머니의 귀에 속삭였다.

"거절당했어요……!"

"왜요?" 부인은 난처해하는 시아버지에게 물었다. 노인은 답했다.

"외동딸들은 응석받이라는 그럴듯한 핑계로. 그리고 그건 완전히 틀린 말은 아니지." 그는 20년 동안 자신을 매우 성가시게 한 며느리를 비난할 수 있는 기회를 놓치지 않았다.

"제 딸은 죽을 거예요! 당신이 죽였어요……!" 이 말을 실천하는 것이 모양새가 좋다고 생각하여 어머니의 품속으로 쓰러지는 세실을 받아 주면서 부인이 퐁스에게 말했다.

법원장과 부인은 세실을 의자로 끌고 가 앉혔고 거기서 그녀는 완전히 기절했다. 조부는 하인들을 불렀다.

"당신이 꾸민 음모가 보이는군요." 격분한 어머니는 불쌍한 퐁스를 가리켰다.

퐁스는 마치 최후의 심판에서 나팔 소리가 귓가에 울린 것처럼 벌떡 일어났다. 두 눈에서 초록색 담즙을 내뿜는 부인이 다시 입을 열었다.

"선생님, 악의 없는 장난에 모욕으로 보복하셨습니다. 이 독일인이 제정신이라고 누가 믿겠어요? 악랄한 복수의 공모자이거나, 미쳤거나 둘 중 하나예요. 퐁스 씨, 앞으로는 수치와 불명예로 더럽히려고 하신 집에서 뵙는 불쾌한 일은 없도록 해 주세요."

석상처럼 굳어 버린 퐁스는 양탄자의 꽃문양을 응시하면서 손가락을 꼼지락거렸다. 부인은 뒤를 돌아보며 소리쳤다.

"배은망덕한 괴물 같은 이, 아직도 안 갔어요……! 이분이 오시면 나와 법원장님은 항상 부재중이야!" 퐁스를 가리키며 하인들에게 말했다. "장, 의사를 불러요. 마들렌은 질경이 물 좀 가져와요!"

부인의 생각으로는 브루너가 내세운 이유들이 알 수 없는 다른 속뜻을 은폐하기 위한 핑계에 불과했다. 하지만 결혼 계획이 중단되었음은 분명했다. 위기의 상황에서 발휘되는 여성들 특유의 순발력 덕분에 마르빌 부인은 사전에 꾸민 복수라는 누명을 퐁스에게 씌움으로써 이런 실패를 보상할 수 있는 유일한 방법을 찾아냈던 것이다. 퐁스에게는 끔찍할 수밖에 없는 이런 생각이 마르빌 집안의 명예를 지켜 주었다. 퐁스에 대한 증오에 이끌려 그녀는, 여인의 단순한 의혹을 진실로 못 박아 버렸다. 전반적으로, 여성들은 특유의 믿음, 자기만의 윤리를 지니고 있어서, 본인의 이익과 정념을 충족하는 모든 것이 사실이라고 믿는다. 부인은 그보다 한 걸음 더 나아가, 자신의 견해를 저녁 내내 법원장에게 주입하여, 그도 다음 날에는 사촌의 유죄를 믿기에 이르렀다. 모두가 부인의 행동이 사악하다고 여길 테지만, 이와 같은 상황에서 어떤 어머니라도, 딸의 명예보다 타인의 명예를 희생하는 편을 택하기 마련이라, 똑같이 했을 것이다. 방법은 달라질지라도, 목표는 똑같다.

음악가는 층계를 재빨리 내려갔다. 그런데 대로를 따라 느리게 걸어갔다. 극장까지. 기계적으로 들어가서, 기계적으로 악보대 앞에 앉아서 오케스트라를 기계적으로 지휘했다. 휴식 동안, 슈뮈크에게 모호하게 답변을 해서, 친구는 퐁스가 미쳤다고 생각했다. 퐁스처럼 어린아이와 같은 사람에게 앞에서 일어난 장면은 대참사와 다름이 없었다……. 행복을 가져다주려 했던 곳에 엄청난 원한을 일으킨 결과는, 삶이 완전히 뒤집힌 것과 마찬가지였다. 그는 부인의 눈 속에서, 몸짓에서, 목소리에서 죽을 때까지 지속될 증오심을 알아보았다.

다음 날, 카뮈조 드 마르빌 부인은 이 상황에서 요구되는 커다란 결심을 내렸고, 법원장도 이에 동의했다. 세실에게 마르빌 토지, 아노브르 거리의 저택과 1만 프랑을 지참금으로 주기로 했다. 아침에 부인은 이와 같은 실패는 실제 결혼으로 상쇄해야 한다는 것을 깨닫고 오전 중에 포피노 백작 부인을 방문했다.

그녀는 퐁스가 꾸민 악랄한 복수와 무시무시한 속임수에 대해 이야기했다. 파혼의 이유가 외동딸이라는 사실임이 알려지자 다 그럴싸하게 들렸다. 게다가 법원장 부인은 포피노 드 마르빌이라는 이름의 이점과, 어마어마한 지참금을 능란하게 돋보이게 했다. 노르망디 토지의 가격 상승이 2퍼센트에 달했다는 것을 감안할 때, 이 부동산은 약 90만 프랑에 육박했고, 아노브르 거리의 저택은 25만 프랑으로 산정되었다. 합리적인 가정이라면 이와 같은 혼인을 거절할 수 없었다. 따라서 포피노 백작과 그의 아내는 이를 받아들였다. 그리고 사돈을 맺을 가문의 명예를 지키는 일에 동참하기 위해 그 전날의 재앙을 설명하고 다니는 데 협조하겠다고 약속했다.

뿐만 아니라, 세실의 조부인 아버지 카뮈조의 집에서도, 불과 며칠 전에 똑같은 곳에서 법원장 부인의 '브뤼네르를 위한 찬가'를 감상했던 똑같은 사람들에게, 똑같은 그 법원장 부인이 모두가 말 걸기를 꺼리자 용감하게 먼저 설명에 나섰다.

"정말이지, 요즈음엔 결혼에 있어서 아무리 신중해도 지나치지 않더라고요. 특히 외국인을 상대할 때 말이죠."

"왜요?"

"어떻게 된 일이에요?" 시프르빌 부인이 물었다.

"우리 세실과 결혼하길 뻔뻔스럽게도 바랐던 브뤼네르라는 작자와 벌어진 불상사를 아직 모르시나요? 독일 선술집 주인의 아들이자, 토끼털 장수의 조카였답니다."

"이럴 수가? 그렇게 명민하신 사모님께서……!" 한 부인이 말했다.

"그 건달들의 수법이 너무나 정교해서! 하지만 베르티에를 통해 모든 걸 알게 되었어요. 그 독일인이 플루트를 연주하는 가난뱅이와 친구 사이였다네요! 그는 마유 거리에 가구 딸린 방을 세놓는 자와 재단사 따위들과 친분이 있어요……. 매우 방탕한 생활을 해 왔다는 사실을 알게 되었습니다. 어떤 재산도 이미 어머니의 재산을 먹어 치운 괴짜에게 충분치 못하겠죠……."

"따님께서 정말 불행해질 뻔했네요……!" 베르티에 부인이 평했다.

"도대체 어떻게 소개 받으셨어요?" 르바이 노부인이 물었다.

"퐁스 씨의 복수극이었답니다. 우리를 웃음거리로 만들기 위해 그 훌륭한 작자를 소개했어요. 그 브뤼네르는 우물이라는 뜻이래요. 그러면서 대귀족이라고 우리를 속였다니까요. 건강 상태도 아주 나빠요. 대머리에다, 치아도 다 상했고요. 그러니 제가 한번 보고는 경계했죠."

"부인께서 말씀하시던 그 엄청난 재산은요?" 젊은 여인이 수줍게 끼어들었다.

"소문만큼 실제 재산이 그다지 상당하지도 않더라고요. 재단사, 호텔 주인과 본인 모두 은행을 세우기 위해 적금을 털었던 거예요……. 오늘날 은행이 처음에 시작할 때 뭡니까? 파산할 수 있는 허가가 아닙니까? 백만장자로 잠자리에 들었던 여인이 다음 날 아침 빈털터리로 깨어날 수 있습니다. 처음에 보자마자, 첫마디만 듣고도 우리의 관행에 대해서 아무것도 모르는 그 작자를 알아보았다고요. 그가 낀 장갑, 입은 조끼만 보더라도 고귀한 감정이라고는 전혀 품을 줄 모르는 노동자, 독일 싸구려 식당 주인의 아들, 맥주꾼이라는 걸 알 수 있었어요. 게다가 파이프까지 피워요……! 아, 부인! 하루에 스물네 대나요! 우리 불쌍한 릴리가 어떻게 살았겠어요……? 생각만 해도 소름이 끼친답니다. 하느님께서 지켜 주셨어요. 어쨌든 세실은 그 작자에게 반감을 느꼈어요……. 우리 집을 자주 왕래하는, 20년 동안 우리 집에서 일주일에 두 번씩이나 식사하던 친척이 우리를 그렇게 속일 거라고 누가 생각했겠어요? 우리에게 은혜를 입었건만 법무 장관, 검찰총장과 대법원장 앞에서 세실을 자기 상속녀로 선언하는 연극까지 꾸몄습니다……. 그 브뤼네르와 퐁스는 서로 백만장자라고 믿게 하려고 공모했어요……! 아니, 제가 확신하는데, 여기 계신 모든 부인들께서 그 예술인의 사기극에 넘어갔을 겁니다!"

몇 주 만에 포피노, 카뮈조의 연합 가문과 그들의 친지들은 사교계에서 가벼운 승리를 거두었다. 비열한 퐁스, 식충, 음험한 자, 구두쇠, 위선자의 편을 아무도 들어주지 않아 그는 가족들의 품에서 자란 독사, 보기 드물게 사악한 자, 잊어야 하는 위험한 사기꾼으로 경멸 속에 파묻혔다.

거짓 베르테르의 거절 후 한 달 정도 지나서 불쌍한 퐁스는 충격으로 인한 열병을 앓다가 처음으로 일어나서 슈뮈크의 팔에 기대어 햇살을 맞으며 큰길을 따라 산책하고 있었다. 탕플 대로에서, 한 명의 망가진 모습과, 친구에 대한 다른 한 명의 감동적인 정성을 보고 아무도 더 이상 두 호두까기 인형을 비웃지 않았다. 거리의 힘찬 기운을 맡으며 퐁스는 푸아소니에르 대로에 이르러 안색이 좋아졌다. 로마에서 유대인들이 득실거리는 동네에 남성적인 기운이 모자라듯이, 군중이 몰리는 곳에는 기(氣)가 생명력으로 가득 찼다. 어쩌면 매일 그를 즐겁게 했던 파리의 거대한 광경이 환자에게 영향을 미쳤을지도 모른다. 바리에테 극장 앞에서 퐁스는 나란히 걷는 슈뮈크의 팔을 놓았다. 때로는 가게들이 새롭게 전시한 골동품들을 살펴보기 위해 친구의 곁을 떠나기도 했다. 그러다가 포피노 백작과 정면으로 마주쳤고, 퐁스는 최고로 정중하게 인사를 했다. 전 장관은 그가 가장 존경하고 받드는 인물 가운데 한 명이었다. 의원은 엄하게 대꾸했다.

"아니, 당신, 예술가들만이 고안할 줄 아는, 그런 복수극으로 치욕과 불명예를 심으려고 했던 집안의 사돈에게 인사를 하다니, 뻔뻔하시군요. 오늘부터 당신과 우리는 서로 모르는 타인이라는 사실을 아시오. 포피노 부인도 모든 사람들처럼 당신의 행태에 대해 분노를 느낍니다."

전 장관은 벼락을 맞은 듯한 퐁스를 남겨 두고 지나갔다. 정념들, 정의, 정치, 커다란 사회 세력들은 사람을 칠 때 그의 상태를 고려하지 않는다. 정치가는 집안의 명예를 위해 퐁스를 짓밟아야 한다는 의무감에 이 위험천만한 적의 육체적인 허약함을 알아차리지 못했다.

"**왜 크래, 뿔상한 친쿠?**" 슈뮈크가 퐁스만큼 창백해지며 물었다. 영감은 그의 팔에 기대면서 답했다. "내 심장에 또다시 비수가 꽂혔다네. 하느님만이 선행을 베풀 수 있는 권리를 가지셨나 봐. 그래서 그 일에 참견하는 사람들은 이렇게 매정하게 벌을 받는 거지."

친구의 얼굴에 서린 두려움을 가라앉히기 위한 이런 예술가다운 냉소는 이 훌륭한 노인에게 엄청난 노력을 요구했다.

"**나토 크러케 쌩칵해.**" 슈뮈크가 소박하게 답했다.

카뮈조 집안에서도, 포피노 집안에서도 세실의 결혼 청첩장을 보내지 않았기에 퐁스는 영문을 알지 못했다. 이탈리앵 대로에서 카르도 씨가 그의 쪽으로 다가오는 것이 보였다. 귀족원 의원의 훈계로 주의를 받은 퐁스는 그 이전 해까지만 해도 보름에 한 번씩 식사하러 다니던 집의 주인에게 말은 걸지 않고 인사만 했다. 구청장이자 파리 시의원인 그는 인사를 무시하고 화난 얼굴로 퐁스를 노려볼 뿐이었다. 영감은 일어난 사태를 속속들이 아는 슈뮈크에게 부탁했다.

"가서 모두들 나한테 왜 그러는지 물어봐 주게."

슈뮈크는 카르도에게 교묘하게 말을 걸었다. "썬쌩님, 내 친쿠 봉쓰가 아프다카 일어났는테, 못 알아포씬 컷 칸씁니다."

"알아보고말고요."

"처 친쿠가 무쓴 찰못을 했씁니카?"

"당신 친구는 배은망덕한 괴물입니다. 저런 사람이 아직 살아 있는 건, 속담이 말하듯이 '잡초는 무슨 일이 있어도 자라기' 때문이죠. 사람들이 예술가들을 경계하는 데는 마땅한 이유가 있습니다. 그들은 원숭이처럼 교활한 족속입니다. 당신 친구는 사소한 장난에 대한 복수로 자기 가족의 명예를 더럽히고, 젊은 처녀의 평판을 버리려고 했어요. 그 작자와 다시는 어떠한 관계도 맺고 싶지 않습니다. 그와 한때 알고 지냈다는 사실, 그런 사람이 존재한다는 사실조차 잊어버리도록 하겠습니다. 내 가족, 그의 가족, 그리고 퐁스 씨를 자기 집에서 대접해 주던 모든 사람들도 저와 동감입니다."

"아니, 썬쌩님, 청신이 체태로 팍히신 푼 칼은테, 허락하씬타면 타 썰

명해 트리켓씁니다."

"그럴 배짱이 있으시면 계속 그의 친구로 남으십시오. 하지만 그 이상은 하지 마십시오. 그이를 변명해 주거나, 변호하려고 시도하는 사람들도 똑같이 비난하겠습니다."

"크이를 청탕화해 추려 하면?"

"네, 그런 행동은 정당화될 수 없으니까요. 형언될 수도 없고요."

이렇게 결정적으로 단언하고는, 의원은 한 음절도 더 들으려 하지 않고 자기 길을 계속 갔다.

"정부의 두 세력이 이미 내 적이 되었군." 슈뮈크가 이런 잔인한 저주를 옮겼을 때 불쌍한 퐁스는 미소를 지었다.

"모투 울리 척이야. 가차, 타른 침씀틀을 토 만날라." 슈뮈크가 침울하게 말했다.

순한 양처럼 살아온 슈뮈크가 이런 식으로 이야기하기는 처음이었다. 신과 같은 대범함은 흔들린 적이 없었다. 그에게 닥쳤을 모든 불행 앞에서 순진하게 웃어넘겼을 테지만, 그의 신성한 퐁스, 무명의 아리스티데스,* 체념한 천재, 악의라고는 전혀 없는 영혼, 선의 화신, 순금 같은 이를 가혹하게 대하다니⋯⋯. 그는 알세스트*처럼 분노를 느꼈고, 퐁스가 드나들던 집들의 주인을 '짐승'이라고까지 불렀다! 이 평화로운 성격의 소유자에게 이런 단어는 오를란도*의 모든 불같은 분노와 같은 급이었다. 현명한 예방 차원에서, 슈뮈크는 퐁스를 데리고 탕플 거리로 돌아갔다. 환자는 얻어맞은 횟수를 더 이상 세지 않는 격투사와 같은 처지였으므로 순순히 이끌려 갔다. 운명은 불쌍한 음악인을 비참하게 만들기 위해 아무것도 빠뜨리지 않은 듯했다. 그를 덮치는 산사태가 골고루 퍼부어야 했다. 귀족원 의원, 하원 의원, 가족과 타인, 강한 자와 약한 자, 순진한 이들까지!

푸아소니에르 대로를 경유해서 집으로 돌아가는 길에 마침 카르도 씨의 딸과 마주쳤다. 이 젊은 여인은 불행을 충분히 겪었기에 너그러웠다. 비밀이 지켜진 실수를 범한 후에 남편의 노예가 되어 살아가고 있었다. 식사를 얻어먹는 집의 안주인들 중에서 퐁스가 유일하게 베르티에 부인의 이름을 불렀다. 그녀에게 "펠리시!"라고 말을 걸곤 했고, 때로 공감을 받는다고 생각했다. 이 부드러운 여인은 퐁스 사촌을 보자 기분이 상한 것 같았다. 퐁스는 사촌인 아버지 카뮈조의 두 번째 부인의 가족과 아무런 혈육 관계가 없었음에도 늘 사촌처럼 대접을 받았다. 그를 피할 수 없어서 펠리시 베르티에는 죽어 가는 노인 앞에 멈춰 섰다.

"사촌, 그 정도로 나쁜 사람이라고는 상상도 못했답니다. 사촌에 대해 들리는 모든 소문 중에 4분의 1만 사실이라고 하더라도 참으로 가식적인 분이시네요…… 변명하지 마세요!" 퐁스의 손짓에 그녀는 재빨리 말을 막았다. "두 가지 이유로 소용없어요. 첫째는, 경험에 의해서 가장 큰 잘못을 저지른 것처럼 보이는 이들도 변명의 여지가 있다는 점을 알기에, 제가 누구를 비난하고, 평가하거나 단죄할 권리가 없다는 이유입니다. 두 번째로는, 아무것도 달라질 수 없기 때문이죠. 마르빌 아가씨와 포피노 자작의 결혼 계약서를 작성한 남편이 사촌에게 너무나 화가 나 있어서, 한마디라도 나누었다는 것을, 마지막으로 말을 했다는 것을 알면, 저를 야단칠 거예요. 모두가 사촌에게 화가 났어요."

"그건 저도 압니다, 부인!" 가엾은 음악인은 공증인의 아내에게 정중하게 인사를 하며 동요된 목소리로 답했다.

그리고 슈뮈크의 팔에 기대어 힘겹게 노르망디 거리로 다시 향했다. 늙은 독일인은 퐁스의 무게를 느끼며 그가 쓰러지지 않으려고 용감하게 견뎌 내고 있음을 알았다. 이 마지막 만남은 마치 하느님의 발치에 누워 있는 양이 내리는 선고와 같았다. 가난한 자들의 천사, 민중들의 상징인 그분의 노여움은 하늘의 마지막 심판이다. 두 친구는 서로 한마디도 나누지 않고 집까지 갔다. 인생의 어떤 상황에서는 친구가 옆에 있다고 느끼게 해 주는 정도에서 행동을 그쳐야 한다. 말로 위로하려고 들면 상처를 더욱 후벼파서 그 깊이를 드러내고 만다. 늙은 피아니스트는 보다시피 우정에 관한 한 천부적인 재능을 가지고 있었고, 고통을 많이 당해서 그 속성을 잘 알고 있는 사람답게 섬세했다.

이것은 퐁스 영감의 마지막 산책이 될 터였다. 이 병이 나아지던 차에 환자는 다른 병으로 쓰러지고 말았다. 다혈질이고 담즙이 많은 체질인 그는 담즙이 피로 들어가서 심한 간염을 앓았다. 차례대로 걸린 이 두 병은 그가 난생처음으로 앓게 된 병들이었기 때문에, 아는 의사가 없었다. 항상 그렇듯이 처음에는 선한 의도로 심지어 모성적인 감정에서 배려 깊고 헌신적인 시보 댁이 동네 의사를 데려왔다. 파리의 각 동네에는 이름과 거처가 하류층, 소부르주아와 수위들에게만 알려진 의사들이 있는데, 이들을 보통 동네 의사라고 부른다. 분만시키고, 피를 뽑는 이런 의사는 의학에서 구인 광고지의 '잡일꾼'과 같은 격이다. 어쩔 수 없이 가난한 자들을 자비롭게 대하고, 긴 경험 덕분에 꽤나 솜씨가 좋아서 대체로 사랑을 받는다. 시보댁이 환자에게 데려왔을 때 슈뮈크가 알아본 풀랭 선생은 밤새 피부를 긁어서 감각이 없어진 노음악가의 하소연을 한쪽 귀로 흘려들었다. 주위가 노랗게 물든 눈의 상태가 그런 증상과 상응했다. 의사가 환자에게 말했다.

"이틀 전부터 뭔가 심한 걱정거리가 있었나 봐요."

"불행히도 그렇답니다."

"이분이 걸릴 뻔한 병에 걸렸어요" 의사가 슈뮈크를 가리키며 말했다. "그런데 별것 아니에요." 풀랭 선생은 처방전을 쓰며 덧붙였다.

안심시키려는 이런 말과는 달리, 의사가 환자에게 던진 히포크라테스다운 시선은 사형 선고를 담고 있었다. 그것은 형식적인 위로로 은폐되지만, 진실을 알아낼 필요가 있는 이들은 눈치를 챈다. 그리하여 시보댁은 간첩의 눈으로 의사를 똑바로 쳐다보고는, 의료적 관례에 따른 말과, 풀랭 선생의 가식적인 표정에 속지 않고 그가 갈 때 따라 나왔다.

"정말 별거 아닌가요?" 그녀는 층계참에서 의사에게 물었다.

"친애하는 시보 사모님, 영감님께선 죽은 거나 다름이 없어요. 피 속에 담즙이 들어가서가 아니라 정신적인 쇠약 때문이죠. 어쩌면, 정말 잘 돌보면 당신의 환자는 아직 나을 수는 있어요. 여기를 벗어나서 데리고 여행을 간다면……."

"어떻게요……? 월급으로 겨우 연명하고, 친구는 본인 말에 의하면 예전에 시중을 들었던 매우 자비로운 귀부인들이 주는 작은 연금으로 살아가는 걸요. 내가 9년 동안 보살핀 아이들이에요."

"저는 병이 아니라 깊고 치료할 수 없는 상처인 가난 때문에 죽는 사람들을 평생 보아 왔습니다. 셀 수도 없는 경우에, 저는 진료비를 받기는커녕 벽난로 위에 백 냥을 두고 가야 했습니다……."

"마음씨 좋은 풀랭 선생님……! 정말 지옥에서 온 낙마 같은 동네의 너편 **구두새***들이 가진 1만 파운드를 가지셨다면 지상에서 하느님의 사자 역할을 하실 텐데……."

동네 수위 양반들의 좋은 평 덕분에 겨우 먹고살 만큼의 고객층을 확보한 의사는 하늘을 한번 쳐다보고 타르튀프*처럼 입을 삐죽거리며 시보댁에게 감사를 표했다.

"존경하는 풀랭 선생님, 잘 보살피면 사랑하는 우리 환자가 나을 수 있다고요?"

"네, 슬픔 때문에 정신적으로 너무 약해지지 않는다면요."

"불쌍한 녕감! 누가 슬프게 만들었단 말이에요? 정말 니 세상에 그만큼 착한 사람은 친구 슈뮈크 선생님밖에 없어요……! 무슨 일인지 알아내겠어! 그리고 우리 냥반의 속을 썩인 녀석들은 나한테 혼쭐 날 줄 알아……." 대문을 넘어서고 있던 의사가 마지막으로 말했다.

"잘 들어요, 시보 사모님, 당신 양반이 걸린 병의 큰 증상 중의 하나는 사소한 일에 대해 계속 참지 못하는 겁니다. 간병인을 구할 것 같지 않아서 하는 말인데, 부인께서 돌보시겠죠. 그러니⋯⋯."

"**뽕슈 선상 얘기하슈**?" 파이프를 피우고 있던 고철 장수가 참견했다.

그리고 수위와 의사의 대화에 끼어들기 위해 문 옆의 턱에서 일어났다.

"그래요, 레모냉크 영감!" 시보댁이 오베르뉴 사람에게 대답했다.

"**이보시게이! 머니슈트롤 선상보다도, 걸덩품의 고슈덜보다도 부자라네이⋯⋯ 나가 '물건' 계럴 자알 아는딧, 샤랑슈런 영감님언 보물덜얼 갖고 이셔이!**"

"어머, 저번에 저 냥반들이 나간 틈에 저 고물들을 보여 드렸을 때 날 놀리는 줄 알았는데?" 부인이 레모냉크에게 말했다.

포석들에 귀가 달리고, 문에 입이 있고, 창살에 눈이 달린 파리에서 대문 앞에 서서 대화를 나누는 것만큼 위험한 일은 없다. 그곳에서 주고받는 마지막 말들은 편지의 추신과 같은 것인데, 들려주는 사람에게나 듣는 사람에게나 똑같이 위험한 비밀을 누설하는 경우가 많다. 이 이야기가 이러한 사실을 입증하겠지만, 다음과 같은 이야기가 이를 미리 더욱 뒷받침한다.

어느 날, 사람들이 머리 모양에 유난히 신경을 쓰던 제정기의 가장 잘 나가던 미용사 가운데 한 명이 아름다운 여인의 머리카락을 손질하고 나오고 있었다. 그 집의 부유한 주민들이 모두 그의 고객이었다. 그들 중에 늙어 가는 미혼의 신사가 있었는데, 그의 가정부가 주인님의 상속자들을 몹시 미워했다. 이 노총각이 중병을 앓고 있어서, 당시에는 아직 과학의 왕자들이라고 명명되지 않았던 가장 유명한 의사들의 진료를 받은 날이었다. 우연히 미용사와 동시에 나온 이들은 대문 앞에서 서로 인사하며, 진료의 연극이 끝났을 때 의사들이 과학과 진리를 손에 들고 하는 대화를 주고받고 있었다. "죽은 자나 다름 없어." 오드리 선생이 말했다. "한 달도 남지 않았어. 기적이 일어나지 않는 한……." 데플랭이 동감했다. 미용사가 그 말들을 들었다. 모든 미용사가 그렇듯이, 그는 하인들과 사이가 좋았다. 사악한 탐욕에 사로잡혀서 노총각 집으로 다시 계단을 올라가서 가정부에게 주인이 재산의 대부분을 종신연금으로 예치하도록 설득하면 두둑한 상금을 주겠다고 약속했다. 쉰여섯 살이지만 수많은 연애를 감안하면 나이를 배로 쳐야 마땅한 노총각의 재산 중에, 리슐리외 거리에 당시 시세로 25만 프랑의 가치가 있는 매우 훌륭한 집이 한 채 있었다. 미용사가 탐하는 그 집이 그에게 3만 프랑의 종신연금을 대가로 팔렸다. 1806년도의 일이다. 오늘날 칠십대인 은퇴한 미용사는 1846년에 아직도 연금을 내고 있다. 노총각이 96세가 되었는데, 노망나서 가정부 에브라르 부인과 결혼했고 아직도 아주 오래 살 가능성이 농후하다. 하녀에게 준 약 3만 프랑을 포함해서 그 집은 미용사에게 1백만 프랑이 넘게 드는 셈이다. 집의 가치는 오늘 팔구십만 프랑 정도 나간다.

이 미용사처럼 오베르뉴인은 신랑감의 제왕이 세실과 선을 본 날 브루너가 문지방에서 퐁스에게 한 마지막 말들을 엿들었다. 따라서 퐁스의 수집실에 들어가고 싶어 했다. 시보 부부와 친하게 지내던 레모냉크는 곧 두 친구가 외출한 틈을 타 그들의 집에 들어갈 수 있었다. 엄청난 양과 질의 보물들에 현혹된 그는 한 건 할 기회를 발견했다. 이는 장사들의 속어로 훔칠 재산이 보였다는 뜻이다. 그래서 그는 오륙 일 전부터 그 일을 생각하고 있었다. 시보댁과 퐁랭 선생에게 말했다.

"나 정말 놀리넌 거 아니었다고이. 언자 한 번 얘기나 해 봅시다잇. 거귀하신 양반이 5만 프랑짜리 종신연검을 받넌 데 찬성하면, 내 거향 포더주 한 바구니 사 줄게이……."

"말도 안 되는 말씀!" 의사가 받아쳤다. "종신연금 5만 프랑……! 만약 영감이 그렇게 부자라면, 그리고 내가 치료하고 시보 사모님이 돌본다면, 완치될 수도 있어요……. 왜냐하면 간에 관한 병은 다혈질에게 잘 찾아오니까……."

"나가 5만 프랑이라고 했던가이? 아니, 어떤 양반이 요기, 당신네 문 앞에셔 1백만 프랑이나 주겠더라이. 거것도 그림만, 젠장!"

레모냉크의 이런 진술을 듣고 시보댁은 퐁랭 선생을 이상한 눈으로 바라보았다. 악마가 그녀의 주황색 눈에 불길한 광채를 지펴 놓았다.

"자! 저런 쓸데없는 소리에 귀 기울이지 맙시다." 환자가 진료비를 다 낼 수 있으리라는 사실에 기쁜 마음이 든 의사가 말했다.

"의샤 션상! 저 양반이 뻗어 있슈니 시보 샤모님이 전문가럴 뎃구 올 슈 있게 해 주면, 70만 프랑이라고 한데도 딱 두 시간 만에 찾어갖고 올 슈 있다니께이!"

"알았어요, 알았어, 친구. 자, 시보 사모님, 환자를 화나게 하지 않도록 조심해요. 잘 참아야 할 거요. 다 짜증내고, 피곤해할 테니까. 신경 써 주는 것조차. 아마 아무것도 마음에 드는 게 없을 거요……."

"참으로 까다로워지겠구먼." 시보댁이 말했다. 의사는 엄하게 다시 입을 열었다. "내 말 잘 들어요. 퐁스 씨의 생명은 돌보는 사람들 손에 달려 있어요. 그러니까 난 어쩌면 하루에 두 번까지도 올 거예요. 회진 돌 때 여기부터 올 게요……."

투기가의 진지함을 보고 환자가 커다란 재산의 소유자일 수 있다는 가능성을 엿본 의사의 태도는 가난한 환자들의 운명에 대한 깊은 무관심에서 가장 자상한 배려로 급변했다.

"왕처럼 보살핌을 받겠네요." 시보댁이 가식적으로 명랑한 어조로 말했다.

수위는 의사가 샤를로 거리의 모퉁이를 돌기 기다렸다가 레모냉크와 대화를 재개했다. 고철 장수는 가게 문의 틀에 기대어 파이프를 마저 피우고 있었다. 그는 무심코 그런 자세를 취한 것이 아니었다. 시보 여인이 그에게 오기를 바라고 있었다.

예전에 카페였던 이 가게는 오베르뉴인이 임대로 들어왔을 때의 상태 그대로 남아 있었다. 요즈음 모든 가게의 창문 위에 그림이 걸려 있듯이, 이곳에 걸린 그림 속에 아직도 '노르망디 카페'라는 문구가 보였다. '노르망디 카페' 아래 여분에 오베르뉴인은 어느 도장공을 아마도 무료로 시켜서, 붓과 검은 페인트로 '레모냉크, 고철 장수, 중고 삽니다'라고 칠하게 했다. 물론 거울, 탁자, 의자, 찬장 등 노르망디 카페의 집기들은 팔렸다. 레모냉크는 6백 프랑에 빈 가게와 뒷방, 부엌, 그리고 전에 제1웨이터가 잠을 자던 중이층에 침실을 세들었다. 노르망디 카페에 딸린 아파트는 따로 임대되었다. 카페 주인이 처음에 펼쳐 놓은 화려함이라고는 가게 안을 도배한 연초록의 단색 벽지와, 정면의 굵은 철봉과 그 나사못만 잔존했다.

7월 혁명 직후인 1831년에 이곳으로 온 레모냉크는 우선 깨진 종, 금이 간 접시, 고철, 낡은 저울을 진열하기 시작했다. 또한 새로운 단위에 관한 법 때문에 무용지물이 된 옛 추들까지도 팔았다. 사실상 루이 16세 시절의 한두 수짜리 동전들이 계속 유통되도록 내버려 두는 정부만 이 법을 준수하지 않는다. 그리고 오베르뉴인 다섯 명만큼 힘이 센 이 오베르뉴인은 부엌세간, 낡은 액자, 낡은 구리 제품, 귀퉁이가 깨진 도자기를 사들였다. 아주 조금씩, 채워졌다가 비워졌다가 하는 동안 가게는 니콜레*의 소극과 마찬가지로, 그 물건의 질이 좋아졌다. 고철 장수는 이와 같이 기적적이면서도 안정된 투기를 계속했다. 이런 기발한 가게들을 채우는 상품들의 가치가 높아지는 과정을 지켜볼 정도로 철학적인 안목을 지닌 행인들은 그 효과를 목격할 수 있었다. 양철, 켕케식 남포등과 파편들에 이어 액자와 구리가 자리했다. 그리고 도자기가 등장했다. 곧 삼류 그림의 전시실로 잠깐 변신한 가게는 박물관이 되어 갔다. 그러다가, 결국 지저분한 유리창이 맑아졌으며, 내부가 수리되고, 오베르뉴인은 빌로드와 조끼를 벗고 양복을 입는다! 그리고 보물을 지키는 용의 자세로 앉아 있다. 걸작으로 둘러싸여, 전문가가 된 그는 자본금을 몇 배로 불리고 어떤 속임수에도 넘어가지 않을 정도로 이 바닥에 능통해졌다. 대중들 앞에 전시하는 처녀 스무 명 가운데 노파처럼 괴물이 앉아 있다. 이 세련되면서도 야만스러운 사람은 수익을 계산하고 무지한 자들을 거칠게 대하면서도 예술의 아름다움, 기적들에는 무관심하다. 배우가 되어 그림, 상감세공들을 애지 중지하는 척하고, 가게 상황이 어렵다고 가장하거나, 물건을 사 들인 가격을 지어 내며 매매 명세서를 보여 주겠다고 한다. 프로 테우스처럼 같은 시간 안에 조크리스, 자노, 붉은 꼬리, 몽도르, 아르파공, 또는 니코뎀*의 역할을 소화해 낸다.

3년째가 되자, 레모냉크의 가게에 꽤나 멋있는 추시계, 장롱과 옛 그림들을 볼 수 있었다. 본인이 부재중일 때는 부름을 받고 고향에서 걸어온 여동생, 매우 못생기고 뚱뚱한 여자가 가게를 지켰다. 눈빛이 흐리고 일본의 우상처럼 차려입은 일종의 백치인 레모냉크 여인은 오빠가 알려 준 가격에서 1상팀도 양보하지 않았다. 한편 그녀는 살림을 꾸렸고, 해결이 불가능해 보이는 난제, 즉 센강의 안개를 먹고사는 문제를 해결해 냈다. 레모냉크 남매는 빵과 청어, 껍질, 식당들 앞에 버려진 쓰레기 더미에서 주운 남은 채소 등을 먹고 살았다. 둘이서 빵을 포함하여 하루에 12수도 지출하지 않았고, 레모냉크 여인은 오히려 그만큼을 벌기 위해 바느질을 하거나 실을 자았다.

중개업자가 되기 위해 파리에 올라와서 1825년에서 1831년 사이에 보마르셰 대로의 골동품 상인들과 라프 거리의 주물 제조업자들의 심부름을 맡았던 레모냉크가 사업에 발을 들여놓은 과정은 많은 골동품 상인들의 흔한 이야기이다. 유대인, 노르망디인, 오베르뉴인, 사부아인, 이 네 종족의 인간들은 같은 본능을 가졌고, 같은 수단으로 재산을 모은다. 돈을 쓰지 않고, 작은 수익을 내면서 이자와 수익을 누적하는 것, 이것이 바로 그들의 헌장이다. 그리고 이 헌장은 진리이다.

예전에 심부름을 시켰던 모니스트롤과 화해하고, 큰 상점들과 거래를 하고 있던 레모냉크는, 여러분들도 알다시피 반경이 40리에 달하는 파리의 근교로 수라(전문 용어였다)하러 다녔다. 14년간 장사를 해서 6만 프랑의 재산을 모으고 잘 채워진 가게를 경영하고 있었던 그는 가겟세가 저렴한 노르망디 거리에 눌러앉아 격의 없이 상인들에게 작은 이윤으로 물건을 팔았다. 모든 거래는 난해한 오베르뉴 사투리로 성사되었다. 이 사람은 꿈이 있었다! 대로변에 가게를 차리고 싶었다. 언젠가는 부유한 골동품상이 되어, 애호가들과 직접 거래를 하고 싶었다. 그의 안에는 매서운 사업가의 기질이 숨어 있었다. 모든 작업을 혼자 했기 때문에 철가루가 땀에 의해 얼굴에 달라붙어서 그의 무표정한 얼굴을 살피기란 더욱 어려웠다. 게다가 육체노동의 습관이 그에게 1799년의 옛 군인들과 같은 의연함을 심어 주었다. 외모는 작고 말랐으며, 돼지의 눈과 같은 모양으로 뚫린 차가운 파란색의 작은 눈이 유대인들의 강한 탐욕과 교활한 술수를 나타냈지만, 기독교도들에 대한 깊은 멸시를 은폐하는 그들의 표면적인 겸손은 없었다.

시보 부부와 레모냉크 남매 사이의 관계는 은인과 은혜를 입는 자의 관계였다. 시보댁은 오베르뉴인들이 찢어지게 가난하다고 확신하여 그들에게 슈뮈크와 남편이 먹다 남긴 음식을 거금을 받고 팔았다. 레모냉크네는 말라서 딱딱해진 빵의 껍질과 속 부스러기 한 근을 2상팀 반에, 감자 한 사발은 1상팀 반에, 그리고 기타 다른 것들도 이런 식으로 샀다. 교활한 레모냉크는 자기 이름으로 거래를 하는 법이 없었다. 여전히 모니스트롤의 중개인으로 행세했고, 부유한 상인들에게 털리고 있다고 주장하곤 했다. 그래서 시보 부부는 그 남매를 진심으로 동정했다. 11년 동안 오베르뉴인은 빌로드 웃옷과 바지, 그리고 조끼를 입었는데 오베르뉴인들이 즐겨 입는 이 옷의 세 부분은 시보가 무료로 꿰매 준 기움질로 뒤덮여 있었다. 보다시피, 모든 유대인들이 이스라엘에만 있는 것은 아니다.

"날 놀리지 말아요, 레모냉크 씨!" 수위가 말했다. "퐁스 선생님이 그런 큰 재산이 있었다면 저 모양으로 살고 있겠어요? 집에 100프랑짜리 하나 없는 걸요……!"

"걸덩품 애허가덜언 다 저렇다니까이." 레모냉크가 폼을 재면서 말했다.

"그러니까, 정말, 저 냥반이 70만 프랑만큼을 가지고 있다는 거요?"

"그림만 쳐도 거렇다 이거지…… 거림 하나가 있넌데, 거걸 5만 프랑에 팔겠다고 하면 내 목얼 비털어서라도 구하고야 말겠네이. 에나멜 입힌 작언 구리 액자 알지, 붉언 빌로더가 잔떡 덜어간 거거잇, 처상화 덜어 있넌 거이…… 전에 잡화 가게 하던 장관님이 하나에 검화 천 개 주고 샤는 프티토트의 칠보라네이……."

"그거 서른 개나 있는데! 액자 두 개에." 말하면서 수위의 눈은 팽창했다.

"거러닛, 재산이 얼마나 될지 상상가지?"

현기증이 난 시보댁은 뒤돌아섰다. 마레 지구에서 종신연금을 받는 노인들 때문에 탐욕의 열병을 앓은 수많은 정부 겸 하녀들처럼, 그녀는 퐁스 영감의 유서에 자기 이름을 넣어야겠다는 계획을 품었다. 파리 근교의 작은 시에서 시골집을 얻어 가금을 사육하고 정원을 가꾸며 으스대는 자신을 상상했다. 인정받지 못한 채 잊힌 모든 천사들처럼 커다란 행복을 누릴 자격이 있는 불쌍한 남편과 함께, 여왕처럼 시중을 받으며 그곳에서 여생을 보내는 게 꿈이었다.

갑작스럽고 순진하게 반응한 수위를 보고 레모냉크는 작전이 성공할 수 있다는 확신을 얻었다. 수라쟁이(중고품을 찾아다니는 사람들을 지칭하는 용어이다. '수라하다'는 물건을 찾아서 무지한 주인들을 상대로 유리하게 거래한다는 뜻이다)의 직업상 가장 큰 어려움은 사람들의 집에 발을 들여놓는 것이다. 이 수라쟁이들이 부르주아의 집에 들어가기 위해 스카팽과 같은 간계, 스가나렐과 같은 술수, 도린과 같은 유혹*을 고안하는 능력은 상상을 초월한다. 무대에 올려도 될 희극들로, 대체로 여기서처럼 하인들의 탐욕이 그 원동력을 제공한다. 특히 시골이나 지방에서 하인들이 30프랑 또는 그만큼의 상품을 받고 수라쟁이가 1천에서 2천 프랑만큼의 이익을 취하는 거래를 성사시킨다. 오래된 어떤 소프트 페이스트 세브르 도자기가 팔린 이야기를 한다면, 뮌스터 회의에서 발휘된 모든 외교적인 수완, 니메겐, 우트레히트, 리스빅, 빈에서 맞선 두뇌의 총합을 수라쟁이가 능가하는 광경을 그릴 수 있을 것이다. 게다가 외교관들에 비해 대놓고 웃긴다. 가장 공고한 연맹을 깨뜨리기 위해 외교관들이 개인적인 이해관계의 심연을 힘들게 뒤적거리듯이, 수라쟁이들도 고유의 수단을 가지고 그 심연 속을 파헤친다.

"시보 애펜네를 제대러 꼬드겼군." 돌아가서 짚이 빠진 의자 위에 앉는 시보댁을 보면서 오빠가 누이에게 말했다. "이제, 유일한 진짜 전문가헌테 가서 물어봐야지. 우리 유대인, 이자 15퍼센터에 던 빌려 준 착한 유대인이야!"

레모냉크는 시보댁의 마음을 읽었다. 그런 성미의 여자들은 무엇인가를 원하면 곧 행동으로 옮기고, 목적을 이루기 위해 어떤 방법도 마다하지 않는다. 순식간에 투명한 정직성이 저열한 악랄함으로 돌변한다. 우리의 모든 감정들과 마찬가지로, 정직함은 부정적인 정직함과 긍정적인 정직함의 두 종류로 나눠야 한다. 재산을 불릴 수 있는 기회가 나타나지 않았을 때까지만 정직한 시보 부부의 정직함이 부정적인 정직함이다. 긍정적인 정직함은 수금원처럼 유혹에 무릎까지 빠지지만 완전히 잠기지 않는 경우이다. 고철 장수의 사악한 말들이 열어 놓은 탐욕의 수문을 통해 나쁜 생각들이 수위의 머리와 마음속으로 물밀듯이 쏟아져 들어왔다. 시보댁은 수위실에서 두 양반의 아파트로 올라갔다기보다 날아가서, 퐁스와 슈뮈크가 앉고 있는 방의 입구에 다정함의 가면을 쓰고 나타났다. 그녀를 보자 슈뷔크는 환자 앞에서 의사의 솔직한 진단에 대해 함구하라는 손짓을 보냈다. 숭고한 독일인 친구는 의사의 눈 속에서 진실을 읽었던 것이다. 그녀는 매우 슬픈 표정을 지으며 머리를 끄덕였다.

"우리 냥반, 좀 어떠세요?" 시보댁이 물었다.

수위는 허리에 주먹을 대고 환자를 사랑스러운 눈으로 바라보며 침대 아래쪽에 서 있었다. 그러나 그 눈에서 튀어나오는 금색 반짝이들이란! 목격자가 있었다면 호랑이의 눈빛만큼 끔찍하게 느꼈을 것이다.

"아주 안 좋네요!" 가엾은 퐁스가 대답했다. "식욕도 전혀 없어요. 아, 세상이란, 세상이란!" 머리맡에 앉아 퐁스의 손을 잡고 병의 원인에 대해 이야기하고 있던 슈뷔크의 손을 꼭 쥐면서 통곡했다. "자네 말대로 우리가 살림을 합친 다음에 매일 집에서 저녁 먹을 걸 그랬어! 화물차가 계란 위로 굴러가듯이 내 위로 굴러가는 이 사회를 단념할걸! 그런데 왜들 그러는거야……?"

"자, 자, 우리 좋은 냥반, 하소연은 그만. 의사 선생이 나한테 참말을 했어요……." 슈뷔크는 수위의 치마를 잡아당겼다.

"선생님께서 나으실 수 있지만 나주 잘 돌봐야 한다고요……. 안심하시오. 넾에 좋은 친구랑, 내 자랑하는 건 아니지만, 첫아이를 돌보듯이 선생님을 돌보는 녀편네가 있잖아요. 풀랭 선생이 우리 그이한테 사형선고를 내리고, 말하자면 수의까지 입히려고 했던 적이 있었는데, 내가 살려 냈잖아. 그땐 이미 죽은 거나 마찬가지라고 했었지……. 선생님은 지금 많이 편찮으시지만 다행히 그 정도는 아니에요. 나만 믿어요……. 나 혼자서 살려 드릴게! 진정하세요, 이렇게 안절부절못하지 마시고." 환자의 손까지 이불을 덮어 주었다. "자, 아들, 슈뮈크 선생님과 내가 여기, 침대 옆에서 밤을 지샐 게요……. 왕자보다도 더 잘 보살펴 드릴 거예요. 그런데 필요한 건 다 마련할 수 있을 만큼 부자시잖아요……. 지금 남편하고 이야기했어요. 불쌍한 이, 나 없이 뭐가 되겠어……! 알아듣게 잘 말했고, 우리 남편도 나만큼 두 분을 너무나 사랑해서, 내가 여기서 밤을 보내게 허락했어요……. 그런 사람한텐 정말 큰 희생이에요! 날 첫날처럼 사랑한다니까! 너쯤 그러나 몰라, 정말! 수위실 때문일 거야! 맨날 옆에 붙어 있으니 말이야……! 이불을 이렇게 들추지 말아요!" 그녀는 머리 쪽으로 달려가 이불을 퐁스의 가슴까지 다시 올려 주었다. "그리고 말 안 들으면, 지상에 내려오신 하느님 그 자체인 플랭 선생이 시키는 걸 다 잘 따르지 않으면, 나 정말 이제 상관 안 할 거예요! 내 말 잘 들어야 해요!"

"**네, 씨포 푸인, 시키시는 태로 타 할 컵니타! 친쿠 슈무케를 위해써 쌀아야 하니카, 내카 보창해요.**" 슈뮈크가 대답했다.

"성질 부리면 절대 안 돼요. 닐부러 그러지 않아도 병이 그렇게 만들 거예요. 귀하신 냥반, 하느님께서 누리의 죄를 벌하시려고 불행을 내려 주시네요. 참회할 작은 죄들이 닜을 거 아니요……!" 환자는 고개를 저었다. "어머, 젊었을 때 사랑도 하고 난봉도 피웠을 거 아니요! 어디서 사랑의 널매가 자라서 굶거나 추위에 떨며, 집 없이 살고 있을지도 모르고…… 남자들은 다 괴물이야!

하루 사랑하고, 쉿! 달아나 버리지. 아무 생각이 없어. 갓난아기를 젖 먹여야 한다는 것도 모르지! 여자들이 불쌍해……!"

"슈뮈크와 우리 불쌍한 어머니 말고는 날 사랑한 사람이 아무도 없어." 퐁스가 슬프게 대답했다.

"자, 선생님은 성인군자가 아니잖아요! 젊은 시절이 있었고, 그때 나주 귀여운 총각이었을텐데. 내가 스무 살이었다면……. 선생님처럼 착한 남자라면, 사랑했을 거예요……."

"난 항상 두꺼비처럼 못생겼었어." 퐁스는 절망감에 빠졌다.

"겸손하셔라. 그거 하나는 알아드려야 해."

"아니요, 시보 부인, 다시 말하지만 항상 못생겨서 사랑받은 적도 없어요……."

"설마, 선생님을……? 선생님 년세에 정숙한 처녀 같다고 나한테 믿게 하려는 거요, 시방? 음악인이, 극장에서 일하면서? 녀자가 그런 말을 한데도 믿지 않겠어요."

"씨포 푸인, 화나케 하치 말아요!" 침대 안에서 지렁이처럼 꿈틀거리는 퐁스를 보고 슈뮈크가 외쳤다.

"선생님도 닙 다무셔요. 두 분 다 늙은 바람둥이셔요……. 못났지만, 짚신도 짝이 있다잖아요! 시보도 파리에서 해산물 까는 녀자들 중에서 가장 예쁜 이의 사랑을 받았는걸요……. 그 사람보다 선생님들이 천만 배 낫죠……. 착하시잖아요! 다 한때 불장난하셨겠죠! 그리고 아브라함처럼 자녀들을 버리셔서 하느님이 벌주시는 거예요……!" 무너진 환자는 마지막 힘을 모아 손을 저었다.

"걱정 마셔요. 그래도 므두셀라*만큼 장수하는 데는 지장 없을 거예요."

"나 좀 내버려 줘요! 사랑받는다는 게 어떤 건지 몰라요……! 자식을 가져 본 적도 없고, 난 이 세상에 혼자요……." 퐁스는 소리를 질렀다.

"너머, 정말이요……? 너무 착하셔서, 있잖아요, 녀자들이, 착한 거 좋아하니까, 그거 때문에 정들죠……. 그래서 좋은 시절에 나마도……." 수위가 계속 말했다. 퐁스가 슈뮈크의 귀에 말했다.

"데라고 가 줘. 신경 건드리네!"

"슈뮈크 선생님은, 그럼, 자식이 있겠죠……. 노총각들은 다 똑같으니까……."

"**내카요!**" 슈뮈크가 벌떡 일어났다.

"선생님도 상속자가 없다고 할 거죠, 그렇죠? 두 분 다 이 세상에 버섯처럼 혼자 생겨났나 봐요."

"**차, 이족으로 오쎄요.**"

마음씨 좋은 독일인은 용감하게 팔을 시보댁의 허리에 두르고 그녀의 시끄러운 항의에 아랑곳하지 않고 거실로 데리고 나갔다. 그녀는 슈뮈크의 팔에서 몸부림치며 소리쳤다.

"선생님 나이에, 불쌍한 녀자를 녹 보이게 하려고 하는 건가요?"

"**쏘리 치르치 말아요!**"

"두 분 중에 제일 착하신 분이! 녀자를 안아 본 적이 없는 두 노인네한테 사랑 얘기를 한 게 잘못이지! 이 괴물아, 내가 불을 붙여 놨군 그래!" 분노가 타오르는 슈뮈크의 눈을 보며 외쳤다.

"사람 살려! 사람 살려! 나 납치당하네!"

"청말 파포 같아요! 차, 의싸 썬쌩이 무얼라코 해요……?"

"제게 이렇게 폭력을 휘두르시다니요! 두 분을 위해 불 속에라도 뛰어들 저를!" 자유를 되찾은 여인이 울먹였다. "남자들이 폭력을 잘 쓴다는 말이 맞았어……! 불쌍한 우리 그이는 날 이렇게 험하게 다루지는 않을 거야……. 선생님들을 자식처럼 돌보는 저를…… 전 자식이 없어요. 마침 어제도 그이에게 이렇게 말했어요. '여보, 자식을 주시지 않은 하느님이 다 뜻이 있었던 거야. 윗층에 자식이 생겼잖아!' 십자가에 대고, 우리 엄마 영혼에 대고 맹세해요, 정말 그렇게 말했다니까요……."

"네, 네, 크런테 의싸카 무얼라코 했냐코요?" 성이 난 슈뮈크는 난생처음으로 발을 굴렀다. 시보댁은 그를 식당으로 끌고 가면서 대답했다.

"그러니까, 우리 사랑스럽고 귀하신 환자께서 치료를 잘 받지 않으며 죽을 수 있대요. 과격하신 선생님 곁에 제가 있어서 다행이에요. 순하신 줄 알았는데 과격하시네요. 성질 하나는……! 나 참! 선생님 나이에 나직도 여자를 녹보이게 하시다니요, 이 바람둥이 같은 이……!"

"파람퉁이! 내카……? 난 봉쓰만 싸랑한타는 컬 몰라요?"

"자, 난심되네요. 날 내버려 둘 거죠? 그러시는 게 좋을 거예요. 내 명예에 손대는 사람은 우리 그이가 다리몽둥이를 부러트릴 거예요." 그녀는 슈뮈크에게 웃어 보였다.

"내 친쿠를 찰 돌포아 추쎄요, 우리 씨포 푸인." 슈뮈크는 시보댁의 손을 잡으려고 하면서 말했다.

"니거 봐요! 또 그러네!"

"내 말 좀 틀어 포아요! 쌀려내면 내카 카진 커 타 줄 케요……."

"자! 필요한 거 사러 냑국에 갑니다……. 선생님, 이 병 낫는데 돈 좀 들 거예요. 어떻게 하실 건가요……?"

"일할 커예요! 봉쓰가 왕차처럼 포쌀빔 팔아야 해요……."

"그럴 거예요, 우리 슈뮈크 선생님. 그리고 아무 걱정 마세요. 남편과 제가 모아 둔 돈 2천 프랑이 있어요. 그거 다 산생님들 거예요. 내가 조금 보탠 지 꽤 됐답니다……!"

"작한 푼이에요! 마음시 좋으셔라!" 슈뮈크가 눈물을 훔치며 외쳤다.

"눈물 닦아요. 정말 영광입니다. 그게 바로 제 보상이에요." 시보댁이 연극 배우처럼 폼을 잡았다. "저는 이 세상에서 가장 사심 없는 사람입니다. 그런데 눈물 글썽이면서 들어가지 마세요. 퐁스 선생님께서 실제보다 병이 더 심각하다고 믿으시면 안 되니까."

슈뮈크는 이런 배려에 감동을 받아, 결국 시보댁의 손을 잡고 꼭 쥐었다.

"저 좀 살려 주세요!" 옛 식당 종업원은 슈뮈크에게 다정한 눈빛을 보냈다.

"봉쓰, 씨포 푸인은 청말 천싸야. 말 많은 천싸치만, 클래토 천싸야."

"그럴까……? 한 달 전부터 난 다 의심스러워. 이렇게 온갖 걸 당하고 나니 하느님과 자네밖에 못 믿겠어……!" 퐁스가 고개를 저으며 대답했다.

"팔리 나아. 크러면 쎗이써 왕저럼 쌀차!" 슈뮈크는 간절하게 말했다.

"여보! 우린 이제 부자야!" 시보댁은 수위실에 들어서면서 숨 찬 목소리로 외쳤다. "우리 두 냥반이 상속자도 없고, 자식도 없고, 한마디로, 아무것도 없어! 우리가 곧 연금을 받게 될 건지 퐁 텐댁한테 가서 카드 점이나 봐야겠어……."

"여보, 좋은 신발을 물려 신으려고 사람이 죽기를 기대하지 맙시다." 작은 재단사가 말했다.

"어쩜, 그렇게 날 성가시게 할 거예요!" 그녀는 시보를 손으로 가볍게 쳤다. "내가 제대로 알고 있다니까! 풀랭 선생이 말하길, 퐁스 냥반은 가망이 없대! 우린 부자가 될 거야! 유서에 내 니름이 들어갈 테니까…… 내가 알아서 할게! 바느질 열심히 하면서 수위실이나 잘 지켜, 이 일은 니제 얼마 안 남았어! 녜쁜 집, 녜쁜 정원, 당신은 재미삼아 그걸 가꿀 거고, 난 하녀도 거느릴 거야……!"

"자, 이웃집 댁, 윗층언 지검 샹태 어때요? 거 슈집품들이 얼마나 나가넌 것덜인지 알아봤어요이?" 레모냉크가 물었다.

"아니요, 아직요! 이봐요, 그렇게 덤비는 거 아니에요! 더 중요한 사실을 날아냈지……."

"더 중요한 샤실! 거것버다 더 중여한 건……."

"자, 아이처럼 어리석군! 다 나한테 맡겨요." 시보 여인이 권위 있게 명했다.

"70만 프랑에서 30퍼센터먼 평생 부러저아로 샬 슈 있얼 만컴이져이……."

"걱정 말아요, 레모냉크 녕감, 저 냥반이 주워 모은 물건들이 얼마 하는지 알아볼 때가 오면 그때 하면 돼요……."

수위는 풀랭이 처방한 약을 사러 약국에 갔다 온 후, 퐁텐댁의 방문은 그다음 날로 미루었다. 퐁텐댁의 집에는 항상 사람들이 바글거렸기 때문에, 남들 전에 아침 일찍 가면 신탁이 더욱 명쾌하고 확실하게 능력을 발휘할 터였다.

유명한 르노르망 양이 죽을 때까지 40년간 그녀의 라이벌이었던 퐁텐댁은 그 당시 마레 지구의 신탁이었다. 카드 점을 치는 여인들이 파리의 하류층들에게 얼마나 중요한 존재인지, 교육을 받지 못한 민중들의 결정에 얼마나 지대한 영향을 미치는 지 상상하기란 어렵다. 부엌 하녀, 수위, 매춘부, 노동자 등 보다 나은 앞날에 기대를 걸고 사는 사람들은 미래를 읽는 비범하고 불가해한 능력을 하늘로부터 부여받은 이들을 보러 간다. 학자, 변호사, 공증인, 의사, 판사와 철학자들이 생각하는 것 이상으로 신비학에 대한 믿음이 퍼져 있다. 민중에게는 없앨 수 없는 본능들이 있다. 그중 부당하게 '미신'이라고 부르는 본능은 민중의 피 속에나 우월한 사람들의 정신 속에 살아 있다. 파리에서 카드 점쟁이에게 다니는 정치인도 여러 명이다. 그런 것을 믿지 않는 자들은 점성학으로 하느님의 심판(점성학과 심판은 서로 어울리지 않는 단어들이지만)을 알아보는 직업이 인간의 가장 강한 본성인 호기심을 장사 밑천으로 삼을 뿐이라고 생각한다. 이런 사람들은 의심이 많아서 특별한 능력에 의해서 인간의 운명을 일고여덟 가지의 주된 점술 방식에 따라 읽어 낼 수 있음을 완전히 부인한다. 이성주의자나 유물론을 신봉하는 철학자들, 다시 말해 눈에 보이는 탄탄한 사실들, 현대 물리학이나 화학에서 증류기 또는 저울이 가리키는 결과만 신뢰하는 이들이 배척하는 수많은 자연 현상들과 마찬가지로, 신비학도 어쨌든 존속한다. 계속 갈 길을 가지만, 약 두 세기 전부터 엘리트들이 더 이상 관심을 갖지 않기 때문에 더 이상 진보는 하지 않는다.

점성술의 가능성만을 봤을 때, 한 사람의 과거나 본인만 알고 있는 비밀들이 그가 섞고 둘로 나눈 다음 점쟁이가 신비스러운 원칙에 따라 분리하는 카드 속에 그대로 드러날 수 있다는 믿음이란 터무니없음 그 자체이다. 그러나 증기 기관차도 처음에는 터무니없다는 선고를 받았고, 항공 과학도 터무니없다는 평을 받고 있는데다, 화약, 인쇄술, 안경, 판화, 그리고 최근의 가장 위대한 발명품인 사진술도 터무니없다고 비웃음을 샀던 적이 있다. 마치 리슐리외가 살로몽 드 코가 기선(汽船)이라는 엄청난 발명품을 가져다 바쳤을 때 이 노르망디의 순교자를 비세트르 병원에 감금시킨 것과 마찬가지로, 만약 누군가가 나폴레옹에게 건물이나 사람이 항상 공기 중의 영상으로 나타나고 있다고, 존재하는 모든 사물들의 유령이 포착될 수 있고 지각될 수 있는 형태로 공기 속에 떠 있다고 이야기했다면, 그는 그 누군가를 샤랑통 정신병원으로 보냈을 것이다. 그러나 다게르가 은판 사진기를 발명함으로써 바로 그리한 사실을 입증해 냈다. 자, 하느님께서 볼 줄 아는 이들을 위해 인간의 운명을 넓은 의미의 관상, 말하자면 온몸에 새겨 놓으셨다면, 손이 관상의 축소판이지 않겠는가? 손은 인간의 행동 그 자체이자, 행동의 유일한 발현

매체이기 때문에 그럴 수밖에 없다. 그래서 손금을 보는 것이다. 사회가 하느님을 모방하지 않는가? 점쟁이의 능력을 타고난 사람이 손의 생김새를 보고 인생의 사건들을 예견하는 일은 군인에게 전쟁터에서 싸울 것이라고 하거나, 변호사에게 말을 많이 할 것이라고, 또는 구두 제조인에게 구두나 장화를 만들 것이라고, 농부에게 밭에 비료를 주고 경작할 것이라고 이야기하는 일보다 이상하지 않다. 명백한 예를 들어 보겠다. 천재성은 겉으로 눈에 띄는 일이라서, 파리의 거리를 산책하다 보면, 아주 무지한 사람들조차도 위대한 예술가가 지나갈 때 알아보기 마련이다. 그는 가는 곳마다 주위의 모든 것을 물들이는 정신적인 태양과도 같다. 천재가 뿌리는 인상과 정반대의 느낌을 받을 때 멍청이를 알아낼 수 있지 않은가? 보통 사람은 아무런 관심을 끌지 못한다. 사회적 특징들, 파리 시민들의 성질을 관찰할 줄 아는 대부분의 사람들은 다가오는 행인을 보면서 그 직업을 알아맞힐 수 있다. 16세기 화가들이 잘 묘사한 마녀 집회들은 오늘날 더 이상 불가사의가 아니다. 그와 관련해서는 인도에서 온 야릇한 종족 보헤미아인들의 조상인 이집트 남녀들이 단지 고객들에게 하시시를 먹였을 뿐이라고 전해진다. 그런 물질의 작용으로 악마 숭배자로 알려졌던 이들이 몽상 속에서 빗자루 비행을 하고, 굴뚝을 통해 탈출하고, 젊은 여자로 변신한 노파들은 소위 실제 환영에 사로잡히고, 모두가 광란의 춤, 황홀한 음악에 자신을 맡겼던 것이다.

오늘날 수많은 입증된, 틀림없는 사실들 중 상당수가 신비학에서 먼저 밝혀졌는데, 언젠가는 그런 분야가 마치 화학, 천문학처럼 교육되는 과목이 될 것이다. 파리에 슬라브어, 만주어 학과들이 개설되고, 가르치기는커녕 오히려 가르침을 받아야 하는 북부 유럽의 문학과처럼 가르칠 것이 없어서 교수들이 셰익스피어나 16세기에 관한 논문들을 무한히 반복해서 읊어 대는 시기에, '인류학'이라는 이름으로 옛 대학의 꽃이었던 신비학을 부활시키지 않는 것이 이상하기까지 하다. 이에 대해서는 위대하면서 동시에 유치한 나라인 독일이 프랑스보다 앞섰다. 그곳에는 모두 똑같은 소리를 지껄이는 여러 철학들보다 훨씬 유용한 이 학문을 교육한다.

마치 뛰어난 발명가가 보통 사람들이 스쳐 지나가는 자연 현상 속에서 하나의 사업 계획, 또는 과학의 새로운 영역을 엿보듯이, 원인의 씨앗에서 앞으로 일어날 사건을 예견하는 재주는 떠들썩한 예외가 아니라 인정받는 능력이며, 어떻게 보면 정신의 몽유병이라고 할 수 있다. 미래를 내다보는 여러 방법들이 기인하는 이런 전제가 터무니없어 보이지만, 사실이다. 점쟁이에게 미래의 중요한 사건들을 예언하는 것은 과거를 알아맞히는 일보다 결코 어렵지는 않다는 사실에 주의하라. 믿지 않은 사람들의 생각으로는 과거와 미래를 알기란 똑같이 불가능하다. 그러나 이미 지나간 사건들이 흔적을 남기는 것처럼, 앞으로 일어날 사건들도 근원이 있다고 말할 수 있다. 점쟁이가 당신에게 과거의 삶 중에서 당신만 알고 있는 사실들을 자세히 설명해 준다면, 지금의 원인들이 야기할 사건들을 예언할 능력이 있는 것이다.

정신계는 말하자면 자연계의 본을 떠서 재단되었다. 다양한 환경에 따른 고유한 차이들이 있겠지만, 같은 결과들이 되풀이된다. 그리하여 물체들이 실제로 대기 중에 투사되어 은판 사진기가 중간에 포착하는 영(靈)을 남기듯이, 마찬가지로 사상들, 즉 실제로 삶을 변화시키는 영적인 창조물들은 정신계의 공기라고 명명될 수 있는 환경 속에 각인되어, 특정한 인상들을 남기고 유령적으로 존재한다(이름이 없는 현상들을 표현하기 위해 신조어를 만들 필요가 있다). 따라서 드문 능력을 지닌 이들은 그런 형태들, 또는 관념의 흔적들을 뚜렷이 알아볼 줄 안다.

그런 것들을 보기 위해 동원되는 수단들은, 가장 설명하기 쉬운 불가사의이다. 손님의 손이 제시된 물건들을 배열하여 삶의 우여곡절을 재현하기만 하면 된다. 실제로 현실계에서 모든 사물은 서로 연결되어 있다. 모든 움직임이 원인과 상응하고, 모든 원인은 전체의 일부이다. 따라서 전체가 각각의 움직임 속에서 재현된다. 피타고라스, 히포크라테스, 아리스토파네스와 단테를 하나로 모은, 근대 인류의 가장 위대한 정신인 라블레가 3세기 전에 이미 말하였다, 인간은 소우주라고. 3세기가 지난 후 위대한 스웨덴 예언가 스베덴보리도 지구는 하나의 인간이라고 이야기했다. 예언자와 의혹의 시대를 연 창시자가 가장 위대한 문구 속에서 만났다. 지구의 생태에서와 마찬가지로 인간 삶의 모든 부분이 운명에 의해 결정되었다. 가장 미세하고 사소한 사건 사고들도 이에 종속되어 있다. 따라서 커다란 일들, 굉장한 계획들, 위대한 사상들이 필연적으로 가장 작은 행위 속에 매우 정확하게 반영되어서, 만약 어떤 음모자가 카드를 섞고 나누면 거기에 음모의 비밀이 드러날 테고, 예언자, 또는 소위 점쟁이, 보헤미안, 사기꾼이 읽어 낼 것이다. 운명, 즉 원인과 결과의 연쇄가 있음을 인정하면, 점성술이 존재할 수밖에 없고, 예전처럼 엄청난 학문이 되어야 한다. 점성술에도 위대한 퀴비에*에게 있었던 추론 능력이 필요한데, 여기서는 이 천재 생물학자처럼 서재에서 연구에 몰두한 밤에 발휘되는 대신, 그 자리에서 저절로 발휘된다.

점성술은 7세기 동안 오늘날처럼 민중들이 아니라, 가장 총명한 지성들, 군주들, 왕비들과 부자들 사이에서 성행했다. 화학이 연금술사들의 화덕에서 나왔듯이 고대의 가장 중요한 학문인 최면술도 신비학에서 파생되었다. 골상학, 관상학, 신경학 역시 여기서 나왔고, 겉으로 보기에 새로운 그런 학문들의 창시자들은 모든 발명가들이 범하는 잘못, 즉 일차적인 원인이 분석에 의해 아직 밝혀지지 않는 고립된 현상들을 완전히 체계화하는 우를 범했다. 어느 날 가톨릭 교회와 근대 철학이 사법부와 협의하여 신비술과 그 추종자들을 배척하고, 박해하고 조소하기 시작했는데 그럼으로써 그런 학문들의 영향력과 연구에 있어 백 년의 유감스러운 공백이 생겼다. 어찌 되었든, 민중들, 많은 수의 현명한 사람들, 특히 여성들이 미래의 베일을 들추는 능력을 지닌 자들에게 계속 복채를 지불해 왔다. 그들은 점쟁이로부터 희망, 용기, 힘 등 종교만이 줄 수 있는 것을 구한다. 그래서 신비학이 지금도 계속 행해지지만, 위험이 조금 따른다. 오늘날의 점쟁이들은 18세기 백과전서파들 덕분에 누리는 관용에 의해 고문을 면하는 대신, 경범 재판소에 회부될 소지가 있을 뿐이다. 그것도 돈을 뜯어내려는 목적으로 고객들에게 겁을 주는 경우, 다시 말해 사기를 치는 경우처럼 부정한 조작을 행할 때에 한한다. 불행히도, 흔히 사기와 범죄가 이런 숭고한 능력과 친화력이 있다. 그 이유는 다음과 같다.

점쟁이가 갖춘 대단한 재주들은 보통 '짐승' 같다고 일컬어지는 사람들에게서 나타난다. 그런 짐승 같은 이들이 하느님께서 놀라운 초능력을 담기 위해 선택하신 그릇이다. 그런 야만인들 중에서 예언자, 성 베드로의 후예들, 도사들이 나온다. 관념이 수다, 음모, 문학 작품, 학문적인 상상력, 행정적인 노력, 발명가의 구상, 전쟁의 무훈 등으로 흩어지지 않고 전체가 한 덩어리로 남아 있을 때, 가공되지 않은 다이아몬드가 결정면의 광채를 간직하듯이 엄청나게 강렬한 빛을 발할 수 있다. 기회만 나타나면! 지능의 빛이 켜져서, 거리를 넘나드는 날개와 만사를 볼수 있는 신의 눈을 갖게 된다. 어제는 석탄이었지만, 오늘 미지의 유체가 그것을 관통하여 눈부신 다이아몬드가 된다. 하느님이 가끔 허락하시는 기적이 일어나지 않는 한, 지능을 다방면에 소모시키는 위인들은 그런 극도의 힘을 쏟아 내지 못한다. 따라서 여자든 남자든 예언자들은 대부분 정신이 백지인 거지와 같은 존재, 겉으로 저급해 보이고, 육체적으로 시달리며 비참한 삶의 격류와 바퀴 자국 속에서 뒹구는 조약돌과 같은 존재들이다. 예언자, 견자(見者)는 왕만이 알 수 있는 비밀을 이야기함으로써 루이 18세를 떨게 했던 농부 마르탱, 또는 퐁텐댁이나 르노르망 양과 같은 요리사, 저능한 흑인 여성, 뿔 달린 짐승들과 함께 생활하는 목동, 탑에 걸터앉아 육체를 죽여서 정신을 몽유병적인 신비로운 능력에 이르게 하는 고행자 등에서 나오기 마련이다. 어느 시대에나 신비술의 영웅들은 동양에서 주로 나타났다. 이 사람들은 물리적이고 화학적으로 반응하는 전도체처럼, 무기력한 금속으로 있다가 신비로운 유체로 가득한 통로가 되는 속성 때문에, 평소에는 원래의 모습으로 돌아와서 조작들과 계산에 몰두하여 경범죄 재판소, 심지어 유명한 발타자르처럼 중죄 재판소 또는 도형장(徒刑場)을 드나든다. 불쌍한 음악가의 생사가 퐁텐댁이 시보댁에게 알려 줄 미래에 달려 있다는 사실만 보더라도 카드 점이 민중들에게 미치는 지대한 영향을 알 수 있다.

19세기 프랑스 사회를 총괄하는 이야기*인 만큼, 길고 세부 사항이 많아서 반복되는 부분들이 있기 마련이지만, 퐁텐댁의 누추한 집은 『자신도 모르게 연극배우가 된 사람들』*에서 이미 묘사한 바 있기에 다시 소개하지는 않겠다. 단, 시보댁이 비에유 뒤 탕플 거리에 위치한 그녀의 집에 마치 영국 카페*의 단골들이 그곳에 점심 먹으러 들어가듯이 들어섰다는 점은 밝혀 둘 필요가 있다. 오래된 단골인 시보댁은 호기심에 사로잡힌 젊은 여성들과 아낙들을 자주 데려왔다.

점쟁이 조수 역할을 하는 늙은 하녀는 안주인에게 알리지도 않고 성역의 문을 열어 주었다.

"시보댁이시네! 들어오세요. 아무도 없어요."

"자, 아가, 무엇 때문에 이렇게 일찍 오시오?" 마녀가 말했다.

당시 78세였던 퐁텐댁은 파라카 여신다운 외모로 그런 호칭이 어울렸다.

"심란해 죽겠어요, 큰 게임으로 봐 주세요! 내 재산에 관한 거예요." 시보댁은 지금 처한 상황을 설명하고 저열한 기대에 대한 예언을 부탁했다.

"큰 게임이 뭔지 몰라요?" 퐁텐댁이 엄숙하게 물었다.

"네, 그 속을 들여다볼 만큼 부자가 아니니까요. 100프랑……! 그까짓 것! 너디서 널어 가지고 했겠어요? 그래도 노늘은 꼭 해야 돼요!"

"나는 그거 잘 안 해요, 아가. 중요한 일 있을 때만 부자들에게 봐 주고, 금화 스물다섯 닢을 받아요. 나를 지치게 하고 닳게 하지! 혼이 여기, 내 위장을 주물럭거려요. 옛날식으로는 마녀 집회에 가서 춤추는 거랑 같아!"

"마음씨 좋으신 퐁텐댁, 내 앞날이 걸린 일이라니까요……."

"자, 손님을 많이 데리고 와 주신 댁네를 위해 난 혼에게 잡혀가겠네!" 퐁텐댁의 쭈글쭈글한 얼굴은 연기가 아닌 실제의 공포로 질렸다.

그녀는 화로 옆에 있는 더러운 안락의자에서 일어나 낡아 빠져서 올 하나하나를 셀 수 있는 초록색 천으로 덮인 탁자 쪽으로 갔다. 그 위에는 엄청난 크기의 두꺼비가 자고 있었고, 옆으로는 깃털이 헝클어진 검은 암탉이 살고 있는, 문이 열린 새장이 있었다.

"아스타롯! 이리 온, 아들!" 퐁텐댁은 두꺼비의 등을 긴 뜨개

바늘로 가볍게 두드렸다. 두꺼비는 그녀를 영리한 눈으로 바라보았다. "클레오파트라 양! 그대는…… 조심!" 그녀는 늙은 암탉의 부리를 살짝 치면서 또 말했다. 퐁텐댁은 얼마간 꼼짝도 하지 않은 채 마음을 모았다. 시체처럼 되어, 눈도 돌아가서 흰자만이 보였다. 그러고는 몸이 굳은 채 동굴에서 나오는 듯한 목소리로 "나 왔소!"라고 말했다. 클레오파트라를 위해 모이를 기계적으로 뿌린 후, 그녀는 큰 게임의 카드를 들어서 경련을 일으키듯이 섞고 깊은 한숨을 쉬며 시보댁에게 두 뭉치로 나누게 했다. 지저분한 터번을 두르고 음산한 웃옷을 걸친 죽음의 사자가 검은 암탉이 쪼는 모이를 바라보면서 두꺼비 아스타롯을 불러 펼쳐진 카드 위를 밟도록 시켰을 때, 시보댁은 등골이 오싹해지며 소스라쳤다. 커다란 감동을 일으키는 것은 커다란 믿음뿐이다. 연금을 받느냐 마느냐, 그것이 문제로다, 라고 셰익스피어가 말한 바 있다.

칠팔 분 동안 마녀는 주술서를 펼쳐 망자의 목소리로 읽었고, 남아 있는 모이와 물러나면서 두꺼비가 남긴 발자국을 살핀 뒤, 흰 동자로 바라보며 카드의 의미를 해독했다.

"성공할 거요! 그대의 생각대로 될 일이 하나도 없을 테지만. 수고 좀 해야 할 거요. 그런데 그 열매를 거둘 거요. 정말 악하게 행동하겠지만, 병자들 곁에서 유산의 일부를 탐내는 모든 자들도 마찬가지야. 이런 악행을 저지르는 데 아주 높으신 분들의 도움을 받겠네…… 죽음의 두려움 속에서 참회하겠지. 왜냐하면 두 번째 남편과 살게 될 마을에서 그대가 큰 재산을 가지고 있다는 소문 때문에 두 탈옥수, 빨간 머리에 키 작은 이와 대머리의 노인한테 살해당할 테니까……. 자, 딸, 행동에 옮기거나 가만히 있거나 그건 그대의 자유요."

겉으로는 그토록 차가워 보이는 이 해골의 움푹한 눈 속에 불을 지폈던 내적인 흥분이 가라앉았다. 운세를 발설하자마자 퐁텐댁은 눈이 부신 듯했고, 몽유병 환자를 깨웠을 때와 똑같은 반응을 보였다. 주위를 놀란 눈으로 바라보다가 시보댁을 알아보고는 공포가 서린 얼굴에 의아해했다.

"자, 딸, 만족했나?" 예언할 때와는 완전히 다른 목소리로 물었다.

시보댁은 답하지 못하고 마녀를 아연실색하여 쳐다보았다.

"큰 게임을 원해서, 그동안 쌓인 정을 봐서 해 줬어. 이제 100프랑 주시오. 단지……."

"남편이 죽어요?" 수위가 외쳤다.

"내가 그렇게 끔찍한 얘길 했어요……?" 퐁텐댁이 순진하게 물었다.

"네에……! 살해되다니……!" 시보댁은 주머니에서 100프랑을 꺼내 탁자 끝에 놓았다.

"나 참, 큰 게임을 해 달라더니……! 안심해요, 카드에서 살해되는 사람들이 다 죽는 건 아니니."

"정말 그래요, 퐁텐 사모님?"

"아, 예쁜이, 나야 모르지! 미래의 문을 두드리고 싶어 해서, 난 초인종만 눌렀고, 그이가 왔다네!"

"누가? 그이라니요?"

"그야! 당연히 혼이지!" 마녀가 성내며 말했다.

"안녕히 계세요, 퐁텐 사모님! 큰 게임이 이런 건 줄 몰랐네요. 정말 무서웠어요······!"

"저런 난리는 달에 두 번도 피우지 않으세요! 너무 힘들어서 지쳐 돌아가실 걸요. 이제 갈비 좀 드시고 세 시간 동안 푹 주무실 거예요······."

거리로 나와 걸으면서 시보댁은 예언을 들은 모든 사람들이 언제나 그렇듯이 자신에게 유리한 부분만 믿고, 불리한 부분은 의심했다. 다음 날, 결심을 더 굳힌 그녀는 퐁스 박물관에서 자기 몫을 챙김으로써 부자가 되기 위해 갖은 수단을 다 동원할 태세였다. 따라서 얼마간, 성공할 여러 방법을 조합해 볼 생각뿐이었다. 위에서 설명한 현상, 다시 말해 지적인 능력을 매일 사용하여 소모시키는 상류층과는 달리 저급한 사람들이 소위 강박관념이라고 명명되는 지독한 무기가 마음속에서 작동할 때 그 능력을 강하게 발휘할 수 있는 현상이 시보댁에게서 고차원적으로 나타나고 있었다. 강박관념이 기적적인 탈옥, 기적적인 감정들을 가능하게 하듯이, 탐욕의 힘으로 수위에 불과한 그녀가 궁지에 몰린 뉘싱겐만큼 독해지고, 우둔함 속에서 매력적인 라팔페린* 만한 재치가 솟았다.

며칠 후, 아침 7시경에, 가게 문을 여는 레모냉크를 목격하고는, 암코양이처럼 그의 곁으로 다가갔다.

"우리 냥반들 집에 쌓인 물건들의 가치를 정말로 알려면 어떻게 해야 되나요?"

"아, 그건 정말 쉽다네. 나와 마음 다 터놓으시겠다면, 감정 잘 하는, 아주 정직한 사람을 소개시켜 드릴게. 두 푼도 안 틀리고 그 가치를 알 수 있을 거요……." 이야기의 명료한 전달을 위해 그의 끔찍한 사투리를 더 이상 재현하지 않겠다.

"누군데요?"

"마귀스 사장이라고, 이젠 그냥 하고 싶을 때만 사업을 하는 유대인이요."

『인간극』의 독자들에게 너무나 잘 알려져서 설명이 필요 없는 엘리 마귀스는 그림과 골동품 장사에서 은퇴하여 애호가 퐁스를 모방했다. 죽은 앙리, 피조와 모레, 테레, 조르주와 로엥 등 유명한 감정사들, 다시 말해 미술관의 전문가들은 모두 엘리 마귀스와 비교하면 초보자에 불과했다. 그는 백 년 동안 쌓인 먼지와 때로 뒤덮인 걸작도 알아보고, 모든 화파, 모든 화가들의 화풍에 정통했다.

보르도에서 파리로 올라온 이 유대인은 1835년에 사업을 그만두었으나 계속 너덜너덜한 외양을 간직하여 전통에 충실한 종족의 구성원 대부분의 관행을 따랐다. 중세에는 박해를 받던 유대인들이 의심을 피하기 위해 누더기를 입고, 항상 불평하면서 우는 시늉과 신세타령을 해야만 했다. 원래 필요에 의해 자리 잡은 습관이 으레 그렇듯이, 민족적인 본능, 고유한 악덕이 되었다. 엘리 마귀스는 다이아몬드를 샀다가 되팔고, 그림과 레이스, 귀한 골동품, 칠보, 오래된 조각품과 금은 세공품 장사를 열심히 하여 시장이 넓어진 이 바닥에서 아무도 몰래 엄청난 재산을 모았다. 실제로, 세계의 모든 골동품들이 모이는 파리에서 골동품 장수들의 수는 20년 동안 열 배가 되었다. 그림이 팔리는 도시는 로마, 런던, 파리 세 곳뿐이다.

엘리 마귀스는 미님 거리에 거처를 두었는데, 루아얄 광장과 통하는 그 넓고 짧은 길에 소위 헐값으로 1831년에 구매한 오래된 저택이 있었다. 몰랭쿠르가 살았던 저택으로, 루이 15세 시대에 가장 호화로운 장식을 자랑하는 방들을 갖춘 굉장한 건물이었다. 그 유명한 회계 감사원장이 짓게 한 이 저택은 그 위치 덕분에 혁명기에 파괴되지 않았다. 유대법을 위반하면서 부동산 소유주가 되기로 결심한 데는 나름의 이유가 있었다. 노인은 우리 모두처럼, 광기에 이르는 편집증에 빠졌다. 고인이 된 친구 곱세크*만큼 구두쇠이긴 했지만, 매매하는 걸작들을 사랑하게 되었다. 그런 취향이 점점 고상해지고 까다로워져서, 예술을 사랑하는 부유한 군주들에게나 허락되는 열정이 되어 버렸다. 정예병이 키가 6피트가 되어야만 흡족해하며 그를 자신의 정예병 박물관에 넣기 위해 상상을 초월하는 금액을 지불하던 두 번째 프로이센 왕처럼, 은퇴한 골동품 장수는 흠집하나 없이 대가가 그린 그대로 남아 있는 주요 작품들에만 애정을 쏟았다. 그래서 엘리 마귀스는 큰 경매라면 빠지지 않았고, 모든 시장을 구경하면서 온 유럽을 돌아다녔다. 마치 여자에 질린 바람둥이가 완벽한 여인 앞에서 동요하고, 단점이 하나도 없는 아름다움을 추구하듯이 금전욕만을 위해서 살아온, 얼음처럼 차가운 영혼이 걸작을 보면 달궈졌다. 이 그림의 돈 후안, 이상적인 아름다움의 숭배자는 구두쇠가 금을 보며 누리는 쾌락보다 이런 열정 속에서 더한 희열을 느꼈다. 그는 아름다운 그림들이 가득 찬 하렘에서 살았다!

왕손들과 같은 대접을 받는 이 걸작들은 엘리 마귀스가 휘황찬란하게 복원시킨 저택의 2층 전체를 차지했다. 창문에는 최고로 훌륭한 베니스산 금색 수단(繡緞) 커튼이 쳐져 있었고, 바닥에는 사본느리*의 가장 빼어난 양탄자들이 깔려 있었다. 약 1백여 점에 달하는 그림을 둘러싸는 아주 화려한 액자들은 엘리가 성실하다고 인정하는 유일한 금박공인 세르베가 다시 칠한 것이었다. 늙은 유대인이 그에게 영국 금을 사용하라고 가르쳐 주었는데, 그 금이 프랑스의 금박공들이 쓰는 것보다 훨씬 더 고급스러웠다. 제본공 투브넹처럼, 세르베는 자신이 도금하는 작품들을 사랑했다. 이 방의 창문들은 양철로 보강된 덧창으로 덮여 있었다. 엘리 마귀스 본인은 살았던 대로 생을 마감하기 위해 3층 지붕 밑에 가구가 빈약하게 갖춰지고 그의 누더기가 널려 있는, 유대인 냄새를 풍기는 두 개의 방을 차지했다.

유대인이 여전히 거래하는 그림들과 외국에서 오는 상자들이 메우는 1층에는 거대한 작업실이 있었다. 그곳에서 프랑스의 가장 뛰어난 복원자, 국립 박물관에서 고용해야 마땅한 모레가 거의 그를 위해서만 일했다. 1층에 또한 노년의 열매, 딸의 침실도 있었다. 그녀는 동양적인 특징이 순수하고 고귀하게 나타날 때 유대인 여성들이 지니는 미모를 자랑했다. 노에미는 헌신적인 유대인 하녀 두 명이 보살폈고, 폴란드 사태*에 기막힌 우연으로 연루되었다가 엘리 마귀스가 투기로 살려낸 아브람코라는 폴란드 유대인이 전위대 역할을 했다. 아브람코는 침묵이 흐르는, 이 음울하고 인적이 거의 없는 저택의 수위로서 유난히 사나운 개 세 마리, 한 마리는 뉴펀들랜드산, 다른 한 마리는 피레네산 개, 세 번째는 영국산 불도그가 지키는 수위실에 살고 있었다.

유대인의 보안은 이처럼 철벽같아서, 그는 첫째 보물인 딸이든, 그림이든, 금화든 안전하게 두고 염려 없이 여행할 수 있었다. 아브람코는 매년 전해보다 2백 프랑을 더 받았고, 그를 동네 고리대금업자로 키우는 마귀스의 사망 시에 더 이상 아무것도 받지 않기로 되어 있었다. 아브람코는 누구든 철창이 달린 창구로 살펴본 다음에야 문을 열어 주었다. 헤라클레스와 같은 힘을 지닌 이 수위는 산초 판사가 돈키호테를 따르듯이 마귀스를 따랐다. 개들은 낮에 아무 먹이도 없이 갇혀 있다가, 밤에 아브람코가 풀어 주었고, 늙은 유대인의 능란한 계산에 따라 각각 정원에 고깃덩어리가 매달려 있는 기둥 밑에, 안마당에 있는 기둥 밑에, 1층의 거실에 세워 놓았다. 본능적으로 이미 집을 지키는 개들이 굶주림으로 인해 스스로를 지켰고, 최고로 아름다운 암캐를 위해서라도 보물 기둥 밑을 떠나지 않았을 것이다. 실제로 그 무엇도 냄새를 맡고 있는 개들을 그곳에서 벗어나게 할 수 없었다. 낯선 사람이 나타나기만 하면, 세 마리 모두 자기 먹이를 넘본다고 생각했다. 고기는 아브람코가 아침에 일어나서야 내려 주었다. 이 사악한 방법의 엄청난 이점은, 개들이 마귀스의 간계 덕분에 야만인처럼 되었고, 모히칸족처럼 교활해져서 절대 짖는 일이 없었다는 데 있다. 어느 날, 도둑들이 이런 침묵을 잘못 해석하여 경솔하게도 유대인의 금고를 쉽게 털 수 있으리라 판단했다. 먼저 공격을 개시하기로 지명된 도둑이 정원 담벼락에 올랐다가 내려오려고 했다. 그 소리를 선명하게 들은 불도그가 그를 내버려 두는 척하다가, 그 양반의 발이 개의 주둥이 높이로 왔을 때 단번에 잘라서 먹어 치웠다. 도둑은 남은 용기를 다해 담벼락을 다시 넘어 잘린 다리뼈를 짚고 걸어가다가 동료들의 어깨 위로 기절했다. 그들은 그를 안고 도망갔다. 「법원 일보」가 파리 밤문화의 감칠맛 나는 이런 일화를 소개했을 때, 모두가 판매 부수를 높이기 위해 지어 낸 허구라고 생각했다.

당시 75세였던 마귀스는 100세까지 거뜬히 갈 전망이었다. 그는 부자였지만 레모냉크처럼 살고 있었다. 딸을 위한 아낌없는 지출을 포함하여 3천 프랑이 그가 쓰는 전부였다. 해가 뜨면 일어나서, 마늘빵으로 아침 식사를 해결하고 점심시간까지 버텼다. 수도원풍의 검소한 점심은 가족과 함께 먹었다. 일어나서 점심까지, 이 편집광은 걸작들이 빛을 발하는 방에서 산책하며 시간을 보냈다. 가구며 그림이며 다 먼지를 털고, 지치지도 않고 감상했다. 그리고 딸에게 내려가서 부성적인 행복에 잠시 빠진 후 경매장을 살펴보고, 전시회에 들르는 등 파리를 누볐다. 자신이 원하는 보존 상태에 부합하는 걸작을 찾아내기라도 하면, 이 남자의 삶이 생기를 띠었다. 그에게는 꾸며야 할 음모, 성사시킬 거래, 승리로 이끌어 내야 할 마렝고 전투*가 생긴 것이다. 새로운 후궁을 값싸게 얻기 위해 술수에 술수를 거듭 부렸다. 마귀스가 가진 그만의 유럽 지도는 명작들의 위치가 표시되어 있는 지도였는데, 그는 각지의 교우들에게 사례금을 주는 대신 그를 위해 일을 살펴라고 부탁했다. 그러나 이렇게 정성을 들인 보람이 얼마나 컸던가……!

분실되어 라파엘로의 광신도들이 그토록 끈질기게 찾아다니는 라파엘로 그림 두 점을 마귀스가 소유하고 있다! 조르조네가 목숨을 바치면서 사랑한 연인의 초상화 원작도 그가 가지고 있다. 마귀스가 감정하기에 5만 프랑까지 나가는 이 유명한 그림의 원작으로 알려진 것들은 모사본들이다. 이 유대인은 티치아노의 명작도 가지고 있다. 카를 5세를 위해 그린 그리스도의 안장 장면 말이다. 위대한 화가가 이 작품을 위대한 황제에게 자필로 편지를 써서 보냈는데, 이 편지가 그림의 아래에 붙어 있다. 같은 화가가 직접 제작하여 펠리페 2세의 모든 초상화에 사용한 모형도 그에게 있다. 97점에 달하는 나머지 그림도 이런 수준의 힘과 가치를 지녔다. 따라서 마귀스는 아주 훌륭한 그림들이 유리창에 반사되는 햇빛에 의해 훼손되는 우리 박물관들을 비웃는다. 그림 전시실은 천장에서 조명을 해야만 한다. 마귀스는 자기 수집실의 덧창을 직접 여닫는 등 자신의 다른 우상인 딸에게 쏟는 만큼의 정성과 주의를 기울였다. 아, 이 늙은 그림광은 그림의 생리를 잘 알고 있었다! 그에 의하면, 명작들은 자기들만의 삶이 있어서 매일 변하며 그 아름다움이 색체를 돋보이게 해 주는 빛에 좌우되었다. 그는 마치 옛날에 네덜란드인들이 튤

립에 대해 이야기하듯이 그림에 대해 이야기했고, 어떤 그림은 날씨가 청명할 때, 본연의 광채를 발하는 특정한 시간에 보러 왔다.

초라한 작은 외투, 몇 십 년이 된 비단 조끼, 더러운 바지를 입고, 살이 없는 얼굴, 부수수한 턱수염의 털이 삐죽삐죽 나온, 뾰족하고 위협적인 턱에, 이가 없는 입, 개들처럼 반짝이는 눈, 마디가 보이는 야윈 손, 방첨형의 코, 거칠고 차가운 피부결을 가진 대머리의 노인이 천재들의 가장 훌륭한 걸작들에 미소를 보내는 이 장면은 실제로 부동의 그림들 사이에 살아 있는 그림이었다. 하긴 3백만 프랑 가운데 서 있는 유대인이란 언제나 인류가 연출하는 가장 볼만한 광경 중의 하나이다. 우리의 뛰어난 배우인 로베르 메달도, 아무리 훌륭하지만, 그런 시적인 경지에 이르지 못한다. 파리는 이렇게 마음속에 신앙을 품은 괴짜들이 가장 많이 사는 도시이다. 런던의 기인들은 삶에 싫증을 느끼듯이 숭배하는 대상에도 언젠가는 싫증을 느끼는 반면, 파리의 편집광들은 행복한 정신적인 동거 속에서 자신들의 우상과 함께 산다. 이곳에서는 허름한 차림을 하고 프랑스 한림원의 종신 서기처럼 넋이 빠진 채, 아무 관심도, 느낌도, 뇌조차 없어 보이며 여자들, 가게들에 눈길 하나 주지 않으면서 주머니는 빈 상태로 목적 없이 걷는 퐁스, 엘리 마귀스와 같은 이들을 흔히 볼 수 있다. 당신은 아마도 이들이 파리의 어떤 부족에 소속되어 있는지 궁금할 것이다. 그들은 바로! 백만장자이자 수집가요, 세상에 가장 열정적인 사람들, 엘리 마귀스처럼 찻잔 하나, 그림 한 점, 희귀한 작품을 얻기 위해 형법 재판소의 진흙탕 속을 걸어갈 준비가 되어 있는 자들이다.

레모냉크가 시보댁을 은밀하게 데리고 가는 곳이 바로 이 사람의 집이었다. 레모냉크는 큰길가에서 엘리 마귀스를 마주칠 때마다 그에게 이것저것 의논했다. 유대인은 정직하기로 알려진 옛 신부름꾼에게 아브람코를 통해 이미 여러 번 돈을 빌려 주었다. 미님 거리는 노르망디 거리와 가까워서, 두 공모자들은 10분 만에 그곳에 이르렀다.

"은퇴한 골동품 장수들 중 가장 부자이고, 파리에서 그림을 가장 잘 아는 사람을 만나게 될 겁니다." 레모냉크가 말했다.

시보댁은 넓은 1층의 차가운 방 안에서 수선할 가치도 없는 긴 외투를 입고 그림을 복원하고 있는 복원화가를 감시하는 작은 노인을 보고 몹시 놀랐다. 그리고 고양이처럼 차가운 냉소로 가득한 시선을 받고 떨었다.

"뭘 원하시오, 레모냉크?"

"그림을 평가해 주십사 하고 왔습니다요. 당신처럼 수천, 수백만 프랑을 가지고 있지 않은 불쌍한 냄비 장수에게 얼마에 얻을 수 있는지 알려줄 사람은 당신밖에 없소!"

"어디요?"

"이분이 그 양반의 집을 청소하고 지키는 수위이십니다. 이야기를 잘해 놓았어요⋯⋯."

"그림 주인의 이름이 뭐요?"

"퐁스 씨요!" 시보댁이 말했다.

"그런 거 몰라" 마귀스가 복원사의 발을 자기 발로 살살 누르면서 순진한 표정을 짓고 답했다.

퐁스 박물관의 가치를 알고 있는 화가 모레는 머리를 갑자기 들었다. 마귀스의 거짓말은 레모냉크와 시보댁이었기에 시도해 볼 수 있었던 것이다. 유대인은 금의 무게를 재는 저울과 같은 시선으로 수위를 정신적으로 평가했다. 두 사람 모두 퐁스와 마귀스가 여러 번 발톱으로 겨뤘다는 사실을 모르는 것이 틀림없었다. 이 두 열렬한 그림 애호가는 서로를 질투했다. 그리하여 늙은 유대인은 속으로 별안간 현기증이 났다. 그는 그렇게 잘 지켜진 후궁에 들어갈 꿈조차 꿔 본 적이 없었다. 퐁스의 박물관은 파리에서 유일하게 마귀스 박물관과 경쟁할 수 있었다. 유대인이 퐁스보다 20년 후에 같은 생각을 했으나, 퐁스의 수집실이, 뒤소므라르에게 그랬듯이, 애호가이자 장수인 그에게는 닫혀 있었다. 퐁스와 마귀스는 마음속에 똑같은 질투심을 품고 있었다. 두 명 모두 보통 그런 수집실을 보유한 자들이 추구하는 명성을 좋아하지 않았다. 불쌍한 음악가의 굉장한 수집품들을 구경할 수 있는 기회는 마귀스에게 마치 호색가가 친구가 숨기는 아름다운 연인의 규방에 드디어 스며들어 가는 행복을 누리는 것이었다. 레모냉크가 이 기이한 인물에게 보이는 경외심과, 불가사의하지만 진정한 권위를 내뿜는 위력 앞에서 수위는 순종적이 되고 고분고분해졌다. 시보댁은 수위실에 있을 때 주민들과 두 노인에게 이야기하는 독재적인 말투를 접고 마귀스의 조건들을 받아들여 바로 그날 퐁스 박물관에 들여보내 주기로 약

166

속했다. 이는 바로 적군을 요새의 중심에 데리고 오는 행위요, 퐁스의 가슴에 비수를 꽂는 것과 다름없었다. 10년 동안 퐁스는 항상 열쇠를 몸에 지니고 다녔으며, 그의 집에 아무도 들여보내지 말라고 시보댁에게 단단히 일렀고, 그녀는 골동품에 관한 한 슈뮈크와 같은 의견이었던 시절에 그의 말을 따랐다. 착한 슈뮈크는 그런 걸작들을 '잡동사니' 취급하고 퐁스의 기벽을 한탄함으로써 수위에게 그런 고물들에 대한 경멸을 주입시켰고, 매우 오랫동안 퐁스 박물관을 외부의 침입으로부터 지켜 냈다.

퐁스가 앓아누운 후, 슈뮈크가 그를 극장과 기숙사에서 대신했다. 가엾은 독일인은 아침과 저녁으로만 친구를 볼 수 있었고, 그들의 공동 고객들을 유지하면서 모든 일을 돌보려고 노력했지만, 고통에 짓눌려 남은 힘이 모조리 바깥 업무에 흡수되었다. 이 불쌍한 사내의 슬픈 얼굴을 보고 퐁스의 병에 대한 소식을 접한 여학생들과 극장의 사람들이 안부를 물었다. 피아니스트는 너무나 비탄에 빠져서 무관심한 자들조차도 파리에서 가장 비극적인 재난을 동정할 때나 짓는 울상을 지어 보였다. 착한 독일인도 퐁스만큼 생명이 위태로웠다. 슈뮈크는 자신의 고통과 친구의 병을 동시에 앓고 있었다. 그래서 수업 시간 절반은 퐁스 이야기를 했고, 친구의 걱정을 하느라 갑자기 설명을 순진하게 중단해서 어린 여학생들이 퐁스의 병에 대한 해설을 듣고 있곤 했다. 두 수업 사이에 있는 단 15분이라도 퐁스를 보기 위해 노르망디 거리로 달려오기도 했다. 바닥나는 공공 자금 앞에서 당황한데다, 보름 전부터 치료비를 최대한 부풀리는 시보댁에게 시달리던 피아노 교사는 자신에게 있으리라고 상상도 못했을 용기로 불안감을 억누르며 살았다. 난생처음으로 그는 집에 돈이 부족하지 않게 돈을 벌려고 했다. 두 친구의 상황에 진심으로 연민을 느끼는 여학생이 어떻게 퐁스를 홀로 두고 나올 수 있느냐고 물어보면, 그는 남에게 잘 속는 이들의 자비로운 미소를 지으며 답했다. "아카시, 울리에켄 씨포 푸인이 있탑니다! 포물 같은 푼이치! 청말 포썩이야! 봉쓰를 왕차저럼 톨포코 이써요!" 그러나 슈뮈크가 거리로 뛰어나가자마자 시보댁이 아파트와 환자의 주인이 되었다. 보름 동안 아무것도 못 먹고 힘없이 누워 있는 환자, 침대를 정돈할 때는 시보댁이 일으켜서 안락의자에 앉혀야 하는 퐁스가 어떻게 수호천사를 가장한 이 여인을 감시했겠는가? 시보댁은 슈뮈크가 점심 식사를 하는 동안 엘리 마귀스를 방문했다.

그녀는 독일인이 환자에게 작별 인사를 하고 있을 때 돌아왔다. 퐁스의 잠재적인 재산을 알게 된 후 시보댁은 이 독신 노인을 한시도 떠나지 않고 알을 품듯이 했다. 침대 아래쪽 안락의자에 앉아서 그를 재미있게 해 주기 위해 이런 부류의 여인들의 특기인 수다를 떨었다. 다정하면서 자상하게, 아양을 떨며, 곧 알게 될 것처럼 마키아벨리다운 솜씨로 퐁스 영감의 마음속에 자리를 잡아갔다. 퐁텐댁의 예언으로 겁먹은 시보댁은 온건한 방식으로, 단지 정신적인 간계만으로 퐁스 양반의 유서에 이름을 끼워 넣기로 스스로에게 다짐했다. 10년 동안 퐁스 박물관의 가치를 몰랐던 그녀는 10년 동안 정직하고 사심 없이, 애정을 가지고 시중을 들었던 대가로 이 엄청난 재산의 일부를 기대했다.

황금빛 언사로 레모냉크가 이 여인의 가슴속에 25년 동안 알 속에 도사리던 독사, 즉 부자가 되고자 하는 욕망을 부화하게 만든 그날부터, 그녀는 마음 깊이 삭혀 두었던 온갖 악한 효모로써 그 독사를 키웠고, 앞으로 보게 되듯이 그것이 속삭이는 대로 실천했다.

"자, 우리 귀하신 천사께서 물은 잘 드셨어요? 좀 나으신가?"

"안 좋아요, 우리 씨포 푸인! 아추 안 초아요!" 그녀의 물음에 독일인은 눈물을 훔치며 답했다.

"참, 선생님도 걱정이 너무 많으셔서 탈이라니까. 적당히 좀 하세요……. 내 남편이 죽어 간대도 선생님만큼 슬퍼하지 않을 거예요. 자, 자, 우리 아기는 기본 체력이 좋아요. 게다가 평생 얌전히 살았다고 하잖아요. 아실지 모르겠지만, 원래 얌전한 사람들이 얼마나 더 오래 사는데! 지금 많이 아픈 건 사실이지만, 내가 잘 보살펴서 살려 낼 거니까, 걱정 마시고 일 보셔요. 내가 말동무도 해 주고, 보리 물도 마시게 할게요."

"푸인 업타면 난 걱청으로 주겄을 커예요……." 슈뮈크가 신뢰를 담아 충실한 살림꾼의 손을 꼭 쥐었다.

시보댁은 눈물을 닦으며 퐁스의 침실에 들어왔다.

"왜 그러시오, 시보 부인?" 퐁스가 물었다.

"슈뮈크 선생님이 제 마음을 뒤집어 놓으시잖아요. 마치 선생님께서 돌아가신 것처럼 우세요. 지금 상태가 썩 좋으시다고 할 수는 없지만 울 정도는 아닌데 말이에요. 그래도 어찌나 심란해지는지! 하느님, 내가 왜 이리 바보같이 사람한테 정들고, 남편보다 선생님들을 더 좋아해 가지고! 따지고 보면 우린 아무 사이도 아니고, 태초의 여자 말고는 친척 관계도 아니고요. 그래도, 참말, 선생님 일이라면 피가 거꾸로 돌 것 같답니다. 선생님이 평소처럼 왔다 갔다 하시고, 음식 드시고, 장수들한테 사기치고 다니실 수만 있다면 제 손을, 물론 왼손이죠, 자르게 하겠어요……. 내가 아이가 있었다면 그만큼 사랑했을 것 같아요! 귀여우신 분, 이것 좀 마셔요, 어서, 한 컵 다 드셔야죠! 드셔야 해요! 풀랭 선생이 말했어요 '페르 라셰즈 공동묘지에 가고 싶지 않으면, 하루에 오베르뉴 사람이 파는 만큼의 물을 마셔야 해요……!' 자, 마셔요, 마셔……!"

"시보 부인, 마시고 있잖요……. 너무 마셔서 배가 잠기겠어요……."

"자, 잘했어요!" 수위가 빈 컵을 가져가면서 말했다. "이러면 살아남으실 거예요! 풀랭한테 선생님처럼 목이 마르지 않다는 환자가 있었어요. 자식들이 내버려 둬서 물을 마시지 않아서 그 병으로 죽었어요……! 그러니까, 우리 강아지, 마셔야 해요……! 두 달 전에 묻혔어요……. 선생님도 아시겠지만, 돌아가시면 슈뮈크 영감님까지 죽게 만드실 거잖아요……. 그분은 참말 애 같아요. 그 어린 양 같은 분은 정말 선생님을 사랑하세요! 어떤 여자도 남자를 그렇게 사랑할 수는 없어요……! 챙겨 먹지도, 마시지도 않아서 보름 동안 삐쩍 말랐어요, 뼈밖에 안 남은 선생님만큼요……. 내가 질투가 다 나네요, 나도 선생님을 많이 좋아하지만 그 정도는 아니니까요……. 입맛이 떨어지기는커녕! 맨날 층계를 오르내리니 다리가 후들거리고 저녁에 납덩이처럼 쓰러진답니다. 우리 그이도 돌보지 않아서 레모냉크 양이 끼니를 챙겨 주는데, 맛이 없어서 나한테 투덜거린다니까요! 그이한테 다른 사람을 위해 고통을 견딜 줄 알아야 한다고, 선생님께서 너무 편찮으셔서 혼자 둘 수가 없다고 말하죠……. 돌보는 이 없이 있기에는 상태가 좋지 않다고요! 게다가 10년 넘게 선생님의 살림을 맡아서 하는 제가 여기 다른 사람이 들락거리는 걸 참겠어요……? 그 여편네들, 입만 커가지고! 열 명처럼 먹고, 포도주, 설탕, 발 난로를 원하고, 제멋대로 하려고 들죠……. 그리고 환자들이 유서에 자기 이름을 올리지 않으면 도둑질을 합니다……. 도우미를 오늘 데리고 오면, 내일 그림 하나, 아니면 다른 물건 하나가 없어질 걸요……."

"아, 시보 부인, 저를 떠나지 마세요……! 아무것도 만지면 안 돼요……!" 퐁스는 소스라치며 외쳤다.

"나 여기 있어요! 힘이 남아 있는 한, 있을 테니…… 걱정 말아요! 선생님 보물을 어쩌면 탐내는 풀랭이 도우미를 붙여 주려고 했잖아요……! 제대로 물리쳤어요! '선생님이 원하시는 사람은 나뿐이에요. 그분도 나한테 길들었고, 나도 그분한테 길들어졌어요'. 그러니까 입을 다물더라고요. 도우미는 다 도둑년들이에요! 난 그 여자들 정말 싫더라…… 얼마나 술수가 많은데요. 풀랭 선생 본인이 어떤 노신사분에 대해 말해 줬는데, 루브르에서 덧신 장사를 하던 서른여섯 살 된 사바티에라는 여자 얘긴데, 루브르 근처에 허문 상가 아시죠?"

퐁스는 고개를 끄덕였다.

"그 여편네가 성공하지 못했답니다. 남편이 벌어 오는 모든 돈을 술로 마시고, 자연 방화로 죽었죠. 그 여잔 미인이긴 했어도 별로 재미를 못 봤어요. 뭐, 변호사들이랑 친하게 지냈다고는 하지만……. 가난해서 아기 낳은 여자들을 지키는 닐을 하면서 바르뒤벡 거리로 니사 갔어요. 한번은, 실례지만, 간의 **비료기병**을 앓아서 분출식 누물처럼 뚫어서 치료하던 노신사분을 돌봤어요. 그 노인이 얼마나 까다로운지 여자가 같은 방에서 가죽띠 침대에서 잤대요. 그런 일을 누가 믿겠어요? 아시잖아요, 남자들은 너무 이기적이라 앞뒤 하나도 안 가린다는 걸요. 뻔하죠, 말동무가 되고, 항상 함께 있으면서 웃게 만들고, 재미있는 이야기도 해 주고, 수다 떨고, 지금 우리가 수다 떠는 것처럼요……. 그러다가 여자가 그 조카들이, 환자한테 조카가 있었거든, 걔네들이 괴물들이어서 속을 썩인다는 걸, 그리고 끝내 그 병도 그 때문에 걸렸다는 걸 알게 되었네요. 거 참, 믿으시겠어요, 선생님, 그 여자가 신사분을 살려 내서 결혼했어요. 예쁜 아이도 낳아서 샤를로 거리에서 정육점을 하는 보르드뱅 부인이 그 여자 친척인데, 대모를 섰어요……. 그게 바로 운이 좋은 거죠! 난 이미 결혼했으니……! 그런데도 아이가 없어요. 난 말할 수 있어요, 날 너무 사랑하는 남편 때문이라고, 내가 원하기만 한다면……. 그만. 식구가 더 있었다면 나랑 남편은 뭐가 됐겠어요? 30년 동안 정직하게 살았어도 한 푼도 못 모았으니, 선생님! 내가 위로 삼을 수 있는 건, 남의 돈을 한 닢도 안 가졌다는 거예요. 아무한테도 해를 끼친 적이 없어요……. 녜를 들어, 자, 선생님이 6주 후엔 닐어나셔서 길거리를 또 돌아다니게 되실 테니, 자, 저를 유서에 넣으신다고 칩시다. 자, 난 선생님 후계자들을 찾아서 돌려주기 전까지는 마음 편히 있질 못할 거예요……. 난 정말 내가 땀 흘려서 번 돈이 아니라면 정말 무섭거든요. 누가 나한테 이렇게 말한다고 해도 말이죠. '시보 부인, 그렇게 고민하지 말아요, 그 돈 받을 만하지, 그 냥반들을 자식처럼 돌봤잖소, 1년에 1천 프랑은 아끼게 했는걸…….' 선생님, 아셔야 해요, 나 말고 다른 주방 하녀 같았으면 이미 은행에 1만 프랑은 챙겨 놓고 있었을 거예요. 혹시 누가 나한테 이렇게 말할 수도 있어요. '그 존경할 만한 분이 댁한테 조그만 연금 하나 해 주는 건 당연한 일이지…….' 저는 단호하게 거절할 거랍니다! 난 사심이 없어요……. 어떻게 자기 이익을 위해서 착한 일을 하는 여자들이 다 있는지 모르겠어요…… 그건 착한 일을 하는 것도 아니죠, 그렇죠, 선생님……? 난 교회 안 다녀요. 시간이 없거든요. 그래도 내 양심이 뭐가 옳은 건지 말해 줘요……. 우리 강아지, 그렇게 움직이지 말아요! 긁지 말아요! 하느님, 노랗게 되셨네! 너무 노래서 갈색이 되셨네……. 20일 만에 레몬처럼 되다니, 정말 우습네……! 정직함이 가난한 사람들의 재산이라니까요, 뭐라도 가지고 있어야 하잖아요! 우선, 상상만 해 보는 건데, 만약 선생님께서 숨을 거둘 지경이 되신다면, 제가 가장 먼저 전 재산을 슈뮈크 선생님한테 물려주셔야 한다고 말하겠어요. 그게 선생님의 도리죠, 오직 그분만이 선생님의 가족 전부니까요! 그분은 개가 주인을 사랑하듯이 선생님을 사랑하세요."

"아, 네, 날 평생 사랑해 주는 이는 그 친구뿐이었소……."

"아, 선생님, 정말 섭섭하네요. 저는요! 저도 선생님을 사랑하지 않는다고 할 수 있어요……."

"그런 말이 아니라, 우리 시보 부인."

"흥, 나를 하녀, 보통 요리사처럼 여기시네. 내가 속도 없는 줄 아시고! 하느님, 노총각 둘을 위해 11년 동안 빠개지게 일해 봤자지! 그 둘이 편안하게 지내는 일에만 정신 팔려 있는 동안 놀림감이 될 정도로 과일 가게 열 군데를 다 뒤지고, 맛있는 브리 치즈를 얻어 주기 위해 뛰어다니고, 신선한 버터를 구하기 위해 라 알 시장까지 가고, 항상 조심해서 10년 동안 아무것도 깨뜨리지도, 흠 내지도 않았지……. 자식 키우는 너머니처럼 아껴 드렸지! 그랬더니, 글쎄, '우리 시보 부인'이라는 말을 하시는데, 노신사분 마음속에 나를 위한 감정이 하나도 없어요! 그렇게 왕의 아들처럼 돌봤건만…… 나폴레옹의 어린 아들도 선생님 같은 대접을 받진 않았을 테니……! 이렇게 대접 못 받았다는 거 내기 하실래요……? 꽃다운 나이에 죽은 것만 봐도 알 수 있죠……. 선생님, 정말 너무하십니다……. 감사할 줄도 모르시네! 내가 보잘것없는 수위 여자라서 그러는 거죠. 하느님, 선생님도 우리를 개처럼 보시는 거죠……."

"아니, 우리 시보 부인……."

"정말, 선생님 아는 게 많으시니 설명 좀 해 줘요. 우리 같은 수위들은 왜 그런 취급을 당하는지. 평등이 어쩌구 하는 시대에, 사람들은 우리가 감정도 없는 줄 알고, 우리를 우습게 보네요……! 내가 도대체 다른 여자보다 못한 게 뭐가 있다고! 난 한때 파리의 가장 예쁜 여자들 중에서도 쳐 줬고, '아름다운 식당 여종'이라는 별명도 있었고 하루에 사랑 고백을 일고여덟 번 들었다고요……. 그리고 지금도 내가 원하기만 하면! 문 옆에 그 쪼그만 고철 장수 아시죠, 내가 만에 하나 과부가 된다면 눈 딱 감고 나랑 결혼할 걸요. 그 눈을 나한테서 떼지를 못하거든요. 하루 종일 나한테 말하기를, '시보댁, 팔 한번 잘도 생겼구먼……! 지난밤에는 그 팔이 빵이고, 내가 버터라서 그 위에서 퍼지는 꿈을 꿨다오……!' 자, 선생님, 이 팔 좀 봐 주세요……!"

그녀는 소매를 걷어 손이 붉고 주름진 만큼 희고 싱싱한, 세상에서 가장 멋있는 팔을 내보였다. 검이 칼집에서 나오듯이 일반 양모 소매에서 통통하고, 포동포동한 팔이 나오자 퐁스는 눈이 부셔서, 그것을 감히 너무 오래 쳐다보지 못했다. "이 팔로, 내가 칼로 깐 굴 껍질만큼 많은 심장을 열었답니다! 그런데 이건 다 우리 남편 거예요, 그 사람은 내가 한마디만 하면 낭떠러지로 뛰어들 텐데, 내가 그 불쌍하고 소중한 이를 소홀히 하다니, 정말 나쁘죠, 그것도 선생님을 위해 목숨이라도 바칠 나를 '우리 시보 부인'이라고 부르는 선생님을 돌보느라고……."

"내 말 좀 들어봐요, 어머니나 아내라고 부를 수는 없잖소……."

"아니야, 난 이제 평생 아무한테도 정 안 줄 거야……!"

"말 좀 합시다! 난 단지 먼저 슈뮈크 이야기를 한 것뿐이오."

"슈뮈크 선생님! 그분은 마음이 따뜻하세요. 그분은 가난하기 때문에 저를 사랑하죠. 부자들은 매정한가 봐요, 선생님은 부자시잖아요! 흥! 도우미 여자 하나 두세요, 그리고 그 여자가 어떻게 해 드리는지 봅시다! 풍뎅이처럼 괴롭힐 걸요……. 의사가 물을 줘야 한다고 하면, 먹을 것만 줄 거고, 물건을 훔치기 위해 선생님을 돌아가시게 만들 거예요. 선생님은 시보 부인 같은 사람을 둘 자격도 없어요……! 자, 퐁랭 씨가 오면 도우미를 부탁하셔요!"

"아니, 이런, 내 말 들어봐요!" 퐁스는 화가 나서 말했다. "내 친구 슈뮈크에 대해 이야기할 땐 여자에 관해 말한 건 아니에요……! 부인과 슈뮈크 말고 나를 진심으로 사랑하는 이는 없다는 걸 잘 알죠……!"

"제발 좀 이렇게 흥분하지 마세요!" 시보댁은 퐁스에게 달려들어 그를 강제로 다시 눕히려고 했다.

"내가 어떻게 부인을 사랑하지 않을 수 있겠어요……?" 가엾은 퐁스가 말했다.

"정말 나 사랑해요, 참말……? 자, 자, 미안해요, 선생님!" 그녀는 울다가 눈물을 닦았다. "사랑하긴요, 뭐, 하녀를 사랑하듯이 사랑하시겠죠.. 개집에 빵 조각을 던져 주듯이 6백 프랑짜리 연금을 던져 주는 하녀처럼 말이에요……!"

"시보 부인!" 퐁스가 외쳤다. "나를 뭘로 보는 겁니까? 날 모르시는군요!"

"나를 그보다 더 사랑할 거죠?" 시보댁은 퐁스의 눈길을 받고 다시 말했다. "착한 뚱뚱이 시보댁을 엄마처럼 사랑할 거죠? 좋아요, 그래요, 아, 선생님을 속상하게 만든 인간들을 안다면 내가 범죄까지 저지르고 재판소로 끌려가겠어요, 그 사람들 눈알을 빼버릴 테니까요……! 그 사람들은 생자크 문에서 기요틴으로 죽어야 해요! 그런 나쁜 놈들에겐 그것도 너무 약해요……! 너무 착하고, 다정하고, 마음이 황금 같아서 여자를 행복하게 하기 위해 태어나신 선생님 같은 분을…… 네, 여자가 참 행복했을 거예요…… 안 봐도 뻔하죠, 선생님은 딱 그러실 만한 분이에요…… 나도요, 제일 먼저, 슈뮈크 선생님한테 하시는 거 보고 생각했어요. '아니야, 퐁스 선생님은 닌생을 헛사셨어! 좋은 남편감이신데…….' 그렇죠, 여자들 좋아하시잖아요!"

"네, 그럼요, 하지만 가져 본 적이 없어요……!"

"정말!" 시보댁이 요염한 표정으로 퐁스 가까이 가면서 손을 잡았다. "사랑하는 사람을 위해 무슨 짓이라도 하는 애인이 뭔지 몰라요? 그럴 수가 있나! 내가 선생님이라면, 이 세상의 가장 큰 행복을 알기 전에는 저승으로 가고 싶지 않을 거예요……! 불쌍한 우리 복슬강아지! 내가 예전 같았으면, 참말, 선생님을 위해 남편을 떠나겠어요! 선생님처럼 잘생긴 코를 가지고! 어쩌다 그러셨어요, 우리 천사……? 하긴 여자들이 다 남자를 보는 눈이 있는 건 아니라고 말할 수 있죠……. 다들 아무렇게나 결혼해서, 정말 보기 딱하다니까요. 난 선생님께서 하도 집을 비우셔서 무용수, 배우, 공작 부인 같은 애인이 수십 명 있는 줄 알았네요……! 나가시는 거 보고 항상 남편한테 '또 퐁스 선생님이 좋은 시절 보내러 가시나 봐'라고 말했는걸요. 참말! 그렇게 말했어요, 여자들한테 인기 많은 줄 알고! 하느님이 사랑하기 위해 선생님을 이 세상에 보내셨는데…… 우리 귀여운 냥반, 여기서 처음으로 저녁 식사하실 때 그걸 눈치챘답니다. 아, 슈뮈크 선생님이 기뻐하는 거 보고 얼마나 감동받으시던지! 그분은 그다음 날도 계속 울면서 나한테 말했어요. '씨포 푸인, 크 친쿠카 여키써 처녁 먹었어요!' 나도 바보같이 함께 울었죠. 다시 팔랑개비처럼 돌아다니고 시내 나가서 식사하기 시작하셨을 때 얼머나 슬퍼하던지! 불쌍한 사람! 그렇게 슬퍼하는 사람은 처음 봤네! 그분을 상속자로 정한 건 정말 잘하신 거예요! 선생님한텐 그 사랑스러운 분이 가족이나 다름없죠……! 잊지 말아요! 아니면 하느님이 선생님을 천국에 받아 주지 않을 거예요. 거긴 친구들한테 연금으로 보답하는 사람들만 들어갈 수 있거든요."

시보가 휘몰아치는 강풍처럼 말하는 동안 퐁스는 대답하려고 헛되이 애썼다. 증기 기관을 멈추는 방법은 발견되었지만, 어떤 천재도 여자 수위의 말을 멈추게 하지 못할 것이다. 그녀는 말을 이었다.

"뭐라고 말씀하실지 알아요! 우리 선생님, 병이 났을 때 유서를 쓴다고 죽는 건 아니니, 나라면 무슨 일이 일어날지 모르니 그 불쌍한 하느님의 어린 양을 버리지 않을 겁니다. 그이는 정말 아무것도 모르는 걸요. 그런 분을 째째한 변호사, 사기꾼 같은 친척들의 손아귀에 떨어지게 하지 않을 겁니다! 보세요, 20일 동안 누구 하나라도 선생님을 보러 왔나요……? 그 사람들한테 재산을 남기겠어요? 여기에 있는 모든 물건이 그럴 만한 가치가 있다고 다들 이야기하는 줄은 알아요?"

"그럼요."

"골동품 장사를 하는 레모냉크도 선생님이 안목이 있다는 걸 알고, 그 그림들을 물려받을 수만 있다면 종신연금을 해 드리고 싶다고 말했어요……. 그건 정말 할 만하죠! 나라면 하겠다! 그렇게 말할 때 장난인 줄 알았어요……. 그 물건들의 값어치를 슈뮈크 선생님한테 알리셔요, 아니면 어린아이처럼 당할 테니까요, 선생님의 귀한 물건들이 얼마나 하는 건지 전혀 모를 걸요! 너무 몰라서 빵 한 조각과 바꿀 수도 있어요. 선생님 생각해서 평생 가지고 있지 않는 한, 물론 선생님이 돌아가신 다음에 살아남는다면요, 따라 죽겠지만요! 하지만 내가 있어요, 내가요! 내가 그분을 모든 사람들로부터 지키겠어요……! 나하고 남편이요."

"우리 시보 부인." 퐁스는 서민들의 순수한 감정이 들리는 듯한 이 끔찍한 수다에 감동을 받아서 말했다. "부인과 슈뮈크가 없었다면 난 어쩔 뻔했어요?"

"아, 우리가 이 세상에 선생님의 유일한 친구죠! 그건 맞는 말이죠! 그런데 착한 친구 두 명은 어떤 가족보다도 낫죠……. 가족 이야기는 하지도 말아요! 그 옛날 배우가 그랬죠, 혀와 같은 거라고, 제일 좋은 거면서 제일 나쁘기도 하죠……. 친척들은 다 어디 갔대요? 있긴 있어요……? 본 적이 없어서……."

"그 사람들 때문에 이렇게 병이 난 거랍니다……!" 퐁스는 매우 씁쓸하게 말했다.

"아, 친척이 있어요……!" 시보댁은 마치 의자가 갑자기 불에 달귀진 쇠로 된 것처럼 벌떡 일어났다. "참, 친척들 한번 정말 다정하군요! 뭐라고요, 이제 스무 날 동안, 네, 오늘 아침에 꼭 스무날이 되었어요, 죽을 지경이신데 여태껏 안부를 물으러 오지도 않았다니요! 이거 정말 심한데……! 나라면요, 그이들한테 한 푼이라도 남기느니 고아원에 재산을 다 주겠어요!"

"그래요, 우리 시보 부인, 나는 전 재산을 육촌한테 물려주려고 했어요. 내 사촌 카뮈조 법원장의 딸, 알죠, 거의 두 달 전에 어느 날 아침에 왔던 법관 있잖아요."

"아, 작고 통통하신 분, 하인들을 사과하러 보냈던…… 마누라가 실수한 것 때문에…… 그 하녀가 선생님에 대해 나한테 물어봤죠. 내 빗자루로 그 늙은 녀우의 벨벳 소매를 털어 주고 싶더만! 하녀 주제에 벨벳 소매를 단 경우가 있나! 아니, 참말, 거꾸로 된 세상이야! 혁명은 왜 하는 거요? 거지 같은 부자들아, 돈 있으면 저녁 두 번 먹어라! 그래도 루이 필리프 왕이 사람들 사이에 지위를 그대로 두지 않으면 법이 무슨 소용이 있냐고요, 성스러운 것도 없어지죠! 우리 모두 평등하다고 해도, 그렇죠 선생님, 나 시보 부인이 30년 동안 정직하게 살았지만 갖지 못한 벨벳 소매를 하녀가 달고 있으면 안 되죠…… 훌륭하네! 누가 누군지 확실해야 한다고요. 하녀는 하녀고, 난 수위입니다! 왜 군대에서 시금치색 견장을 달겠어요? 각자 자기 지위가 있으니까 그렇죠! 참, 프랑스는 망하고 있어요……! 황제 폐하 시절엔 모든 게 달랐어요, 그렇죠 선생님? 그이한테 말했죠. '거참 여보, 하녀들이 벨벳 소매를 다는 집주인들은 무서운 놈들이야…….'"

"무서운 놈들! 맞아요!" 퐁스가 대꾸했다.

퐁스는 자신이 당한 봉변과 서러움을 시보댁에게 털어놓았다. 그녀는 친척들을 향해 욕설을 퍼부었고, 이 슬픈 이야기의 각 소절마다 극도의 다정함을 표현했다. 그녀는 울기까지 했다!

노음악가와 시보댁 사이에 갑작스럽게 찾아온 친밀감을 이해하기 위해서는, 난생처음으로 심각한 병을 앓고 괴롭게 침상에 누워서, 홀로 자기 자신과 함께 하루를 보내야 하며, 가장 행복한 삶도 검게 물들이는 간염의 끔찍한 고통에 시달리면서 시간을 더욱 길게 느낄 수밖에 없는 노총각의 처지를 상상해 봐야 한다. 게다가 그는 수많았던 일거리도 끊겨서 무기력증에 빠져 파리에서 공짜로 볼 수 있는 모든 것들을 그리워하는 지경이 되었다. 깊고 어두운 외로움, 육체보다 정신을 더욱 상하게 하는 고통, 삶의 공허함 등으로 인해, 특히 이미 마음이 약하고 감수성이 예민한데다 순진하기까지 한 노총각은 물에 빠진 사람이 널빤지에 매달리듯 자신을 돌보는 이에게 매달리기 마련이다. 따라서 퐁스는 시보댁의 수다를 황홀하게 들었다. 슈뮈크와 시보댁, 풀랭 의사가 인류 전체였고, 침실이 우주였다. 모든 환자들이 그들의 시선 범위에만 관심을 집중하고, 그들의 이기심이 침실 안의 사람들과 사물들에 종속되어 발휘된다고 했을 때, 정 붙일 데 없고 사랑을 모르는 노총각이야 어떨지 헤아릴 수 있을 것이다. 20일 만에, 퐁스는 마들렌 비베와 결혼하지 않은 것을 가끔 후회할 지경에 이르렀다! 그리하여 시보댁은 환자의 마음속에 엄청난 진전을 이룩했다. 퐁스는 그녀가 없으면 죽을 거라고 생각했다. 불쌍한 환자의 눈에 슈뮈크는 또 다른 퐁스일 뿐이었다. 시보댁의 대단한 능력은 자신도 모르게 퐁스의 생각을 표현하는 데 있었다.

"아, 의사가 오네." 초인종 소리를 듣고 그녀가 말했다.

그녀는 유대인과 레모냉크가 왔음을 알고 퐁스를 홀로 남겼다.

"소리 내지 말아요…… 아무것도 눈치채면 안 돼요! 보물이라면 신경을 곤두세운답니다."

"잠깐 산책만 하면 돼요." 유대인은 돋보기와 작은 쌍안경을 들고 있었다.

퐁스 수집품의 대부분이 보관된 방은 프랑스 귀족들이 고용하던 건축가들의 일반적인 설계에 따른 옛날 방식의 거실이었다. 가로 25피트, 세로 30피트에 높이 13피트였다. 67점에 달하는 퐁스의 그림이 모두 흰색과 금색 목재로 도배된 네 개의 벽에 걸려 있었다. 세월 때문에 노랗게 바랜 흰색과 붉게 변색된 금색이 그림들을 더욱 돋보이게 했다. 모서리, 그림 사이에, 또는 불이 만든 서랍장 위에 둥근 받침대를 딛고 있는 조각상 열네 개가 세워져 있었다. 조각되고 화려하게 장식된 흑단 찬장들이 벽의 아래쪽을 사람이 기댈 수 있는 높이까지 꾸며 주었다. 그 찬장 안에는 골동품들이 있었다. 거실의 중앙에는 조각된 목재 식기대가 일렬로 세워져 상아, 청동, 목재, 법랑, 세공품, 도자기 등으로 만든 식기가 인간의 가장 뛰어난 솜씨를 자랑했다.

유대인이 이 성역에 들어서자마자, 그가 이 중에서 가장 뛰어나다고 판단되는, 자기한테는 없는 거장들의 걸작 네 점을 향해 곧장 걸어갔다. 그것들은 그에게 박물학자들로 하여금 서양에서 동양까지, 열대 지방으로, 사막으로, 팜파스와 사바나, 원시림으로 여행 다니게 만드는 귀한 표본과 같았다. 첫 번째 그림은 세바스티아노 델 피옴보, 두 번째는 프라 바르톨로메오 델라 포르타의 작품이었고, 세 번째는 호베마의 풍경화, 그리고 마지막은 알브레히트 뒤러가 그린 여성의 초상화였다. 네 개의 다이아몬드였다! 세바스티아노 델 피옴보는 회화사에서 세 개 화파의 뛰어난 특징들이 합쳐진 영광스러운 지점에 위치한다. 베네치아 출신인 그는, 미켈란젤로에게서 라파엘로의 방식을 배우기 위해 로마로 갔는데, 미켈란젤로는 라파엘로의 추종자였던 그를 회화의 제왕에 대항할 만한 화가로 키우고자 했다. 그리하여 이 게으른 천재가 끝내 그린 그림들은 베네치아의 색채, 피렌체의 구성과 라파엘로의 화풍을 융합시켰다. 그 밑그림을 미켈란젤로가 그려 줬다는 이야기가 있다. 파리의 왕립 박물관에 가서 유심히 살펴보면 바치오 반디넬리의 초상화*가 티치아노의 「장갑을 든 남자」, 또는 라파엘로가 자신과 코레지오의 완성미를 결합시킨 노인의 초상화, 그리고 레오나르도 다 빈치의 샤를 8세 초상화에 전혀 뒤지지 않는데, 이 사람이 얼마나 완벽한 경지에 이르렀는지 알 수 있다. 이 네 개의 보석은 같은 물, 같은 지방에서 나와서, 같은 조화, 같은 빛, 같은 가치를 지녔다. 인간의 다른 예술 작품이 이를 뛰어넘을 수는 없다. 원본을 잠시 동안만 살게 한 자연보다 우월하다. 그 위대한 천재, 불멸의 팔레트, 그러나 어찌할 수 없는 게으름뱅이의 작품 중에, 퐁스는 바치오 반디넬리의 초상화보다 더욱 싱그럽고, 완결되고 심오한, 청석 돌판 위에 그린 기도하는 몰타의 기사를 소유하고 있었다. 성가정을 그린 프라 바르톨로메오의 작품은 많은 애호가들이 라파엘로 그림으로 착각했을 것이다. 호베마의 작품은 경매에서 6만 프랑까지 올라갈 가치가 있었고, 알브레히트 뒤러의 여인 초상화는 바이에른, 네덜란드, 프로이센의 왕들이 거듭, 헛되이 20만 프랑에 사겠다고 제안했던 그 유명한 뉘른베르크의 홀츠슈허를 그린 그림과 비슷하다. 알브레히트 뒤러의 친구였던 홀츠슈허 기사의 아내 또는 딸인가……? 이런 가정이 진실인 듯하다. 퐁스 박물관의 여인이 짝을 이루는 그림을 마주 보는 폼으로 있고, 두 그림에서 문장(紋章)이 같은 방식으로 배치되어 있다. 마지막으로, 연도 표기 XLI가 최근에 판화본이 제작된, 뉘른베르크의 홀츠슈허 집안에서 성물처럼 간직하는 초상화와 완벽하게 들어맞는다.

엘리 마귀스는 이 걸작 네 점을 바라보면서 눈물을 글썽거렸다.

"만약 이 그림들을 4만 프랑에 살 수 있게 해 주면 그림 한 점당 사례금 2천 프랑을 주겠어요!" 그는 시보댁의 귀에 속삭였다. 그녀는 하늘에서 떨어진 듯한 이 행운 앞에서 몹시 놀랐다.

보다시피, 유대인이 그림 앞에서 사로잡힌 열광, 아니 더 정확히 말하자면 광기는 그의 지능과 구두쇠의 습성을 교란시켜 그를 압도해 버렸다.

"나는요……?" 그림에 대해 문외한인 레모냉크가 물었다. 유대인은 오베르뉴인에게 날카롭게 대답했다.

"여기에 있는 그림은 다 뛰어나. 같은 조건으로 아무 그림이든 열 점을 얻으면 넌 한 재산 모은 거야."

세 도둑이 가장 달콤한 쾌락, 다시 말해 금전적인 성공의 기쁨을 음미하면서 서로를 바라보고 있을 때, 환자의 목소리가 울리며 종소리처럼 진동했다…….

"누구야……!"

"선생님! 다시 누우세요, 좀!" 시보댁이 그에게 달려와 강제로 다시 침대에 눕혔다. "나 참! 죽고 싶어요? 플랭 씨 아니에요, 선생님이 걱정돼서 소식을 들으러 온 레모냉크랍니다……! 사랑 많이 받으시네요. 집 전체가 선생님 때문에 뒤집어졌어요. 뭐가 또 걱정이세요?"

"여러 명 있는 것 같던데."

"여러 명? 잘 하십니다……! 무슨 꿈을 꾸신 거예요? 참말, 미쳐 가는 거 아니셔요……? 자, 보세요."

시보댁은 재빨리 문을 열었고, 마귀스에게 물러서라고 손짓한 후 레모냉크에게는 들어오라고 했다.

"자, 자, 우리 양반, 안부 물으러 왔어요. 집안 전체가 선생 때문에 떨고 있어…… 아무도 죽음이 자기 집에 들어오길 원치 않으니까……! 그리고 잘 아시는 모니스트롤 영감이 돈이 필요하시면 자기한테 말하라고 전하랬소……."

"네 보물들을 훔쳐 보라고 보냈겠지……!" 경계심이 가득한 말투로 노수집가가 신랄하게 말했다.

간염을 앓는 환자들은 거의 모두 특정한, 순간적인 적대심을 품는다. 그러고는 어떤 사물이나 사람에게 신경질을 집중시킨다. 퐁스는 자기 보물을 누가 넘본다고 생각하고, 그것을 잘 지켜야겠다는 강박관념을 품고, 수시로 슈뮈크를 시켜 성역 안에 아무도 들어가지 않았는지 확인하게 했다. 레모냉크는 재치 있게 대답했다.

"선생의 물건들은 골동품 장수들의 관심을 끌 만하지. 난 그런 고급 물건에 대해선 잘 모르지만 선생께선 정말 전문가로 알려져 있어서, 아는 게 없는 나도 선생이 가지고 있는 거라면 눈 감고 사겠소……. 선생이 돈이 필요하다면 말이야, 이 망할 병만큼 돈 드는 것도 없으니 말이오……. 내 누이도 피가 거꾸로 돌았을 때 약으로 30수나 썼더랬지. 그거 없이도 나았을 텐데 말이야……. 의사들은 우리가 잠시 약해진 걸 이용하는 사기꾼들이요……."

"안녕히 가세요, 고마워요." 퐁스는 고물 장수를 걱정스러운 눈으로 바라보며 대답했다.

"문까지 데려다주고 올게요. 아무것도 못 만지게." 시보댁이 환자에게 속삭였다.

"그래요, 그래." 환자는 그녀에게 감사의 눈빛을 보냈다.

시보댁은 침실의 문을 닫았다. 그럼으로써 퐁스의 경계심을 깨웠다. 그녀가 다시 돌아왔을 때 마귀스는 그림 네 점 앞에 부동자세로 서 있었다. 이런 부동자세, 감탄은 이상적인 아름다움, 예술적인 완전함이 선사하는 형언할 수 없는 감정에 열려 있는 이들, 루브르 박물관에서 레오나르도 다 빈치의 모나리자, 코레지오의 걸작인 안티오페, 티치아노의 연인, 안드레아 델 사르토의 성가정, 도메니키노가 그린 꽃에 둘러싸인 아이들, 라파엘로의 작은 카메오와 노인 초상화 등 예술의 가장 숭고한 걸작들 앞에서 몇 시간 동안 꼼짝 않고 서 있는 이들만이 이해할 것이다.

"조용히 가세요!" 그녀가 말했다.

유대인은 천천히, 뒷걸음질 치며, 마치 연인에게 작별 인사하듯이 그림들을 바라보면서 물러났다. 그가 층계참에 이르렀을 때, 그런 애정을 보고 생각이 달라진 시보댁이 마귀스의 비쩍 마른 팔을 치면서 말했다.

"그림당 4천 프랑씩 주지 않으면 아무것도 안 할 거예요……."

"난 너무나 가난해요……! 내가 이 그림들을 원하는 건 단지 사랑, 예술에 대한 사랑 때문이요, 우리 아름다운 사모님!"

"애야, 비쩍 마른 거 보니 그런 사랑을 할 만하네. 하지만 오늘 레모냉크 앞에서 1만 6천 프랑 약속하지 않으면 내일은 2만 프랑으로 올릴 거야."

"1만 6천 프랑 약속할게." 유대인은 수위의 탐욕에 겁을 먹고야 말았다.

"유대인은 뭘 걸고 맹세하지……?" 시보댁이 레모냉크에게 물었다.

"믿어도 돼요, 나만큼 정직한 사람이니까." 고철 장수가 답했다.

"그렇다면, 당신은? 살 수 있게 해 주면 얼마 줄 건데?"

"이익의 반을 줄게." 레모냉크가 재빨리 말했다.

"당장 돈 주는 게 더 좋아. 난 장사 안 하거든."

"거래 제대로 하네! 장사 잘하겠는데!" 엘리 마귀스가 웃으며 평했다. 오베르뉴인은 시보댁의 통통한 팔을 잡고 망치로 치듯이 두드리면서 말했다.

"몸과 재산을 나와 합치자고 제안하겠소. 미모 말고는 다른 거투자하라고 안 하겠소. 저 촌놈 같은 시보와 그의 바늘에 붙어 있는 건 손해요! 작은 수위가 어디 당신처럼 예쁜 여자를 부자로 만들어 줄 수 있겠어? 대로변에 가게에서, 골동품 가운데, 애호가들하고 수다 떨면서 그 사람들을 꼬시는 모습이 정말 볼 만하겠어! 여기서 푼돈을 모은 다음 수위실 좀 내버려 둬요. 그리고 우리 둘이서 뭘 해낼 수 있는지 봅시다!"

"푼돈을 모은다고! 난 이 자리에서 핀 하나의 값도 몰라요! 알겠어요, 레모냉크?" 수위는 소리를 버럭 질렀다. "난 동네에서 정직하기로 유명한 사람이에요!"

시보댁의 눈에서 불이 뿜어져 나왔다.

"자, 걱정 마요!" 엘리 마귀스가 끼어들었다. "이 오베르뉴 사람이 사모님을 욕보이게 하기엔 너무 사랑하는 거 같네."

"단골들을 얼마나 잘 다룰까!" 오베르뉴인이 감탄했다.

"공평하게 봐 줘, 애들아." 시보댁이 화를 가라앉혔다. "여기서 내 처지를 제대로 따져 봐. 이 두 노총각을 위해서 내 성질을 다 버린 지 10년이나 됐는데 그네들은 나한테 말로만 되갚지 뭐야……. 레모냉크한테 물어보세요, 내가 두 노인을 정해진 돈으로 먹이는데, 하루에 20에서 30프랑은 손해 봐서, 모아 놓은 돈이 다 바닥났어요……! 나를 창조하신 분들 중 내가 유일하게 아는 우리 어머니의 혼을 걸고! 내가 살아 있고, 해가 지금 우리를 비춰 주고 있는 만큼 진실이에요! 내가 만약 한 푼이라도 거짓말을 한다면 내 커피가 독이 돼도 좋아요……! 그런데, 한 명이 죽게 생겼죠, 그렇죠? 그리고 그 사람이 내가 친자식으로 삼은 두 냥반 중에서 제일 부자예요……! 자, 선생님, 믿겠어요? 내가 20일 전부터 죽기 직전이라고 계속 이야기해 주는데도(플랭 씨가 선고를 내렸거든……!), 이 구두쇠가 마치 내가 모르는 사람인 양 자기 유서에 넣어 준다는 말을 꺼내지도 않아요! 참말로, 정직한 여자의 냥심으로, 자기 몫은 자기가 챙겨야 얻을 수 있나 봐요, 어떻게 상속자들을 믿겠어요……? 그럴 수 없죠! 보세요, 말은 냄새가 안 나죠. 다 나쁜 놈들이에요!"

"맞아요!" 엘리 마귀스가 교활하게 말했다. 그리고 레모냉크를 바라보았다. "그나마 우리 같은 사람들이 가장 정직하죠……."

"날 좀 내버려 둬요. 두 분 이야기하는 게 아니잖아요…… 그 옛날 배우가 그랬듯이, 보채는 사람들의 요구는 항상 받아들여지죠……! 맹세하는데, 이 노인들이 이미 나한테 거의 3천 프랑을 빚지고 있어요. 내가 가진 적은 돈이 약값과 살림비로 나갔는데, 그네들이 내가 대준 돈을 알아주지도 않는다면……! 난 너무 바보같이 정직해서 말도 못 꺼내요. 이럴 때, 장사를 하니까 아실 텐데, 변호사를 찾아가야 하나요……?"

"변호사! 사모님이 모든 ·변·호·사보다 더 잘 아시는구먼……!"

식당 타일 위에 무거운 물건이 떨어지는 소리가 충계의 넓은 공간에 울렸다.

"어머, 뭔 일이래? 지금 저 냥반이 아래층 좌석표를 사신 것 같네……!" 시보댁이 외쳤다.

그녀는 두 공모자를 밀어냈고, 그들이 날렵하게 계단을 뛰어 내려가자 식당으로 달려갔는데 퐁스가 속옷을 입고 바닥에 완전히 쓰러져 있는 게 보였다. 그녀는 노총각을 깃털처럼 들어 올려서 침대까지 안고 갔다. 죽어 가는 그를 다시 눕힌 다음, 태운 깃털 향을 맡게 하고 향수로 관자놀이를 적셔 줘서 정신을 차리게 했다. 퐁스가 다시 살아나 눈을 뜨자 그녀는 허리에 주먹을 얹었다.

"슬리퍼도 안 신고, 속옷만 입고! 죽으려고 작정하셨구먼! 나를 의심하는 거요……? 그렇다면, 안녕히 계세요. 난 10년 동안 선생님 집안일 해 드리고, 계단에서 아이처럼 울기만 하시는 불쌍한 슈뮈크 선생님 걱정을 덜어 주려 살림에 보태 드리느라 내가 모은 돈을 다 썼건만…… 그게 내 보상입니까? 나를 감시하시다니…… 하느님이 벌주신 거예요! 쌤통! 난 선생님을 들어 올리느라 힘이 들어서 평생 아플 수도 있는데 말이야……."

"누구와 이야기했어요?"

"그건 또 무슨 헛소리예요? 나 참, 내가 선생님 종입니까? 다 설명해야 돼요? 이렇게 날 괴롭히면 여기 다 놔두고 가 버릴 거예요! 도우미나 두세요!"

그런 위협 앞에서 겁에 질린 퐁스는 자기도 모르게 이런 협박으로 얼마나 많이 얻어 낼 수 있는지를 그녀에게 알려 주었다.

"아파서 그래!" 그가 가련하게 말했다.

"그럼, 그럼 착하지!" 시보댁이 거칠게 대꾸했다.

잠시 후 그녀는 송구스러움과 자괴감에 사로잡혀서 떠들썩한 헌신에 대해 감사하며 자책하는 퐁스를 남겨 두고 나왔다. 그는 식당의 포석 위에 떨어지면서 병을 더욱 악화시킨 끔찍한 통증도 느끼지 못했다. 계단을 올라오는 슈뮈크가 시보댁의 시야에 들어왔다.

"이리 오세요, 선생님…… 나쁜 소식이 있네요! 나 참! 퐁스 선생님이 미쳤어요……! 혼자 일어나서 내 뒤를 따라오다가, 아니, 여기 넙적 뻗어 버렸지 뭐예요……. 왜 그랬느냐고 물어봐도, 모른대요…… 상태가 안 좋아요. 내가 이런 어이없는 짓을 하게 만든 건 아니에요…… 아니면 첫사랑에 대해 말해 가지고 생각을 깨워 줬을지도 모르겠네요…… 내가 뭐 남자를 압니까? 다 늙은 바람둥이들이죠…… 괜히 내 팔을 보여 줬나 봐, 눈이 석류석처럼 빛나더라고……."

슈뮈크는 시보댁이 마치 히브리어로 떠드는 양 듣고 있었다. 시보댁은 근육에 미세한 피로를 느끼면서 우연히 떠오른 발상을 이용할 의도로 강한 통증을 느끼는 척하며 덧붙였다.

"평생 병신이 될 만한 힘을 들였네요! 난 정말 멍청하다니까! 여기 바닥에 누워 있는 거 보고 안아서 아이처럼 침대까지 들고 갔지 뭐야! 지금은 너무 아파! 아야, 다쳤어……! 환자를 돌보고 계세요, 난 내 집에 가서 남편한테 날 위해 풀랭 씨를 데리고 오라고 해야겠어요! 병신이 되느니 차라리 죽겠어……."

시보댁이 난간을 붙들고 계단을 구르듯 내려가며 얼마나 몸을 비틀고 처참하게 신음하는지 모든 입주자들이 화들짝 놀라 문밖으로 나왔다. 슈뮈크는 눈물을 흘리면서 환자를 부축했고, 사람들에게 그녀의 헌신적인 행동을 설명하고 있었다. 온 집안, 온 동네가 곧 시보댁이 호두까기 인형 한 명을 들어 올리다가 죽을 뻔했다는 숭고한 공적을 알게 되었다. 슈뮈크는 퐁스 곁으로 돌아와서 그들의 집사가 처한 가엾은 상태에 대해 보고하고 그와 마주 보며 '이제 시보댁이 없으면 우린 어쩌지?'라고 걱정했다. 슈뮈크는 퐁스가 침대를 일탈한 대가로 악화된 모습을 보고도 그를 혼내지 못했다. 그 이유를 알자 그는 소리쳤다.

**"망할 잡통싸니! 내 친쿠를 잃으니 크컷틀 풀대우는 케 낫켔어⋯⋯!
우릴 위해 모아툰 톤토 대 추는 씨포 푸인을 으씸하타니! 크컨 나쁘치, 큰
테 아파써 크래⋯⋯."**

"아, 이놈의 병! 지금 몸이 변한 게 느껴져. 하지만 자네를 슬프게 하고 싶지 않아, 착한 슈뮈크."

"날 혼내 춰! 하치만 씨포 푸인은 내퍼려 튀!"

퓰랭 선생이 며칠 만에 시보댁을 자칭 병신이 될 위험에서 벗어나게 하여, 이 기적적인 치료 덕분에 마레 지구에서 평판이 엄청난 광휘를 입었다. 의사는 퐁스에게 환자의 건강한 체력이 받쳐 줘서 완치될 수 있었다고 설명했다. 그녀는 7일째 다시 일하기 시작하여, 두 양반은 매우 기뻐했다. 이 사건으로 인해, 그녀가 없는 동안 빚까지 진 두 호두까기 인형에 대한 수위의 영향력, 횡포가 더욱 심해졌다. 그녀가 그 빚을 갚아 주었다. 그 기회를 잡아서 시보댁은 슈뮈크로부터 (너무나 쉽게!) 그녀가 두 친구에게 빌려줬다고 주장하는 2천 프랑에 대한 대출 증서를 얻어 내었다.

"아, 플랭 씨는 정말 훌륭한 의사예요!" 그녀가 퐁스에게 말했다. "우리 냥반을 살려 드릴 거예요. 날 무덤에서 구한 걸요! 우리 불쌍한 남편이 내가 죽은 거나 다름없다고 생각했어요……! 그런데 플랭 씨가 아마 말했을 테지만, 누워서 선생님들 생각밖에 안 했답니다. 이렇게 기도했다니까요. '하느님, 나를 데려가시고, 우리 사랑하는 퐁스 선생님 살려 주세요…….'"

"우리 시보 부인, 나 때문에 불구가 될 뻔했잖아요……!"

"아, 플랭 씨가 아니었으면 난 이미 우리 모두를 기다리는 다 쓴 크리스마스트리를 넣는 망사집 안에 들어 있겠죠. 그 옛날 배우가 그랬듯이 도랑 끝엔 곤두박질밖에 넓어요! 태연해져야죠. 나 없이 어떻게 했어요……?"

"슈뮈크가 날 돌봤어요. 그런데 우리 얄팍한 지갑과 고객들이 타격을 입었어요……. 그 친구가 어떻게 했는지 모르겠어요."

"**진청해, 봉쓰!**" 슈뮈크가 외쳤다. "**씨포 영캄이 바로 울리 은행이야…….**"

"말도 마세요! 우리 순한 양, 두 분은 우리 자식들이나 다름없어요. 우리 돈이 선생님들한테 잘 묶여 있어요! 은행보다 더 안전해요. 우리가 먹을 빵 조각이 있는 한, 선생님들도 그 반은 얻어먹을 수 있어요……. 말할 필요도 없어요……."

"**풀상한 씨포 푸인!**" 슈뮈크가 가면서 말했다.

퐁스는 아무 말도 하지 않았다. 시보댁은 근심에 찬 그의 얼굴을 보고 말했다.

"믿으시겠어요, 우리 아가, 죽어 가면서 내가 저승 가까이까지 갔다 왔다는 걸요……! 그런데 제일 괴로웠던 건, 선생님들을 홀로, 도움 없이 놔두고, 우리 불쌍한 그이를 한 푼도 없이 남긴다는 거였어요……. 내가 하도 보잘것없는 돈을 남기고 죽을 뻔했으니. 그리고 우리 천사 남편 때문에 이야기하는 거예요! 그이가 송아지처럼 울면서 나를 여왕처럼 돌봤어요……! 그래도 난 내 양심을 걸고 선생님들만 믿었어요. 난 그이한테 말했어요. '아니야, 여보, 저 냥반들이 당신을 굶어 죽게 내버려 두진 않을 거야…….'"

풍스는 유서와 관련된 공격에 아무 대답도 하지 않았다. 수위는 한마디를 기다리면서 침묵을 지켰다.

"슈뮈크한테 잘 부탁해 볼게요." 풍스가 끝내 말했다.

"아, 알아서 어련히 잘하시겠어요, 선생님만 믿어요, 선생님의 마음을요…… 이런 이야기는 이제 하지 맙시다, 나 자존심 상하거든, 아가. 어서 나을 생각이나 하셔요! 우리보다 오래 사실 거예요……."

뿌리 깊은 걱정이 시보댁의 마음을 파고들었다. 그녀는 이 양반한테 자기한테 남길 몫에 대해 해명시킬 결심을 했다. 친구가 앓아누운 후부터 그의 침대 곁에서 식사하는 슈뮈크의 저녁을 차려 주고, 가장 먼저 그녀는 저녁에 풀랭 의사를 방문했다.

풀랭 의사는 오를레앙 거리에서 응접실, 거실, 그리고 두 침실로 구성된 아파트 1층에 살고 있었다. 응접실에 인접하고 의사의 침실과 통하는 찬방은 진찰실로 개조되었다. 이 집은 정원만 남아 있는 옛 저택 자리에 제정기 때 지어진 거대한 건물의 날개관에 위치했고, 부엌, 하인 방과 작은 지하 창고가 딸려 있었다. 정원은 1층 아파트 세대 사이에 분할되었다.

의사의 아파트는 40년 동안 변함이 없었다. 페인트, 도배지, 장식, 모든 것이 제정기의 분위기를 풍겼다. 40년 묵은 때와 연기가 거울, 가구의 가장자리, 도배지의 무늬, 천장과 페인트칠을 바래게 했다. 마레 지구 구석에 자리한 이 작은 주거는 아직도 1년에 1천 프랑이 들었다. 의사의 어머니인 67세의 풀랭 부인은 두 번째 침실에서 인생을 마치고 있었다. 그녀는 반바지 제조공들을 위해 일했다. 각반, 가죽 반바지, 멜빵, 벨트 등 오늘날 쇠퇴해 가는 이 품목과 관련된 모든 것을 바느질했다. 아들의 살림을 돌보고 유일한 하녀를 감시하기에 바빠서 외출을 하지 않았고, 거실의 작은 창문으로 나오는 정원에서 산책하곤 했다. 20년 전에 미망인이 되어 남편이 죽었을 때 직위가 가장 높은 직공에게 반바지 사업을 팔았고, 그는 그녀가 하루에 약 30수를 벌 수 있을 정도의 일감을 보장해 주었다. 그녀는 외동아들이 아버지보다 나은 사회적 지위에 오를 수 있도록 그의 교육에 모든 것을 희생했다. 아들을 아스클레피오스와 같은 명의라고, 성공적인 치료를 거듭한다고 믿으며 자랑스러워하는 그녀는 그를 돌보고, 그를 위해 절약하고, 그의 평안함만을 생각하는 것을 낙으로 삼아, 많은 어머니들과는 달리 그를 영리하게 사랑하고, 계속 그를 위해 헌신했다. 풀랭 부인은 자신이 소박한 여공이라는 출신 성분을 잊지 않고 아들에게 해가 되거나 멸시나 웃음거리가 되길 원치 않았다. 그녀는 시보댁이 'ㄴ'을 붙이는 것처럼 'ㅅ'을 붙이는 버릇이 있었다. 혹시 드물게 지체가 높은 환자들이 의사의 진료를 받으러 오거나, 학교 또는 병원의 동료들이 방문하면 스스로 방 안으로 숨었다. 따라서 의사는 교육을 받지 못한 결함을 숭고한 사랑으로 상쇄하는 어머니를 존경했으며, 그녀 때문에 수치스러워할 일이 없었다. 사업을 팔아서 받은 약 2만 프랑으로 1820년에 채권을 샀고, 그렇게 얻은 1,100프랑의 연금이 전 재산을 이루었다. 그래서 오랫동안, 이웃들은 정원에 의사와 어머니의 빨래가 줄에 널려 있는 광경을 보았다. 하녀와 풀랭 부인이 알뜰하게 모든 옷을 집에서 세탁했던 것이다. 사람들은 그렇게 가난한 의사가 실력이 좋으리라고 인정하려 하지 않았기 때문에 이런 가정사가 그에게 많은 손해를 입혔다. 연금 1,100프랑으로는 집세를 지불했다. 아담하고 통통한 노파인 풀랭 부인의 일거리가 처음 얼마간은 이 빈곤한 살림의 지출을 충당했다. 가시밭길에서 12년 동안 끈질기게 고생한 끝에 의사는 1년에 금화 천 개 정도는 벌 수 있게 되어, 풀랭 부인이 약 5천 프랑을 쓸 수 있었다. 파리를 아는 사람들은 짐작하겠지만 이 돈은 생활 필수품을 겨우 구입할 수 있는 액수이다.

환자들이 기다리는 거실은 노란색 꽃무늬의 위트레히트산 비로드로 덮인 흔한 마호가니 소파, 안락의자 네 개, 의자 여섯 개, 콘솔 테이블, 차 마시는 탁자로 인색하게 꾸며져 있었다. 이 모든 것은 고인이 된 반바지 제조업자의 유물이자 그가 직접 고른 물건들이었다. 가지 두 개가 달린 이집트식 촛대 사이에, 항상 유리로 된 구에 덮인 추시계는 리라 모양이었다. 주이 공장*

에서 제조한 붉은 원화 무늬가 찍힌 면포 커튼이 창문에 걸려 있었는데, 이런 재료가 어떻게 이토록 오래 버티고 있었는지 의문스러웠다. 1809년 면직 산업의 이 추악한 생산품들에 대해 오베르캄프*가 황제의 칭찬을 받은 적이 있다. 의사의 진료실도 아버지 침실의 가구와 같은 취향으로 꾸며져 있었다. 메마르고, 빈약하고 차가웠다. 광고가 전능하고, 빈자를 위로하여 스스로 부유한 시민이라고 믿도록 콩코드 광장의 촛대에 금색을 입히는 시대에, 어느 환자가 명성도 가구도 없는 의사의 실력을 신뢰하겠는가?

응접실은 식당으로 사용되었다. 부엌일을 하거나 의사의 어머니에게 말동무가 되지 않을 때 하녀가 그곳에서 일했다. 들어서자마자 격자창에 달린 작은 적갈색 모슬린 커튼을 보면 반나절은 비어 있는 쓸쓸한 집의 단정한 빈곤을 눈치챌 수 있었다. 찬장 안에 썩어 가는 고기 파이, 귀퉁이가 깨진 접시, 영원한 병마개, 일주일 된 식탁 수건, 한마디로 파리의 작은 살림들의 이유 있는 치욕들이 숨어 있으리라고 짐작되었다. 이런 것들은 거기서 쓰이다가 넝마 장수들의 채롱으로 들어가기 마련이었다. 1백수짜리 동전이 모든 의식들 속에 깔려 있고, 모든 언사 속에 굴러다니는 시대에, 인간관계가 넓지 못한 어머니를 둔 의사는 서른 살에 아직 총각이었다. 10년 동안 그가 일로 드나드는 여러 집에서 연애를 할 수 있는 미세한 기회조차 생기지 않았다. 그는 생활수준이 자신과 비슷한 계층의 사람들만 치료했기 때문에 자신과 형편이 비슷한 말단 사원들, 영세한 제조업자들의 살림만 보았다. 가장 부유한 환자들은 동네의 큰 소매상들, 정육점이나 제과점 주인들이었는데, 이들은 의사가 걸어서 오는 것을 보고 진료비 40수만 내기 위해 자연적으로 치료되었다고 주장하곤 했다. 의사에게는 의학적인 지식보다 마차가 더 중요하다.

평범하고 사건 사고 없는 삶은 아주 모험심이 강한 성격에도 영향을 미치게 된다. 사람이란 자기 운명에 맞추어, 보잘것없는 인생을 받아들인다. 그리하여 풀랭 선생은 이렇게 의사 노릇을 10년간 한 후에도 초창기의 쓰디쓴 좌절감을 누그러트리고 시시포스와 같은 직업에 종사했다. 그럼에도 그에게는 꿈이 있었다. 파리에 사는 사람이라면 모두 하나씩 꿈을 품고 있다. 레모냉크도 꿈을 꾸었고, 시보댁도 자기 꿈이 있었다. 풀랭 의사는 부유하고 영향력 있는 환자 곁에 불려 가서, 당연히 치료한 결과로 신용을 얻어 병원의 주임 의사나 감옥 또는 극장의 전담 의사라는 직책에 오르기를 희망했다. 이런 방식으로 이미 구청 의사의 자리를 얻은 적이 있었다. 시보댁이 데리고 가서 시보 부부의 집주인 피유로 씨를 돌보고 치료했다. 장관의 아내 포피노 백작 부인의 외종조부인 피유로 씨는 고마움을 표시하기 위해 의사의 자택에 방문했다가 그의 숨은 궁핍을 헤아리고 이 젊은이에게 관심을 갖게 되어, 자신을 존경하는 외종손, 장관한테 의사가 5년 전부터 맡은 자리를 부탁했다. 그 일자리의 얄팍한 수입은 그가 극단적인 선택, 즉 이민을 결정하기 직전에 적절히 다가왔다. 프랑스를 떠나는 것은 프랑스인에게 비극적인 상황이다. 풀랭 선생이 포피노 백작에게 감사하다는 인사를 하기 위해 그를 방문했지만, 이 정치인의 주치의가 그 유명한 비앙숑임을 알고, 그곳은 드나들 집이 아니라는 사실을 이해했다. 가엾은 의사는 영향력 있는 장관 한 명, 16년 전부터 국무회의의 초록색 천으로 덮인 탁자 위에 권력의 손이 뒤섞는 열두 장에서 열다섯 장의 카드 중 한 장의 후원을 받겠다는 포부가 좌절된 후에, 다시 마레 지구 속에 파묻혀서 빈곤한 자와 소부르주아의 집들 사이에서 첨벙거리는 신세로 돌아갔고, 그곳에서 1년에 1,200프랑을 받고 사망을 확인하는 일을 맡았다.

인정받는 인턴이었던 플랭 의사는 신중한 개업의로서 경험이 적지 않았다. 게다가 그의 손에서 죽은 자들은 크게 소문을 내지 않아서, 온갖 종류의 질병들을 동물 실험을 하듯 연구할 수 있었다. 얼마나 원한이 많이 쌓였겠는가? 이미 길고 음울한 그의 얼굴 표정은 가끔 무서워졌다. 노란색 양피지 위에 타르튀프의 불타는 눈과 알세스트의 신랄함을 넣어 보길. 또, 스스로 유명한 비앙숑만큼 훌륭한 의사라고 여기지만 강철 같은 손에 의해 음지에 붙들려 있다고 느끼는 사람의 거동, 태도와 눈빛을 상상해 보길. 플랭 의사는 자신이 잘되는 날 버는 10프랑을 비앙숑이 하루에 받는 5백에서 6백 프랑과 비교할 수밖에 없었다. 민주주의가 야기하는 수많은 원한을 이해할 만하지 않은가? 한편 이 실패한 야심가는 스스로를 탓할 것이 전혀 없었다. 그는 모리슨의 그것들과 비슷한 알약 하제(下劑)를 개발함으로써 출세를 시도한 바 있었다. 병원의 옛 동료 중에 인턴에서 약사로 진로를 바꾼 이에게 알약을 상품화하도록 맡겼지만 약사가 앙비귀 코미크 극장의 단역 배우에게 빠져서 파산했고, 알약 하제의 특허가 그의 이름으로 되어 있었기에 이 엄청난 발명품이 그 후계자를 부자로 만들었다. 옛 인턴은 가엾은 풀랭의 저축금 1천 프랑을 가지고 금의 원산지인 멕시코로 떠나 버렸다. 단역 배우에게 자기 돈을 돌려 달라고 했을 때 고리대금업자 취급을 받은 것이 풀랭이 받은 유일한 위로였다. 피유로 영감을 치료한 행운 이후에, 부유한 환자는 단 한 명도 나타나지 않았다. 풀랭은 마레 지구를 굶은 고양이처럼 걸어서 누비고 다녀서 스무 집에서 둘에서 마흔 수 사이를 받았다. 그에게 진료비를 후하게 지불하는 환자는 하늘 아래 모든 세상에서 '하얀 티티새'로 명명되는 환상적인 새와 같은 존재였다.

소송 없는 젊은 변호사와 환자가 없는 의사는 파리 특유의 '점잖은 절망감'이 지닌 가장 대표적인 얼굴이다. 이런 절망감은 말없이 차갑고, 지붕 밑 방의 아연을 상기시키는, 바느질 부분이 하얗게 바랜 검은 웃옷과 바지, 닳아서 반지르르해진 사틴 조끼, 성물처럼 아끼는 모자, 낡은 장갑과 면포 속옷을 입었다. 파리 고등법원 감옥의 비밀을 닮은 애통한 비가(悲歌)였다. 시인, 예술가, 배우, 음악가 등 다른 이들의 불행은 그래도 예술 본연의 쾌활함, 발을 들여놓으면 영감(靈感)의 은거지로 통하는 방랑 생활의 무사태평에 의해서 즐거움으로 물든다! 하지만 걸어 다니는 이 두 종류의 검은 옷에게는 모든 것이 상처이고, 인류가 수치스러운 면모만 보여 준다. 인생의 무게로 짓눌리기 시작할 때 이 두 사람의 음산하고 도발적인 표정 속에 억압된 원한과 야심은 진압된 화재의 첫 불길과도 같은 눈빛으로 솟아오른다. 중학교 동창 두 명이 20년 만에 우연히 마주치면, 부자가 된 이가 운명이 그들 사이에 파 놓은 골에 소스라치며 가난한 친구를 못 본 체하고 피한다. 한 명은 행운의 활기찬 말들을, 또는 성공의 황금빛 구름을 타고 인생을 달렸고, 다른 한 명은 지하에서 파리의 하수구를 돌아다녀서 그 흉터를 입고 있다. 의사의 외투와 조끼를 보고 그를 피하는 옛 친구들이 한둘이 아니었다.

이제 시보댁의 부상 연극에서 플랭 선생이 그토록 자기 역할을 잘 연기할 수 있었던 이유를 이해하기 쉽다. 모든 탐욕, 모든 야심은 서로 통하기 마련이다. 수위의 신체 어디에도 어떤 손상도 찾아낼 수 없었을 뿐만 아니라, 맥박이 감탄할 정도로 규칙적이고 동작이 놀랍도록 유연함에도 그녀의 앓는 소리를 듣고, 의사는 그녀가 죽어 가는 척하는 데 다 그럴 만한 이유가 있음을 알아차렸다. 심각한 질환이 빠르게 치유된다면 동네에 소문이 날 테니 그는 시보댁의 부상을 과장하여 제때에 손을 써서 치료하겠다고 장담했다. 결국 수위에게 그럴듯한 약을 주고, 허구적인 수술을 한 결과는 대성공이었다. 명의 데플랭의 기적적인 치료들의 목록 중에서 기이한 경우를 찾아 시보댁에게 적용시킨 후, 그 치료의 공을 위대한 외과의에게 돌리고, 자신은 겸손하게 그의 모방자일 뿐이라고 자칭했다. 파리의 초심자들의 대담성이란 이와 같다. 무대 위에 오르기 위해 아무것이나 사다리로 삼는다. 하지만 모든 것이 그렇듯이 사다리의 가로대도 닳기 때문에 각 분야의 신참들은 어떤 나무로 발판을 만들지 고민한다. 간혹 파리 사람은 성공에 저항하기도 한다. 받침대를 세우는 데 지쳐서 응석받이처럼 삐치고 더 이상 우상을 원하지 않는다. 또는 실제로, 때로 재능 있는 이들이 사람들의 열광에 부응하지 않는다. 이렇게 천재가 나오는 모암(母巖)에는 허점이 있다. 따라서 파리 사람은 하찮은 재능을 매번 빛내 주거나 숭배하기를 거부하고 반발한다.

시보댁이 습관대로 거침없이 침입했을 때 의사와 그의 노모는 샐러드 중에서 가장 값싼 콘 샐러드로 식사를 하고 있었다. 디저트로는 고작 얼마 되지 않은 건과일, 특히 건포도가 주류를 이루는 접시와 못생긴 감자 접시 사이에 놓인 매우 뾰쪽한 브리 치즈가 전부였다.

"어머니, 계셔도 괜찮아요. 말씀드렸던 시보 부인이에요." 의사가 풀랭 부인의 팔을 잡았다.

"안녕하세요, 사모님, 안녕하세요, 선생님." 시보댁은 의사가 가리키는 의자에 앉으며 인사했다. "아, 어머니시군요. 이렇게 실력이 좋은 아드님을 두셔서 정말 기쁘시겠어요. 사모님, 이분이 제 구세주세요, 저를 낭떠러지에서 건져 내셨어요……."

풀랭 부인은 아들을 칭찬하는 말을 듣고 시보댁이 매우 좋은 사람이라고 생각했다.

"우리끼리 말인데, 불쌍한 퐁스 선생님이 상태가 아주 안 좋으셔서, 그분에 대해 이야기를 하러 왔어요……."

"거실로 갑시다." 풀랭은 시보댁에게 하녀를 슬쩍 가리켰다.

거실에 앉자, 시보댁은 두 호두까기 인형과의 관계를 길게 설명하기 위해 자기가 빌려준 돈 이야기를 미화시켜서 했고, 10년 전부터 퐁스와 슈뮈크 두 양반을 위해 얼마나 뼈 빠지게 일해 왔는지 떠벌렸다. 그녀의 말을 들으면, 본인이 모성적으로 돌보지 않았더라면 두 노인은 이미 더 이상 존재하지 않았을 것만 같았다. 스스로를 천사처럼 묘사하며 눈물로 적신 거짓말을 하도 많이 해서 끝내 나이 지긋한 풀랭 부인마저 감동시켰다.

"이해하시죠, 선생님, 퐁스 씨가 나를 위해 무엇을 할 건지 알 필요가 있겠죠. 돌아가실 경우에, 그러시길 바라지 않지만요, 그 순진한 아이 같은 두 분은, 사모님, 제 삶이나 다름이 없거든요. 한 명을 잃으면 나머지 한 명을 돌볼 거예요. 자연이 나를 모성의 여신의 라이벌로 만들었어요. 내가 내 자식처럼 여기고 관심을 쏟는 사람이 없으면 살 수가 없어요…… 그래서 풀랭 선생님이 그럴 마음이라면, 내가 나중에 보답할 테니 부탁 좀 하나 들어주셨으면 해요, 퐁스 씨에게 나에 대해 말해 달라는 거예요. 하느님, 종신연금 1천 프랑이 너무 많은가요? 물어봅시다…… 슈뮈크 씨에게도 이득이에요…… 지금은 우리 소중한 환자께서 그 불쌍한 독일 사람한테 나를 잘 부탁하겠다고 이야기했어요. 그러니까, 그분을 상속자로 생각하고 있다는 거죠…… 그런데 우리말로 문장 두 개를 제대로 이을 줄 모르는 이가 사람 노릇을 할까요? 게다가 친구가 죽으면 너무 슬퍼한 나머지 독일로 가 버릴 수도 있어요……"

진지해진 의사가 말했다. "시보 부인, 의사들은 그런 일에 관여하지 않아요. 내가 환자의 유서 작성에 참견했다는 사실이 알려지면 자격이 정지될지도 몰라요. 법은 의사가 환자로부터 어떤 상속도 받는 것을 금지하고 있어요⋯⋯."

"그런 바보 같은 법이 어디 있담! 내가 받은 유산을 선생님하고 나눠 갖지도 못해요?" 시보댁이 즉시 대꾸했다.

"한마디 더 하자면, 의사로서의 양심 때문에 퐁스 씨에게 죽음에 대해 이야기할 수 없어요. 우선, 죽을 만큼 위급하지도 않은데다, 내가 언급하면 정말로 해롭게 작용해서 병을 치명적으로 만들 수 있어요⋯⋯."

"나는요, 둘러말하지 않고 일처리를 확실히 하라고 말했는걸요, 더 나빠지지도 않더구먼⋯⋯ 이제 익숙해졌어요⋯⋯! 걱정마세요."

"더 이상 이야기하지 마세요, 시보 부인⋯⋯! 그런 일은 의학의 영역이 아니라, 공증인들의 소관이랍니다⋯⋯."

"하지만 풀랭 선생님, 만약 퐁스 씨가 직접 지금 상태가 어떠냐고 물어보고, 만약을 대비하는 게 좋겠느냐고 물으면, 미리 대비하는 게 건강을 회복하는 데도 도움이 된다고 말해 주지 않겠어요⋯⋯? 그리고 내 얘기도 한마디 해 주시면⋯⋯."

"아, 유서를 쓰겠다고 하시면 말리지는 않겠어요."

"자, 그러면 됐어요. 낫게 해 주셔서 감사하다고 말하러 왔어요." 그녀는 금화 세 닢이 든 포장지를 의사의 손에 쥐어 주면서 덧붙였다. "지금은 제가 드릴 수 있는 전부예요. 아, 내가 부자라면 선생님도 함께 부자가 되실 거예요, 선생님은 이 세상에서 하느님의 분신이세요⋯⋯ 사모님, 아드님이 천사랍니다!"

시보댁이 일어서자, 퐁랭 부인은 예의 바르게 인사했고 의사가 문 앞까지 배웅했다. 이때 이 무시무시한 거리의 레이디 맥베스*의 머릿속에 지옥의 빛이 비춰서 가짜 병에 대한 진료비를 받은 의사가 자신과 공모자가 될 수밖에 없다는 것을 깨달았다.

"아니, 훌륭하신 퐁랭 선생님, 사고를 당한 나를 구해 주셨는데, 몇 마디 해서 저를 이 가난에서 벗어나게 도와주지 않으시겠어요?"

의사는 악마에게 자신이 머리카락 한 올을 내주었으며, 이제 그 머리카락이 붉은 갈퀴의 무자비한 고리 둘레에 감기고 있음을 느꼈다. 고작 이런 작은 일로 자신의 청렴함을 잃을 수 있다는 생각에 겁을 먹고, 이 악랄한 발상에 더욱 악랄한 발상으로 받아쳤다.

"들어 보세요, 우리 시보 부인." 그는 그녀를 자기 진료실로 데리고 갔다. "구청에 자리를 얻게 해 주신 신세를 갚겠습니다……."

"나눠 가집시다" 그녀는 즉시 말했다.

"무엇을요?" 의사가 물었다.

"유산이요."

"저를 모르시는군요." 의사는 자기가 발레리우스 푸블리콜라*인 양 대꾸했다. "그 이야기는 그만합시다. 중학교 시절의 매우 총명한 친구가 있는데, 저와 운명이 비슷해서 더욱 친해졌습니다. 제가 의과 대학을 다닐 때 그 친구는 법 공부를 하고 있었습니다. 제가 인턴할 때 그 아이는 쿠튀르 소송 대리인 사무실에서 등본을 만들고 있었고요. 제 아버지가 반바지를 만드는 사람이었듯이, 그는 구두장이의 아들입니다. 주위에 친절을 베푸는 사람도 없었지만 자금도 구하지 못했지요. 왜냐하면 자금도 친절에 의해서 생기는 거니까요. 지방, 망트에서나 사무소를 개업할수 있었어요…… 지방 사람들이 파리의 지성을 잘 이해하지 못해서 제 친구에게 수없이 트집을 잡아 댔어요."

"너절한 놈들!"

"네, 사람들이 연합해서 어떤 사건에 그 친구가 잘못한 것처럼 몰아세워서 사무소를 팔 수밖에 없었죠. 고등법원의 검사장까지 참견했는데, 그 사람이 그곳 출신이라 고향 사람들의 편을 들었다네요. 그 불쌍한 남자는 나보다도 마르고 닳아빠졌어요. 우리 동네로 피신해서 변호사가 되어 치안 재판소와 경찰 법원에서 변호를 하는 신세가 되었어요. 이 근처에서 살아요, 페를르 거리 3번지에 가서, 3층을 올라가면 문 앞 복도에 '프레지에 공증인 사무소'라고 금색으로 인쇄된 작은 붉은색 모로코가죽 네모가 보일 겁니다. 프레지에의 특기가 수위, 노동자 양반들, 이동네의 가난한 사람들의 분쟁을 싼값에 맡는 것이에요. 정직한 친구입니다. 말을 안 해도 아시겠지만, 만약 사기꾼이었다면 고급 마차를 타고 있을 텐데요. 오늘 저녁에 프레지에라는 친구를 만날 예정입니다. 내일 아침 일찍 그 친구를 방문해 보세요. 집달관 루샤르 씨, 치안 재판소의 집행관 타바로 씨, 치안 판사 비텔 씨, 공증인 트로농 씨를 알고 있어요. 이미 동네에 가장 인정받는 사업가들 사이에서 명성이 자자해요. 만약 그 친구가 부인의 일을 맡아서 퐁스 씨의 상담자가 되도록 해 주시면, 부인께서 자기 자신만큼 믿으셔도 됩니다. 단, 저한테처럼 명예를 더럽히는 타협책을 제안하지는 마세요. 그런데 그 친구가 재치가 있으니, 두 분 말이 통하실 거예요. 그 친구한테 나중에 사례하시려면, 제가 중간에서 심부름하겠습니다……."

시보댁은 그를 엉큼하게 바라보았다.

"애인의 유산 때문에 골치 아프게 생겼던, 그, 플로리몽이라는, 비에유-뒤-탕플 거리의 잡화상 여자의 일을 해결해 준 그 변호사 아니에요……?"

"바로 그입니다."

"공증인이 연금 2천 프랑을 얻어 줬는데, 결혼해 달라고 하니까 안 해 주고, 들어 보니 그 여자가 네덜란드산 천으로 만든 속옷 열두 벌, 손수건 스물네 장 등 한 꾸러미를 주고서 다 갚았다고 생각한 건 정말 나쁘지 않아요?"

"시보 부인, 그 꾸러미는 1천 프랑의 값어치였고, 동네에서 갓 개업한 프레지에한테 정말 필요했어요. 게다가 수수료를 아무 이의 없이 지불했어요……. 그 일을 해결한 덕분에 프레지에는 다른 사건도 맡게 되어서, 지금은 아주 바빠요. 하지만 나와 비슷해서 고객층이 거기서 거기죠, 뭐……."

"이 세상엔 착한 사람들만 손해를 봐요! 그럼, 풀랭 선생님, 감사합니다. 안녕히!"

이 시점에서 탐욕스럽고 게걸스러운 무리들이 병상 주위에 몰려들어, 그들의 손아귀에 치명적으로 놀아나는 노총각의 죽음이라는 비극, 아니 끔찍한 희극이 시작된다. 여기에 그림 애호가의 가장 격한 열정, 소굴 안에 웅크린 모습이 사람을 떨게 만드는 프레지에 양반의 탐욕, 자본을 모으기 위해 범죄 앞에서도 멈추지 않을 오베르뉴인의 갈망이 가세했다. 지금까지의 이야기가 서곡이었다면, 이제 본극에서 지금까지 무대를 차지했던 인물들이 다시 등장한다.

단어들의 의미가 타락하는 현상을 제대로 설명하려면 몇 권의 연구서가 필요할 것이다. 소송 대리인에게 편지를 쓸 때 그를 '법률가'라고 칭하면, 마치 식민지 물품 도매상인에게 '식료품 장수 아무개 씨'라고 편지 쓰는 것만큼 무례한 행동이다. 상당수의 사교계 사람들이, 이런 세심한 예의범절이 그들의 전문 분야임에도, '문인'이라는 호칭이 작가에게 할 수 있는 가장 잔인한 모욕이라는 사실을 모른다. '귀하'라는 낱말이 단어들의 생로병사를 가장 잘 보여 준다. '귀하'란 '각하'라는 뜻이다. 옛날에는 중요했던 이 작위가, 나중에는 '귀하'가 '폐하'로 바뀌어 왕들만 가리키다가, 오늘날에는 모든 사람에게 적용된다. 하지만 부고장 따위에 우연히 '귀하'와 쌍벽을 이루고 의미도 같은 '각하'라는 단어를 쓰면 공화파 신문에 기삿거리가 된다. 사법관, 고문, 법률가, 판사, 변호사, 사법 보조관, 소송 대리인, 집행관, 법률 고문, 사업가, 사업 대리인과 변호인 등은 사법부에서 일하고 정의를 실현시키는 사람들이 분류되는 품종들이다. 그 사다리의 맨 밑 발판에는 실무가와 법률가가 있다. 저급하게 '간수'라고 명명되기도 하는 실무가는, 우연히 사법부에서 일하는데, 판결의 집행을 돕기 위해 존재한다. 민사 사건에서 일시적인 형리인 셈이다. 법률가는 이 직업 고유의 욕설이다. 문학에서 '문인'과 같은 것이다. 프랑스에서 모든 직업군에는, 서로간의 경쟁심으로 인해 비하하는 용어들이 정해져 있다. 각 직업에 해당하는 욕설이 있다. '문인'과 '법률가'가 지닌 멸시의 함의는 복수형이 되면 없어진다. '문인들', '법률가들'이라는 말은 아무도 기분 상하게 하지 않는다. 그러나 파리의 각 직업군에는 말단 인력이 있어서 그 직업을 민중, 길에서 일하는 사람들과 동급으로 낮춰 준다. 이렇게, 라 알 시장에 단기간 고리로 돈을 빌려 주는 이들이 있고, 소송 대리인의 명부에 프레지에가 있듯이, 어떤 동네에 '법률가', 다시 말해 작은 사업 대리인들이 아직도 있다. 이상하게도, 서민들은 세련된 식당을 두려워하듯이 사법 보조관을 두려워한다. 선술집에 한잔하러 가는 것처럼, 차라리 사업 대리인에게 상담받으러 간다. '동급'의 원리는 다양한 사회 계급의 일반적인 법칙이다. 자기를 무시하는 대귀족의 시계를 떨어트린 보마르셰*처럼 천재적인 기질이 있어야만 높은 곳에 오르기를 좋아하고, 상급자 앞에서 주눅들기는커녕 비집고 들어갈 수 있다. 또한 예전의 배내옷을 없애 버린 벼락출세한 자들도 대단한 예외들이다.

그다음 날 아침 6시에, 시보댁이 페를르 거리에서 자신의 법률 고문이 될 법률가 프레지에의 집을 살펴보고 있었다. 옛 부르주아지가 살았던 오래된 집이었다. 그녀는 오솔길로 들어갔다. 1층은 일부가 수위실과 가구 세공인의 가게로 쓰였고, 초석과 습기가 갉아 먹는 계단곬*과 오솔길에 의해 나뉘었다. 작은 안마당은 가구 작업실과 창고로 복잡했다. 나병 환자를 닮은 집이었다.

시보댁은 곧장 수위실로 향했다. 그곳에 시보의 동료인 구두장이와 그의 아내, 그리고 어린아이 두 명이 작은 마당 쪽에서 햇빛을 받는, 약 1평짜리 방에 살고 있었다. 시보댁이 자기 직업과 이름을 말하고, 노르망디 거리에 사는 집에 대해 이야기하자 두 여인은 금세 절친이 되었다. 그 여자가 약 15분간 남편과 아이들에게 식사를 차려 주는 동안 수다를 떨다가 시보댁은 이 집에 사는 주민들, 특히 법률가에게로 화제를 옮겼다.

"일 때문에 상담하러 왔어요. 친구 풀랭 의사 선생님이 이미 나를 잘 부탁해 놓았을 거예요. 풀랭 씨 알죠?"

"그럼요! 후두염에 걸렸던 내 딸애를 살려 낸 걸요." 페를르가의 여자 수위가 말했다.

"나도 살려 냈어요, 나를요. 프레지에 씨는 어떤 분이에요⋯⋯?"

"아, 사모님, 월말에 우편물 심부름비를 얻어 내기가 아주 힘든 분이랍니다."

영리한 시보댁에겐 충분한 답변이었다.

"가난하면서 정직할 수 있어요." 그녀는 대꾸했다.

"그러길 다행이죠. 우리도 금이나 은이, 심지어 동전이 넘쳐나진 않지만, 남의 돈은 한 푼도 가지고 있지 않아요."

시보댁은 자기와 비슷한 말투를 알아보았다.

"그러니까 말이야, 믿을 만하다는 거지?"

"아, 진짜, 프레지에 씨가 누구한테 잘해 주려고 들면, 플로리몽댁이 그러는데, 아무랑도 비교할 수가 없대요⋯⋯."

"그렇다면 왜 결혼 안 했어요?" 시보댁이 재빨리 물었다. "그이 덕분에 재산을 얻었는데. 늙은이가 살림을 차려 줬던 별 볼일 없는 잡화상 여인이 변호사의 아내가 되는 건 정말 괜찮은 거잖아요……."

"왜 안 했냐고?" 수위가 시보댁을 오솔길로 끌고 갔다. "지금 사무실로 올라갈 거죠, 사모님……? 봐요, 거기 들어가면 왜 안 했는지 알게 될 거예요."

작은 마당이 내다보이는 미닫이창이 비춰 주는 계단은 집주인과 프레지에를 제외한 다른 세입자들이 기계를 다루는 직업에 종사한다는 흔적들로 점철되어 있었다. 진흙투성이 층계 위에 각 직업의 간판인 듯, 구리 조각, 깨진 단추, 거즈 또는 에스파르트* 쪼가리 등이 눈에 띄었다. 윗층의 견습공들이 외설스러운 그림들을 그렸다. 수위의 마지막 말이 시보댁의 호기심을 자극하여, 자연히 그녀는 퐁랭 선생의 친구를 만나 봐야겠다고 결심했다. 단 실제로 일에 이용할지는 자신이 받는 인상에 따라 결정하기로 했다.

"가끔은 어떻게 소바주 부인이 그분의 집에서 계속 일할 수 있는지 궁금해져요." 수위가 시보댁을 따라오면서 평했다. "같이 가요, 내가 어차피 우유하고 신문을 가져다 드리거든요."

중이층 위에 있는 2층에 도착하자 시보댁은 가장 흉측한 모양의 문 앞에 다다랐다. 허접한 붉은색 페인트로 칠해진 문 위에 약 20제곱센티미터의 표면이 시간이 지나면 생기는 손때 자국으로 얼룩져 있었다. 세련된 아파트에서는 건축가들이 열쇠 구멍의 위아래로 유리를 댐으로써 이런 현상을 방지하려고 한다. 이 문의 작은 창은 식당 주인들이 어느 정도 익은 술을 숙성시키기 위해 사용하는 것과 같은 광석 찌꺼기들로 막혀 있어서, 감옥 문과 유사했고, 다른 한편 클로버 모양의 편자, 굉장한 돌쩌귀, 커다란 못대가리와 조화를 이루었다. 어떤 구두쇠, 또는 온 세상과 원한 관계에 있는 삼류 작가가 이런 장치를 발명했을 것이다. 폐수를 내보내는 납 하수관도 계단의 악취에 기여했고, 그 천장 전체에는 촛불의 연기가 그려 놓은 아라베스크 무늬, 그것도 너무나 화려한! 무늬를 감상할 수 있었다. 몹시 더러운 손잡이가 달린 초인종 끈을 당기자 울린 작은 소리로 보아 금속이 어딘가 깨졌음을 알 수 있었다. 모든 사물이 이 추악한 그림의 전체와 어울렸다. 시보댁은 힘센 여인의 무거운 발걸음과 천식성의 숨소리를 들을 수 있었다. 그리고 소바주택이 나타났다! 「집회로 떠나는 마녀들」을 그릴 때 아드리안 브라우어가 상상해 낸, 66인치의 키, 시보댁보다 수염이 더 많이 난 군인 같은 얼굴, 병적으로 비만한 몸에, 값싼 루앙산 면직물로 만든 흉한 치마를 입고 주인이 무료로 받는 인쇄물로 만 머리에는 큰 손수건을 묶은 채, 귀에 금으로 된 마차 바퀴와 비슷한 것을 매단 여인이었다. 이 암컷 케르베로스는 울퉁불퉁한 양철 냄비를 들고 있었다. 그 안의 우유가 풍기는 역겨운 쉰내가 계단에 냄새를 보탰지만 크게 구분되지는 않았다.

"어케 도와드릴까여, **부엔**?" 소바주택이 물었다.

아마도 자기 취향에 시보댁이 옷을 너무 잘 입었다고 생각했는지 그녀는 위협적인 표정을 지으며, 본래 충혈된 눈이 더욱 살인적인 시선을 띄었다.

"친구인 폴랭 의사 선생님의 소개로 프레지에 씨를 보러 왔습니다."

"들어오세요, **부엔**." 소바주 여인의 태도는 갑자기 매우 상냥해져서 아침에 방문할 손님에 대해 미리 알고 있었음을 표시했다.

연극적으로 인사를 한 후에 프레지에 양반의 반남성인 하녀가 길 쪽에 위치한, 망트의 옛 소송 대리인이 일하는 사무실의 문을 열었다. 서류 정리함의 검게 변한 나무, 너무 낡아서 성직자와 비슷한 모양으로 수염이 난 듯 테두리의 올이 풀린 자료들, 처량하게 떨어지는 붉은 끈, 쥐들이 뛰어다니며 남긴 냄새, 먼지로 회색을 띤 마루, 연기로 노랗게 바랜 천장 등 이 사무실은 삼류 집행관의 작은 사무소와 완전히 유사했다. 벽난로 위의 거울은 흐렸고, 받침쇠 위에는 경제적으로 장작 한 개가 놓여 있었다. 근대 상감세공으로 장식된 추시계는 경매에서 60프랑에 구입한 것이었다. 거기에 곁들인 아연 촛대는 어설픈 로코코 형태를 모방했지만 여러 곳에 벗겨진 칠 사이로 금속이 보였다. 마르고 병적인 모습의 프레지에 선생의 얼굴은 붉은색이었고, 부스럼은 피가 매우 탁해졌음을 알렸으며, 게다가 오른팔을 끊임없이 긁곤 했다. 뒤로 젖혀 쓴 가발 밖으로 불길한 인상의 벽돌색 두피가 보였다. 대나무 안락의자에 초록색 모로코가죽 방석을 깔고 앉아 있던 그는 일어나서 친절한 표정을 짓고 쉿소리 나는 목소리로 말했다. "시보 부인이시죠……?"

"네, 선생님." 수위는 평소의 자신감을 잃었다.

그녀는 초인종 소리를 닮은 이 목소리와 자신의 법률 고문이 될 사람의 본래 초록빛 눈보다도 더욱 매서운 시선에 공포를 느꼈다. 사무실에 프레지에의 냄새가 풍겨서 공기에도 그의 병이 배어 있는 듯했다. 시보댁은 그제야 플로리몽댁이 프레지에 부인이 되지 않은 이유를 이해했다.

"풀랭한테 말씀 들었습니다, 부인." 법률가는 흔히 '점잖 빼는 목소리'라고 일컬어지는 가식적인 목소리로 말했지만, 여전히 일반 지방 포도주처럼 시고 연하게 들렸다.

사업 대리인은 심하게 닳아 해진 멜턴으로 덮인 뾰쪽한 무릎 위로 무늬가 찍힌 낡은 광목 가운의 두 가닥을 가져와서 몸을 가리고자 했다. 그러나 솜이 해진 곳에서 자유분방하게 삐져나와 그 무게 때문에 플라넬이 검게 변색된 내복을 드러냈다. 거만한 표정으로 반항적인 가운의 끈을 당겨서 갈대 같은 허리를 강조한 후 프레지에는 한참 동안 원수처럼 서로를 피하던 깜부기불 두 개를 부집게로 모았다. 그리고 마치 갑작스럽게 생각이 떠오른 것처럼 일어서면서 "소바주 부인!"이라고 불렀다.

"뭐요?"

"누가 찾아오거든 나 없다고 해요."

"참, 아무렴! 알지." 여장부가 엄숙한 목소리로 답했다.

"늙은 우리 유모예요." 법률가가 시보댁에게 민망한 얼굴로 설명했다.

"아직도 젖이 넘쳐 나시네요." 레 알의 옛 여주인공*이 대꾸했다.

프레지에는 이런 농담에 웃으며 하녀가 시보댁의 비밀 이야기를 중단하지 않도록 문을 잠갔다. 그리고 앉아서 계속 가운을 포개려고 애썼다.

"자, 부인, 무슨 일인지 말씀해 보세요. 세상에 내 유일한 친구가 추천하는 분이라면 저를 믿으셔도 돼요…… 그것도…… 절대적으로."

시보댁이 30분간 이야기하는 동안 프레지에는 한 번도 감히 말을 끊지 않았다. 그는 노병의 이야기를 듣는 젊은 병사의 호기심에 찬 표정을 짓고 있었다. 프레지에의 순종적인 침묵, 가엾은 퐁스와 대화하는 장면에서 선보였던 폭포와 같은 수다에 기울이는 주의력이 이 끔찍한 환경이 의심 많은 수위에게 불러일으킨 편견들을 씻겨 주었다. 시보댁이 이야기를 마치고 충고를 기다리는 사이, 검은 점이 박힌 초록색 눈으로 미래의 의뢰인을 분석하던 자그마한 법률가가 소위 죽음의 전조처럼 들리는 기침을 해댔다. 그는 약초물이 반쯤 채워진 도자기 사발을 들고 비웠다.

"플랭이 없었더라면, 저는 이미 고인이 되었을 겁니다, 부인." 프레지에는 수위의 모성적인 눈빛에 대답했다. "하지만 그 친구가 장담했어요, 나한테 건강을 돌려주겠다고……."

그는 의뢰인의 이야기를 기억하지 못하는 듯했다. 그녀는 이렇게 죽어 가는 사람의 곁을 떠나야겠다고 생각했다. 이때 망트의 옛 소송 대리인이 다시 진지해지면서 말했다.

"부인, 유산에 관한 한, 일을 진행하기 전에 두 가지를 알아야 합니다. 첫째, 유산이 그렇게 수고할 가치가 있는지, 둘째, 누가 상속자인지. 왜냐하면 유산이 전리품이라면 상속자들이 적이니까요."

시보댁은 레모냉크와 엘리 마귀스 이야기를 하면서 그 두 공모자가 그림들을 60만 프랑에 산정한다고 했다…….

"과연 그 돈을 주고 그 그림들을 살까요……? 부인, 사업가들은 그림을 믿지 않습니다. 그림이란, 캔버스 값 40수, 아니면 10만 프랑짜리 그림이죠! 그런데 10만 프랑짜리 그림들은 잘 알려졌고, 그런 것들의 가치를 잘못 매기는 경우들이 얼마나 많은지, 가장 유명한 그림들조차도 말이에요! 유명한 금융가의 컬렉션이 인구에 회자되면서, 사람들이 몰려가서 방문했고, 판화로 제작되기도 하고(판화로요!), 그가 수백만 프랑을 썼다는 소문이 자자했어요……. 죽었어요, 왜냐하면 인간이란 죽으니까요, 그런데! 그의 진품 그림들에서 20만 프랑 이상 나오지 않았답니다…….상속자들로 넘어가 봅시다."

프레지에는 다시 청자의 자세로 돌아갔다. 카뮈조 법원장의 이름이 발설되자 그가 머리를 끄덕이며 얼굴을 찌푸리는 모습에 시보댁의 신경이 곤두섰다. 이 이마와 무서운 얼굴을 해독하려고 노력했으나 사업 용어로 소위 '철판'이라고 부르는 것에 부딪혔다.

"네, 선생님, 퐁스 양반이 카뮈로 드 마르빌 법원장의 사촌이에요. 하루에 두 번씩이나 그 말을 하는 걸요. 비단 장수였던 카뮈조의 첫째 부인이……."

"얼마 전에 귀족원 의원이 되었죠……."

"퐁스 집안의 처녀였어요, 퐁스 씨의 친사촌이요."

"그러니까 지금은 오촌이네요."

"지금은 아무 사이도 아니랍니다. 싸웠거든요."

카뮈조 드 마르빌 법원장은 파리에 오기 전에 5년 동안 망트 지방 법원장을 지낸 바 있었다. 그곳 사람들의 기억에 남았을 뿐만 아니라, 인간관계도 유지하고 있었다. 가장 친하게 지냈던 판사가 그의 후계자가 되어 아직도 법원장으로 있었고, 따라서 프레지에에 대해 매우 잘 알았다. 시보댁이 급류를 쏟아 내는 붉은 수문을 닫았을 때 그가 입을 열었다.

"가장 큰 적이 사람을 교수대에 보낼 수 있는 직위에 있다는 사실을 아십니까?"

수위는 상자에서 튀어나오는 인형처럼 의자 위에서 펄쩍 뛰었다.

"진정하세요, 부인. 파리 대법원의 법원장이 무엇인지 모르시는 건 당연하지만, 퐁스 씨에게 혈연에 의한 법정 상속인이 있다는 건 아셔야지요. 마르빌 법원장님이 우리 환자의 유일무이한 상속자이지만, 방계 오촌에 불과하니, 퐁스 씨가 법적으로 재산을 마음대로 처분할 수 있습니다. 아직 모르시겠지만, 법원장님의 따님이 얼마 전에 귀족원 의원이자, 전직 농업무역부 장관, 현재 정치계의 가장 영향력 있는 인물인 포피노 백작의 맏아들과 결혼했어요. 그로 인해 법원장은 중죄 재판소장이라는 직위보다 더 위험한 무기를 가졌습니다."

시보댁은 이 말에 다시 한 번 몸을 떨었다.

"네, 그분이 사람들을 그곳에 보냅니다. 아, 부인께서는 붉은 법복이 무엇인지 모르시겠죠! 단지 검은 법복만 걸치고 있어도 충분합니다! 제가 빈털터리가 되어 대머리로 죽어 가는 신세가 된 이유는 별것도 아닌 지방의 검사장을 본의 아니게 건드렸기 때문이랍니다. 손해를 보고 제 사무실을 팔도록 강요당했어요. 그것도 전 재산을 날려서까지 줄행랑을 칠 수 있는 걸 기뻐하면서 말입니다. 만약 저항하려고 했다면, 변호사라는 직업을 포기해야 했을 거예요. 아직 모르시는 게 하나 더 있는데, 카뮈조 법원장만 있다면 아무것도 아닐 테지만, 그분에게, 그러니까, 아내가 있어요……! 만약 그 여자와 마주친다면, 교수대의 계단에 발을 올려놓은 것처럼 떨게 되실 겁니다. 머리카락이 머리 위에 똑바로 설 겁니다. 법원장 부인이 한 번 앙심을 품으면 사람이 끝내 죽고야 마는 함정에 끌어들이기 위해 10년을 보내고도 남아요! 남편을 움직이기를 아이가 팽이를 던지듯이 합니다. 지금까지 살면서 그 여자는 고등법원 감옥에 갇혔던 아주 매력적인 청년을 자살하게 만들고, 위증죄로 기소되었던 백작을 하얀 눈처럼 결백하게 해 주고, 샤를 10세 궁정의 가장 높은 귀족 가운데 한 명이 금치산을 선고받도록 할 뻔했어요. 게다가 그랑빌 검찰총장을 쓰러뜨렸어요……."

"생 프랑수아 거리의 모퉁이에, 비에유-뒤-탕플 거리에 살던 그분이죠."

"바로 그분입니다. 남편을 법무부 장관으로 만들려고 하는데, 언젠가 목적을 달성할지도 모르겠어요……. 만약 그 여자가 우리 둘을 중죄 재판소와 도형장에 보내겠다고 마음먹으면, 갓 태어난 아이처럼 무죄인 저는 여권을 만들어서 미국으로 이민 가겠어요……. 법이 어떤 건지 알거든요. 소문에 의하면 부인의 집주인 피유로 씨의 상속자가 될 젊은 포피노 자작과 외동딸을 결혼시키기 위해 자기의 모든 재산을 털어서, 요즈음 법원장 부부는 법원의 월급을 가지고 사는 지경에 이르렀답니다. 이런 상황에서 법원장 부인이 퐁스 씨의 유산에 소홀할 것 같습니까? 저는 그런 여자를 적으로 만드느니 산탄을 장전하는 대포와 맞서는 편이 낫겠어요…….”

“하지만 그들은 싸웠다니까요…….”

“무슨 상관이에요? 거북한 친척을 죽게 하는 것도 좋지만, 그의 유산을 받는 건, 정말 통쾌하죠!”

“그런데 영감이 그 상속자들을 정말 끔찍이 싫어해요, 그 사람들, 이름도 기억해요, 카르도, 베르티에 등등, 모두 자기를 철도 화차 밑에 계란처럼 깔아뭉갰다고 계속 그래요.”

“부인께서도 그렇게 뭉개지고 싶으세요……?”

“하느님, 하느님! 아! 퐁텐댁이 옳았어, 내가 걸림돌에 부딪힌댔어, 그래도 성공하고 말 거라는데…….”

“잘 들으세요, 우리 시보 부인…… 여기서 약 3만 프랑 정도 얻으시는 건 가능해요. 하지만 유산 자체는, 꿈도 꾸지 마세요…… 어제 저녁에 플랭하고 이 일에 대해 논의를 했어요…….”

이때 시보댁은 또 의자 위에서 펄쩍 뛰어올랐다.

“왜요, 왜 그러세요?”

"내 일을 알고 계셨다면, 왜 내가 그렇게 정신없이 수다를 떨게 내버려 두셨어요?"

"시보 부인, 부인의 일은 알고 있었지만 시보 부인에 대해서는 아는 바가 없었잖아요! 의뢰인이 다양한 만큼 개성들도 다르죠……."

시보댁은 자신의 법률 고문이 될 사람에게 모든 경계심이 무너진 시선을 던졌고, 프레지에는 그것을 알아차렸다. 그는 다시 말을 이었다.

"이야기를 계속하자면, 우리의 친구 퓔랭이 부인 덕분에 포피노 백작 부인의 종조부 피유로 영감님과 알게 되었으니, 제가 부인을 위해 헌신하겠습니다. 퓔랭이 보름마다 부인의 집주인을 방문해서(보세요!), 이런 사항들을 그분을 통해 알게 되었어요. 이 은퇴한 사업가가 종증손의 결혼식에 갔다가(유산이 많은 삼촌이죠, 연금을 1만 5천 프랑 정도 받고, 25년 동안 수도승처럼 살아서 1년에 금화 천 개도 겨우 써요) 퓔랭에게 거기에 대해 다 이야기하더래요. 이 소동이 바로 부인의 음악가 영감 때문에 일어났다고 하더라고요. 영감이 복수심으로 법원장 가족의 명예를 떨어뜨리려고 했다네요. 한 가지 이야기만 들어서는 사건 전체를 알 수 없죠. 부인의 환자가 자기는 죄가 없다고 하지만, 다른 사람들은 괴물로 보고 있잖아요……."

"정말 괴물 같아요! 내가 살림에 보태 주길 벌써 10년이 넘었는데, 본인도 내가 저축한 돈을 쓴 걸 알고 있으면서 나를 유서에 넣어 주려고 하지도 않아요……. 그렇다니까요, 안 해 줘요,

그 고집, 정말 수노새 같아요……. 열흘 전부터 아무리 이야기 해도 그놈이 돌부처만큼도 움직이지 않아요. 입을 열지 않고, 나를 쳐다보는데…… 기껏해야 슈뮈크 씨한테 잘 부탁하겠다고나 하고."

"그럼 그분이 슈뮈크라는 사람에게 유리한 유언장을 쓰려고 하나요……?"

"그 사람한테 다 줄 걸요……."

"자, 시보 부인, 제가 정확한 판단을 내리고 계획을 제대로 세우려면 슈뮈크 씨가 어떤 분인지 알고, 유산의 내용이 무엇이고, 말씀하신 그 유대인과 만나 봐야 되겠어요. 그런 다음에 제가 하라는 대로 해 보세요……."

"두고 봅시다, 프레지에 선생님."

"뭐라고요, 두고 보자고요?" 프레지에가 독사의 눈빛을 보내며 말했다. "거참! 제가 부인의 법률 고문입니까, 아닙니까? 정확히 합시다."

시보댁은 속마음이 들켰음을 느끼고 등골이 서늘해졌다.

"선생님만 믿을게요." 그녀는 호랑이에게 잡혔다는 사실을 깨달았다.

"저희 소송 대리인들은 의뢰인들이 배신하는 데 익숙합니다. 부인의 처지를 잘 보세요. 아주 유리합니다. 제 충고대로만 하시면, 그 유산에서 3만에서 4만 프랑은 보장합니다…… 하지만 이 훌륭한 메달에는 뒷면이 있어요. 법원장 부인이 퐁스 씨의 유산이 1백만 프랑어치가 된다는 것과, 부인께서 일부에 눈독 들인다는 걸 알게 된다고 상상해 보세요. 그런 말을 하는 사람들이 항상 있잖아요……!" 그가 부연했다.

앞뒤로 잠깐의 뜸을 들인 그런 부연 설명이 시보댁을 소름 끼치게 했다. 그녀는 즉시 프레지에 자신이 그러한 사실을 밀고하리라고 생각했다.

"우리 의뢰인님, 10분 만에 피유로 영감을 꼬드겨서 부인을 수위실에서 물러나게 할 거고, 짐을 빼는데도 두 시간밖에 주지 않을 겁니다……."

"뭔 상관이래!" 그녀는 전쟁의 여신 벨로나처럼 똑바로 섰다. "난 충성스러운 신하처럼 그 냥반들 곁에 남을 거예요."

"그렇다면 함정에 빠뜨려서, 부인과 남편은 사형이 확실한 기소장을 받고 어느 날 아침 감옥에서 깨어날 걸요…… ."

"내가요……! 남의 것 한 푼도 가지고 있지 않은 내가요……! 내가……! 내가……!"

그녀가 5분 동안 떠드는 동안, 프레지에는 이 훌륭한 예술인이 자기 자신을 칭송하는 협주곡을 연주하는 모습을 유심히 살폈다. 그는 차갑고 냉소적이었다. 그의 눈은 시보댁을 단검처럼 꿰뚫었고, 속으로는 그의 마른 가발이 들썩거릴 정도로 비웃고 있었다. 그는 프랑스의 술라*, 로베스피에르가 한참 업적을 쌓던 시절의 모습과 닮아 있었다.

"어떻게요? 왜요? 어떤 이유로요!" 그녀는 마치면서 물었다.

"부인께서 어떻게 단두대에 오르시게 될지 알고 싶으세요……?"

이 말이 목 위에 법의 칼날처럼 떨어져 시보댁은 죽은 사람처럼 창백해진 채 쓰러졌다. 그녀는 얼빠진 눈으로 프레지에를 바라보았다.

"내 말 잘 들어요, 아가." 프레지에가 겁먹은 의뢰인의 모습을 보고 느낀 흡족함을 참으며 말했다.

"여기서 다 포기하는 편이 낫겠네……." 시보댁이 중얼거렸다. 그리고 일어서려고 했다.

"계세요, 어떤 위험에 처하셨는지는 아셔야지요. 제가 아는 한 말씀드릴 의무가 있어요." 프레지에가 명령조로 말했다. "피유로 씨한테 잘리는 건 틀림없죠? 그 두 양반의 하녀가 되신다고요, 아주 좋아요! 법원장 부인한테 선전포고하는 거죠. 지금 부인께서는 그 유산을 손에 넣기 위해서, 거기서 뭐라도 얻어 내려고 뭐든지 하시려고 하죠……."

시보댁이 손을 저었다.

"나무라는 거 아니에요, 내가 할 일이 아니죠." 프레지에가 그 손짓에 답했다. "이 일은 전투이고, 부인께서 생각하시는 것보다 더 멀리 가실 겁니다! 자기 생각에 취해서, 강하게 치죠……."

시보댁은 또다시 부인하는 손짓을 하며 머리를 뒤로 젖혔다.

"자, 자, 우리 어머니, 멀리 가실 겁니다……." 프레지에가 소름 끼치게 친근한 말투로 달랬다.

"나 참, 내가 도둑으로 보입니까?"

"자, 어머니, 슈뮈크 씨로부터 증서도 쉽게 얻어 내셨잖아요……. 지금 고해소에 와 계신데, 아름다운 우리 사모님…… 고해 신부를 속이지 마세요, 특히 부인의 마음을 들여다볼 줄 아는 고해 신부를요……."

시보댁은 이 남자의 예리함에 소스라쳤고, 그제야 그가 자기 말을 그토록 주의 깊게 들었던 이유를 이해했다.

"그럼, 법원장 부인 쪽에서 유산이 걸린 이 시합에서 부인한테 추월당하지 않으려 한다는 건 잘 아시겠죠……. 부인을 감시하고, 미행할 겁니다……. 그러다가 퐁스 씨의 유언장에 이름을 올리는 데 성공하시면…… 완벽하죠. 어느 맑은 날, 경찰이 와서 차 봉지 속에 비소를 발견해서 남편과 함께 체포되어 재판받고, 유산을 받기 위해 퐁스 양반을 살해했다는 죄로 선고를 받습니다……. 제가 베르사유에서 부인만큼이나 결백한 불쌍한 여인을 변호했습니다. 그때 제가 할 수 있었던 전부는 그녀의 생명을 구하는 것이었습니다. 그 불행한 여자는 징역 20년을 선고받았고, 지금 생 라자르에서 복역하고 있습니다."

시보댁의 공포심이 극에 달했다. 마치 독실한 신앙인으로 알려졌던 그 가엾은 무어 여인*이 화형에 처하던 순간 종교 재판관을 바라보았듯이, 그녀는 창백해진 채로 푸르스름한 눈을 가진 이 작고 건조한 남자를 쳐다보았다.

"그러니까, 우리 프레지에 선생님, 시키시는 대로 하고, 내 일을 전적으로 맡기기만 하면 걱정 없이 뭔가를 얻을 수 있다는 말씀이신가요?"

"3만 프랑은 보장해 드리지요." 프레지에가 자신만만하게 대답했다.

"제가 우리 풀랭 의사 선생님을 얼마나 좋아하는지 아시잖아요." 그녀는 갖은 아양을 떨며 말했다. "그분이 여기 오라고 말씀하셨는데, 그렇게 훌륭하신 분이 내가 독살녀처럼 단두대에 서게 된다는 말을 들으라고 보내진 않으셨겠죠……."

그녀는 단두대 생각에 너무나 떨고, 신경이 쇠약해졌고, 공포심에 심장이 조여 오는 걸 느꼈다. 머리가 아찔해진 그녀는 울음을 터뜨렸다. 프레지에는 승리를 음미하고 있었다. 의뢰인이 망설이자 그는 이 건을 놓치는 줄 알고 시보댁을 길들이기 위해 겁을 주고 놀라게 해서 꼼짝달싹 못하게 하려 했다. 거미줄로 날아드는 파리처럼 이 사무실에 들어온 수위는 이 작은 법률가의 야심에 사용될 도구로, 꾀이고 묶인 채로 그곳에 남을 운명이었다. 프레지에는 이 사건을 통해 노년의 양식, 경제적인 여유, 행복과 명성을 구하고자 했다. 그 전날 저녁, 그는 플랭과 함께 모든 것을 신중하게 재고, 돋보기로 정밀하게 분석했다. 의사가 친구에게 슈뮈크를 묘사했고, 그들의 민첩한 머리가 모든 가정을 따져보고, 모든 자원과 위험을 가늠했다. 흥분한 프레지에는 "우리 둘의 행운이 여기에 있어!"라고 외쳤다. 그는 플랭에게 파리의 병원장 자리를 약속했고, 스스로는 이 구역의 치안 판사가 되겠다고 다짐했다.

치안 판사! 그것은 능력이 많고 법학 학위는 보유했지만 양말도 없는 이 사람에게 너무나 올라타기 어려운 키메라*여서, 그는 하원 의원을 겸하는 변호사들이 법의를 꿈꾸듯이, 또는 이탈리아 사제들이 교황의 삼중관을 꿈꾸듯이 그 직위를 꿈꾸었다. 미친 일이었다! 프레지에가 변론을 하는 재판소의 치안 판사 비텔 씨는 69세의 노인으로, 곧 은퇴하겠다고 말하곤 했는데, 프레지에가 그의 후계자가 되려는 희망에 대해 풀랭에게 이야기했고, 풀랭도 부유한 상속녀의 생명을 구한 다음 결혼한다는 계획을 이야기했다. 파리에 거주하는 이들에게 온갖 직위들이 얼마나 많은 탐욕의 대상인지 상상하기란 어렵다. 파리에 사는 것은 욕망 전체에 노출되는 격이다. 담배나 우표 가게에 빈자리가 나면, 여자 백 명이 한 사람처럼 일어나서 그 자리를 얻기 위해 모든 친구들을 움직인다. 파리의 세무서 스물네 곳 중에서 하나가 비면, 하원 의원들의 야망이 폭발적으로 솟구친다. 그런 자리들은 위원회에서 배정되고, 임명은 정부 차원의 일이다. 파리 치안 판사의 급료는 약 6천 프랑이다. 재판소의 서기는 10만 프랑짜리 직종으로, 법조계에서 가장 부러움을 사는 자리 가운데 하나이다. 치안 판사가 된 프레지에가 병원장을 친구로 두고, 부잣집에 장가들어 풀랭도 부유하게 결혼시키며 서로 도울 수 있었다. 망트의 옛 소송 대리인의 생각 위로 밤이라는 납 굴림대가 지나가, 굉장한 계획이, 수확과 음모가 무성한 계획이 움텄다. 시보댁이 이 드라마의 주축이었다. 따라서 이 도구의 반항은 억압되어야만 했다. 이런 반항을 예상하지 않았지만, 전직 대리인은 자기 본래의 독을 다 뿜어냄으로써 대담한 수위를 자신의 발치에 넘어뜨렸다.

"우리 시보 부인, 자, 자, 안심하세요." 그는 그녀의 손을 잡았다.

뱀의 표면처럼 차가운 손은 수위에게 끔찍한 느낌을 주어, 그 신체적인 반응으로 인해 정신을 차렸다. 그녀는 불그스름한 가

발을 뒤집어쓰고 문이 삐꺽거리듯이 말하는 이 독물 단지보다 차라리 퐁텐댁의 두꺼비 아스타롯을 만지는 편이 덜 위험하겠다고 생각했다.

"제가 괜히 겁준다고 생각하지 마세요." 프레지에가 혐오에 찬 그녀의 몸짓을 알아차리고 말을 이었다. "법원장 부인의 무시무시한 평판을 쌓게 한 사건들이 법원에 너무나 잘 알려져 있어서 아무에게나 그 일에 대해 물어보셔도 돼요. 금치산을 선고당할 뻔한 대귀족은 에스파르 후작이고, 에그리뇽 후작이 도형장을 면한 사람입니다. 부유하고, 잘생기고, 미래가 창창하고 프랑스의 가장 유서 깊은 가문의 처녀와 결혼할 예정이었지만 파리 감옥의 독방에서 스스로 목을 맨 젊은이는 그 유명한 루시앙 드 뤼방프레입니다. 당시에 그 일로 파리 전체가 술렁거렸죠. 창녀의 유산, 화제의 인물 에스테르가 남긴 수백만 프랑에 관한 사건이었는데, 젊은이가 유서상의 상속자였기 때문에 그 여자를 독살했다는 혐의를 받았어요. 그 젊은 시인은 여인이 죽었을 때 파리에 있지도 않았고, 자신이 상속자라는 사실도 모르고 있었어요……! 그보다 더 결백할 수는 없어요. 그런데! 카뮈조 씨에게 심문을 받은 뒤 그이는 감방에서 목을 매달았어요……. 정의에도 의학과 마찬가지로 희생양이 있습니다. 전자의 경우에는 사회를 위해서 죽고, 후자의 경우에는 과학을 위해서 죽는 거죠." 그는 흉칙한 미소를 흘리며 말했다. "보세요, 내가 위험을 잘 알고 있죠. 보잘것없는 작은 소송 대리인인 저도 이미 정의 때문에 파산했어요. 이런 경험의 대가를 비싸게 치뤘으니, 그 경험을 부인을 위해 쓰겠습니다…….”

“나 참, 고맙지만 됐어요…… 다 포기할래요! 사람 하나 배은
망덕하게 만들었네요…… 난 내 몫만 원해요! 선생님, 저는 30년
동안 정직하게 살았어요, 퐁스 씨가 유서에다 친구 슈뮈크 씨에
게 나를 잘 부탁한다고 했으니, 그러니까, 난 그 착한 독일인 살
림을 돌보며 조용히 늙어 갈래요…….”

프레지에는 목표를 넘어섰다. 그는 시보댁의 용기를 꺾은 뒤,
이제 그녀가 받은 어두운 인상들을 지울 필요가 있었다.

“아직 좌절하기에는 일러요, 마음 편하게 드시고 들어가세요.
자, 목적을 달성할 겁니다.”

“그럼, 우리 프레지에 선생님, 뭘 해야 하나요, 연금도 받으면
서……?”

“아무 죄책감도 느끼지 않기 위해서요.” 그는 시보댁의 말을
날렵하게 끊었다. “보세요, 그런 결과를 위해서 바로 대리인들이
라는 게 생긴 거예요. 그런 경우에 법의 테두리 안에서 움직이지
않으면 아무것도 얻을 수 없어요…… 부인께선 법을 모르시겠
지만, 저는 잘 압니다…… 제게 맡기시면 합법적으로, 사람들 앞
에 떳떳하게 소유하실 수 있어요. 양심은 부인의 소관이고요.”

“그렇다면, 말해 보세요.” 그의 말에 시보댁은 기분이 좋아지
고 호기심이 생겼다.

“아직은 모르죠, 지금은 장애물만 짚어 봤지 그 해결 방법에
대해 연구해 보지 않았어요. 우선, 아시다시피, 유서를 쓰도록
하면 제대로 가는 겁니다. 무엇보다 퐁스가 재산을 누구에게 물

려줄 건지 알아야 합니다. 부인이 상속인이라면…….”

“아니요, 아니요, 그 사람은 나를 좋아하지 않아요! 아, 내가 진작 그 냥반의 잡동사니가 지닌 가치를 알았더라면, 그리고 사랑한 적이 없다는 걸 알았더라면, 지금 걱정이 없을 텐데…….”

“그래도 해 보세요! 부인, 죽어 가는 환자들은 이상한 변덕을 부리기도 하니까요. 가끔 누군가의 기대를 저버리기도 하죠. 먼저 유서를 쓰게 만들고, 그다음은 봅시다. 하지만 가장 먼저, 유산을 구성하는 내용물의 가치를 계산해야 합니다. 그러니 그 유대인, 그리고 레모냉크라는 자와 연결시켜 주세요, 그 사람들이 매우 쓸모 있을 겁니다…… 저만 믿으세요, 부인을 위해 헌신하겠습니다. 교수대에 매달든, 거기서 끌어내리든, 저는 제 의뢰인의 친구입니다. 친구 아니면 적, 제 성격이죠.”

“그렇다면! 선생님을 믿을 게요. 사례금은 퐁랭 씨가…….”

“그 이야기는 하지 맙시다. 퐁랭을 환자의 머리맡에 있게 해 주세요. 그 친구는 내가 아는 가장 정직하고 가장 순수한 성품을 지닌 사람들 가운데 한 명이고, 마침 우리에게는 확실하게 믿을 만한 사람이 필요해요…… 퐁랭이 저보다 나아요, 저는 못됐거든요…….”

“그런 것 같네요, 그래도 난 믿겠어요…….”

“잘하시는 겁니다……! 오늘은 가시고, 무슨 일이 생길 때마다 오세요…… 부인께선 재치가 있으시니 다 잘될 겁니다.”

“안녕히 계세요, 프레지에 선생님, 건강하세요.”

프레지에는 의뢰인을 문까지 배웅해 주고, 거기서 전날 의사에게도 그랬듯이, 마지막 한마디를 했다.

"퐁스 씨가 내게 상담을 할 수 있게 해 주시면, 큰 진전이겠네요……."

"노력해 볼게요."

"우리 귀여운 어머님." 프레지에가 시보댁을 사무실 안으로 다시 끌고 들어왔다. "제가 동네 공증인 트로뇽 씨를 잘 알아요. 퐁스가 정해진 공증인이 없다면, 그 사람에 대해 말해 주세요…… 그분에게……."

"알았어요." 시보댁이 대답했다.

수위는 나가면서 치마가 스치는 소리와 의도적으로 가볍게 걸으려 노력하는 발걸음을 들었다. 일단 길거리에 혼자 있게 되자, 그녀는 얼마간 걸은 뒤 정신적인 여유를 되찾았다. 비록 방금 나눈 대화의 영향을 아직 받고 있었고, 여전히 사형대, 법, 재판관이 몹시 두려웠지만, 이 여인은 무시무시한 변호사와 물밑의 전투를 버릴 매우 자연스러운 결심을 했다.

"허, 내가 뭐 동업자가 필요하담? 내 보따리를 챙기고, 그다음에 그네들이 자기들 이익을 위해서 나한테 줄 선물들을 다 받으면 되지……."

곧 알게 되겠지만, 이런 생각이 불행한 음악가의 종말을 재촉할 터였다.

"슈뮈크 선생님, 우리 예쁜 환자는 어떤가요?" 시보댁이 들어서면서 물었다.

"안 좋아요. 봉쓰가 팜째토록 행썰쑤썰해써요."

"뭐라고 했는데?"

"허쏘리요! 내카 차키 천 채싼을 타 물러팥코 아무컽토 팔치 말라야 퇸 타코요…… 울면써요! 풀상한 쌀람! 마음이 참 아바써요!"

"지나갈 거예요! 불쌍한 우리 아기! 아침 식사가 늦었어, 벌써 9시가 지났네요. 나를 혼내지 말아요…… 볼일이 좀 많아서요……. 선생님들과 관련해서요. 이제 한 푼도 없어서 돈을 좀 얻어 왔어요……!"

"어터케요?"

"이모가 있잖아요!"

"어던 이모?"

"계획이요!"

"케헥!"

"사랑스러워라! 순진해라! 아니, 선생님은 성인이에요, 천사, 순진함의 대주교, 그 옛날 배우가 그랬듯이 박제할 분이에요. 29년 동안 파리에 살면서, 그 뭐지, 7월 혁명도 겪었으면서 신앙의 산*을 몰라요……? 누더기를 담보로 돈을 빌려 주는 곳이요……! 쇠시리가 있는 우리 은 식기 여덟 개를 맡겼어요. 뭐, 남편은 가짜 은그릇으로 먹으면 되죠. 사람들 말마따나 그러면 딱이죠, 우리 예쁜 아기한테 말할 거 없어요. 또 그것 때문에 싱숭생숭해져서 노래질라, 지금도 충분히 흥분된 상태인데 말이야. 우선 살려 내고, 그다음에 봅시다. 자, 그때 일은 그때 하고, 전쟁에선 전쟁 상황에 맞게! 안 그래요……?"

"착한 푸인, 훌룽한 쌀람!" 가엾은 음악가가 감동을 받은 얼굴로 시보댁의 손을 잡고 자기 가슴 위로 가져갔다.

천사의 눈은 눈물이 가득 고인 채 하늘로 향했다.

"그만하세요, 슈뮈크 할아버지, 참 웃기시네. 정말 너무 하세요! 난 소박한 서민 녀자일 뿐이라, 베풀 줄밖에 몰라요. 마음이 황금 같으신 두 분을 합한 것만큼 가졌어요……." 그녀는 가슴을 치면서 말했다.

"슈뮈크 할라퍼치라코! 거참. 아니야, 쓸븜에 파쳐써, 비눈물을 흘리코, 하늘나라로 카는 컬 보코 있차니 마음이 짖어칠 치켱이야! 난 봉쓰 춤으면 쌀라남치 못할 커야……."

"참말! 그러실 것 같네, 지금도 몸을 이렇게 상하게 하니…… 내 말 좀 들어봐요, 우리 복슬강아지."

"폭쓸캉아치!"

"그렇다면, 아들."

"아틀?"

"귀염둥이, 그럼, 그게 나으시면."

"크래토 몰르켓네……."

"자, 선생님 돌보는 일을 내게 맡기고, 내가 하라는 대로 하세요, 그렇지 않고 이대로 가다간, 보세요, 내가 환자 둘을 떠맡게 생겼어요…… 내 소박한 생각으로는, 여기서 우리가 일을 분담해야 해요. 너무 지치셔서 가르치러 다니실 수 없잖아요. 여기선 퐁스 선생님이 점점 더 편찮아서 밤을 새야 할 텐데, 계속 하시다간 아무런 도움을 주실 수가 없어요. 내가 오늘 집집마다 다녀서 선생님이 편찮으시다고 말할 게요, 정말이지…… 그러면 선생님이 우리 어린 양 옆에서 밤을 지새고, 새벽 5시부터 오후 2시 즈음까지 주무셔요. 내가 제일 힘든 낮 근무를 할게요. 점심과 저녁 식사 차려 드리고, 환자를 돌보고, 일으키고, 옷을 갈아입히고 약을 먹여야 하니까…… 나도 이러다간 열흘도 못 넘길 거예요. 우리가 기진맥진한 지 벌써 30일이나 됐어요. 내가 만약 쓰러지면 어떻게 하실 건가요……? 선생님도, 어제 밤새우고서, 지금 몰골이 무섭네요. 자기 자신을 한번 보세요…….”

그녀는 슈뮈크를 거울 앞으로 데리고 갔다. 그는 자기 자신이 매우 변했다고 느꼈다.

“그러니까, 내 생각에 찬성하시면, 지금 당장 점심을 차려 드리지요. 그리고 2시까지 우리 이쁜 이를 지키세요. 나한테 레슨하시는 집들을 알려 주세요, 내가 빨리 갔다 오면, 보름 동안 자유로우실 거예요. 내가 돌아오면 자러 가셔서, 저녁까지 쉬세요.”

이런 제안은 너무나 현명해서, 슈뮈크는 즉시 동의했다.

“퐁스 선생님한테는 비밀입니다. 아시다시피, 극장 일과 수업을 쉰다고 말하면 자기가 가망 없다고 생각하실 거예요. 그 불쌍한 냥반은 이제 자기 여학생들을 다시 못 만날 거라고 믿겠죠…… 바보 같아……. 풀랭 씨가 말하길, 우리 막내둥이를 완전한 평화 속에 두어야 살릴 수 있대요.”

“네, 네! 첨씸 차리쎄요, 난 주쏘를 서써 트릴 테니……! 푸인 말이 마차요, 나 이러타카 쓰러치키 칙천이어써요!”

한 시간 후, 레모냉크가 놀라는 가운데 시보댁은 잘 차려입고 마차를 불러 외출했다. 그녀는 음악가들의 여학생들이 있는 기숙학교와 가정집에서 두 호두까기 인형을 위엄 있게 대변하기로 스스로 다짐하고 있었다.

시보댁이 기숙학교의 교사들 앞에서, 그리고 여러 가정집에서 마치 동일한 주제의 변주들처럼 떨어 댄 다양한 수다들을 일일이 기록할 필요는 없다. 수위가 아주 어렵게 진입한 '위대한 고디사르' 극장장의 집무실 안에서 전개된 장면으로 충분할 것이다. 파리의 극장장들은 왕이나 장관들보다도 더 철벽처럼 보좌를 받는다. 그들과 나머지 인류 사이에 높은 울타리를 치는 이유는 이해하기 쉽다. 왕들은 야망에 찬 신하들로부터 보호를 받기만 하면 되지만, 극장장들은 예술가들과 작가들의 자존심을 경계해야 한다.

시보댁은 그곳 수위와의 급작스러운 친밀감 덕분에 그 모든 거리들을 뛰어넘었다. 같은 직업들끼리 그렇듯이, 수위들은 서로를 알아본다. 각각 고유의 욕과 성흔이 있듯이, 고유의 비밀 증표가 있다.

"아, 사모님, 극장의 수위시군요. 나는 여기 지휘자 퐁스 씨가 사는 노르망디 거리의 별 볼일 없는 수위랍니다. 아, 부럽네요, 배우, 무용수, 작가들이 지나다닐 때 보시다니! 그 옛날 배우가 그랬듯이, 우리 직업 가운데 최고 영예죠."

"그 착한 퐁스 씨는 좀 어떠신가요?" 수위가 물었다.

"형편없어요. 침대에서 나오지 못한 지도 두 달이 되었고요, 분명히 집에서 나올 땐 발을 앞으로 해서 나올 겁니다."

"정말 아까운 분인데……."

"그러게요. 그이가 시켜서 극장장님께 상황을 설명하러 왔어요. 언니가 좀 만날 수 있게 해 줘요……."

"퐁스 씨가 보낸 부인이오!"

집무실에서 시중을 드는 극장 하인이 극장의 수위로부터 시보댁을 부탁받고 그녀를 이렇게 소개했다. 고디사르는 연습을 위해 막 도착한 참이었다. 우연히 마침 아무도 그와 볼일이 없었고, 연극의 작가와 배우들이 지각하여 아직 도착하지 않았다. 지휘자의 소식을 들을 수 있게 되어 반가워하며 나폴레옹다운 손짓을 하자, 시보댁이 들어왔다.

전직 외무사원은 흥행하는 극장의 주인이 되어 정부인(正夫人)을 속이듯이 합자회사를 속였다. 그로 인한 경제적 번영이 그 자신에게도 미쳤다. 덩치가 커지고 살이 쪘으며, 좋은 음식과 풍요로움이 주는 생기로 채색되었다. 그는 완전히 몽도르*로 변신했다. "보종*이 되어 가고 있어!" 그는 스스로를 가장 먼저 비웃으려 이렇게 말하곤 했다. "아니야, 자네는 아직 튀르카레*일 뿐이야." 극장의 수석 무용수, 유명한 엘로이즈 브리즈투 곁에서 그를 흔히 대신하는 빅시우가 대꾸했다. 실제로, 예전의 '위대한 고디사르'는 순전히 자기 자신의 이익을 위해서 극장을 염치 없이 이용했다. 여러 발레, 연극, 소극 작품에서 자기 이름을 공저자로 올린 다음, 작가들의 궁핍한 처지를 이용하여 나머지 지분을 사들였다. 연극과 소극이 흥행하는 비극들과 함께 고디사르에게 하루에 금화 몇 닢씩을 안겨 주었다. 극장장의 특권으로 표를 얼마간 받으면 사람을 시켜 암거래로 수입의 일부를 떼어 갈 수 있었다. 극장장의 몫이 나오는 이 세 가지 원천 이외에도, 박스석 판매 수익, 시동 또는 여왕 등 작은 배역으로 무대에 서야겠다고 고집하는 재능 없는 여배우들의 선물이 원래 받는 극장 수익의 3분의 1을 엄청나게 불려서, 나머지 3분의 2가 할당된 다른 출자자들이 실제로 받는 것은 겨우 전체 이익의 10분의 1이었다. 그래도 그 10분의 1이 자금의 15퍼센트가 되는 이유를 창출했다. 이 때문에 고디사르는 자기가 받는 배당금 15퍼센트를 들먹이며 자신의 영리함, 정직함, 열정을 떠벌렸고, 출자자들은 운이 좋다고 강조했다. 포피노 백작이 관심을 보이기 위해 마티파 씨와 그의 사위 구로 장군, 그리고 크르벨에게 고디사르에 대해 만족하느냐고 묻자, 귀족원 의원이 된 구로가 대답했다. "우리의 돈을 훔친다는 말이 있던데, 너무 재미 있고 천진해서 만족할 수밖에 없어요……. 그러니까 라퐁텐의 우화에서처럼……." 전직 장관이 웃으며 말했다. 고디사르는 극장 밖의 사업에서 자본을 굴렸다. 그는 그라프, 슈밥과 브뤼네르가 유망하다고 잘 판단하여 그들이 설립한 철도 회사에 참여했다. 교활함을 탕자나 호색가의 원만함과 무사태평 속에 숨기며 쾌락과 몸치장에만 신경을 쓰는 것처럼 보였지만 온갖 것을 다 챙겼고, 여행을 다니면서 얻은 많은 사업 경험을 발휘할 줄 알았다. 무게를 잡지 않는 이 벼락부자는 실내 장식가가 잘 꾸민 호화로운 아파트에 살면서 유명한 사람들을 만찬과 잔치에 초대했다. 사치스럽고, 일을 제대로 하기를 좋아하는 그는 둥글둥글한 성격으로 비쳤고, 자기 표현대로 옛 직업의 말발을 간직한데다 무대 뒤의 속어도 섞어서 더욱 무해한 사람처럼 보였다. 그런데 극장 예술가들의 언사가 적나라하기에, 그는 그런 무대 뒤가 지닌 특유의 재치를 빌려 외무사원의 진한 농담에 가미하여 우월한 사람 행세를 했다. 이 무렵 그는 자신의 특권을 팔고 본인의 말대로, '다른 활동으로 전업'할 계획이었다. 철도 회사의 사장이 되어, 경영자로서 성실한 사람으로 살아가기를 원했고 파리의 가장 부유한 구청장 중에 꼽히는 미나르의 딸과 결혼하고자 했다. 그는 자신의 철도 구역의 국회의원으로 선출되어서 포피노의 후원에 힘입어 국무원에 진출하기를 희망했다.

"실례지만 누구시죠?" 고디사르가 극장장다운 시선으로 시보댁을 응시했다.

"저는 퐁스 선생님의 오른팔입니다."

"그래요, 그 소중한 친구는 어때요?"

"나빠요. 아주 나빠요."

"젠장! 젠장! 유감이군요. 문병을 가야겠네. 정말 보기 드문 사람인데……."

"네, 정말 천사시죠…… 그런 사람이 어떻게 극장에서 일했는지 신기하다니까요……."

"아니, 부인, 극장은 풍습을 바로잡는 곳입니다…… 불쌍한 퐁스……! 진심으로, 그런 인종을 키우기 위한 씨앗이 있어야 한다고요……. 모범적인데다, 재능도 있고…… 언제 다시 일하기 시작할 수 있을까요? 극장이란, 불행히도, 비든 차든 제시간에 떠나는 역마차와 비슷해요. 매일 6시에 막이 오르죠……. 아무리 불쌍히 여겨 봤자, 좋은 음악이 나오질 않아요……. 어디, 상태가 어때요……?"

시보댁이 손수건을 꺼내 눈에 대면서 말했다. "아, 극장장님, 말씀드리기 참 끔찍하지만, 불행히도 그분을 잃을 것 같아요, 저희가 저희 자신의 눈동자처럼 돌보고는 있지만요……. 저와 슈뮈크 씨가요……. 저는 훌륭하신 슈뮈크 씨가 이제 매일 밤을 샐 거라 여기서 더 일할 수 없다고 알려 드리러 왔어요……. 그래도 희망이 남은 것처럼 할 수밖에 없어요, 그 존경스럽고 사랑스러운 분을 죽음에서 구하려고 노력할 수밖에요……. 의사는 희망을 버렸어요……."

"원인이 뭡니까?"

"슬픔, 황달, 간, 이 모든 게 여러 가지 집안 문제와 겹쳐서요."

"의사 문제도 있겠네. 극장 의사인 르브랭 선생한테 치료받을 걸 그랬지, 비용이 전혀 안 들었을 텐데."

"하느님 같은 의사를 두셨어요……. 하지만 이렇게 많은 이유에 아무리 능력 있는 의사라도 어쩌겠어요……?"

"내 새로운 환상극에 그 두 호두까기 인형이 필요했는데……."

"제가 대신 해 드릴 수 있는 게 있나요?" 시보댁이 얼간이 같은 표정으로 물었다.

고디사르는 웃음을 터뜨렸다.

"극장장님, 제가 그분들의 오른팔입니다. 그래서 많은 일들을……."

고디사르의 웃음소리에 어떤 여인이 외쳤다.

"웃을 땐 들어가도 된다는 뜻이야, 그렇지, 영감?"

그리고 수석 무용수가 사무실 안으로 침입하여 하나뿐인 소파 위에 털썩 앉았다. 알제리 스카프라고 불리는 호사스러운 스카프를 감은 엘로이즈 브리즈투였다.

"뭐가 그리 웃기는 거야……? 여사님께서……? 어떤 자리를 위해서 오셨대?" 무용수가 예술가를 바라보는 예술가의 눈빛을 던졌다. 그 장면은 그림의 소재가 될 만했다.

극도로 문학적인 여인인 엘로이즈는 세련되고, 예리하고 우아했으며, 대부분의 수석 무용수들보다 재치가 있어서 유흥계에서 유명했고 당시의 위대한 예술가들과 친했다. 그녀는 질문을 하면서 작은 케이스에 든 그윽한 향을 들이마셨다.

"부인, 예쁜 여자들은 다 동등하답니다. 나는 병에 든 페스트의 냄새를 맡지 않고, 볼에 빻은 벽돌을 바르지 않지만……."

"자연이 당신한테 이미 준 것에 더해지면, 대단한 중복이 되겠네, 아가!" 엘로이즈가 극장장에게 눈짓을 보내며 말했다.

"저는 정숙한 여자랍니다……."

"그것 참 안됐네요. 아무나 살림을 차려 받는 첩이 되진 않아요, 빌어먹을! 여사님, 나는 다 받아요, 그것도 매우 훌륭하게!"

"뭐라고요, 안됐다고요! 몸에 알제리 스카프를 휘감고 잘난 체해 봤자, 나만큼 사랑 고백은 듣지 못할 거예요, **부엔**! 그리고 카드랑 블뢰 식당에서 해산물 껍질을 까던 예쁜 종업원을 따라가지 못할 거예요……."

무용수는 갑자기 일어서서, 받들어총 자세를 취하고, 장군에게 인사하는 군인처럼 오른 손등을 이마에 가져다 댔다.

"어쩜!" 고디사르가 말했다. "우리 아버지께서 말씀하시던 그 예쁜 식당 종업원이세요?"

"그렇다면 여사님께서는 카추차*도, 폴카도 모르시겠네요? 지금 쉰 살이 넘었겠네!"

엘로이즈가 극적인 자세로 서서 이 대사를 읊었다. "시나, 친구가 됩시다*……!"

"자, 엘로이즈, 부인은 지금 힘이 없으셔, 가만 내버려 둬."

"부인께서 신(新)엘로이즈이신가요*……?" 수위가 비웃듯 천진함을 가장하며 말했다.

"좋았어, 아줌마!" 고디사르가 큰 소리로 외쳤다.

"진부하긴. 그런 말장난은 콧수염까지 희끗희끗하지, 다른 건 없어요, 아줌마……? 없으면 담배나 한 대 피우시든지."

"미안합니다만, 계속 말대답하기엔 난 지금 너무 슬퍼요. 우리 두 냥반이 아프고……. 그분들을 먹이고 걱정을 덜어 드리려 아침에 남편의 옷까지 전당포에 맡겼어요. 여기 영수증이 있어요……."

"아, 일이 비극이 되어 가네!" 어여쁜 엘로이즈가 말했다. "무슨 일이에요?"

"부인은 지금 여기서 뭐 같냐면……."

"수석 무용수 같죠, 내가 프롬프터처럼 알려줬어요, **부엔**."

"자, 나 지금 바빠." 고디사르가 끼어들었다. "장난은 그만! 엘로이즈, 부인께서는 죽어 가는 우리 불쌍한 지휘자의 오른팔이 시래요. 이제 못 올 거라고 전하러 오셨어요. 나 이제 어떡해?"

"가엾은 이! 그를 위해서 모금 공연을 해야겠어!"

"퐁스가 파산할거야!" 고디사르가 지적했다. "그다음 날 자기네 불우 이웃만 인정하는 파리의 구제원들한테 5백 프랑을 뜯길 수도 있어. 그건 아니고, 우리 사모님, 몽티옹 상을 타려고 하시니⋯⋯." 고디사르가 벨을 울리자 심부름꾼이 즉시 나타났다. "회계원한테 1천 프랑짜리 지폐 좀 갖다 달라고 해 줘요. 앉으세요, 부인."

"저 불쌍한 여인, 우는 거 아냐⋯⋯!" 무용수가 말했다. "바보같이⋯⋯ 자, 엄마, 병문안 갈게요, 진정해요. 그리고 너, 이 웃기는 놈." 그녀는 극장장을 구석으로 끌고 갔다. "「아리안」 발레의 주역을 나한테 맡겼지. 네가 결혼하려고! 내가 널 불행하게 만들 수 있다는 거 알지⋯⋯!"

"엘로이즈, 내 심장은 범선처럼 구리로 싸여 있어."

"애들을 구해 와서 네 자식이라고 할 거야!"

"우리 사이의 애착에 대해선 밝혔어⋯⋯."

"착한 일 좀 해, 퐁스의 자리를 가랑조한테 줘. 그 불쌍한 아이는 재능은 있고, 돈은 없어. 그러면 얌전히 있을게."

"일단 퐁스가 죽었기를 기다려 봐⋯⋯ 영감이 살아날 수도 있잖아."

"아, 그건 아니에요, 극장장님⋯⋯." 시보댁이 말했다. "지난밤부터 제정신도 아니어서 헛소리를 해 대는 걸요. 슬프지만 곧 끝날 겁니다."

"가랑조가 대타로 일하면 되잖아. 언론도 그이 편인데." 엘로이즈가 말했다.

그때 회계원이 손에 5백 프랑짜리 지폐 두 장을 들고 들어왔다. 고디사르가 말했다.

"부인께 드려요. 안녕히 가세요, 마음씨 착한 아주머니, 그 소중한 친구를 잘 돌봐주세요. 내일이나 모레 아니면…… 시간만 나면 내가 방문할 거라고 전해 주세요."

"사람 한 명이 바다에 빠졌군요." 엘로이즈가 평했다.

"아, 극장장님처럼 마음이 넓으신 분은 극장 밖에서는 없어요. 하느님의 은총을 받으세요!"

"뭐라고 기록할까요?" 회계원이 말했다.

"내가 영수증에 사인할 테니까 기부금이라고 적어요."

나가기 전에 시보댁은 무용수에게 멋있는 경례를 하고, 고디사르가 옛 정부에게 하는 질문을 엿들었다.

"가랑조가 12일 만에 우리의 발레 「모히칸」의 음악을 빨리 만들어 낼 수 있어? 내 고민을 해결해 주면 퐁스의 후계자로 임명하지!"

수위는 이렇게 악행으로 선행을 한 것보다 더 큰 보상을 받으면서, 퐁스가 건강을 회복할 경우에도 두 친구의 모든 수입원을 차단함으로써 그들의 생계 수단을 빼앗은 셈이었다. 이 간사한 공작이 시보댁이 원하는 결과, 즉 엘리 마귀스가 탐내는 그림들의 양도를 가져왔다. 이 첫 번째 사취 행각에 성공하기 위해서는 시보댁 스스로 끌어들인 무시무시한 협력자, 변호사 프레지에를 잠재우고, 엘리 마귀스와 레모냉크로부터 철저한 비밀 유지를 얻어 낼 필요가 있었다.

오베르뉴인은 촌구석에서 파리로 올라온 교육받지 못한 사람답게, 시골의 고립된 생활 속에서 생긴 강박관념들, 원시적인 본성의 무지함, 강박관념으로 변하는 격렬한 욕망 등이 결합된 사랑을 점차 품기에 이르렀다. 시보댁의 남성적인 미모, 그녀의 생기, 라 알 시장의 재치가 고철 장수의 관심을 끌어, 그녀를 시보에게 빼앗아서 자신의 정부로 삼고 싶은 마음을 유발했다. 이런 류의 중혼은 파리의 하류층 사이에서 생각보다 흔하다. 그러나 탐욕이 올가미와 같아서, 점점 심장을 졸라 끝내 이성까지 억눌러 버렸다. 레모냉크는 엘리 마귀스와 자신이 받을 사례금을 4만 프랑으로 추정하고, 시보댁을 정부인으로 삼기 원하면서 경범죄에서 중범죄로 넘어갔다. 순전히 계산적인 사랑에 빠진 그는 문가에 기대어 담배를 피우면서 긴 몽상 속에서 작은 재단사의 죽음을 바라게 되었다. 그러면서 자신의 자금이 거의 세 배가 되고, 시보댁이 타고난 장사꾼 노릇을 하며 대로변의 거대한 가게에서 얼마나 폼이 날지를 상상하곤 했다. 이런 이중의 탐욕이 레모냉크를 도취시켰다. 그는 상상 속에서 마들렌 대로변 가게에 세들어 그 안을 고인이 된 퐁스의 수집품 중 가장 귀한 골동품들로 가득 채우곤 했다. 황금 이불 속에 누워서 파이프의 푸른 연기 속에 몇 백만 프랑을 엿본 뒤 깨어날 때면, 마당, 문, 그리고 길을 빗자루로 쓸고 있는 작은 재단사의 얼굴이 코앞에 나타났다. 그때 마침 오베르뉴인이 가게 앞문을 열고 물건들을 진열하고 있었다. 퐁스가 몸져누운 뒤로, 아내가 <u>스스로</u>에게 부과한 업무들을 남편이 대신했다. 오베르뉴인은 올리브색이 도는, 구릿빛의 시들시들한 재단사를 자신의 행복을 가로막는 유일한 장애물이라 여기고, 그를 제거할 궁리를 했다. 여자들이 자기도 늙을 수 있다는 사실을 깨닫기 시작하는 나이에 달한 시보댁은 그렇게 격해지는 사랑이 매우 자랑스러웠다.

어느 날 아침, 시보댁이 일어나자마자, 레모냉크가 싸구려 물품들을 진열대 위에 배치하는 동안 그를 유심히 쳐다보다가, 그의 사랑을 실험하기로 했다.

"저기, 일이 잘되어 가나?" 오베르뉴인이 와서 말을 걸었다.

"난 그쪽 때문에 걱정돼요. 내 평판이 나빠지겠어요, 이웃들이 그쪽의 삐뚤어진 눈을 알아차릴까 봐 겁나네."

그녀는 문을 지나 오베르뉴인의 가게로 깊숙히 들어갔다.

"그건 또 무슨 생각이에요!" 레모냉크가 물었다.

"이리 와 봐요, 얘기 좀 합시다." 시보댁이 말했다. "퐁스 씨의 상속자들이 움직이기 시작할 텐데, 그러면 우리를 아주 힘들게 할 수가 있어요. 사람들을 보내서 사냥개처럼 온갖 군데를 뒤지게 하면 우리한테 무슨 일이 일어날지 아무도 몰라요. 그쪽이 비밀을 지켜 줄 정도로 나를 사랑하셔야 내가 슈뮈크 씨를 설득해서 그림 몇 점을 팔게 할 수 있죠…… 정말 비밀이에요! 단두대에 머리를 얹고도 입을 다물어야 한다고요……. 그림이 어디서 왔는지도, 누가 팔았는지도. 알겠죠, 퐁스 씨가 죽고 묻힌 다음에는, 그림 67점 대신 53점 남은 건 아무도 세어 보지 않을 거예요! 게다가 퐁스 씨가 살아서 판 것에 대해선, 할 말이 없죠."

"네, 난 괜찮지만 엘리 마귀스가 원칙에 맞게 영수증을 받으려 할 텐데."

"그쪽도 영수증 받죠, 당연히! 설마 내가 그걸 쓰겠어요……? 슈뮈크 씨가 직접 써 줄 겁니다! 그런데 당신의 그 유대인한테 꼭 말하세요, 똑같이 비밀을 지켜야 한다고요."

"우린 꿀 먹은 벙어리가 되겠습니다. 직업적인 특징이죠. 난 읽을 줄은 아는데, 글을 쓸 줄을 몰라서, 사모님처럼 유식하고 능력 있는 여자가 필요한 거예요……! 지금까진 늙어서도 빵을 먹고 살 생각밖에 안 했지만, 이제는 레모냉크 새끼들을 위해요……. 시보 좀 버려요."

"저기 유대인이 오네요. 일을 의논할 수 있겠네."

"자, 우리 사모님, 곧 일이 이루어질까요?" 그림을 언제 살 수 있을지 알아보기 위해 3일에 한 번씩 새벽부터 들르는 엘리 마귀스가 물었다.

"퐁스 씨와 그 잡동사니들에 대해서 누가 뭐라고 안 하던가요?" 시보댁도 물었다.

"변호사의 편지를 받았는데 답도 안 했소. 건수를 찾아다니는 놈인 것 같아서, 난 그런 인간들 조심하거든. 3일 후에 나를 찾아와서 명함을 놓고 가더군. 수위한테 다음부터 그자가 오면 난 집에 없다고 말하라고 했소."

"당신은 사랑스러운 유대인이에요!" 시보댁은 엘리 마귀스의 신중함에 대해 아직 알지 못했다. "자, 아들들, 며칠 후면 슈뮈크 씨가 그림 일고여덟 점, 많으면 열 점까지 팔게 만들게. 조건이 두 가지 있어요. 첫째는 완전한 비밀이에요. 슈뮈크 씨가 불러서 온 거예요, 그렇죠? 레모냉크 씨가 사장님을 슈뮈크 씨한테 구매자로 추천했어요. 어쨌든, 난 전혀 상관이 없어요. 그림 네 점에 4만 6천 프랑 주신다고 했죠?"

"그래요." 유대인은 한숨을 쉬었다.

"좋아요. 두 번째 조건은 나한테 4만 3천 프랑을 주고, 슈뮈크 씨한테는 3천 프랑에 사시는 거예요. 레모냉크도 2천 프랑에 네 점을 사서 나한테 잉여분을 주면 돼요……. 그리고 그다음에, 사장님과 레모냉크한테 아주 좋은 일을 꾸밀 테니, 그 이익은 우리 세 명이서 나눠 가져야 해요. 내가 그 변호사한테 데려가거나, 아니면 틀림없이 그 변호사가 직접 여기 올 거예요. 퐁스 씨가 가지고 있는 물건을 다 쳤을 때 주실 수 있는 가격으로 감정하시면, 프레지에도 유산의 가치에 관해 확신을 얻을 수 있죠. 단, 그이가 우리끼리 사고팔기 전에 오면 안 돼요, 알았죠……?"

"알았어요." 유대인이 대답했다. "그런데 물건을 보고 가격을 매기려면 시간이 필요한데."

"반나절 동안 할 수 있어요. 그건 내가 알아서 할 게요…… 아가들, 둘이서 의논해 봐요. 모레 즈음이면 일이 마무리될 거예요. 프레지에한테 가서 이야기를 할게요. 그이가 풀랭 의사를 통해서 여기 모든 일들을 알고 있으니, 풀랭 자식을 가만히 있게 하기는 정말 골치거든요."

노르망디 거리에서 페를르 거리로 가는 도중에 시보댁은 오고

246

있는 프레지에를 만났다. 그는 자기표현대로 일의 구성 요소를 빨리 알고 싶었던 것이다.

"어머! 마침 선생님을 뵈러 가는 중이었어요."

프레지에는 엘리 마귀스가 자신을 만나 주지 않는다고 불평했다. 수위는 마귀스가 여행에서 막 돌아왔고, 늦어도 그 다음다음 날에 수집품들의 가치를 감정하기 위해 퐁스의 집에서 그와 만나게 해 주겠다고 하면서 법률가의 눈에 스친 의심의 섬광을 잠재웠다.

"나와 분명하게 행동해요. 내가 퐁스 씨 상속자들을 대변할 가능성이 많아요. 그 위치에서 부인을 위해 일을 더 잘 할 수 있어요."

그는 이 말을 매우 냉랭하게 해서, 시보댁을 떨게 했다. 그녀는 자신이 혼자서 공작하듯이 이 변호사도 자기 나름대로 공작을 편다고 확신했다. 그래서 그림을 빨리 팔기로 결심했다. 시보댁의 추측은 틀리지 않았다. 프레지에가 번듯하게 차려입고 카뮈조 드 마르빌 법원장 부인을 만나러 갈 수 있도록 변호사와 의사는 돈을 모아 새 옷을 맞췄다. 옷을 재단하는 데 걸리는 시간이 두 친구의 운명이 달린 만남이 늦춰진 유일한 이유였다. 시보댁을 방문한 후 프레지에가 저고리, 조끼, 그리고 바지를 입어 보러 갈 계획이었다. 옷은 다 마무리되어 있었다. 그는 집으로 돌아와 새 가발을 쓰고, 아침 10시 즈음 전세 낸 이륜마차를 타고 아노브르 거리로 향하며 법원장 부인과 만날 수 있기를 기대했다. 흰색 넥타이에 노란 장갑, 새 가발로 치장하고, 포르투갈 향수를 뿌린 프레지에는 하얀 가죽 마개가 달린 크리스탈 병에 담기고, 라벨과 그 끈까지도 멋을 부렸지만 오히려 그래서 더욱 위험해 보이는 독약과 같았다. 굳은 표정, 피부병 때문에 부스럼이 난 얼굴, 초록색 눈, 악한 인상이 파란 하늘에 구름처럼 눈에 띄었다. 사무실에서 시보댁의 눈에 나타난 그는 범죄자가 살인을 저지른 저속한 칼이었으나, 법원장 부인의 집 앞에서는 젊은 여인이 작은 서랍장에 넣는 세련된 단도였다.

아노브르 거리에는 그간 큰 변화가 일어났다. 포피노 자작 부부와 전직 장관 부부는 법원장과 부인이 딸에게 지참금으로 주는 집을 떠나 세들어 살기를 원하지 않았다. 마침 노부인이 시골로 여생을 마치러 가게 되어, 법원장 부부는 2층으로 이사를 했다. 마들렌 비베, 요리사와 하인을 계속 고용한 카뮈조 부인은 월세를 내지 않는 4천 프랑짜리 아파트와 남편 봉급 1만 프랑을 제외하고는 시작할 때의 궁핍으로 돌아갔다. 이렇게 영화롭지는 않지만 평화로운 행복은 본인의 야망에 걸맞는 재산을 바라는 마르빌 부인을 전혀 만족시키지 못했다. 게다가 전 재산을 딸에게 줌으로써 법원장이 피선거 자격에 필요한 납입금을 지불할 수 없게 되었다. 아멜리는 남편을 국회의원으로 만들고 싶었고, 자신의 계획을 쉽게 포기하지 않는 성격이라, 마르빌이 위치한 구역에서 법원장이 선출되는 꿈을 버리지 않았다. 두 달 전부터 그녀는 카뮈조 남작을(새로 귀족원 의원이 된 그가 남작 작위까지 받았다) 괴롭히고 있었는데, 마르빌 땅에 둘러싸여 있고 세금이 면제되어 약 2천 프랑이 나오는 작은 영지를 사기 위해 1만 프랑을 상속의 일부로 미리 뜯어내기 위해서였다. 그녀의 주장으로는, 남편과 자신은 자녀들 곁에서 살고, 마르빌 땅이 그만큼 둥글어지고 커진다는 것이었다. 법원장 부인은 시아버지에게 딸을 포피노 자작과 결혼시키기 위해 그녀가 얼마나 큰 희생을 치루어 헐벗게 되었는지를 강조하고, 노인에게 맏아들이 사법관의 가장 높은 영예로 가는 길을 막겠느냐고 물었다. 그런 지위는 점점 국회에서 돋보이는 위치에 서야 오를 수 있을 텐데, 남편이 그럴 능력이 있고, 장관들을 떨게 만들 것이라고 단언했다. "그 사람들은 혀가 밖으로 나올 때까지 넥타이를 조여 줘야만 뭔가를 해 준답니다. 정말 배은망덕하죠……! 아범의 덕을 얼마나 많이 봤는데! 아범이 7월의 왕령을 밀어붙여서 오를레앙 가문을 승격시켰잖아요……!"

노인은 자기가 가진 이상으로 철도 회사에 말려들어 갔지만, 그런 돈은 본인도 줄 만하다고 인정하여, 주식이 예상대로 곧 상승하면 주겠다고 미루었다.

며칠 전에 받아낸 이런 일종의 약속은 법원장 부인을 비탄 속에 빠뜨렸다. 토지를 1년 이상 소유를 해야 했기에 마르빌의 전 주인이 의회의 재선출 시기까지 준비될 리 만무했다.

프레지에는 어렵지 않게 마들렌 비베까지 이르렀다. 그 두 독사 본성은 같은 알에서 나왔음을 서로 알아보았다.

프레지에가 들척지근하게 말했다. "아가씨, 저는 법원장 사모님과 면담을 가졌으면 합니다. 사모님의 재산과 관련된 개인적인 일입니다. 유산과 관련된 일이라고 꼭 말씀드리세요……. 제가 법원장 사모님의 지인에 속하는 영광을 누리지 못하니, 제 이름은 모르실 겁니다……. 저는 제 사무실 밖으로 잘 나오지는 않지만 법원장 사모님께 지켜야 할 예의를 알기에, 직접 이렇게 발걸음을 했습니다. 더구나 일이 조금이라도 지체되면 안 되니까요."

이런 문구로 표현되고, 하녀에 의해 부풀려서 전해진 면담 요청은 당연히 받아들여졌다. 프레지에 안에 자리한 두 가지 야심을 위해서는 이 순간이 결정적이었다. 지방의 하찮은 소송 대리인다운 대담성, 그의 퉁명스럽고, 거칠고 신랄한 성격에도 그는 전쟁의 승패가 달린 전투에 임하는 대위들과 같은 심정이었다. 아멜리가 기다리는 작은 응접실로 건너가면서 아무리 강한 발한제도, 괴이하고 끔찍한 병으로 막혀 있는 그의 비정상적인 피부에 야기하지 못했던 반응이 일어났다. 등골과 이마에 약간의 땀이 맺히는 것을 느꼈다. '내가 출세하지 못하면, 적어도 완치는 된 거야. 풀랭이 다시 땀이 나기 시작하면 건강을 되찾을 거라고 장담했어.' 그는 실내복을 입고 들어온 부인을 보고 말했다. "사모님……." 프레지에는 사법 보조관들이 상대방의 우월한 직위를 인정할 때 보이는 거만함을 가지고 인사했다.

"앉으세요." 부인이 법률계의 사람을 즉시 알아보며 말했다.

"사모님, 제가 건방지게도 법원장님과 관련된 용건에 대해 사모님을 찾아뵙는 이유는, 높은 지위에 계신 마르빌 법원장님께서 일을 그대로 내버려 두셔서 70만에서 80만 프랑을 손해 보실 거라는 확신이 들어서입니다. 부인들께서 오히려 가장 유능한 사법관들보다 사적인 일에 대한 이해가 훨씬 뛰어나셔서……."

"유산이라고 하셨죠……?" 부인이 말을 끊었다.

액수를 듣고 아찔해진 아멜리는 놀라움과 기쁨을 숨기며 소설의 결말로 건너뛰는 급한 독자들처럼 행동했다.

"네, 사모님, 놓치셨지만, 그것도 완전히 놓치셨지만, 제가, 반드시, 얻어 드릴 수 있는⋯⋯."

"말씀하시지요!" 마르빌 부인이 차갑게 말하면서 프레지에를 날카롭게 훑어보고 살폈다.

"사모님의 뛰어나신 능력에 대해 알고 있습니다. 저는 망트 출신이니, 마르빌 법원장님의 친구이신 그곳 르뵈프 법원장님께서 저에 대해 알려 드릴 겁니다⋯⋯."

법원장 부인이 움찔했다. 그 이유가 너무나 잔인하도록 명백해서, 프레지에는 말하던 중 부연 설명을 하듯이 급히 괄호를 여닫을 필요를 느꼈다.

"사모님처럼 명민하신 분께서는 제가 우선 제 자신에 대해 말씀드리는 이유를 금방 이해하실 겁니다. 유산을 얻기 위한 가장 짧은 길이기 때문입니다."

법원장 부인은 이 예리한 지적에 말없이 손짓으로 답했다. 이로써 이야기를 하도록 허락받은 프레지에는 계속했다.

"사모님, 제가 망트에서 소송 대리인으로 일하고 있었고, 제 자리가 전 재산이었습니다. 사모님께서도 아시는 르브루 씨의 사무실을 이어받았으니까요⋯⋯."

부인이 머리를 끄덕였다.

"파리의 가장 능력 있는 소송 대리인 가운데 한 분인 데로슈의 사무실에서 6년 동안 일등 서기였고, 돈을 좀 빌려서 제가 가진 약 1만 프랑에 보냈습니다. 불행히도, 망트 고등법원의 검사장님께 밉보였어요, 그분 성함이……."

"올리비에 비네."

"네, 사모님, 검찰총장의 아드님이죠. 어떤 부인의 환심을 사려 하셨는데……."

"그 사람이!"

"바티넬 부인이요……."

"아, 바테넬 부인…… 참 예쁘고, 참…… 내가 젊었을 때……."

"그 여자 분이 제게 잘해 주셨어요. 그것이 화근이었죠. 저는 열성적이었고, 친구들에게 돈을 갚고 결혼도 하고 싶었어요. 일거리가 필요해서 찾아다녔습니다. 다른 사법 보조관들보다 저혼자서 곧 더 많은 일감을 다루고 있었습니다. 그러니, 곧 망트의 소송 대리인, 공증인, 집행관들이 모두 적이 되었죠. 저한테서 트집을 잡으려고 하더군요. 아실지 모르겠지만, 사모님, 저희의 끔찍한 직업에서 누구를 매몰시키려 들면 금방 그렇게 됩니다. 어떤 사건에서 제가 양쪽 편을 맡았다는 것이 적발됐습니다. 제가 조금 경솔했습니다만, 파리에서는 경우에 따라 그렇게 하기도 합니다. 소송 대리인들이 북 치고 장구도 치죠. 망트에서는 관행에 어긋납니다. 제가 이미 그렇게 도와줬던 부요네 씨가 동료들이 부추기고, 검사장님이 영향력을 행사하셔서, 저를 배신했답니다……. 보시다시피 아무것도 숨기지 않고 말씀드립니다. 비난이 빗발쳤죠. 저는 사기꾼이 되었고, 마라*보다도 더 악한 사람으로 알려졌습니다. 사무실을 팔도록 강요당해서 모든 것을 잃었어요. 파리에 대리인 사무실을 차리려고 했으나, 건강 때문에 하루 스무 시간 중에 두 시간도 제대로 일을 할 수가 없었습니다. 지금은 한 가지 소원밖에 없고, 아주 작습니다. 사모님께서는 언젠가 법무장관의 부인이 되실지도 모르고, 어쩌면 대법관의 부인이 되실 수도 있죠. 가난하고 병약한 저는 근근이 생활하며 조용히 삶을 마칠 수 있는 구석 자리를 얻고 싶은 바람밖에 없습니다. 파리에서 치안 판사를 하고 싶습니다. 현재 법무장관이 사모님과 법원장님의 부탁을 흔쾌히 들어드릴 만큼 두 분을 껄끄러워하시니 제게 그런 자리를 얻어 주시는 건 누워서 떡 먹기죠…… 그게 다가 아닙니다, 사모님." 프레지에가 입을 열며 손짓하는 부인을 보고 덧붙였다. "법원장님이 유산을 받으실 노인분의 주치의가 제 친구입니다. 보시다시피 요점을 향해 가고 있습니다……. 그 의사의 협력이 반드시 필요한데, 그 사람도 저와 같은 처지입니다. 능력은 있지만 운이 따르지 않았어요……! 그 친구를 통해서 두 분의 이익이 얼마나 손상되고 있는지 알게 되었어요. 제가 말하고 있는 이 순간에도, 아마도 법원장님의 상속권을 박탈하는 유서가 작성되어서 모든 게 끝났을 가능성이 높습니다……. 그 의사는 병원장, 또는 왕립 의과 대학장이 되길 원합니다. 그러니까, 알아들으셨겠지만, 파리에서 저와 대등한 지위에 올라야 합니다. 게다가 매우 존경받고 유식한 사람이고, 사위이신 포피노 자작님의 종조부 피유로 씨를 살린 바 있지요. 이제, 그 두 자리, 치안 판사와 친구를 위한 의사 한직을 자비롭게 약속해 주시면, 그 유산의 거의 전부를 가져다 드릴 자신이 있습니다……. 거의 전부라고 말씀드리는 이유는, 유증 수혜자와 도움이 없어서는 안 되는 몇몇 사람들에 대한 사례의 부담이 있기 때문입니다. 사모님께서는 제가 약속을 지킨 다음에야 약속을 지키시면 됩니다."

조금 전부터 설교를 강제로 듣는 사람처럼 팔짱을 끼고 있었던 법원장 부인이 프레지에를 바라보았다. "선생님, 본인에 관한 일에 대해서는 말씀을 매우 명료하게 하시는 재능이 있으십니다만, 저에 관한 한 너무 난해하셔서……."

"사모님, 두 마디만 드리면 모든 게 풀립니다. 법원장님께서는 오촌으로 퐁스 씨의 유일한 상속자이십니다. 퐁스 씨는 지금 위급하신데, 이미 하지 않았으면 곧 슈뮈크라는 독일인 친구를 위한 유서를 작성할 겁니다. 그 상속의 가치는 70만 프랑이 넘습니다. 3일 후면 더 정확한 숫자를 알게 되겠지만요……."

부인은 그 숫자가 가능하다는 생각에 벼락을 맞은 듯이 혼잣말을 했다. "그것이 사실이라면, 퐁스를 몰아세우고 절교한 건 내 엄청난 실수였네."

"아닙니다, 사모님, 그렇게 절교하지 않으셨다면 지금 아주 명랑하여 사모님이나 법원장님, 저보다도 오래 살았을 테니까요……. 하느님께선 다 뜻이 있으시니, 헤아리려 하지 맙시다!" 그는 앞의 가증스러운 말을 완화하기 위해 덧붙였다. "뭐, 우리 대리인들은 일의 긍정적인 측면만 봅니다. 높은 직위에 계신 마르빌 법원장님께서는 이 상황에 대해 아무것도 안 하시고, 못하실 이유를 이제 아시겠죠. 사촌과 죽도록 싸웠고, 퐁스와 더 이상 왕래도 하지 않으시고 사회적으로 매장시키셨죠. 물론 그렇게 하실 만한 합당한 이유가 있었겠지만, 영감은 지금 병들었고, 유일한 친구에게 재산을 물려주려 합니다. 파리 대법원의 한 법원장이 이런 상황에서 형식에 맞게 작성된 유서에 대해 이의를 제기할 수는 없죠. 허나 우리끼리 말씀드리자면, 70에서 80만 프랑, 어쩌면 1백만 프랑이나 되는 유산을 받을 권리가 있는데…… 참 기분 나쁘죠…… 유일한 법정 상속인인데 놓친다면……. 하지만 목적을 이루려면 더러운 음모를 꾸며야 하죠, 너무나 민감하고, 비루하고, 밑바닥에 있는 자들, 하인, 부하 직원과 접촉해서 긴밀하게 지내야 하니, 파리의 어떤 대리인, 공증인도 이런 건을 진행시킬 수가 없어요. 나처럼 건수가 없고, 성실하고, 실력 있고, 헌신적이면서 불행히도 그 사람들과 비슷하게 생활이 불안정한 변호사여야 하죠……. 저는 제 구역에서 소부르주아, 노동자들, 서민들의 일을 해 주고 있습니다……. 그래요, 사모님, 검사장의 적대감이 저를 빠뜨린 처지가 이렇습니다. 검사장은 지금 파리에서 검사 대리가 되었는데, 아직도 제 우월성을 용서하지 못하고 있어요……. 사모님을 잘 압니다. 사모님의 후원이 얼마나 확실한지도 알기에, 이렇게 사모님의 시중을 들 수 있는 기회가 제게는 빈곤의 끝이고, 제 친구 풀랭 선생의 성공을 의미한다는 것을 알았습니다……."

부인은 생각에 잠겼다. 프레지에에게는 무서운 순간이었다. 작년에 파리의 검사 대리로 임명된 망트의 검사장인 비네의 아버지는 중도파의 연사(演士)이자, 16년 동안 검찰총장을 지내면서 열 번이나 법무장관의 후보로 거론되어, 증오심에 찬 부인에게 적이었다. 거만한 검찰총장은 카뮈조 법원장에 대한 경멸을 숨기지 않았다. 프레지에는 그런 사실을 몰랐고, 몰라야 했다. 부인은 프레지에를 똑바로 쳐다보면서 물었다.

"동시에 양쪽의 소송을 맡았다는 것 이외에 잘못한 건 없나요?"

"사모님께서 르뵈프 씨를 만나 보셔도 됩니다. 제게 호의적이었으니까요."

"르뵈프 씨가 마르빌 법원장님과 포피노 백작님께 선생님에 대해 긍정적인 정보를 드릴 거라고 확신하세요?"

"확신합니다. 특히 올리비에 비네 씨가 더 이상 망트에 없으니까요. 사모님께만 말씀드리지만 상냥한 르뵈프 씨가 그 메마른 작은 법관을 두려워했거든요. 허락하신다면 제가 망트에 가서 르뵈프 씨를 만나겠습니다. 그렇다고 일이 늦어지지는 않을 겁니다. 어차피 유산의 금액을 이삼 일 후에야 정확히 알 수 있어요. 이 일의 모든 동력들을 사모님께 알려 드리고 싶지 않고, 알려 드려서도 안 됩니다. 다만 전적으로 헌신한 대가로 제게 주실 상이 사모님께 성공을 보증해 드리지 않나요?"

"그렇다면 르뵈프 씨가 선생님에 대해 호평을 할 수 있게 잘 말해 보시고, 믿긴 힘들지만 유산이 말씀하신 만큼 상당하다면 그 두 자리를 약속할게요. 물론 잘 끝난다면 말이죠……."

"확신합니다, 사모님. 단지, 제가 필요할 때 공증인과 소송 대리인을 불러 주시고, 제게 법원장님 대신에 행동할 수 있는 위임장을 주셔서, 그분들한테 제 지시를 따르고 단독으로 아무것도 하지 말라고 말씀해 주세요."

"책임이 있으시니, 전권이 있으셔야지요." 부인이 엄숙하게 말했다. "그런데 퐁스 씨가 정말 아픈 건 맞아요?" 그녀는 미소를 짓고 물었다.

"네, 사모님, 풀랭 선생처럼 성실한 사람에게 치료를 받아서 나을 수는 있습니다. 제 친구는 제가 사모님의 이익을 위해 조종하는 순진한 간첩일 뿐이라, 그 노음악가를 살려 낼 수 있겠죠. 그렇지만 환자 곁에 3만 프랑을 얻기 위해서 그 사람을 무덤 속으로 밀어 넣고도 남을 여자 수위가 있습니다. 비소를 먹이거나 해서 죽이지는 않을 겁니다. 그렇게 자비롭지는 않아요. 그보다 잔인하게, 하루에 수천 번 신경을 건드리고 정신적으로 고문해서 죽게 만들 겁니다. 그 불쌍한 노인이 조용하고 평온한 환경에서 친구들이 정성스럽게 돌보고 비위를 맞춰 주는 가운데, 시골 같은 곳에 있다면 회복하겠지만, 젊었을 때 파리 전체가 우러러본 식당 여종업원 삼십 명 가운데 한 명이었던, 탐욕스럽고, 수다스럽고 거친 에브라르 부인*에게 괴롭힘을 당하고, 그녀한테 큰 몫이 돌아가는 유서를 쓰도록 시달리는 상황에서는 아마도 치명적으로 간경화까지 갈 겁니다. 어쩌면 지금 결석이 생기고 있을지도 몰라요. 그러면 그것들을 빼내기 위해 수술을 해야 할 텐데, 견뎌 내지 못할 거예요……. 마음씨 좋은 의사는……! 아주 곤란한 처지에 있어요. 그 여자를 해고시키도록 해야 하는데……."

"그 여잔 정말 괴물 같군요!" 부인이 언성을 높였다.

프레지에는 무시무시한 법원장 부인과 자기 자신의 닮은 점을 꿰뚫고는 속으로 웃었다. 그는 원래 날카로운 목소리가 가식적으로 부드럽게 변조되는 현상에 대해서 잘 알고 있었기 때문이다. 루이 11세 왕이 즐기던, 어떤 일화의 주인공인 법원장이 떠올랐다. 소크라테스 아내와 같은 본으로 재단된 아내를 가졌지만 그 위인만큼 철학적이지 못했던 이 법관은 말들에게 먹이는 귀리에 소금을 섞게 하고 물을 못 주게 했다. 아내가 시골로 가서 센느 강변을 지나갈 때, 말들은 물을 마시기 위해 그녀를 태우고 강 속으로 뛰어들었다. 법관은 '자연스럽게' 아내로부터 해방시켜 준 하늘에 감사했다. 그 순간 마르빌 부인도 하늘이 퐁스 곁에서 그를 '정직하게' 처치할 여자를 둔 것에 감사하고 있었다.

"부적절한 행위로 얻는 것이라면 1백만 프랑도 받을 수 없어요……. 친구 분은 퐁스 씨에게 이야기해서 그 수위를 해고시켜야 합니다."

"우선, 사모님, 슈뮈크와 퐁스 씨는 그 여자를 천사라고 믿어서 오히려 제 친구를 해고할 겁니다. 그리고 의사가 그 무서운 전직 식당 종업원에게 은혜를 입은 적이 있어요. 그 여자가 피유로 씨 댁에 그를 소개시켜 줬거든요. 그 친구가 여인에게 환자를 최대한 부드럽게 대하라고 이르지만, 병을 더 악화시키는 방법을 알려 주는 셈이죠."

"친구 분은 '우리' 사촌의 상태를 어떻게 보십니까?" 부인이 물었다.

마르빌 부인은 시보 부인만큼 탐욕스러운 자신의 마음을 꿰뚫는 프레지에의 명석함, 그리고 예리한 대답을 듣고 경악했다.

"6주 후에 유산 집행이 시작될 겁니다."

부인은 눈을 내리깔았다.

"가엾은 이!" 그는 슬퍼하는 표정을 지으려 애썼다.

"사모님께서 르뵈프 씨에게 전할 말씀이 있으신가요? 저는 기차로 망트에 갑니다."

"네, 잠깐 계세요. 내일 저녁 식사하러 오시라고 편지를 보내야겠어요. 선생님이 당하신 부당한 처사를 시정하기 위해 그분과 의논할 필요가 있어요."

부인이 나가자 치안 판사가 된 자신을 상상한 프레지에는 다른 사람이 된 듯했다. 몸이 커지고, 행복의 공기와 성공의 순풍을 한껏 들이켰다. 신비로운 의욕의 저수지에서 그 숭고한 기운을 새로이 푸짐하게 취하여, 레모냉크처럼 성공하기 위해 증거가 남지 않으면 범죄라도 저지를 것만 같았다. 그는 법원장 부인 앞에 용감하게 나아가, 오직 유산을 구해 오는 일을 맡고 그녀의 후원을 받기 위해 추측을 현실로 바꾸고, 아무렇게나 단언했다. 두 사람의 엄청난 궁핍, 그만큼 엄청난 욕망을 대변하게 되어, 페를르 거리에 있는 자신의 추악한 살림을 경멸적으로 지워 버렸다. 프레지에는 시보댁에게서 사례금으로 금화 천 닢, 법원장에게서는 5천 프랑을 추정했다. 그 돈이면 적당한 아파트를 얻을 수 있었다. 그리고 풀랭에게 진 빚을 갚아야 했다. 고통이나 병으로 인해서 악해진, 증오심에 가득 차고 사나운 성격의 사람들이 간혹 같은 강도로 그 반대의 감정을 품는 경우가 있다. 예를 들어 리슐리외도 누군가에게 무자비한 적이었던 만큼 의리 있는 친구였다. 자신을 도와준 풀랭을 위해서라면 프레지에는 자신의 몸을 잘게 다지는 것도 허락했을 것이다. 손에 편지를 들고 들어온 법원장 부인은 그가 모르는 사이, 행복하고 안정된 삶을 꿈꾸는 그를 바라보고, 처음 봤을 때보다 덜 흉칙하다고 느꼈다. 게다가 그는 그녀를 위해 일할 터였다. 자신의 도구는 이웃 사람의 도구와는 다른 눈으로 보기 마련이다.

"프레지에 선생님, 재치 있는 분 같은데, 솔직하게 말씀하실 수 있죠?"

프레지에는 분명한 손짓으로 답했다.

"네, 이 질문에 순수하게 답해 주셨으면 합니다. 마르빌 법원장님과 제가 선생님께서 진행시키실 절차들 때문에 평판이 위태로워질 수 있나요?"

"만약 제가 두 분께, 핀의 머리만큼이라도 흙탕물을 튀겼다고 추후에 자책할 소지가 있었다면, 사모님을 찾아뵙지도 않았을 겁니다. 그만큼도 얼룩이 보름달만 해 보일 테니까요. 파리의 치안 판사가 되기 위해서는 사모님을 완전히 만족시켜 드려야 한다는 점을 잊지 마십시오. 저는 인생에서 이미 교훈을 얻었고, 또다시 그런 채찍의 위험을 감수하기에는 너무나 호되게 얻어맞았습니다. 마지막으로 한마디만 더 하겠습니다. 사모님과 관련된 일일 땐 사전에 사모님께 승인을 받겠습니다……."

"좋아요, 르뵈프 씨께 드릴 편지예요. 유산의 가치에 관한 정보를 기다릴게요."

"거기에 모든 게 걸려 있죠." 프레지에가 자신의 생김새가 허락하는 한 최대한 우아한 얼굴로 간사하게 말했다.

'하늘이 이렇게 도와주시다니!' 마르빌 부인이 생각했다. '나는 이제 부자가 되는 건가? 카뮈조가 국회의원이 되겠군. 볼벡 구역에 프레지에를 풀어놓으면 과반수를 얻어 줄 거야. 훌륭한 도구야!'

'하늘이 이렇게 도와주시다니!' 프레지에가 계단을 내려가면서 생각했다. '카뮈조 부인, 정말 대단한 여편네야! 나한테도 그런 아내가 필요해! 이제 일을 시작하자.'

그는 잘 모르는 사람의 환심을 사기 위해 망트로 떠났다. 실연의 아픔은 지불이 거절되었던 정직한 채무자의 환어음처럼 이자까지 나오는 경우가 흔하기에, 그는 모든 불운의 원인이었던 바티넬 부인을 믿었다.

그로부터 3일 후, 시보댁과 슈뮈크가 환자를 돌보고 밤새는 일을 분담하여, 노음악가가 잠자고 있는 동안 그녀는 불쌍한 퐁스와 본인 표현으로 '싸움질'을 벌였다. 간염의 유감스러운 특징을 지적해 둘 필요가 있다. 정도의 차이는 있으나 간이 상한 환자들은 쉽게 인내심을 잃고 화를 내는데, 마치 고열에 시달릴 때 자기 안에 강력한 힘이 분출됨을 느끼듯이, 그렇게 화를 터뜨리면 순간적으로 시원해진다. 발작이 지나가면, 심신이 가라앉아서, 의사들이 '허탈'이라고 부르는 현상이 일어나 기관이 받은 피해의 심각성이 드러난다. 따라서 간 질환에 있어서, 특히 깊은 비애로 인한 것이라면, 환자가 분노를 터뜨린 이후에 쇠약해지는데, 엄격하게 단식하는 중이기 때문에 더욱 위험하다. 그것은 사람의 체액을 동요시키는 열병으로, 피 또는 뇌에 기인하지 않는다. 온몸과 마음을 괴롭혀서 일종의 우울증을 유발하여 환자가 자기 자신을 혐오하게 된다. 이런 상황에서는 작은 일도 위험한 자극으로 작용한다. 시보댁은 의사의 권고에도, 경험도 교양도 없는 서민 여인으로서, 체액에 의한 신경계의 경련을 믿지 않았다. 풀랭 선생의 설명은 그녀에게 '의사들의 생각'일 뿐이었다. 그녀는 서민들처럼 퐁스에게 반드시 음식을 먹이고자 했기에, 몰래 햄이나 푸짐한 오믈렛, 또는 바닐라를 탄 초콜릿 음료를 주는 것을 막기 위해 풀랭은 절대적인 엄포를 놓았다. "퐁스 씨에게 무엇이든 한 입만 주면, 권총 한 발로 죽이는 것과 마찬가지입니다."

그런 것에 대한 민중의 고집이 너무나 세서 아파도 병원에 가기를 꺼리는 이유가 그곳에서 굶겨 죽인다고 믿기 때문이다. 아내들이 남편에게 몰래 음식을 가져다줘서 증가한 사망률 때문에, 의사들은 친척들이 문병을 오는 날에는 매우 엄격한 몸 검색을 시키기로 결심했을 정도이다. 시보댁은 자신의 즉각적인 이익의 성취를 위해서 필요한 퐁스와의 일시적인 불화를 위해 극장장을 방문한 이야기를, 무용수 엘로이즈와의 말다툼도 빼놓지 않고 했다.

"아니, 거긴 뭐 하러 갔어요?" 일단 말문이 열린 시보댁을 끊을 줄 모르는 환자가 세 번째로 물었다.

"그래서 내가 자기 주제를 솔직히 말해 주니까, 그 엘로이즈 아가씨가 두 손을 들었고 우린 아주 좋은 친구가 되었어요. 내가 거긴 뭐 하러 갔느냐고요?" 그녀는 퐁스의 질문을 따라하며 되물었다.

어떤 수다쟁이들은, 이들이야말로 천재적인 수다쟁이들인데, 상대방의 비난, 이의, 지적을 담아 두었다가 그들의 연설에 보태어 그 원천이 고갈되지 않는다.

"선생님이 잘 아시는 고디사르 씨의 고민을 해결해 주러 갔죠. 발레 음악이 필요하다는데, 우리 아가는 종이에 긁적거려서 그 일을 맡을 상태가 아니잖아요…… 내가 무심코 듣기로는 「모히칸」의 음악을 만들기 위해서 가랑조라는 사람한테 맡기려 하는 것 같던데……."

"가랑조!" 퐁스가 격노하며 소리쳤다. "가랑조, 전혀 재능이 없어서 내가 수석 바이올린으로도 거절했는데! 상상력은 넘쳐서 음악에 관한 연재소설은 잘 쓰지만, 곡 하나라도 써 보라지……! 도대체 극장에 갈 생각은 어디서 난 거예요?"

"아니, 이 악마 참 옹고집이네……! 우리 고양이, 그렇게 우유처럼 쉽게 끓어오르면 안 되지…… 지금 상태에서 음악을 만들 수 있어요? 거울을 보지 않으셨군요? 보여 드릴까요? 살이 뼈에 붙었구먼요…… 참새처럼 약해져 가지고…… 그래서 글씨를 쓸 수 있을 것 같냐고요……. 내가 쓰는 메모 정도도 못 쓸 지경이면서…… 참, 그러니까 생각나네, 4층 여편네한테 올라가서 17프랑 받아야지……. 17프랑도 크죠. 약사한테 돈 내고 나니, 20프랑도 남지 않아요……. 그 사람한테, 착한 사람 같던데, 고디사르한테…… 난 그 이름 마음에 들더라…… 정말 유쾌한 남자야…… 간에 병이 생길 걱정은 없겠어……! 그러니까, 그 사람한테 선생님이 어떠신지 알려야 하잖아요……. 나 참! 지금 편찮으시잖아요, 그래서 당분간 다른 사람이 대신하는 거죠……."

"대신한다고!" 퐁스가 우렁찬 목소리로 몸을 똑바로 일으키면서 외쳤다.

대체로 환자들이, 특히 저승사자의 손아귀가 닿는 반경 안에 있는 이들이 자기 자리에 보이는 집착은 마치 그 자리를 얻기 위한 초보자들의 열성과 맞먹는다. 그래서 누가 대신했다는 소식은 죽어 가는 가엾은 환자에게 예비 죽음이나 다름없었다.

"하지만 의사는 내 상태가 아주 좋다고 하던데! 곧 평상시처럼 생활할 수 있을 거라고요. 부인이 나를 죽였어요, 파산하게 하고, 살해했어요……!"

"어쩌고저쩌고! 또 시작이시네. 그래요, 내가 등만 돌리면 슈뮈크 선생님한테 내가 학대한다고, 그런 착한 말들을 하죠, 젠장. 나한테 다 들려요……! 정말 은혜를 징그럽게 모르십니다."

"내가 아파서 보름만 더 빠져도 돌아갔을 때 사람들이 나보고 가발 쓴 옛날 사람이라고, 내 시절은 끝났다고, 제정 시대, 로코코의 잔재라고 말할 거예요!" 살려는 욕망에 찬 환자가 언성을 높였다. "가랑조가 극장에서 친구를 사귈 거예요, 관리자부터 옷걸이까지! 목소리가 없는 여배우를 위해 음역을 낮추고 고디사르의 장화를 핥고, 친구들을 통해서 신문에 모두의 찬사를 싣겠죠. 그러면, 시보 부인, 그런 가게에서는 대머리의 없는 머리카락 속에서도 이를 찾아낸답니다! 어떤 악마가 거기 가라고 알려

준 거예요……?"

"나 참, 젠장, 슈뮈크 선생님과 그 일을 8일 동안이나 의논했어요. 뭘 바라세요? 선생님은 자기밖에 몰라요! 병에서 나으려고 다른 사람을 죽일 정도로 이기적이세요……! 그 불쌍한 슈뮈크 선생님이 한 달 전부터 기진맥진해서 발걸음도 무거워지셨고, 아무 데도, 가르치려도 못 가시고, 극장에 일하려도 못 가세요. 안 보이세요? 슈뮈크 선생님이 밤에 돌봐드리고, 낮에는 제가 돌보죠. 금세 괜찮으실 줄 알고 처음에 생각한 것처럼 내가 밤을 샌다면 낮에 잠을 자야 할 텐데, 그러면 누가 살림하고 밥을 하나요……? 그리고 어쩌겠어요, 병은 병이죠……! 이런 거예요……!"

"슈뮈크가 그런 생각을 먼저 했을 리 없어요……."

"내 머리에서 나온 생각이라면 또 어때서요? 우리가 강철 인간인 줄 아세요? 만약 슈뮈크 선생님이 계속 하루 일고여덟 시간씩 수업하고, 저녁에 6시 반부터 11시 반까지 극장에 가서 오케스트라 지휘를 하셨다면 열흘 안으로 돌아가실 겁니다……. 선생님을 위해 피라도 내줄 그 존경스러운 분이 죽기를 바라세요? 나를 낳으신 부모님의 영혼에게 묻겠는데, 선생님 같은 환자가 어디 있어요……? 머리를 어디다 두셨어요, 전당포에 맡기셨나? 모두가 선생님을 위해 죽을 지경으로 최선을 다 하는데, 불만스러워하시다니…… 우리를 미치게 만들고 싶으신가요……. 다른 건 고사하고, 나부터 지쳤어요!"

퐁스가 너무 화난 나머지 한마디도 못하고, 침대 속에서 뒹굴

면서 힘겹게 탄식하며 죽을 만큼 괴로워하고 있었기에 시보댁
은 마음대로 말할 수 있었다. 항상 그랬듯이, 이 시점에 이르면
언쟁이 갑자기 다정한 대화로 바뀌었다. 간병인은 환자에게 달
려들어, 머리를 받쳐 주고 강제로 다시 눕힌 후 이불을 덮어 주
었다.

"왜 그 모양이 되시는 거예요! 이게 다 병 때문이에요, 우리 고
양이! 좋으신 풀랭 선생이 그랬어요. 자, 진정하시고. 우리 아가,
착하죠. 주위 사람들의 귀염둥이시잖아요, 의사도 하루 두 번씩
이나 오시고! 이렇게 흥분한 거 보면 뭐라고 하겠어요? 정말 나
를 미치게 하려고 그러세요! 나빠요…… 시보 엄마가 돌봐주면,
고마워해야지…… 소리 지르고, 말 많고……! 그러면 안 돼요!
아시잖아요. 말하면 흥분하니까요……. 왜 그렇게 화를 내요?
선생님 잘못이에요, 항상 날 들볶고 말이에요! 자, 생각해 보세
요! 슈뮈크 선생님과 내 창자만큼 선생님을 사랑하는 내가 그렇
게 하는 게 좋겠다고 믿었다면, 우리 아가, 그게 좋은 거예요."

"슈뮈크는 나한테 상의도 없이 부인보고 극장에 가라고 하지
않았을 겁니다……."

"행복하게 잘 자고 있는 그 사랑스러운 분을 깨워서 증언하라
고 해야 하나요?"

"아니야, 아니야!" 퐁스가 외쳤다. "착하고 다정한 슈뮈크가
그런 결심을 했다면 내가 생각보다 더 상태가 나쁠 수도 있어."
그는 침실을 장식하는 예술품들을 비탄이 서린 눈빛으로 바라
보았다. "사랑하는 그림들, 친구가 된 이 모든 물건들과 작별 인

사를 해야겠군. 내 소중한 슈뮈크! 그게 사실일까!"

교활한 일급 연기자인 시보댁이 눈에 손수건을 갖다 댔다. 이런 무언의 답을 보고 환자는 침울한 명상에 빠졌다. 사회적인 직위와 건강이라는 민감한 두 부분이 무너졌다고, 다시 말해 일자리를 잃고 죽음이 임박했다고 믿게 되자 기운이 빠져서 화를 낼 힘도 남지 않았다. 그는 치명적인 발작 후의 폐병 환자처럼 가라앉았다.

시보댁이 먹이가 꼼짝 못하게 되었다는 것을 확인하고 말했다. "보세요, 동네 공증인 트로농 씨가 참 좋은 사람인데, 슈뮈크 선생님을 위해서 그이를 부르는 게 좋겠어요."

"그 트로농에 대해 계속 말하네……." 환자가 말했다.

"아, 상관없어요, 그 사람이나 다른 사람이나, 나한테 뭘 준다고!"

그녀는 부를 경멸하듯이 머리를 끄덕였다. 주위는 다시 조용해졌다.

그때 여섯 시간 이상 잠을 자던 슈뮈크가 배고픔에 깨어나, 퐁스의 침실로 와서 얼마간 말없이 그를 바라보았다. 시보댁이 '쉿!'이라고 말하며 입술 위에 손가락을 얹었기 때문이다.

그녀는 일어나 독일인에게 가까이 다가가서 귀에 대고 말했다. "다행히 지금 잠들고 있어요. 붉은 당나귀처럼 심술궂어요……! 어쩌겠어요! 병과 싸우는 거죠……."

"아니요, 난 오히려 인내심이 아주 많아요." 희생양이 몹시 의기소침한 듯한 애처로운 목소리로 말했다. "슈뮈크, 저 여자가 극장에 가서 나를 해고시켰어……."

그는 잠시 멈췄다가, 힘이 없어 말을 끝맺지 못했다. 시보댁이 손으로 이성을 상실한 정신을 묘사했다.

"반박하지 말아요, 그러면 죽을 수도 있어요……."

퐁스가 정직한 슈뮈크를 쳐다보면서 말했다. "게다가 자네가 시켰다고 주장하고 있어……."

"마차." 슈뮈크가 용감하게 대답했다. "클래야 해써, 조용이 해……! 울리가 차네를 쌀릴 테니 카만이 이써……! 보물이 있는테 일하느라 치지는 컨 바포칫이야…… 어써 나아, 찹통싸니 몇 캐 팔아써 어티 쿠썩에써 조용이 죽을 태카치 쌀면 퇴찮아, 울리 씨포 푸인일랑 같치……."

"자네를 세뇌시켰어." 퐁스가 처참하게 말했다.

슈뮈크에게 보내는 신호를 퐁스가 목격하지 못하도록 침대 뒤로 간 시보댁이 더 이상 보이지 않아서 환자는 그녀가 떠난 줄 알았다.

"저 여자가 나를 죽이고 있어"라고 환자는 덧붙였다.

"뭣이, 내가 죽이고 있다고요……?" 그녀는 이글거리는 눈으로, 허리에 주먹을 얹은 채 나타났다. "이게 강아지 같은 충성의 보답입니까……? 하느님 세상에!" 그녀는 눈물을 터뜨리며 의자 위에 털썩 주저앉았다. 이 연극적인 동작이 퐁스에게 매우 해로운 동요를 일으켰다. 그녀는 일어나면서 두 친구에게 총알과 독을 동시에 발사하는 증오에 찬 여인의 눈빛을 보냈다. "그렇다면, 이곳에서 성질 버려 가면서 좋은 일 하나도 안 하는 데 지쳤으니, 도우미를 구하세요!" 두 친구는 소스라치면 서로를 쳐다보았다. "오, 연기도 잘하시네! 결심했어요! 풀랭 의사한테 도우미를 구해 달라고 부탁할게요! 우리는 계산이나 합시다. 내가 쏟아부은 돈을 갚아 주세요…… 달라고 안 했을 텐데…… 피유로 씨한테 가서 500프랑을 더 꿔 왔건만……."

"펌 때문에 크래요!" 슈뮈크가 시보댁에게 달려들어 허리를 안으면서 말했다. **"좀만 참아 추쎄요!"**

"선생님은 천사예요. 발자국에 입을 맞추겠어요. 하지만 퐁스 선생님은 날 좋아한 적이 없어요. 항상 나를 미워했지……! 하기야 유서에 내 이름 올리고 싶다고 생각할 수도 있겠지……."

"싯! 쌀람을 춤이코 싶버요!"

"안녕히 계세요, 선생님." 그녀는 퐁스에게 와서 눈총을 쏘며 말했다. "난 선생님이 잘되길 바랄 뿐이니, 건강해지세요. 나한테 친절하게 대하시면, 내가 잘한다고 생각하시면, 그때 다시 올게요! 그때까지는 집에 있을래요…… 선생님은 제 자식이나 마찬가지였는데, 엄마한테 반항하는 자식이 어디 있어요……? 아닙니다, 아닙니다, 슈뮈크 선생님, 아무 말씀도 안 듣겠습니다…… 저녁 식사 차려 드리고, 집안일 해 드릴게요…… 환자 도우미는 풀랭 씨한테 부탁하세요."

그녀가 어찌나 문들을 세게 닫고 나가는지 가늘고 귀중한 물건들이 흔들렸다. 도자기가 쨍그랑거리는 소리는 환자에게 바퀴 고문*에서 최후의 일격과 같았다.

한 시간 후에, 시보댁은 퐁스의 침실에 들어가지 않고, 문 밖에서 슈뮈크를 불러 식당에 저녁을 차렸다고 이야기했다. 가엾은 독일인이 창백하고 눈물로 젖은 얼굴로 나왔다.

"풀상한 봉쓰가 헛쏘리를 해요. 푸인이 악녀라코 추창해요. 펑 때문이에요." 슈뮈크는 퐁스를 비난하지 않고 시보댁을 누그러뜨리기 위해 덧붙였다.

"아, 그 놈의 병, 지긋지긋해요! 들어봐요, 내 아버지도 아니고, 남편도, 형제도, 자식도 아니에요. 나를 미워하니, 뭐, 이제 됐어요! 선생님은 제가 세상 끝까지 따라가겠어요. 하지만 나는 내 목숨과 마음을 바치고, 모은 돈도 다 바치고, 남편도 내버려 둬서 병들게 했는데, 악녀라는 말을 듣는 건…… 커피가 너무 진한 거죠……."

"거삐?"

"네, 커피요! 말장난은 그만둡시다. 쓸모 있는 이야기를 해야죠! 그러니까, 한 달에 190프랑씩 석 달을 주셔야 하니까, 570프랑, 내가 월세 두 번 냈고, 영수증 여기 있어요, 20프로의 에누리에 관리비를 합하면 600프랑, 합하면 1,200프랑보다 조금 적고, 이자 없이 2천 프랑, 다 해서 3,192프랑…… 게다가 도우미, 의사 진료비, 약값, 도우미의 식사비 등 적어도 2천 프랑이 필요하실 겁니다. 그래서 피유로 씨한테 1천 프랑을 빌렸던 거예요."

고양이가 음악을 아는 만큼 재무에 대해 아는 슈뮈크는 이 계산을 망연자실하여 들을 수밖에 없었다.

"씨포 푸인, 봉쓰는 제청씬이 아닙니타! 용써해 추시코, 계속 톨퐈 추쎄요. 울리 쿠쎄추로 남아 추쎄요…… 무릎 굴코 필케요."

독일인은 폭군의 손에 입을 맞추면서 그녀 앞에 엎드렸다.

270

"들어 보세요, 예쁜 고양이." 시보댁이 슈뮈크를 일으켜 이마에 키스를 했다. "지금 우리 그이도 아파서 침대에 누워 있어서, 풀랭 의사를 불렀어요. 이런 상황에서 나도 내 일을 정돈해야 해요. 어제 내가 울면서 들어가는 걸 보고 우리 그이가 화를 내면서 다시 여기 오지 못하게 했어요. 그이가 돈을 갚아 달라고 했어요. 남편 돈이니까요. 우리 여자들은 이럴 때 아무것도 할 수가 없어요. 그 남자한테 3,200프랑을 갚으면 화가 풀릴지도 몰라요. 그 불쌍한 사람, 그게 전 재산이거든요, 결혼 생활 26년 동안 모아 둔 전부, 땀의 결실. 밍기적거리지 말고 내일 주셔야 해요…… 남편을 모르시죠. 화를 내면 사람이라도 죽일 수 있어요. 뭐, 내가 잘 이야기하면 두 분을 계속 돌볼 수 있게 허락해 줄 수는 있어요. 걱정 마세요. 나한테 생각나는 욕을 다 하도록 가만히 듣고 있을게요. 선생님을 위해서 그 고문을 참겠어요. 선생님은 천사시니까."

"아니요, 처는 친쿠를 쌀랑해써, 쌀리키 위해써라면 목쑴토 퍼릴 불상한 쌀람일 푼입니다……."

"돈은요……? 우리 슈뮈크 선생님, 한 푼도 안 주실 게 뻔해서, 내가 두 분이 필요한 3천 프랑을 구해 내야 해요. 내가 선생님이라면 어떻게 할지 아세요? 우물쭈물하지 않고, 보잘것없는 그림 일고여덟 점 정도 팔고, 그 자리에 선생님 방에 있는, 자리가 없어서 벽에 뒤집어 기대 놓은 것들을 대신 걸어 놓겠어요. 이 그림이나 저 그림이나, 뭐가 다르겠어요?"

"왜 크러케 해요?"

"너무 심술궂잖아요! 건강하실 때는 순한 양인데, 병 때문에! 일어나서 뒤적거릴 수도 있어요. 침실 문을 나서지도 못할 정도로 약해지긴 했어도 만에 하나 거실로 나오게 되어도, 숫자가 달라지진 않았을 테니까요……!"

"마차요!"

"완전히 건강해지면 팔았다고 말씀드리면 돼죠. 그 말 하실 때다 내 탓으로 돌리세요, 나한테 돈을 내야 해서 그랬다고. 욕은 내가 다 얻어먹을 게요…… ."

"**내 물컨이 아닌테 내카 마음태로 팔 쑤는 업써요…….**" 착한 독일인이 소박하게 답했다.

"그렇다면 저는 선생님하고 퐁스 선생님에게 소송을 걸겠어요."

"**크컨 처 친쿠를 축이는 일이에요…….**"

"선택하세요……! 세상에! 저 그림들을 팔고 나중에 말씀드리세요…… 소환장도 보여 드리고요…….."

"**그럼 쏘쏭하쎄요…… 핑케카 퇴케…… 나충에 쏘완창을 포여 추치…….**"

바로 그날 7시에 집행관을 찾아갔던 시보댁이 슈뮈크를 불렀다. 독일인은 돈을 지불하라고 명하는 타바로 씨를 만나게 되었다. 슈뮈크가 머리 꼭대기부터 발끝까지 떨면서 대답하자, 퐁스와 그가 지급 명령을 받기 위해 재판에 소환되었다. 그 사람과, 글씨가 대충 써진 공문서를 보자 슈뮈크는 너무나 충격을 받아 더 이상 저항하지 않았다.

"**클림을 파쎄요.**" 그가 눈물을 글썽이며 말했다.

그다음 날 새벽 6시에 엘리 마귀스와 레모냉크는 각자 자기가 원하는 그림들을 내렸다. 2,500프랑짜리 영수증 두 개가 완벽한 형식을 갖춰 작성되었다.

"퐁스 씨를 대신하여 본인이 판매한 그림 네 점에 대한 2,500프 랑을 수령하였음은 증명합니다. 이 액수는 퐁스 씨를 위해 사용 될 것입니다. 뒤러의 작품으로 알려진 첫 번째 그림은 여인의 초 상화이고, 두 번째는 이탈리아 화파의 초상화이고, 세 번째는 브 뤼겔의 네덜란드 풍경화이고, 네 번째는 성가정을 나타내는 화 가 미상의 피렌체 그림입니다."

레모냉크가 받은 영수증의 문구도 같았고, 그리즈, 클로드 로 랭, 루벤스와 반다이크가 프랑스 화파, 플랑드르 화파라는 이름 으로 은폐되어 들어갔다.

"이 톤을 포니 이 찹통싸니틀리 무쑨 카치가 있키는 한 커 캍네……." 슈뮈크가 5천 프랑을 받으면서 말했다.

"가치가 있고말고. 이거 다 해서 10만 프랑은 충분히 주겠어." 레모냉크가 대꾸했다.

오베르뉘인은 부탁을 받고 여덟 점의 그림 대신 퐁스가 슈뮈 크의 침실에 둔 하위 그림들 중에 같은 크기의 것들을 골라서 같 은 액자에 걸어 놓았다. 걸작 네 점을 손에 넣자, 엘리 마귀스는 계산을 제대로 한다는 명목하에 시보댁을 자기 집으로 데리고 갔다. 거기서 우는 소리를 하며 그림에 하자를 찾아내고 새 화포 를 대야 한다면서 시보댁에게 중계료 3만 프랑을 쥐어 줬다. 그 는 은행이 '1천 프랑'이라고 새긴 반짝거리는 종이들을 보여 주며 그녀에게 수락하게 했다. 마귀스는 레모냉크의 그림들을 담보로 그에게 같은 액수를 빌려줌으로써 그도 똑같은 심부름 값을 지불하도록 강요했다. 레모냉크의 그림 네 점이 마귀스에겐 너무나 훌륭해 보여서, 돌려주기가 싫어졌다. 다음 날 고철 장수에게 이익금 6천 프랑을 갖다 주었고, 청구서를 받아서 그 작품들마저 정식으로 매입했다. 6만 8천 프랑을 얻어 부자가 된 시보 댁은 두 공모자로부터 다시금 완전한 비밀을 요구했다. 그녀는 아무도 모르게 그 돈을 투자할 방법을 유대인에게 물었다.

"오를레앙 철도 회사의 주식을 사세요. 30프랑이면 액면 이하니까, 3년 안으로 투자 금액을 배로 불리면서도 지갑에 들어가는 종이 쪼가리만 가지고 다니시면 됩니다."

"여기 계세요, 마귀스 사장님. 제가 퐁스 씨 가족의 변호사한테 가는데, 저 위에 있는 잡스러운 물건들을 얼마에 전부 팔 수 있을지 알고 싶어 합니다…… 데리고 올게요……."

"과부였으면!" 레모냉크가 마귀스에게 말했다. "나한테 딱일 텐데, 저 여자 이제 돈도 많고……."

"특히 오를레앙 철도 회사에 투자하면, 2년 후에 배가 될 거요. 얼마 안 되는 내 적금을 거기에 투자했소. 딸내미의 지참금이지…… 변호사를 기다리는 동안 나가서 산책이나 하세……."

"하느님이 오래전부터 병이 든 그 시보 인간을 불러들이기만 한다면, 가게를 지킬 폼 나는 아내가 될 텐데, 그리고 장사를 넓힐 텐데……."

"안녕하세요, 프레지에 선생님." 시보댁이 사무실에 들어서면서 아양을 떨듯이 말했다. "수위가 이사 가신다고 하던데, 사실인가요……?"

"맞아요, 우리 시보 부인, 풀랭의 집 바로 밑에 1층 아파트에 들어갑니다. 주인이 새롭게 개조해서 정말로 아주 예쁜데, 제대로 꾸미기 위해서 2천에서 3천 프랑을 빌리려 해요. 말씀드렸다시피, 마르빌 법원장과 부인의 이익을 동시에 대변합니다……. 나는 대리인은 그만두고, 변호사회 명단에 등록할 건데, 집이 고급스러워야 한답니다. 파리의 변호사들은 서재 등이 있는 그럴듯한 집에 사는 사람들만 회원으로 받아 주거든요. 저는 법학 학위가 있고, 연수도 받았고, 벌써 권력 있는 후원자가 있어요……. 자, 일의 진행은?"

"많지는 않지만, 저축 은행에 있는 내 돈을 받아 주신다면, 25년 동안 아끼고 모은 결실 3천 프랑인데…… 환어음을 만들어 주세요, 레모냉크 말마따나, 난 모르니까 알려 주는 대로만 할게요……."

"안 돼요, 법은 변호사가 환어음에 서명하는 걸 금지하고 있어요. 5퍼센트 이자에 영수증을 드릴 테니, 제가 퐁스 영감 유산에서 종신연금 1,200프랑을 얻어 드리면 돌려주세요."

함정에 빠진 시보댁은 입을 다물고 있었다.

"대답하지 않으면 찬성한다는 뜻이죠. 내일 갖다 주세요." 프레지에가 말했다.

"네, 사례금을 미리 드리지요. 연금을 받을 게 확실하니까."

"어떻게 되어 가요?" 프레지에가 머리를 끄떡이며 말했다. "어제 저녁에 풀랭을 만났는데, 환자를 아주 강하게 다루신다던 데…… 어제처럼 또 그렇게 돌격했다가는, 담낭에 결석이 생길 거라네요…… 좀 부드럽게 대하세요, 우리 시보 부인, 나중에 양심의 가책을 느껴서는 안 돼죠. 오래 못 살아요.”

“양심의 가책이라니, 날 좀 내버려 둬요! 또 단두대 얘기하실 거죠? 퐁스 씨는 정말 옹고집쟁이라니까요! 선생님은 모르세요! 날 노발대발하게 만드는 건 그 사람이에요! 그이보다 더 못돼먹은 사람은 없어요. 그 친척들이 옳았다고요. 엉큼하고, 원망 잘하고 옹고집이에요……! 다시 말하지만, 마귀스 씨가 집에서 선생님을 기다려요.”

“알았어요……! 부인과 함께 갈게요. 부인 연금의 액수가 그 수집품들의 가치에 달려 있어요. 만약 80만 프랑이라면, 1,500프랑을 받으실 겁니다…… 큰 재산이죠!”

“네, 물건들을 양심적으로 감정하라고 할게요.”

한 시간 후, 의사가 처방했지만 시보 부인이 독일인 몰래 배로 탄 진정제를 슈뮈크의 손에서 받아먹은 퐁스가 깊이 잠들어 있는 동안, 프레지에, 레모냉크, 마귀스, 이 세 악당은 노음악가의 수집품 1,700점들을 하나하나 살펴보고 있었다. 슈뮈크가 잠자리에 들었기에, 시체의 냄새를 맡은 이 까마귀들이 마음대로 활동할 수 있었다.

“소리 내지 말아요.” 마귀스가 감탄하며 레모냉크에게 뛰어난 걸작의 가치에 대해 이야기해 줄 때마다 시보 여인이 주의를 줬다.

그들이 죽기를 기다리는 사람이 자는 동안 이 네 개의 서로 다른 탐욕이 그 유산을 측정하는 모습은 가슴 아픈 광경이었다. 거실의 물건들을 감정하는 데만 세 시간이 걸렸다.

"평균적으로, 여기에 있는 모든 게 각각 1천 프랑 정도 나가지……." 누추한 유대인이 말했다.

"170만 프랑이나 된다고!" 어안이 벙벙해진 프레지에가 말했다.

"아니요, 나한테는 아닙니다." 마귀스의 눈빛이 써늘해졌다. "나는 80만 프랑 이상 주지 않겠소. 이걸 가게에 얼마나 둘지 모르니까…… 팔리는 데 10년 이상 걸리는 걸작들이 있고, 구매액이 복리 이자 때문에 배가 되지. 그래도 현금으로 지불하겠소."

"저 방에 스테인드글라스도 있고, 법랑 제품, 미세화, 금과 은으로 된 담배 케이스들도 있어요." 레모냉크가 지적했다.

"살펴볼 수 있나요?" 프레지에가 물었다.

"잘 자는지 보고 올게요." 시보댁이 답했다.

수위가 손짓하자 맹금 세 마리가 들어갔다.

흥분해서 수염의 털 한 올 한 올마다 파닥거리는 마귀스가 거실을 가리키며 말했다. "저긴 걸작들이 있었다면 여기는 부가 있구만! 엄청나네! 왕들의 보물고에도 이보다 더 귀한 건 없어!"

담배 케이스 앞에서 불이 켜진 레모냉크의 눈이 석류처럼 반짝였다. 똬리를 튼 꼬리 위로 몸통을 세운 뱀처럼 침착하고 차가운 프레지에는 납작한 머리를 내밀며 그림 속의 메피스토펠레스와 같은 폼으로 서 있었다. 악마들이 천국의 이슬을 목말라하듯이 금에 목이 마른 이 부류가 다른 세 구두쇠들은, 이런 부의 소유자에게로 눈길을 돌렸다. 그가 악몽을 꾸며 움직였기 때문이다. 갑자기, 세 개의 악랄한 광선을 맞은 환자가 눈을 뜨고 날카로운 비명을 질렀다.

"도둑이야! 여기 왔어! 사람 살려! 나 죽네!"

분명히 그는 깨어나서도 꿈을 계속 꾸고 있었다. 눈이 커져서 텅 비고 고정된 채, 벌떡 일어나 움직이지 못하고 있었다. 엘리 마귀스와 레모냉크는 문으로 갔지만 곧 제자리에 멈춰 섰다. "마귀스가 여기…… 배신당했어……." 환자가 개인 보존 본능과 적어도 대등한 보물 보존 본능에 의해 깨어났던 것이다.

"시보 부인, 저분은 누구시죠?" 그는 움직이지 않는 프레지에를 보며 소스라쳤다.

"나 참, 쫓아낼 수도 없잖아요" 그녀는 프레지에한테 눈짓과 손짓을 했다. "이분이 좀 전에 가족을 대변한다면서 오셨어요……."

프레지에는 무심코 시보댁에 대해 감탄을 표했다.

"네, 마르빌 법원장 부인, 그녀의 남편, 따님을 대신해서 왔습니다. 그분들의 유감을 전하기 위해서요. 우연히 선생님께서 편찮으시다는 소식을 접하고 돌봐 드리고 싶어 하십니다. 건강을 회복하러 마르빌 땅으로 가시길 권하고 계십니다. 선생님께서 그토록 사랑하시는 귀여운 세실, 포피노 자작 부인께서 간병해 드릴 겁니다…… 어머니께 선생님에 대해 말씀드리고, 오해를 풀어 드렸답니다."

"당신을 보냈다고, 내 상속자들이!" 퐁스가 분노하며 외쳤다. "파리의 가장 능란한 전문가, 가장 예리한 감정가를 안내인으로 붙여 주면서……? 아, 정말 대단들 하셔!" 그는 미친 사람처럼 웃었다. "내 그림, 골동품, 담배 케이스, 세밀화를 감정하러 하잖아요……! 감정해 보시오! 모든 것에 대해 박식할 뿐만 아니라, 백만장자 열 명만큼 부자여서 다 사들일 수 있는 사람을 데리고 왔어요…… 사랑하는 친척들은 유산을 오래 기다리지 않을 거요." 그는 매우 냉소적으로 말했다. "내가 죽도록 잘 도와줬거든…… 시보 부인, 내 어머니라고 말하면서 내가 자는 동안 장사치들, 내 경쟁자, 그리고 카뮈조네 사람을 이곳에 데리고 오시다니요……! 다 나가……!"

그는 분노와 두려움의 이중적인 자극에서 힘을 얻어 야윈 몸으로 일어났다.

"내 팔을 잡으세요, 선생님." 시보댁이 퐁스가 넘어지지 않도록 달려갔다. "진정하세요, 그분들 나갔어요."

"거실을 봐야겠어……!" 죽어 가는 사람이 말했다.

시보댁은 세 마리 까마귀한테 날아가라고 손짓하고 퐁스를 잡아 깃털처럼 들어 올려서 그의 절규를 무시하고 다시 눕혔다. 그녀는 불행한 수집가가 완전히 지친 것을 확인하고 아파트의 문을 닫으러 갔다. 퐁스의 살인자 세 명이 아직 층계참에 있는 것을 보고 시보댁이 그들에게 기다리라고 말했다. 그녀는 프레지에가 마귀스에게 이야기하는 것을 들었다. "두 분께서 퐁스 씨의 수집품을 현금 90만 프랑에 매입하실 의향이 있다는 편지를 써서 서명해 주시면, 짭짤한 이익을 안겨 드리도록 최선을 다하겠습니다."

그는 시보댁의 귀에 아무도 듣지 못한 단 한 마디만을 속삭이고 두 장사꾼들과 수위실로 내려갔다.

"시보 부인." 수위가 돌아왔을 때 불쌍한 퐁스가 물었다. "다들 갔어요……?"

"누가…… 갔다는 거죠……?"

"그 사람들이요……."

"어떤 사람들……? 참, 사람들이 보였어요? 지금 열병으로 머리가 돌아서 내가 없었다면 창문으로 넘어갔을 텐데, 아직도 사람들 어쩌고 하시네…… 계속 이럴 건가요……?"

"아니, 여기, 아까, 내 가족이 보냈다고 말하는 양반이 있지 않았다고요……?"

"또 그렇게 옹고집 부릴래요? 나 참, 선생님을 어디로 보내야 하는지 알아요? 샬랑통*이에요……! 사람이 보이다니……."

"엘리 마귀스, 레모냉크……."

"레모냉크는 봤을 수도 있어요. 아까 우리 불쌍한 남편이 너무 안 좋다고 말해 주러 왔으니까요. 그래서 선생님을 두고 살려 내러 갔지요. 그래도 우리 남편이 우선이죠, 아시죠? 남편이 아프면 난 다른 사람은 다 몰라요. 얌전히 계시고, 한두 시간 자도록 하세요, 풀랭 의사를 불렀으니, 이따가 같이 올게요……. 이거 마시고 조용히 계세요."

"여기, 내가 깨어났을 때 내 방에 아무도 없었어요……?"

"아무도요! 레모냉크가 거울에 비춰서 보였겠지요."

"부인 말이 맞아요." 환자가 다시 양처럼 순해져서 말했다.

"그래, 이제 정신을 차리시네. 우리 천사, 안녕, 얌전히 계세요,

곧 올 테니."

아파트 문이 닫히는 소리를 듣자, 퐁스는 마지막 힘을 다해서 일어났다.

"나를 속이고 있어! 도둑질을 하고 있어! 슈뮈크는 그냥 잡히고 말 어린애야……!"

환영이기에는 너무나 사실적인 끔찍한 장면에 대한 진상을 규명하려는 욕구로 활기를 찾은 환자는 침실의 문까지 가서 힘겹게 열고, 거실로 들어가 사랑하는 그림, 석상, 피렌체의 동상, 도자기를 보고 생명력을 되찾았다. 가운을 입고 다리는 벌거벗은 채, 머리가 불타는 수집가는 찬장들과 장롱들이 일렬로 세워져서 둘로 나누고 있는 거실을 한 바퀴 돌 수 있었다. 그는 전문적인 눈으로 다 새어 보고 숫자대로 다 있다는 것을 확인했다. 돌아가려던 참에 세바스티아노 델 피옴보의 말타 기사 대신에 걸려 있는 그뢰즈의 초상화가 그의 시선을 끌었다. 마치 번개가 먹구름이 낀 하늘에 줄을 긋듯이 의심이 그의 정신에 선을 새겼다. 그는 가장 중요한 그림 여덟 점의 자리를 보고는 모두 대체되었음을 알게 되었다. 가엾은 영감의 눈앞에 검은 장막이 쳐져, 현기증이 일어나 바닥 위에 쓰러졌다. 완전히 기절한 퐁스는 친구를 보러 자기 방에서 나오던 슈뮈크가 그를 발견할 때까지 두 시간 동안 그대로 있었다. 독일인은 매우 힘들게 환자를 일으켜서 다시 침대에 눕혔다. 거의 시체가 된 그에게 말을 걸었을 때, 얼음 같은 눈빛, 모호한 더듬거림으로 응답을 받은 불쌍한 독일인은 정신을 잃는 대신, 우정이 만든 영웅이 되었다. 절망감이 압박하자 어린아이 같은 이 남자는 사랑에 빠진 여인들이나 어머니들에게 떠오르는 것과 같은 영감을 얻었다. 수건을 덥혀서(수건을 찾았다!) 퐁스의 손을 그것으로 어찌어찌 감쌌고 배 위에도 눌러 주었다. 그리고 축축하고 차가운 이마를 두 손으로 잡고 티아나의 아폴로니우스*다운 의지의 힘으로 생명을 불러왔다. '피에타'라고 명명되는 저부조*에 이탈리아의 위대한 조각가들이 그리스도에게 입을 맞추는 마리아를 형상화한 바 있다. 그는 이처럼 친구의 눈에 입을 맞추었다. 이런 숭고한 노력, 하나의 삶이 다른 삶으로 스스로를 쏟아붓는 행위, 연인 또는 어머니의 헌신이 완전한 성공을 거두었다. 약 30분 후, 따뜻해진 퐁스가 다시 인간의 형태를 회복했다. 생명의 색체가 눈에 돌아왔고, 외부의 온기가 각 기관을 다시 움직였다. 슈뮈크는 퐁스에게 멜리사 물에 포도주를 섞어 마시게 하여, 삶의 기운이 몸속에 퍼지고, 생각이 좀 전에는 돌처럼 무감각했던 머리를 다시금 일깨워 주었다. 퐁스는 이런 부활이 얼마나 성스러운 헌신, 얼마나 강한 우정 덕분에 가능했는지 깨달았다.

"자네가 없었으면 난 죽었을 거야!" 동시에 웃기도 하고 울기도 하는 착한 독일인의 눈물이 자기를 부드럽게 적시는 것을 느끼며 그는 말했다.

절망의 광증만큼 강한 희망의 광증 속에서 기다리던 이 말을 듣고, 힘이 다 고갈된 가엾은 슈뮈크는 터진 풍선처럼 축 처졌다. 이번에는 그가 쓰러졌다. 그러면서도 의자 위로 몸을 떨어뜨려 손을 모으고 열렬한 기도로 하느님께 감사했다. 그에게 기적이 일어났던 것이다! 그는 자기 기도의 효력보다는 하느님의 전능함을 믿었다. 그러나 기적은 의사들도 자주 관찰하는 자연적인 효과이다. 생존 가능성이 같을 때, 그를 살려 내고자 하는 사람들의 간병을 받고 애정으로 둘러싸인 환자는 회복되는 반면, 돈을 받고 일하는 이들이 돌보는 환자는 살아남지 못한다. 의사들은 이것이 무의식적인 최면술의 효과라고 인정하지 않고 영리하게 돌보고, 자기들이 처방한 바를 엄격하게 지킨 결과라고 주장한다. 하지만 많은 어머니들이 지속적인 열망의 뜨거운 분출이 갖는 효력에 대해 잘 알고 있다.

"착한 슈뮈크······!"

"말하치 마, 마음으로 틀을 쑤 이써······ 쉬어! 쉬어!" 음악가가 미소를 지었다.

"불쌍한 친구! 고귀한 사람! 하느님 안에서 살아가는 하느님의 자식이여! 나를 사랑한 유일한 이······!" 퐁스가 목소리의 새로운 억양을 찾아내어 한마디씩 내뱉듯이 말했다.

곧 날아갈 영혼이 다 담긴 이 말이 슈뮈크를 사랑과 유사한 황홀경에 빠트렸다.

"쌀아나! 쌀키만 해! 클러면 난 싸자저럼 튈 커야! 혼차 일해써 울리 툴을 먹여 쌀릴 커야!"

"들어봐, 착하고, 의리 있고, 사랑스러운 친구! 내 말 좀 들어 보게. 시간이 없어, 난 죽은 거나 다름이 없고, 계속 이런 식의 발작을 견디지 못할 거야."

슈뮈크는 어린아이처럼 울었다.

"들어봐, 그러고 나서 울어…… 그리스도교인이여, 하늘에 뜻을 따라야 하느니라. 나는 도둑질을 당했어, 시보 여편네 짓이야…… 나는 자네를 떠나기 전에 인생에 대해 알려 줘야 해…… 자네는 너무 몰라…… 가치가 상당한 그림을 훔쳐 갔어."

"용써해 줘, 내카 팔아써……."

"자네가!"

"내카…… 울린 재반에 쏘환퇴어써……." 가엾은 독일인이 말했다.

"소환……? 누가……?"

"기탈려 포아……!"

슈뮈크는 집행관이 놓고 간 공문서를 가져왔다.

퐁스는 이 난해한 문서를 주의 깊게 읽었다. 그리고 종이를 떨어뜨리고 침묵을 지켰다. 여태껏 정신을 소홀히 했던 이 인류 업적의 관찰자는 결국 시보댁이 꾸민 음모의 모든 가닥을 새어 볼 수 있었다. 예술적인 영감, 로마 예술원 학생의 총명함, 그의 젊음이 몇 분 동안 돌아왔다.

"착한 슈뮈크, 군인처럼 내 말을 따라 줘. 잘 들어! 수위실에 내려가서 그 추악한 여자한테 내가 사촌 법원장이 보낸 사람을 다시 만나기를 원한다고, 오지 않으면 내 수집품을 루브르 박물관에 기증할 생각이라고 말하게. 내 유서를 쓰는 일이라고."

슈뮈크가 심부름을 수행했다. 그러나 첫마디부터 시보댁은 미소를 띄었다.

"슈뮈크 선생님, 우리 소중한 환자께서 열이 나셔서 방에 사람들이 있다고 착각하셨어요. 정직한 여인의 이름을 걸고 맹세해요, 아무도 우리 환자의 가족 편에서 오지 않았어요……."

슈뮈크가 이런 대답을 듣고 돌아와서 퐁스에게 그대로 전했다.

"생각보다 더 강하고, 간사하고, 영리하고, 교활하네." 퐁스가 웃으면서 말했다. "수위실에서까지 거짓말을 하네! 오늘 아침에 엘리 마귀스라는 유대인하고, 레모냉크, 그리고 누군지 모르지만 혼자서 나머지 두 명보다 더 흉칙한 세 번째 인물을 데리고 왔어. 내가 자는 틈을 타서 유산을 감정하려고 했는데 내가 우연히 깨어나서 세 명이 내 담배 케이스들을 살피고 있는 것을 목격하고 말았지. 그래서 그 낯선 사람이 카뮈조 가족이 파견해서 왔다고 했어, 내가 그 사람하고 이야기했어……. 저 비열한 시보 여인은 내가 꿈을 꿨다고 주장했어……. 착한 슈뮈크! 꿈이 아니었어……! 그 사람 말을 똑똑히 들었어, 나한테 이야기를 했다고……. 두 장사꾼은 놀래서 나가 버렸어……. 시보 여인이 사실대로 말할 줄 알았는데……! 이번 시도는 괜한 거였네. 다른 함정을 파서 그 사악한 여인네를 잡아낼 거야……. 불쌍한 친구, 시보 여인이 천사라고 생각하지, 한 달 전부터 탐욕 때문에 나를 죽이고 있는 여자야. 몇 년간 우리를 충실하게 시중 든 사람이 그렇게 나빠질 수 있다고 믿고 싶지 않았어. 망설인 바람에 난 죽게 생겼어……. 그림 여덟 점에 얼마 주든……?"

"오천 브랑."

"하느님 아버지, 그 스무 배는 나가는 작품들이야!" 퐁스가 외쳤다. "내 수집품들 가운데 꽃이야. 소송을 걸 시간이 없어. 게다가 그 사기꾼들한테 속은 사람으로서 자네까지 연루시켜야 할 텐데…… 그건 자네를 죽이는 거나 다름없지! 법이 뭔지 자넨 몰라! 모든 파렴치함의 시궁창이야……. 그렇게 많은 추악한 행태들을 보면 자네 같은 영혼들은 견디지 못해. 그래도 자네는 충분히 부자가 될 거야. 나는 그 그림들을 4천 프랑 주고 샀고, 36년 동안 가지고 있었어……. 굉장히 교활한 도둑들한테 당했어. 나는 지금 무덤 앞에 와 있으니, 자네 걱정뿐이네……. 이 세상에 가장 착한 자네 말이야. 내가 가진 모든 것이 자네 것이니, 자네가 털리기를 바라지 않아. 모두를 경계해야 하는데, 자네는 누구를 경계해 본 적이 없잖아. 하느님이 지켜 주신다는 건 알지만, 잠시 한눈을 파실 수도 있어. 그러면 상선(商船)처럼 해적질을 당하겠지. 시보 여인은 괴물이야, 나를 죽이고 있어! 자네는 천사로 여기지만, 제대로 알게 해 줄게. 내 유서를 받아 적을 공증인을 소개해 달라고 부탁해 봐……. 현장에서 범행을 저지르는 걸 보여 주지."

슈뮈크는 퐁스가 마치 묵시록을 설파하는 것처럼 듣고 있었다. 퐁스의 말이 옳아서, 시보댁만큼 악랄한 본성이 존재한다면, 그것은 그에게 신의 부정이나 마찬가지였다.

"풀상한 친쿠 봉쓰카 쌍대카 너무 안 촣아써 유써를 스코 씹타코 해요, 콩층인을 풀러 추쎄요……." 독일인이 수위실에 내려가서 시보댁에게 말했다.

시보도 거의 가망이 없는 상태여서, 거기 모인 여러 사람이 이 말을 들었다. 레모냉크, 그의 누이, 이웃집에서 달려온 여자 수위 두 명, 세입자들의 하인 세 명, 1층 길 쪽의 아파트 세입자가 대문 밑에 서 있었다.

"아, 직접 데리고 오세요." 시보댁이 눈물을 머금고 소리를 질렀다. "유서도 마음대로 쓰시라고 하세요…… 내 불쌍한 남편이 죽어 가는데 그이의 곁을 떠날 수 없어요…… 시보를 살리기 위해서라면 세상의 모든 퐁스를 희생시키겠어요…… 30년 결혼 생활 동안 깨알만큼도 내 속을 썩이지 않은 사람인데……!"

그녀는 어안이 벙벙해진 슈뮈크를 두고 들어가 버렸다.

1층의 세입자가 슈뮈크에게 말했다. "선생님, 퐁스 씨가 그렇게 많이 편찮으십니까……?"

그는 졸리바르라는 사람이었는데, 대법원에서 칙령 기록 부서의 직원이었다.

"아카 축을 뻔해써요!" 슈뮈크가 아주 고통스럽게 대답했다.

"근처에, 생루이 거리에 공증인 트로뇽 씨가 있어요. 동네 공증인입니다."

"데리고 올까요?" 레모냉크가 슈뮈크에게 물었다.

"촐아요…… 씨포 푸인이 내 친쿠를 돌폴 쑤 없타면 내카 처러케 혼차 투코 칼 쑤카 업써요……"

"시보 부인의 말에 의하면, 미처 가고 계시다던데……!" 졸리바르가 말했다.

"봉쓰카 미쪘타코?" 슈뮈크가 공포에 사로잡혀 외쳤다. "청씬이 처러케 말캇턴 척이 업써요…… 그러니카 터 컥청이 퇴는 커예요……"

여기 몰려 있는 모든 사람들이 당연한 호기심을 가지고 이 대화에 귀를 기울였고, 기억 속에 새겼다. 프레지에를 본 적이 없었던 슈뮈크는 악마 같은 얼굴, 반짝이는 눈에 신경을 쓰지 않았다. 프레지에는 시보댁의 귀에 몇 마디를 던짐으로써 시보댁이 생각해 내기는 어려웠겠지만 훌륭하게 연기한 이 대담한 장면을 연출한 장본인이었다. 환자를 미친 사람으로 모는 것이 법률가가 구축한 건물의 주춧돌이었다. 아침의 사건이 그의 의도에 잘 부합했고, 아마도 그가 없었다면 슈뮈크가 가족의 사절을 불러 달라며 함정을 팠을 때 시보댁이 당황하여 사실을 폭로했을지도 모른다. 풀랭 의사가 들어오는 것을 보자, 레모냉크는 사라지고 싶은 생각이 간절했다. 이유는 다음과 같다. 열흘 전부터 레모냉크는 하늘의 손길을 대신했는데, 이는 혼자서 하늘의 뜻을 대변하고자 하는 사법부를 매우 언짢게 하기 마련이다. 레모냉크는 자기의 행복을 가로막는 유일한 장애물을 어떻게 해서든 제거하기를 원했다. 그에게 행복이란, 먹음직스러운 여자 수위와 결혼하고 자본을 세 배로 불리는 일이었다. 작은 재단사가 허브 차를 마시는 것을 보고, 일시적인 쇠약을 치명적인 병으로 전환시켜야겠다는 발상을 떠올렸고, 고철 장수라는 직업이 그에게 수단을 제공해 주었다.

어느 날 아침, 가게 문틀에 기대어 시보댁이 화려하게 차려입고 지킬 마들렌 대로변의 큰 상점에 대한 꿈을 꾸면서 파이프를 피우고 있는 동안, 심하게 녹이 슨 구리 조각이 그의 눈에 띄었다. 그때 시보의 찻잔 속에 그 조각을 알뜰하게 닦아야겠다는 생각이 별안간 떠올랐다. 그는 1백 수짜리 동전처럼 둥근 그 구리 조각을 작은 끈에 묶었다. 시보댁이 두 양반 집에서 일하는 동안 그는 날마다 재단사 친구의 안부를 물으러 갔다. 수위실에 몇 분 머무는 동안 구리 조각을 찻잔에 담가 놓았다가, 가면서 끈으로 건져 내곤 했다. 흔히 녹청이라고 명명되는 구리의 녹이 더해져, 몸에 좋은 허브 차에 독성이 몰래 첨가되었지만 아주 소량이어서 헤아리기 힘든 피해를 입혔다. 이와 같은 살인적인 유사 요법의 효과는 다음과 같았다. 3일째 되는 날, 가엾은 시보의 머리가 빠지고, 치아가 잇몸 속에서 흔들리고, 신체 조직의 균형이 감지할 수 없는 양의 독물에 의해 흐트러졌다. 해로운 물질의 작용을 알아볼 만큼 유식한 풀랭 의사가 이런 독물의 효과를 보고 머리를 굴렸다. 남몰래 차를 가져가서 직접 검사를 해 보았지만, 아무것도 찾아내지 못했다. 그날 우연히 레모냉크는 자기가 저지른 업적 앞에서 겁을 먹고 치명적인 구리 조각을 넣지 않았다. 풀랭 의사는 습기 찬 수위실에 틀어박혀 격자창 앞에서 탁자 위에 쭈그리고 앉은 채로 한평생을 보낸 나머지 운동 부족으로, 그리고 특히 도랑의 악취 때문에 피가 부패했을 것이라고 진단함으로써 자기 자신에게, 그리고 과학 앞에서 떳떳함을 되찾았다. 노르망디 거리는 파리 시청에서 아직 이정표형 분수전을 설치하지 않은, 차도가 쪼개진 오래된 길이여서, 모든 집들의 폐수가 내를 이루어 어렵게 흘러서 포석 밑으로 스며들어 파리 특유의 진흙탕을 만들어 낸다.

시보댁이 왔다 갔다 하는 동안, 끈질긴 일꾼인 남편은 항상 격자창 앞에 인도의 고행자처럼 앉아 있었다. 재단사의 무릎이 경직되고, 피가 상체에 고여 있었으며, 살이 점점 마르고, 휘는 다리는 거의 불필요한 기관이 되어 갔다. 따라서 시보의 진한 구릿빛 피부가 매우 오래전부터 자연적인 병색으로 보였다. 아내의 건강과 남편의 병이 의사에게는 자연스러운 현상처럼 느껴졌다.

"우리 불쌍한 남편이 무슨 병이에요?" 그녀가 풀랭 선생에게 물었다.

"우리 시보 사모님." 의사가 대답했다. "남편은 수위들의 병으로 죽어 가고 있어요…… 지금 전반적인 쇠약으로 보아 피가 치유할 수 없게 오염되었습니다."

목적도 없고, 이득도 이익도 없는 범죄였기 때문에 풀랭 의사가 처음에 품었던 의심이 곧 사라졌다. 누가 시보를 죽이려 했겠는가? 아내가? 풀랭은 시보의 차에 설탕을 넣고 마셔 보는 그녀를 보았다. 상당수의 범죄들이 이렇게 사회의 복수를 면하는데, 대체로 이와 같이, 피를 흐르게 하거나, 목을 조르거나, 구타하는 등 서툰 방법을 사용했을 때 남는 끔찍한 폭력의 흔적들이 없는 경우이다. 특히 하류층에서 행해지는, 겉으로 보기에 아무런 이익을 안겨 주지 않는 살인들이 그러하다. 범죄란 항상 그 전조들, 주위 사람들도 잘 아는 증오심, 가시적인 탐욕에 의해서 밝혀진다. 하지만 작은 재단사, 레모냉크와 시보댁이 처한 상황에서는 의사를 제외하고 아무도 죽음의 원인을 찾아낼 필요가 없었다. 허약하고 구리빛 도는 수위는, 아내의 사랑을 잔뜩 받고 있었고, 재산도 적도 없었다. 고철 장수의 동기와 사랑은 시보댁의 일확천금만큼이나 그늘 속에 숨겨져 있었다. 의사는 시보댁의 성격과 감정에 대해 속속들이 알고 있었으며, 그녀가 퐁스를 괴롭힐 사람인 줄은 알았지만, 살인을 할 만한 이익도 힘도 없다고 믿었다. 게다가 아침마다 의사가 방문할 때 남편에게 차를 타 주면서 자신도 한 숟가락을 떠 마셨다. 진실의 빛을 밝힐 수 있는 유일한 인물인 풀랭은 이런 경우가 의학을 까다로운 직업으로 만드는 우연한 병, 놀라운 예외 중의 하나라고 판단했다. 실제로 작은 재단사는 평생 쭈그리고 살았던 탓에, 불행히도 건강이 매우 나빠져서 아주 미량의 녹슨 구리로도 사망에 이르렀다. 주위의 수다쟁이들, 이웃들도 이런 급작스러운 죽음을 당연시함으로써 레모냉크의 죄를 씻어 주었다.

"아, 내가 한참 전부터 그랬잖아, 시보 건강이 안 좋다고."

"저 사람은 일을 너무 했어! 피가 타 버렸지."

"내 말을 안 들었어, 일요일에 산책 좀 하고, 월요일도 쉬라고 했는데. 일주일에 두 번은 놀러 다녀야 하거든."

밀고에 능한 동네 소문들은 하류층의 제왕인 경찰서장의 귀를 통해 법에 영향을 미친다. 그런 소문이 작은 재단사의 죽음을 그럴듯하게 정당화했다. 그렇지만 풀랭 선생의 고민하는 모습, 근심에 찬 눈이 레모냉크를 몹시 불편하게 했다. 그래서 의사가 들어오는 것을 보고 그는 슈뮈크에게 프레지에도 잘 아는 트로뇽 씨를 데리러 가겠다고 친절하게 제안했다.

"유서를 쓸 때 다시 올게요." 프레지에가 시보댁의 귀에 대고 말했다. "슬퍼도 조심해야 돼요."

그림자처럼 가볍게 사라진 작은 대리인이 의사 친구를 만났다.

"아, 풀랭, 다 잘 되어 가고 있어. 우린 이제 살았어⋯⋯! 오늘 저녁에 어떻게 되었는지 말해 줄게……! 자네가 원하는 직위를 생각해 놔! 얻게 될 거야! 나도! 치안 판사가 될 거야. 타바로가 이제 딸과 결혼하게 해 주겠지…… 자네는, 우리 치안 판사의 손녀 비텔 양하고 결혼시켜 줄게."

그런 어이없는 이야기를 듣고 말문이 막힌 퐁스를 두고 프레지에는 공처럼 길 위로 튀면서 갔다. 합승 마차를 불렀는데 이 근대적인 교통 수단은 10분 만에 그를 슈아죌 거리에 내려 주었다. 대략 오후 4시여서 법원장 부인이 혼자 있으리라는 것을 확신했다. 법관들은 5시 전에는 퇴근하지 않았다.

마르빌 부인은 프레지에를 격조 있게 접대하여, 바티넬 부인에게 약속한 대로 르뵈프 씨가 망트의 옛 대리인에 대해 긍정적으로 평했다는 것을 알 수 있었다. 마치 몽팡시에 공작 부인이 자크 클레망에게 했듯이*, 아멜리는 프레지에에게 거의 애교까지 떨었다. 이 작은 대리인이 그녀의 칼이었다. 퐁스의 수집품을 현금 90만 프랑에 구매하겠다는 엘리 마귀스와 레모냉크의 공동 편지를 보여 줬을 때, 부인은 대리인에게 그 금액이 뿜어져 나오는 듯한 눈빛을 보냈다. 대리인에게까지 넘쳐흐른 탐욕의 물결이었다.

"법원장님께서 내일 선생님을 저녁 식사에 모시기를 원하십니다. 가족끼리 있을 겁니다. 내 대리인 데로슈 씨의 후계자인 고데샬 씨, 공증인 베르티에, 사위와 딸이 손님 전부입니다……. 식사 후에 선생님, 저, 공증인과 대리인이 함께 모여서 선생님께서 요청하셨듯이 전권을 드리겠습니다. 그 두 분은 원하시는 대로 선생님의 발상에 따르고 모든 일이 순조롭게 되어 가도록 협조할 겁니다. 필요하실 때 법원장님의 위임장도 드리겠습니다……."

"사망하는 날에 필요할 겁니다……."

"준비해 놓겠어요……."

"사모님, 제가 위임장을 요구하고, 사모님의 대리인이 나서지 않기를 바라는 건, 제 이익을 위해서라기보다 사모님의 이익을 위해서입니다……. 저는 헌신할 때는 완전히 헌신합니다. 그래서 반대로 후견인들께, 감히 의뢰인이라고 하지 않겠습니다, 같은 의리와 같은 신뢰를 요구하는 것입니다. 어쩌면 제가 이 사건에 달라붙고 싶어서 이렇게 한다고 생각하실지도 모르겠습니다. 아닙니다, 사모님, 윤리적으로 문제가 될 만한 일들이 행해지면…… 이런 유산 관련 사건들에서는 그런 일을 끌어들이는 수가 있어요……. 특히 90만 프랑이라는 무게에 매달렸을 때 말이죠……. 이럴 때, 고데샬 선생같이 청렴함 그 자체인 분께 오명을 씌울 수는 없지만 보잘것없는 대리인에게는 다 덮어씌울 수 있죠……."

부인은 프레이에게 감탄했다.

"참 아주 높이 날거나 아주 낮게 떨어지거나 하시겠네요. 제가 선생님이라면 치안 판사로 들어앉기를 희망하기보다 검사장을 노릴 것 같아요…… 망트에서! 그리고 크게 출세할 수 있어요."

"제게 다 생각이 있습니다, 사모님! 치안 판사직이 비텔 씨에게는 신부의 말과 같았다면, 저는 전투 말로 삼겠습니다."

이렇게 법원장 부인은 프레지에게 가장 깊은 속내까지 털어 놓았다.

"우리를 위해 진실로 헌신하실 분 같으니 우리의 어려운 처지와 기대에 대해 말씀드리겠습니다. 은행가가 된 음모꾼과 딸을 결혼시키려는 과정에서 법원장님께서 당시 매물로 나왔던 여러 목장을 마르빌 땅에 보태기를 몹시 바라셨어요. 선생님께서도 아시다시피, 우리는 아이를 결혼시키기 위해 그 빼어난 영지를 포기했어요. 하지만 저는 남은 목장들을 구입하고 싶어요. 그 아름다운 초원들의 일부는 이미 팔렸어요. 20년 동안 그곳에 살다가 영국으로 돌아가는 영국인의 소유지인데, 그 사람이 좋은 위치에, 그러니까 마르빌 정원과 예전에 거기에 속했던 풀밭 사이에 너무나 어여쁜 별장을 지었고, 공원을 만들기 위해 곳간, 작은 숲들, 작은 정원들을 엄청난 가격에 사들였어요. 그 주택과 시설들이 거기에 너무나 잘 어울리고, 딸애 집의 공원 담과 인접해 있어요. 목초지의 순익이 2만 프랑이 되니 목장과 주택을 70만 프랑에 살 수 있을 거예요……. 그런데 만약 와드만 씨가 우리가 산다는 것을 알면 2만에서 3만 프랑은 더 받으려 할 거예요. 보통 시골의 땅값을 정할 때 집을 전혀 쳐주지 않기 때문에 원래는 그만큼을 못 받거든요."

"사모님, 제가 보기에는 유산을 이미 손에 넣으신 거나 다름이 없기 때문에, 제 자신이 사모님을 위해서 구매자의 역할을 수행해서, 자산을 사고팔 때 으레 그렇듯이 사서증서(私署證書)로, 가장 좋은 조건에 그 땅을 얻어 드리겠습니다……. 저를 그런 자격으로 영국인에게 소개할 거예요. 그런 일들은 제가 잘 알아요, 망트에서 제 특기였습니다. 제가 바티넬의 이름으로 일해서 그의 사무실 가치가 배로 뛰었답니다……."

"그래서 귀여운 바티넬 부인과 친분이 생기셨군요…… 그 공증인이 오늘날 부자가 되었겠어요……."

"하지만 바티넬 부인이 돈을 많이 씁니다…… 걱정 마세요, 사모님, 제가 그 영국인을 잘 익혀서 조리해 드리겠습니다……."

"그런 결과에 이르시면, 제가 영원히 감사할 겁니다……. 안녕히 가세요, 프레지에 선생님, 내일 뵙겠습니다……."

프레지에는 첫 번째 방문 때보다 덜 비굴하게 인사하며 나왔다.

"내일 나는 마르빌 법원장 집에서 저녁 식사를 해……! 자, 저사람들은 내 손안에 있어. 단, 이 일을 완벽하게 장악하기 위해서는 내가 치안 재판소의 집행관인 타바로를 통해서 저 독일인의 상담역이 되어야 할 텐데. 그 타바로는 외동딸을 나한테 안주려고 하지만 내가 치안 판사가 되면 결혼하게 해 줄 거야. 폐병 환자인 그 빨강 머리 키 큰 여자애는 루아얄 광장에 있는 집을 어머니한테 물려받아서 소유하고 있어. 그러면 나는 선거에 나갈 수 있어. 아버지가 죽으면 연금 6천 프랑은 받을 거야. 예쁘진 않지만, 하느님, 영에서 1만 8천 프랑의 연금으로 뛰어오르기 위해서 그것까지 따질 수는 없지……!"

큰길을 따라 노르망디 거리로 돌아오는 동안, 그는 이런 황금빛 꿈의 나래를 펼쳤다. 그는 영원히 궁핍에서 벗어나는 행복을 만끽했다. 그리고 친구 풀랭을 치안 판사의 딸 비텔 양과 결혼시킬 계획이었다. 의사와 더불어 동네의 제왕으로 군림하고, 파리시, 국민병, 국가의 선거들을 좌지우지할 것이 틀림없었다. 환상이라는 말을 타고 이처럼 야망을 끌고 다닐 때면 대로가 짧게 느껴진다.

슈뮈크가 친구 퐁스 곁으로 돌아가서 시보가 죽어 가고 있고, 레모냉크가 공증인 트로뇽 씨를 데리러 갔다고 이야기했다. 시보댁이 정직 그 자체라고 권해 주며 끝없는 설교 중에 귀가 빠지도록 들려줬던 이름이었기에, 퐁스는 솔깃했다. 아침부터 경계 태세를 갖춘 환자에게 찬란한 발상이 떠올라 시보댁을 속이고 순진한 슈뮈크에게 그 본모습을 폭로할 계획이 완성되었다.

"슈뮈크." 그는 많은 소식과 사건들로 어리벙벙해진 불쌍한 독일인의 손을 잡으며 말했다. "수위가 죽어 가고 있으니 집안이 지금 아주 혼란스러울 거야. 우리가 얼마간 자유롭게 행동할 수 있어, 그러니까 감시당하지 않고, 우린 요즈음 분명히 감시당하고 있거든. 나가, 마차를 타고 극장에 가서 우리의 수석 무용수 엘로이즈 양에게 내가 죽기 전에 만나고 싶어 한다고, 일 끝나고 10시 반에 와 달라고 말해 줘. 거기서 자네의 두 친구 슈밥과 브뤼네르의 집으로 가게. 그 친구들에게 내일 아침 9시에 여기 와서, 지나가는 길에 나를 보러 오는 척하면서 내 안부를 물으러 올라오라고 해……."

자신이 곧 죽는다고 예감한 늙은 예술가가 꾸민 계획은 이러하다. 그는 슈뮈크를 포괄 상속자로 지명해서 그를 부자로 만들고자 했다. 모든 가능한 시비를 면해 주기 위해, 증인들 앞에서 공증인에게 유서를 받아 적게 함으로써 자신이 이성을 상실했다는 의혹을 일축하고 카뮈조 집안이 자신의 마지막 의사를 공격하지 못하도록 조치를 취하려 했다. 그는 트로뇽이라는 이름 속에 어떤 음모를 엿보았고, 어떤 형식상의 하자가 계획되거나, 시보댁이 꾸민 배신이 있으리라고 믿었다. 그래서 그 트로뇽이라는 자를 이용하여 그가 불러 주는 대로 자필 유서를 쓴 후 봉인해서 서랍장 안에 두기로 결심했다. 그런 다음 슈뮈크를 침실의 작은 창고에 숨게 하여 시보댁이 그 유서를 찾아서 뜯고, 읽은 다음 다시 봉인하는 모습을 보여 주려 했다. 그리고 그다음 날 9시에, 자필 유서를 폐기하고, 공증인 입회하에 규정에 맞게, 논쟁의 여지가 없는 유서로 대체하고자 했다. 시보댁이 그가 미쳤다고 주장했을 때, 그는 법원장 부인의 증오와 복수심, 그리고 탐욕을 알아보았다. 두 달 동안 침대에 누워서, 이 불쌍한 사내는 잠을 이루지 못하는 외롭고 긴 시간 동안 자기 삶의 사건들을 면밀히 되새겼다.

고대와 근대의 조각가들은 흔히 무덤의 양쪽에 켜진 횃불을 들고 있는 정령들을 배치시켰다. 그 빛은 고인들에게 죽음의 길을 밝혀 주면서 그들의 죄와 잘못도 비춰 준다. 이런 조각은 위대한 사상을 표현하며, 인간적인 현상을 형상화한다. 임종 특유의 지혜가 있다. 아주 어린 나이의 소박한 젊은 처녀들이 100세다운 예지를 갖추고 예언자가 되어 가족에 대해 평하면서 어떤 연극에도 속지 않는 광경을 자주 볼 수 있다. 이것이 바로 죽음의 시(詩)이다. 하지만 기묘하고 눈여겨볼 만한 일이다! 죽는 방식에는 두 종류가 있다. 예언의 시, 미래 또는 과거를 꿰뚫어 보는 능력은 오로지 육체가 상한 이들, 삶의 물리적인 조직이 파괴되어 죽어 가는 이들의 전유물이다. 루이 14세 왕처럼 괴저에 걸린 사람들, 폐병 환자들, 퐁스처럼 열병으로 죽어 가는 환자, 모르소프 부인처럼 위가 상해서 죽는 사람들, 삶의 절정에서 치명적인 부상을 입어서 죽어 가는 군인들, 이들은 숭고한 명석함을 발휘해서, 그들의 죽음이 놀라움과 감탄을 자아낸다. 반면 소위 정신병을 앓는 사람들, 다시 말해 뇌, 또는 육체에 생각의 연료를 제공하는 매체인 신경계가 병이 든 사람들은 완전하게 죽는다. 그들의 정신과 육체는 동시에 파멸한다. 앞의 경우는 육체가 없는 영혼들이요, 뒤의 경우는 시체에 불과하다. 이 순수한 숫총각, 미식가 카토*, 거의 죄가 없는 의인은 뒤늦게 법원장 부인의 마음을 채우는 악랄함의 주머니들을 헤아렸다. 퐁스는 떠나기 직전에 세상에 대해 알게 되었다. 몇 시간 전부터 그는 모든 것을 풍자와 냉소의 대상으로 삼는 예술가처럼 즐겁게 운명을 받아들였다. 그를 삶과 이어 주던 마지막 연줄들, 숭배의 끈, 애호가를 예술의 명작들과 묶어 주던 튼튼한 매듭이 그날 아침에 끊어졌다. 시보댁이 자신을 도둑질한다는 사실을 알고 퐁스는 예술의 화려함과 허영심, 자신의 수집품들, 그리고 그토록 아름다운 작품들의 창조자들에 대한 애정에 그리스도인다운 작별을 고하고, 죽음을 신자의 축제라고 여겼던 조상들처럼 그 순간을 준비하는 데 전념하고자 했다. 슈뮈크를 사랑하는 마음에서, 무덤 속에서부터 그를 지켜 주고 싶었다. 이런 부성애에 귀를 기울여, 그는 슈뮈크가 포괄 상속자가 되었음을 받아들이지 않을 주위의 사악한 무리들로부터 도움을 요청하기 위해 수석 무용수를 선택했던 것이다.

엘로이즈 브리즈투는 거북한 상황에서도 진실된 모습을 간직하는 성격으로, 돈을 내는 숭배자들에 대해 온갖 농담을 할 줄 아는, 제니 카딘 또는 조세파*와 같은 과에 속했지만, 의리 있는 친구였고, 어떠한 인간적인 권력도 두려워하지 않았다. 그건 권력들의 나약함을 자주 목격하고, 마비유의 전원적이지 않은 무도회와 축제에서 경찰들과 실랑이 벌이는 데 익숙했기 때문이다. '자기가 밀어 주는 가랑조에게 내 자리를 줬으니, 그만큼 나를 도와야 한다고 느낄 거야.' 퐁스가 생각했다. 수위실이 어수선한 틈을 타 슈뮈크는 관심을 끌지 않고 밖으로 나와서, 퐁스를 오랫동안 혼자 두지 않으려 아주 신속하게 다녀왔다.

트로뇽 씨가 유서를 작성하기 위해 슈뮈크와 동시에 도착했다. 시보가 죽어 가고 있었음에도, 그의 아내는 공증인과 동행하여 그를 침실에 들여보낸 뒤, 슈뮈크, 트로뇽, 퐁스만 있도록 스스로 물러났다. 그러나 그녀는 특이하게 세공된 작은 손거울을 들고, 반쯤 열어 둔 문 앞에 자리를 잡았다. 그렇게, 자신에게 중대한 이 순간에 오고 가는 모든 말들을 들을 뿐만 아니라, 일어나는 모든 행동들까지 볼 수 있었다.

퐁스가 입을 열었다. "선생님, 불행히도 저는 지금 온전한 정신으로 곧 죽을 처지라는 걸 압니다. 아마도 하느님께서 뜻하신바, 죽음의 어떤 고통도 면제받지 못했습니다……! 여기 슈뮈크 씨예요……."

공증인은 슈뮈크에게 인사했다.

"이 세상에 제 유일한 친구입니다. 포괄 상속자로 지정하고 싶습니다. 독일인이라, 우리 법에 대해서 전혀 알지 못하는 제 친구가 어떠한 이의의 여지없이 유산을 상속받을 수 있게 하려면 유서를 어떻게 써야 하는지 알려 주십시오."

"모든 것에 이의의 여지는 있습니다." 공증인이 말했다. "그게 인간의 법이 지닌 허점이죠. 하지만 유서에 관한 한, 공격할 수 없는 것이 있긴 하죠……."

"어떤 겁니까?" 퐁스가 물었다.

"유언자가 온전한 정신이 있다고 확인하는 증인들 앞에서 공증인 입회하에 작성된 유서입니다. 만약 유언자가 아내도, 자식도, 아버지, 어머니도 없을 때……."

"그런 거 아무것도 없습니다. 제 모든 애정이 여기 있는 소중한 친구 슈뮈크의 머리 위에 모여 있습니다……."

슈뮈크가 울고 있었다.

"같은 항렬에 먼 친척들밖에 없으시다면 법에 의해 귀하는 동산과 부동산을 마음대로 처분하실 수 있기 때문에, 공증인 입회하에 작성된 유서는 공격받을 수 없습니다. 단, 도덕적으로 비난할 만한 조건으로 유증하지 않았을 때죠. 유언자의 엽기적인 요구 때문에 공격당하는 유언들을 보셨을 겁니다. 당사자의 신원이 파악되고, 공증인이 그가 이성이 있다는 사실을 확인했고, 서명도 의심받을 수 없습니다……. 하지만 형식에 맞고 명료한 자필 유서도 그만큼 이론의 여지가 없습니다."

"저만 아는 이유로 선생님이 불러 주시는 대로 자필 유서를 쓰고, 이 친구에게 맡기기로 결정하겠습니다…… 가능하겠죠?"

"좋습니다!" 공증인이 대답했다. "쓰시겠어요? 제가 불러 드리겠습니다…….."

"슈뮈크, 불이 만든 필통 좀 주게나. 선생님, 작게 불러 주세요. 누가 엿들을지 모르니……."

"우선 의도를 말씀해 주세요." 공증인이 물었다.

10분 후, 퐁스가 거울을 통해서 지켜보는 동안 시보 부인은 슈뮈크가 촛불을 켜는 사이 공증인이 유서를 검토한 후, 봉인하는 것을 목격했다. 퐁스가 그것을 슈뮈크에게 주면서 책상의 비밀 칸 안에 잘 넣으라고 말했다. 유언자는 책상의 열쇠를 달라고 하여 손수건 귀퉁이로 열쇠를 싸서 묶어, 그 손수건을 베개 밑에 놓았다. 예의상 유언 집행인이라고 명명된 공증인에게 퐁스는 그런 사람들에게 주도록 법이 허락하는 범주에 속하는, 상당한 가치를 지닌 그림 한 점을 주었다. 공증인은 나가면서 거실에서 시보 부인과 마주쳤다.

"자, 선생님? 퐁스 씨가 제 생각도 하셨나요?"

"친애하는 부인, 공증인이 의뢰인의 비밀을 누설하리라 기대하지는 않으시겠죠. 내가 할 수 있는 말은 이것입니다. 탐욕스러운 마음들이 좌절할 것이고, 기대했던 사람들이 실망할 것입니다. 퐁스 씨께서는 굉장히 분별 있는 유서, 애국적인 유서를 쓰셨고, 나는 이를 전적으로 지지합니다."

시보댁이 이런 말에 자극을 받아 호기심이 얼마나 발동했는지 상상하기란 어렵다. 그녀는 다시 내려와 시보 곁에서 밤을 보내는 동안, 새벽 두세 시 사이에 레모냉크 양에게 대신 지켜 달라고 부탁하고 유서를 읽으러 가야겠다고 결심했다.

밤 10시 반에 엘로이즈 브리즈투 양이 찾아왔을 때, 시보댁은 이를 자연스럽게 여겼다. 그러나 고디사르가 준 1천 프랑에 대해 발설할까 봐 여왕에게 하듯 예의를 차리고 아첨을 퍼부으며 그녀를 데려다주었다.

"아, 여사님, 극장에서보다 제자리에 계실 때가 훨씬 폼 납니다. 여기를 벗어나지 않았으면 좋겠네요!" 엘로이즈가 말했다.

애인 빅시우와 함께 마차를 타고 온 엘로이즈는 오페라의 가장 유명한 수석 무용수 가운데 한 명인 마리에트의 만찬에 가기 위해 휘황찬란하게 차려입었다. 생드니에서 장식끈 제조업을 하던 2층 세입자 샤풀로 영감과 그의 아내가 딸과 함께 앙비귀 코미크 극장에서 돌아오는 길이었는데, 계단에서 이렇게 예쁜 사람과 화려한 치장을 보고 현혹되었다.

"시보댁, 누구예요?" 샤풀로댁이 물었다.

"별 볼일 없는 여자야……! 40수 내고 매일 저녁 거의 벌거벗고 날뛰는 걸 볼 수 있는 딴따라……." 수위가 전직 장식끈 제조업자의 아내에게 속삭였다.

"빅토린! 부인 지나가시게 비켜 드려!"

엘로이즈는 경악한 어머니의 비명을 알아듣고 돌아섰다.

"부인, 따님이 부싯깃보다 더한가 보죠, 나한테 닿기만 해도 불붙을까 걱정하시게……?"

엘로이즈가 웃으면서 샤풀로 영감을 상냥하게 바라보았다.

"극장 밖에서 봐도 정말 예쁘군!" 층계참에 남아 있던 샤풀로 영감이 말했다.

샤풀로댁은 남편이 소리를 지를 정도로 그를 꼬집고 집 안으로 밀었다.

"5층만 한 3층이네." 엘로이즈가 말했다.

"오르시는 데 익숙하시잖아요." 시보댁이 아파트의 문을 열면서 대꾸했다.

"자, 친구." 엘로이즈가 침실에 들어서며 창백하고 핼쑥해진 채 누워 있는 불쌍한 음악가를 보았다. "상태가 안 좋으신가요? 극장에서 모두가 선생님을 걱정해요. 하지만 아시다시피, 사람들 마음씨가 착해도, 각자가 할 일이 바빠서 친구를 보러 오기 위해 한 시간도 쓸 수가 없답니다. 고디사르도 오겠다고 항상 이야기하지만, 매일 아침 골치 아픈 행정 일 때문에 꼼짝을 못해요. 그래도 우리 모두는 선생님을 사랑해요……."

"시보 부인, 이분과 단둘이 있게 해 주시면 감사하겠어요. 우리는 극장과 내 지휘자 자리에 대해 논의할 게 있어요…… 나중에 슈뮈크가 모시고 나가면 됩니다."

퐁스의 손짓에 슈뮈크는 시보댁을 문 밖으로 밀어내고 빗장을 당겨 버렸다. 문을 잠그는 소리를 듣고 시보댁이 생각했다.

'아, 저 나쁜 독일 자식 같으니! 역시 못되게 변하는군……!' 그녀는 내려갔다. "퐁스 냥반이 저런 몹쓸 버릇을 가르쳐 주나 봐…… 꼬마 친구들, 다 되갚을 줄 알아…… 저 딴따라 무용수가 1천 프랑에 대해 이야기하면 연극 속의 장난이라고 말하지, 뭐……."

그녀는 배 속에 불이 난 것 같다고 호소하는 시보의 침대 옆에 앉았다. 아내가 자리를 비운 동안 레모냉크가 그에게 마실 것을 준 후였다.

슈뮈크가 시보댁을 쫓아내는 동안 퐁스는 무용수에게 말을 꺼냈다. "아가, 정직한 공증인을 골라 주는 데 자네만 믿겠네. 내일 아침 9시 정각에 내 유서를 받으러 와야 해. 내 전 재산을 친구 슈뮈크에게 남기려고 하거든. 이 가엾은 독일인이 괴롭힘을 당한다면, 그 공증인이 그이에게 충고도 하고, 그이를 지켜 줘야 하네. 이 때문에 나는 아주 존경받고, 아주 부자여서 법률가들의 양심을 휘게 할 수 있는 유혹에도 아랑곳하지 않는 사람이 필요하지. 내 불쌍한 상속자가 그에게 의지할 수 있어야 하니까 말이야. 카르도의 후계자인 베르티에는 못 믿겠고, 자네가 발이 넓으니……."

"딱 그런 사람이 있어! 플로린과 뒤 브뤼엘 백작 부인의 공증인인 레오폴드 안느캥이라고, 창부가 뭔지도 모르는 덕성스러운 인물이야! 우연이 얻은 아버지처럼, 번 돈을 엉뚱한 짓에 쓰지 못하게 막아 주는 정직한 사람. 나는 '구두쇠 아빠'라고 불러, 모든 친구들에게 절약의 정신을 심어 줬거든. 우선, 그 사람은 사무실 외에도 연금 6만 프랑을 받아. 그리고 옛날 공증인 같아! 걸어 다니면서도, 자면서도 공증인이야. 아기들도 소녀 공증인, 소년 공증인으로 태어났을 거야……. 똑똑한 체하고 재미 없지만 그래도 일을 할 때는 어떤 권력 앞에서도 굴하지 않을 작자야……. 재산을 갉아먹는 여자도 없어, 아버지, 남편의 화석이지! 게다가 아내가 그이를 너무 사랑해서, 공증인의 아내지만 바람도 안 피워…… 더 바랄 게 있어? 공증인에 관한 한, 파리에서 이보다 나은 사람은 없어. 가부장처럼 엄하고, 말라가와 사귀던 카르도처럼 재밌고 웃기지는 않지만 안토니아와 동거하던 그 애송이처럼 배신을 때리지도 않아! 내일 8시에 이이를 보낼게……. 발 뻗고 자도 돼. 먼저, 선생이 다 나아서 예쁜 음악을 만들어 주길 바라. 그런데 알겠지만, 인생은 참 슬퍼. 기업가들이 까탈질을 하고, 왕들도 꾀병질을 부리고, 장관들은 투기질하고, 부자들은 절약질을 하지……. 예술인들에게 남은 건 이거밖에 없어!" 그녀는 가슴을 치면서 말했다. "죽을 지경이지…… 잘 있어, 영감!"

"엘로이즈, 무엇보다, 비밀을 지켜 줘."

"이건 연극이 아니라고. 이런 건 예술인에게는 성스러운 거야!"

"아가, 네 신사는 누구야?"

"선생이 사는 구의 구청장, 보두아예 씨. 세상을 뜬 크르벨만큼 멍청한 인간이지. 소식 들었는지 모르겠는데, 고디사르의 옛 후견인이었던 크르벨이 며칠 전에 죽었거든. 나한테 아무것도, 포마드 한 통도 안 남겼어! 그래서 이 시대가 더럽다는 말이 나오지."

"왜 죽었어?"

"아내 때문에……! 나랑 있었더라면, 아직 살아 있을 텐데! 안녕, 영감! 지금 숨 넘어가는 이야기를 안심하고 하는 건, 보름 후에 영감이 예쁘고 작은 물건들의 냄새를 맡으면서 대로변을 거니는 모습이 생생해서야. 아픈 것 같지 않은데, 그 어느 때보다 눈이 반짝거리는걸⋯⋯."

무용수는 자신이 뒤를 봐주는 가랑조는 영원히 지휘봉을 쥐게 되었다고 확신하며 갔다. 가랑조는 그녀의 사촌이었다. 건물의 모든 문들이 반쯤 열려 있었고, 아직 깨어 있는 가족들은 모두 나와서 수석 무용수가 지나가는 것을 구경했다. 이 집에서는 커다란 사건이었다.

무용수가 대문 앞에서 열어 달라고 할 때, 프레지에는 한번 입에 문 덩어리를 놓치지 않는 불도그처럼 수위실에서 시보 부인 곁에 죽치고 있었다. 그는 유서가 작성되었다는 사실을 알고, 수위의 마음가짐을 살피러 왔었다. 공증인 트로뇽 선생이 유서에 대해 프레지에에게도, 시보댁에게도 한마디도 하지 않았기 때문이다. 법률가는 무용수를 보면서 극단적인 경우에 이런 방문을 이용해야겠다고 다짐했다.

"우리 시보 사모님, 지금이 사모님에게 결정적인 순간입니다."

"아, 네, 우리 불쌍한 남편⋯⋯! 내가 받는 것을 누리지 못할 거라고 생각하면⋯⋯."

"퐁스 씨가 사모님께 뭔가를 물려줬는지 알아야 합니다. 한마디로, 사모님의 이름이 유서에 들어가 있는지, 아니면 빠졌는지 말입니다. 저는 법정 상속인들을 대변하는데, 어떤 경우에도 사모님은 뭘 받더라도 그들로부터 받아야 합니다⋯⋯ 자필 유서이기 때문에 공격하기 매우 쉽죠⋯⋯ 우리 양반이 어디에 두었는지 아십니까?"

"책상의 비밀 칸에 넣었어요. 열쇠는 손수건 귀퉁이로 묶어서 베개 밑에 끼고 있어요…… 다 봤어요."

"유서가 봉인되었나요?"

"불행히도, 그래요."

"유서를 빼돌려서 없애는 건 중죄이지만, 보는 건 단지 경범 죄일 뿐입니다. 그리고 어찌 됐든 기껏 증인도 없는 작은 과실에 불과하죠. 이 양반, 깊이 잠드나요?"

"네, 그런데 다 살피고 가치를 매기려고 했을 때, 돌처럼 자고 있어야 하는데 깨어났어요…… 그래도 가 볼게요! 새벽 4시쯤 슈뮈크 선생님과 교대하러 갈 테니, 오시면 10분 동안 유서를 손에 넣을 수 있어요……."

"그럼 그렇게 합시다! 제가 4시쯤 일어나서 살살 두드릴게 요……."

"나 대신 남편을 지킬 레모냉크 양에게 문을 열어 드리라고 말 해 놓을게요. 아무도 깨지 않도록 창문을 두드리세요."

"알겠어요. 불을 켜 주실 거죠? 초 하나면 충분할 거예요……."

자정에 불쌍한 독일인은 비탄에 잠긴 채 의자에 앉아 퐁스를 바라보고 있었다. 죽어 가는 사람처럼 얼굴이 경직된 퐁스는 피로가 쌓여서 당장이라도 숨을 거둘 모양으로 무너져 내리는 듯했다.

"딱 내일 저녁까지 버틸 만큼 힘이 남아 있는 것 같아." 현명해 진 퐁스가 말했다. "사랑하는 슈뮈크, 아마도 내일 밤에 임종을 맞이하게 될거야. 공증인과 자네의 두 친구가 왔다가 가면, 성프 랑수아 교회의 보좌신부, 성실한 뒤플랑티를 데리고 오게나. 그

착한 사람은 내가 아프다는 것도 몰라. 나는 내일 정오에 성사(聖事)를 받고 싶네……."

그는 한참 쉬었다가 말을 이었다.

"하느님께서는 내 삶이 내가 꿈꾼 대로 되는 걸 원치 않으셨어." 퐁스가 말을 이었다. "아내와 자식, 가족을 거느리기 바랐는데……! 집구석에서 몇 명에게 사랑을 받는 것이 내 야심의 전부였건만! 모두에게 인생은 쓴잔과 같지. 내가 소망하는 모든걸 누리면서 행복하지 않은 사람들을 봤으니 말이야……. 말년에 하느님께서 자네와 같은 친구를 주심으로써 기대하지 않았던 위로를 내리셨어……! 이러니 내가 자네의 진가를 몰라보거나 제대로 알아보지 못했다고 자책할 일은 없어……. 사랑하는 슈뮈크, 나는 자네에게 내 마음과 내 모든 사랑을 줬다네……. 울지 말게, 슈뮈크, 계속 그러면 난 입을 다물 거야! 우리 둘에 대해 이야기하는 건 나한테 얼마나 감미로운지……. 자네의 말을 들었다면, 난 계속 살 수 있었어. 사교계와 그곳에서 들인 습관들을 버리고, 치명적인 상처를 받지 않았겠지. 이제 자네 생각만 하려고 해……."

"찰못된 쌩칵이야……!"

"내 말에 반대하지 마. 잘 들어, 친구…… 자네는 어머니를 떠난 적이 없는 여섯 살배기 아이처럼 순수하고 순진해. 그건 정말 훌륭하지. 하느님께서 자네와 같은 이들을 직접 돌보셔야 하는데. 그러나 사람들이 너무나 사악해서, 내가 지켜 줘야 해. 그러니 천재들이나 자네와 같은 심성을 가진 이들만 입은 순수함의 은

혜, 그 고귀한 신뢰감, 성스러운 믿음을 잃게 될 걸세……. 조금 열려 있었던 문틈으로 우리를 잘 감시한 시보 부인이 곧 이 가짜 유서를 가지러 올 거야……. 아마 그 여우 같은 여자는 자네가 잠들었다고 믿는 오늘 아침에 일을 저지를 것 같아. 잘 듣고, 내 지시를 그대로 따르게…… 내 말 들리나?" 환자가 물었다.

슬픔에 짓눌린 슈뮈크는 가슴이 끔찍하게 두근거려서 의자 등받이에 머리를 맡겨, 기절한 듯이 있었다.

"크래, 틀코 이써! 크런테 마지 차네카 나한떼써 이팩 보츰 떨어쳐 있는 컷처럼…… 차네와 함케 무텀 쪽으로 떨어치는 컷 같아……!" 슬픔에 짓눌린 슈뮈크가 말했다.

그는 퐁스에게 다가가 두 손으로 그의 손을 잡았다. 그렇게 그는 마음속으로 간절한 기도를 올렸다.

"독일어로 뭐라고 중얼거리는 거야……?"

"하누님케 울릴 함케 테려카라코 키토했어……!"

퐁스는 간에 찾아온 엄청난 통증 때문에 힘겹게 몸을 숙였다. 그는 슈뮈크까지 몸을 겨우 낮추고는, 하느님의 발치에 앉아 있는 어린 양과 같은 이 사람에게 축복하듯 마음을 다 쏟으면서 그의 이마에 입을 맞췄다.

"자, 자, 내 말 들어, 슈뮈크, 죽어 가는 사람들의 말은 들어 줘야지…….''

"틀코 이써……!"

"자네 방에서 내 방으로 직접 넘어올 수 있어. 자네 규방의 작은 문이 내 방의 창고와 통하지.''

"크래, 크런테 크림틀이 크 앞에 쌓여 이써."

"지금 조용히 그 문 앞을 치워 줘."

"크래……."

"통로를 내 쪽과 자네 쪽 모두 치워 줘. 그리고 자네 쪽 문을 조금 열어봐. 시보 여인이 여기 자네와 교대하러 올 때(오늘 평소보다 한 시간 일찍 올 수도 있어), 지친 얼굴을 하면서 원래대로 자러 가게. 당장 잠들 것처럼 보여야 해……. 그 여자가 의자에 앉자마자 그 문으로 들어와서 여기, 유리문의 작은 커튼을 조금 젖혀서 지켜봐. 무슨 일이 일어나는지 잘 보게…… 알았나?"

"알라틀어써. 크 염지 없는 여차가 유써를 풀대울 커라코 쌩칵하는 커치……?"

"뭘 할지는 모르겠지만, 그러고 나서 자네가 그 여자를 더 이상 천사로 여기지 않을 건 확실해. 이제는 음악 좀 연주해 줘, 자네의 즉흥곡으로 나를 기쁘게 해 주게……. 뭔가를 하면서, 자네의 어두운 생각도 없애고 나의 이 우울한 밤을 시(詩)로 채워 줘……."

슈뮈크가 피아노를 치기 시작했다. 얼마 후, 슬픔의 전율과 그 자극이 일으킨 음악적인 영감이 상냥한 독일인을 사로잡아, 늘 그렇듯이 그를 다른 세상으로 날려 보냈다. 그는 숭고한 주제들을 찾아서 변주했고, 파가니니와 음악적 기질이 가장 비슷한 두 거장, 때로는 쇼팽의 애절함과 라파엘로다운 완벽함으로, 때로는 리스트의 열정과 단테를 연상시키는 웅장함으로 카프리치오*를 연주했다. 연주가 이런 경지의 완벽함에 달했을 때 연주자는 시인의 반열에 오르게 된다. 그는 작가에게 배우와 같은 존재, 즉 신성한 언어의 신성한 해석자가 된다. 그러나 슈뮈크가 퐁스에게 천국의 연주, 성녀 세실리아의 손에서 악기를 놓게 했던 그 감미로운 음악을 미리 들려주던 그날 밤, 그는 동시에 베토벤과 파가니니, 창조자와 해석자였다! 꾀꼬리처럼 한없이, 그 위에 펼쳐진 하늘처럼 숭고하게, 트레몰로*로 가득 채우는 숲처럼 다채롭고 울창하게, 슈뮈크는 스스로를 능가하여, 듣고 있는 노음악가를 볼로냐에서 볼 수 있는, 라파엘로가 재현한 황홀경에 빠뜨렸다*. 이 시는 불쾌한 벨 소리 때문에 중단되었다. 2층 세입자들의 하녀가 이 마녀 집회를 그만하라는 주인들의 간청을 전하러 온 것이다. 샤풀로 부부와 샤풀로 양이 깨어서 다시 잠이 들 수 없다고, 극장 음악을 연습하기 위해서는 낮이 충분히 길다고, 그리고 마레 지구의 집에서는 밤에 피아노를 두드리면 안 된다고 지적하고 있었다……. 대략 새벽 3시였다. 시보댁과 프레지에의 대화를 엿들은 듯한 퐁스의 예상대로 3시 반에 수위가 나타났다. 환자가 "내가 잘 알아 맞췄지?"라고 하듯이 슈뮈크에게 의미심장한 눈빛을 보냈다. 그리고 깊이 잠든 사람처럼 누웠다.

아이들의 꾀가 통하는 수단이자 이유이지만, 시보댁은 슈뮈크의 순진함을 강력하게 믿어서, 그가 그녀에게 애처로우면서도 명랑한 얼굴로 이야기할 때 거짓말이라고 전혀 의심하지 않았다.

"청말 금칙한 팜을 포내써요! 악마철럼 흥푼해써요! 진청시기려코 음악을 할 쑤바케 없어써, 2층 쌀람틀리 초용히 하라코 올라와써요……! 콘란했치요, 친쿠의 쌂이 컬린 일리니카요. 팜새 파아노 치니 너무 피콘해써 오늘은 콜라떨어치께써요."

"우리 불쌍한 남편도 상태가 아주 안 좋아요. 어제처럼 또 그러면 더 버티기 힘들 거예요……! 어쩌겠어요? 하느님의 뜻인걸!"

"너무 청직한 마음, 알름타운 영혼을 카치셔쓰니, 씨포 영감이 죽으면 같치 쌉씨타……!" 교활해진 슈뮈크가 말했다.

마치 아이들이 야만인들처럼 치밀하게 함정을 파듯이, 소박하고 번듯한 사람들이 음험해지면 정말 무서워진다.

"가서 주무세요, 아들! 눈이 졸려서 주먹만 해졌네. 남편을 잃은 슬픔에서 나를 위로해 줄 수 있는 건 선생님처럼 좋은 사람과 남은 인생을 보낼 수 있다는 생각이에요. 안심하세요, 샤풀로댁은 내가 혼내 줄게. 은퇴한 잡화상이 그렇게 큰 소리 쳐도 되는 겁니까……?"

슈뮈크는 감시하기 위해 마련한 자리로 갔다. 시보댁은 아파트의 문을 조금 열어 놓았고, 슈뮈크가 자기 방의 문을 잠그자 프레지에가 들어와 소리 없이 닫았다. 공증인은 촛불과 유서를 뜯기 위한 아주 가벼운 놋쇠 줄을 들고 있었다. 퐁스가 손수건을 긴 베개 밑으로 삐져나오게 놓고, 벽 쪽으로 코를 돌려 그것을 쉽게 가져갈 수 있도록 도와주었기 때문에 시보댁은 책상 열쇠가 담긴 손수건을 얼른 손에 넣을 수 있었다. 시보댁은 곧장 책상으로 향하여, 최대한 소리를 죽이면서 열고는 비밀 칸의 작동법을 알아내서 유언장을 손에 쥐고 거실로 달려갔다. 퐁스는 이런 행동을 보고 매우 의아했다. 슈뮈크는 죄를 짓는 것처럼 머리에서 발끝까지 떨고 있었다.

"제자리로 돌아가세요." 프레지에가 시보댁이 건네주는 유서를 받으면서 말했다. "깨어나면 그곳에 계셔야 하잖아요."

첫 시도가 아님을 증명하듯 능란하게 봉투를 연 다음, 프레지에는 이 신기한 글을 읽으며 깊은 놀라움에 빠졌다.

이것은 내 유서입니다.

"1845년 4월 15일 오늘 공증인 트로뇽 씨와 함께 작성한 이 유서가 증명하듯이 온전한 정신으로, 지난 2월부터 앓고 있는 병으로 곧 사망하게 될 것임을 예감하여 내 재산을 처분하기 위해 마지막 뜻을 다음과 같이 밝히는 바입니다.

나는 회화 걸작들의 파괴를 초래하는 해로운 악조건들을 목격하고 항상 경악을 금치 못했습니다. 그 아름다운 작품들이 애호가들이 볼 수 있는 한 장소에 정착하지 못하고 여러 나라를 떠돌아다니는 현실을 한탄했습니다. 위대한 거장들이 그린 진정한 의미에서 불멸의 장면들이 국가의 소유가 되어서, 마치 하느님의 걸작인 빛이 모든 자녀들을 이롭게 하듯이, 항시 민중들의 눈앞에 놓여 있어야 한다고 생각해 왔습니다.

나는 가장 뛰어난 거장들의 영광스러운 업적인 그림 몇 점을 모으고 고르는 데 평생을 바쳤는데, 그 작품들은 수정하지도 다시 칠하지도 않은 진품이므로, 내 삶을 행복하게 해 준 이 작품들이 경매에 팔려서 어떤 것들은 영국에, 또 다른 것들은 러시아에, 나한테 와서 모이기 전처럼 다시 흩어질 수 있다는 생각에 슬퍼하지 않을 수 없었습니다. 따라서 나는 그림들과, 역시 솜씨 좋은 장인들이 만든 그 둘레의 뛰어난 액자를 그런 비참한 운명에서 구하기로 결심했습니다.

이런 연유로, 나는 내가 소장한 그림들을 루브르 박물관에 전시하도록 폐하께 헌납하겠습니다. 대신, 헌납이 받아들여지면, 내 친구 빌헬름 슈뮈크에게 2,400프랑의 종신연금을 주는 조건을 걸겠습니다.

만일 박물관의 용익권자이신 폐하께서 이런 상속과 부담을 거절하신다면 그 그림들은 내가 친구 슈뮈크에게 물려주는 내 소유의 모든 가치들의 일부가 될 것입니다. 단, 고야의 원숭이 머리를 내 사촌 카뮈조 법원장에게, 아브라함 미뇽의 튤립 그림은 유언 집행자로 임명하는 공증인 트로뇽 씨에게 증여하고, 10년 전부터 내 살림을 돌보는 시보 부인에게 연금 200프랑을 남기겠습니다.

마지막으로, 친구 슈뮈크에게 루벤스의 「십자가에서 내려지는 예수」, 앙베르에 있는 유명한 그림의 소묘를 예배당의 장식용으로 본당에 기증하라고 부탁합니다. 내가 그리스도교인으로서 죽음을 맞이할 수 있도록 해 준 뒤플랑티 보좌신부님의 친절에 보답하기 위해서입니다." 등등.

'망했어!' 프레지에는 생각했다. '내 모든 꿈들, 망했어! 아, 법원장 부인이 이 늙은 예술가의 간사함에 대해 한 말이 이제야 다 믿기는군……!'

"뭐래요?" 시보댁이 와서 물었다. "사모님의 저 양반, 괴물이에요. 다 박물관, 국가에 기증하고 있어요. 국가를 상대로 소송을 제기할 수는 없잖아요……! 유서를 공격할 수 없어. 우리는 털렸어, 파산했어, 망했어, 살해당했어……!"

"나한테는 뭘 남겼는데……?"

"종신연금 200프랑……."

"그것 참 대단하군……! 완전히 사기꾼이구면……!"

"가서 지키세요, 내가 당신의 그 사기꾼 유언장을 봉투에 다시 넣을게요." 프레지에가 말했다.

시보댁이 등을 돌리자 프레지에는 잽싸게 백지를 유언장과 맞바꿔서 진짜 유언장을 자기 주머니에 넣었다. 그리고 봉투를 아주 능숙하게 다시 닫았다. 시보댁이 돌아왔을 때 봉인을 보여 주며 흔적이 조금이라도 눈에 띄냐고 물었다. 시보댁은 봉투를 집어 들어서 만져 보더니 차 있다는 것을 확인하고 깊은 한숨을 내쉬었다. 내심 프레지에가 그 치명적인 자료를 태워 버리길 바랐던 것이다.

"그럼, 이제, 존경하는 프레지에 선생님, 어떻게 할까요?"

프레지에가 소장품을 가리키며 말했다.

"그건 사모님 일이죠! 난 상속자가 아니니까요. 하지만 내가 저것에 조금이라도 상속권이 있다면 어떻게 할지는 잘 알죠……."

"그걸 물어보는 거예요……." 시보댁이 어리석게 물었다.

"벽난로에 불이 지펴져 있네요……." 그는 일어서면서 대답했다.

"사실, 이걸 아는 사람은 선생님과 나뿐이죠……!" 시보댁이 말했다.

"유언장이 존재했다고 증명할 수는 없어요!" 법률가가 다시 입을 열었다.

"선생님은요?"

"저요⋯⋯? 퐁스 씨가 유서 없이 죽으면, 1천 프랑은 보장합니다."

"나 참, 황금 더미를 약속해 주고, 일단 얻을 건 얻고 보답을 할 때가 되면, 꾀를 써서, 마치⋯⋯."

그녀는 프레지에에게 엘리 마귀스 이야기를 하려다 제때에 입을 다물었다⋯⋯.

"저는 갑니다! 사모님을 위해서, 내가 이 집에 있는 걸 누가 목격하면 안 돼요. 우린 밑에, 수위실에서 다시 만납시다."

문을 닫은 후 시보댁이 유언장을 들고 화로에 버려야겠다는 굳은 결심으로 돌아왔다. 그러나 방으로 들어가 벽난로 쪽으로 발걸음을 옮겼을 때 누군가가 그녀의 양팔을 잡았다⋯⋯! 그녀는 문의 양쪽에서 각각 칸막이에 기댄 퐁스와 슈뮈크 사이에 있었다.

"아!" 시보댁이 비명을 질렀다.

그녀는 정면으로 거꾸러져서 심한 경련을 일으켰다. 실제인지 가장인지는 여태껏 밝혀지지 않았다. 이런 광경이 퐁스를 흔들어 놓아, 치명적인 무기력증을 야기했다. 슈뮈크는 퐁스를 다시 눕히기 위해 시보댁을 내버려 뒀다. 두 친구는 의지를 실현하는 데 있어 본인의 힘을 뛰어넘은 사람들처럼 떨고 있었다. 퐁스를 눕히고, 슈뮈크가 다시 기운을 조금 되찾았을 때, 흐느끼는 소리가 들렸다. 무릎을 꿇은 시보댁이 눈물을 터뜨리며 매우 극적인 팬터마임으로 빌면서 두 친구에게 손을 내밀고 있었다.

"그저 호기심 때문이에요!" 그녀는 두 친구의 관심이 자신에게 쏠렸음을 알고 말했다. "우리 퐁스 선생님, 아시다시피 그건 여자들의 약점이잖아요! 하지만 어떻게 뜯어야 할지 몰라서 다시 갖다 놓는 길이었어요……!"

"탕창 나카요!" 슈뮈크가 벌떡 일어나 분노한 만큼 우뚝 서서 말했다. "탕신은 쾨물이에요! 내 쏘충한 봉쓰를 축이려 해써요. 이 친쿠 말이 옳아요! 쾨물포다 터 해요, 저추 팔으쎄요!"

시보댁은 천진한 독일인의 얼굴에 혐오가 서린 것을 보고 타르튀프처럼 거만하게 일어나서, 슈뮈크를 떨게 만든 눈빛을 던지고는, 메추의 작지만 탁월한 그림을 치마 속에 숨기고 나갔다. 그것은 엘리 마귀스가 "보석이야!"라고 극찬했던 그림이었다. 시보댁이 수위실에 다시 내려갔을 때 프레지에는 기다리고 있었다. 그녀가 봉투와 그 안에 자신이 넣은 백지를 태웠기를 기대했으나, 겁먹고 당황한 의뢰인의 얼굴을 보고 몹시 놀랐다.

"무슨 일입니까?"

"무슨 일이냐면, 나한테 좋은 충고를 주고 나를 지도해 준답시고 영원히 내 연금과 이 냥반들의 신뢰를 잃게 만들었어요……."

그녀는 주특기인 말 폭풍을 퍼부었다.

프레지에가 건조하게 끊었다. "쓸데없는 말은 그만하시고, 요점을! 요점을! 빨리."

"그러니까, 어떻게 된 거냐면……."

그녀는 좀 전의 일을 그대로 이야기했다.

"내가 뭘 잃게 하지는 않았네요." 프레지에가 대답했다. "그 두 양반이 사모님의 정직함을 의심하고 있었어요. 그러니까 함정을 팠죠. 사모님을 지켜보고 있었어요, 감시했다고요……! 다

털어놓지 않으시는군요……." 수위에게 호랑이의 시선을 던지며 대리인이 덧붙였다.

"내가요! 선생님께 뭔가를 숨긴다고요……! 우리가 이렇게 같은 배를 탔는데……!" 그녀가 소스라치며 말했다.

"그런데 친애하는 부인, 나는 비난받을 만한 행동을 한 적이 없어요!" 프레지에는 그날 밤 퐁스의 집을 방문한 사실을 부정하려는 의도를 비쳤다.

시보댁은 머리카락의 숱이 타는 느낌이 들었다. 몸이 얼어붙는 것 같았다.

"뭐라고요……?" 그녀는 얼이 빠져서 물었다.

"이건 제대로 된 범죄 행위요……! 유언장을 빼돌리려 했다는 혐의를 입을 수 있죠." 프레지에가 냉랭하게 대답했다.

시보댁은 공포에 질린 듯한 몸짓을 보였다.

"안심하세요, 제가 자문해 드릴게요. 단지 전에 말씀드린 걸 어떻게든 실현시키기가 얼마나 쉬운지 입증해 드리려고 했을 뿐입니다. 그건 그렇고, 뭘 하셨기에 그렇게 순진한 독일인이 사모님 몰래 방에 숨어 있었나요……?"

"아무것도 안 했어요. 저번에 퐁스 씨에게 헛것을 보셨다고 말했던 일 때문이에요. 그날부터 두 냥반은 나에 대해 태도가 완전히 달라졌어요. 그러니 선생님이 저를 불행에 빠뜨린 장본인이시라고요. 퐁스 씨에게 인심을 잃었지만, 독일 분은 날 너무 좋아해서 나랑 결혼하겠다는 말까지 하고 있었어요, 아니면 나와 같이 살자고 그랬어요. 그게 그거죠, 뭐."

이유가 그럴듯해서, 프레지에는 만족할 수밖에 없었다.

"안심하세요. 연금을 받게 해 드리겠다고 했으니, 약속을 지킬게요. 지금까지 이 일에서 모든 게 가정이었어요. 이제는 은행권이 달려 있어요……. 적어도 종신연금 1,200프랑은 받으실 겁니다……. 우리 시보 사모님, 내 지시에 따르고, 영리하게 이행해야 합니다."

"그럼요, 우리 프레지에 선생님." 완벽하게 꺾인 수위가 비굴한 태도로 유연하게 돌변했다.

"자, 그럼 안녕히!" 프레지에가 위험한 유언장을 가지고 수위실을 떠났다.

그는 매우 기뻐하면서 귀가했다. 그 유언장은 무시무시한 무기였던 것이다.

"마르빌 법원장 부인의 진심을 보장받을 수 있겠군. 약속을 어기기만 하면 유산을 잃는 거니까."

새벽에 레모냉크는 가게를 열고 누이에게 맡긴 후, 며칠 된 습관대로 절친한 시보의 상태를 보러 왔다가 메추의 그림을 들여다보는 시보의 아내를 발견했다. 그녀는 색칠된 작은 판때기가 그렇게 비쌀 수가 있는지 의아해하고 있었다.

"아하!" 그가 시보댁 어깨 너머로 쳐다보았다. "마귀스 사장님이 가져가지 못한 걸 후회한 유일한 그림이지. 이 작은 물건만 있으면 더 바랄 게 없겠다고 했어요."

"얼마 주겠대?"

"과부가 되는 해에 나와 결혼하겠다고 약속하면, 내가 엘리 마귀스로부터 2만 프랑을 얻어 드릴게. 결혼 안 해 주면 1천 프랑 이상 못 받을 거요."

"왜?"

"판매자로서 영수증에 서명해야 할 테니까. 그러면 상속인들이 소송을 걸 거야. 내 아내가 되면, 내가 마커스 사장님한테 팔 거고, 상인한테는 구매 내역 장부만 보여 달라고 해요. 슈뮈크 씨가 나한테 팔았다고 쓰면 되지. 자, 이 그림을 우리 집에 갖다 놔요…… 남편이 돌아가시면, 곤란해질 수 있어요. 그런데 나한테 그림이 있다는 건 아무도 이상하게 여기지 않을 거요…… 나를 잘 알잖아. 원하면 수령증 하나 써 줄게."

범죄 현장에서 들킨 탐욕스러운 수위는 자신을 골동품 장수에게 영원히 엮는 제안을 받아들였다.

"당신 말이 맞아요, 종이나 갖다 줘요." 그녀가 서랍장에 그림을 숨기면서 말했다.

골동품상이 시보댁을 문지방 위로 끌고 가면서 낮게 속삭였다. "사모님, 우리 불쌍한 친구 시보를 살리지 못해요. 어제 저녁 풀랭 의사가 가망이 없다고, 오늘 하루를 다 지내지 못할 거라고 했어요……. 큰 불행이죠! 하지만 여기는 사모님이 계실 곳이 못 되지요……. 카퓌신 대로변의 멋진 골동품 상점이 제자리지……. 내가 10년 동안 10만 프랑 가까이 벌었다는 거 아시오? 당신도 언제 그만큼 손에 넣으면, 내가 책임지고 크게 재산을 불려 줄 게…… 내 아내가 된다면 말이야……. 당신은 부르주아가 되는 거야……. 내 누이가 살림을 하면서 시중을 잘 들 거고……."

유혹자의 말이 임종을 시작하는 작은 재단사의 찢어지는 듯한 신음으로 중단되었다.

"가세요. 당신은 괴물이야, 우리 남편이 이렇게 죽어 가는데 그런 이야기를 하다니…….""

"당신을 사랑해서 그래요, 당신을 갖기 위해 무슨 짓이라도 저지를 만큼…….""

"나를 사랑한다면, 지금 아무 이야기도 하지 않을 겁니다."

레모냉크는 시보 여인과의 결혼을 확신하며 자기 집으로 돌아갔다.

10시 즈음, 건물의 대문 앞에 폭동이 일어난 것 같았다. 시보가 종부성사를 받았기 때문이다. 시보 부부의 모든 친구들, 노르망디 거리와 인접한 거리의 수위들과 경비들이 수위실, 대문 아래와 앞을 메우고 있었다. 따라서 아무도 동료 한 명과 함께 온 레오폴드 안느캉에게도, 시보댁의 눈을 피해서 퐁스 집에 도착한 슈밥과 브루너에게도 신경 쓰지 않았다. 옆집의 수위는 퐁스가 몇 층에 사느냐는 공증인의 질문에 아파트를 가리켜 줬다. 슈밥과 동행한 브루너는 퐁스 박물관을 보러 이미 왔었기에, 말없이 지나쳐서 동업자에게 길을 안내했다……. 퐁스는 전날의 유서를 형식에 따라 취소하고, 슈뮈크를 포괄 상속자로 정했다. 이런 의식이 치러진 다음, 퐁스는 슈밥과 브루너에게 감사의 인사를 하고 레오폴드 안느캉 선생에게 슈뮈크의 이익을 잘 돌봐달라고 간절히 부탁한 뒤, 시보댁과의 야간 결투와 이 최후의 사회적 행위로 기진맥진했다. 퐁스가 성사를 받기 원해서, 슈뮈크는 친구 곁을 떠나지 않으려고 슈밥에게 뒤플랑티 신부를 불러 달라고 이야기했다.

남편의 침대 곁에 앉은 시보 여인은, 두 친구에게 해고당하기도 했거니와, 슈뮈크의 점심을 차려 줄 생각조차 하지 않았다. 새벽에 일어난 일들, 영웅처럼 죽음을 맞이하는 퐁스의 체념 어린 임종 모습이 슈뮈크의 가슴을 너무나 아프게 하여 그는 배고픔도 느끼지 않았다.

그러나 2시 즈음에, 독일 노인이 보이지 않음을 눈치챈 수위는 호기심과 이해관계 때문에 레모냉크의 누이를 시켜서 슈뮈크가 필요한 것은 없는지 알아보라고 했다. 바로 그 순간, 뒤플랑티 신부가 가엾은 음악가의 최후 고해를 받고 종부성사를 행하고 있었다. 레모냉크 양은 초인종을 여러 번 당김으로써 이 의식을 방해했다. 퐁스가 도둑질을 당할까 봐 아무도 들여보내지 말라고 슈뮈크에게 맹세까지 받았기 때문에, 슈뮈크는 초인종이 울리도록 내버려 두었다. 레모냉크 양은 매우 놀라서 내려와 시보댁에게 슈뮈크가 문을 열어 주지 않았다고 보고했다. 이 명백한 상황을 프레지에가 잘 새겼다. 죽음을 경험한 적이 없는 슈뮈크는 파리에서, 특히 도움 없이, 법적 대리인 없이, 지원 없이 고인의 뒷처리를 해야 하는 모든 번거로움에 직면할 터였다. 프레지에는 아침부터 식사를 한 후 풀랭 의사와 끊임없이 상의하면서 수위실에 상주하고 있었는데, 진심으로 비탄에 빠진 친척들이 제정신이 아니라는 점을 기억하자 슈뮈크의 모든 움직임들을 자신이 조종해야겠다는 발상을 떠올렸다.

그런 중요한 결과를 얻기 위해 풀랭 의사와 프레지에는 다음과 같이 했다.

성프랑수아 교회지기는 캉티네라는 전직 유리상이었는데, 오를레앙 거리 풀랭 의사의 옆집에 살고 있었다. 교회에서 의자 대여료를 징수하는 일을 하는 캉티네 부인이 풀랭 의사에게 무료로 치료를 받아 은혜를 입은 인연으로 가깝게 지냈고, 그에게 삶의 고달픔에 대해 자주 토로하곤 했다. 두 호두까기 인형은 매주 일요일과 축일에 성프랑수아의 미사에 참례했으므로 교회지기, 문지기, 성수를 주는 사람, 즉 파리 시민들이 '하위 성직자'라 부르고, 신자들이 끝내 팁을 주기도 하는 교회의 민병대와 사이가 좋았다. 캉티네 부인은 슈뮈크가 그녀를 잘 아는 만큼 그를 잘 알았다. 그 캉티네 여인이 두 개의 골칫거리로 괴로워하고 있었는데, 이를 이용해 프레지에가 그녀를 본의 아니게 맹목적인 도구로 쓸 수 있었다. 캉티네 아들은 연기에 빠져서, 문지기 자리를 얻을 수 있는 교회에 등을 돌려, 시르크-올림픽 극단의 단역 배우로 일을 시작하여 어머니의 속을 상하게 하는 혼잡한 삶을 살아가고 있었다. 그에게 어쩔 수 없이 꿔 주는 돈 때문에 그녀의 지갑은 자주 바닥났다. 게다가 캉티네는 독주(毒酒)와 게으름에 탐닉해서 그 두 악덕으로 인해 사업을 그만둘 수밖에 없었다. 개과천선하기는커녕, 그는 새로운 직책에 힘입어 두 버릇에 더욱 빠졌다. 일은 하지 않고, 결혼식의 마부들, 장례식의 일꾼들, 신부가 돕는 불우한 이들과 함께 술을 마셔 정오부터 얼굴이 추기경처럼 붉었다.

캉티네 부인은 본인 말에 의하면 1만 2천 프랑을 지참금으로 가져와 노년을 비참하게 보낼 신세임을 한탄했다. 이런 하소연을 백번 들은 풀랭 의사가 퐁스와 슈뮈크의 집에 요리사 겸 잡일꾼으로 소바주댁을 들이게 하는 데 그녀를 이용해야겠다는 생각을 하게 되었다. 소바주댁을 소개하는 것은, 두 호두까기 인형의 경계심이 극에 달했기 때문에 불가능한 일이었다. 프레지에는 레모냉크 양에게 문을 열어 주지 않는 것을 보고 그 점을 충분히 간파했다. 하지만 두 친구가 확신하기를, 뒤플랑티 신부가 추천하는 사람이라면 신앙심이 깊은 두 음악가가 무조건 받아들일 터였다. 그들의 계획에 따라, 소바주댁이 캉티네댁과 동행해서, 일단 프레지에의 하녀가 그곳에 발을 들여놓으면, 프레지에 본인과 다름이 없었다.

뒤플랑티 신부가 대문에 도착했을 때, 시보의 친구들이 동네에서 가장 오래되고 가장 존경받는 수위에게 관심을 표하러 와서 한 무리를 이루고 있었기 때문에 한동안 멈춰 서 있었다.

풀랭 의사가 뒤플랑티 신부에게 인사를 건네며 따로 불렀다. "저 불쌍한 퐁스 씨를 보러 가는 길입니다. 아직 나을 수 있어요. 담낭에 생긴 결석을 추출하는 수술을 받도록 설득만 하면 됩니다. 그 결석들이 만질 때 느껴져요. 염증을 일으켜서 사망에 이르게 하죠. 어쩌면 아직 수술하기에 늦지 않았어요. 신부님께서 신자에 대한 영향력으로 수술을 받도록 권유해 주세요. 수술 도중 불미스러운 사고가 일어나지만 않으면 환자의 생명은 보장합니다."

"성체기(聖體器)를 교회에 갖다 놓고 바로 올게요." 뒤플랑티 신부가 말했다. "슈뮈크 형제도 종교의 돌봄을 받아야 하는 상태이니까요."

"그분이 혼자 계시다는 걸 방금 알았어요." 풀랭 의사가 대답했다. "그 상냥한 독일분이 오늘 아침에, 10년 동안 이 양반들의 살림을 돌보신 시보 여사님과 작은 말다툼을 하셨나 봐요. 일시적으로 사이가 멀어졌겠죠. 하지만 이런 상황에서 혼자 도움 없이 계실 수는 없어요. 돌봐드리는 것이 도리이죠. 여기, 캉티네." 의사가 교회지기를 불렀다. "아내한테 시보 부인 대신 퐁스 씨를 간병하고 슈뮈크 씨 살림을 돌봐드릴 수 있는지 물어봐 주게……. 다투지 않았어도 시보 부인 대신 할 사람이 필요했겠지만. 성실한 사람이죠?" 뒤플랑티 신부에게 물었다.

"그보다 좋은 사람은 없어요." 착한 사제가 대답했다. "의자 대여료를 징수하는 데도 재무 평의회의 신뢰를 받고 있어요."

얼마 후 풀랭 의사가 침대 밑에서 퐁스의 임종이 진행되는지 지켜보고 있었다. 슈뮈크는 수술을 받으라고 애원하고 있었지만 소용이 없었다. 탄식하는 가엾은 독일인의 간청에 노음악가는 중간에 신경질적인 몸짓을 해 가며 고개를 저을 뿐이었다. 결국 환자는 마지막 힘을 모아서 슈뮈크를 향해 무서운 눈빛을 던지며 말했다. "편안히 죽게 좀 내버려 둬……!"

슈뮈크는 고통으로 죽을 뻔했다. 하지만 그는 퐁스의 손을 잡고, 가볍게 입을 맞춘 후 다시 한 번 자신의 생명을 전달하려는 듯이 자기 두 손으로 꼭 쥐었다. 그때 풀랭 의사가 초인종 소리를 듣고 뒤플랑티 신부에게 문을 열어 주었다.

"우리 불쌍한 환자가 죽음의 손아귀에서 발버둥치기 시작했어요. 몇 시간도 남지 않았어요. 오늘 밤 옆에서 밤을 샐 사제 한 분을 보내셔야 할 겁니다. 빨리 슈뮈크 씨에게 캉티네 여사와 잡일꾼을 보내야 해요. 지금 그분은 아무 생각도 못하세요. 이성을 잃으실까 봐 걱정이네요. 이곳에는 청렴하고 정직한 사람들이 지켜야 하는 값비싼 물건들이 있으니까요."

의심도, 간교함도 없는 상냥하고 의젓한 사제인 뒤플랑티 신부는 바로 풀랭 의사의 지적이 옳다고 생각했다. 게다가 동네 의사의 미덕을 믿었다. 그는 침실 입구에서 슈뮈크에게 와 보라고 손짓했다. 슈뮈크는 마치 낭떠러지로 굴러떨어지지 않기 위해 뭔가에 매달리는 것처럼 자신의 손을 움켜 쥐고 있는 퐁스의 경직된 손을 놓지 못했다. 그러나 주지하다시피, 죽어 가는 사람들은 환각에 사로잡혀 뭐든지 잡는 경향이 있다. 화재를 당한 사람들이 가장 귀중한 물건들을 재빨리 챙기려는 것처럼 말이다. 그리하여 퐁스는 슈뮈크의 손을 놓아 이불을 붙잡고 탐욕과 다급함이 묻은 끔찍하고도 함축적인 동작으로 자기 몸 주위로 모았다.

"친구가 죽은 후에, 혼자 어떻게 하실 겁니까?" 신부가 다가온 독일인에게 말했다. "시보 여사도 없이……."

"봉쓰를 주킨 쾨물이에요!"

"하지만 누가 옆에 있어야지요?" 풀랭 의사가 끼어들었다. "오늘 밤 시체를 지켜야죠."

"체카 하느님케 키토하면써 치길케요……!" 순진한 독일인이 대답했다.

"그래도 식사는 하셔야죠……! 이제 누가 요리를 해 드리나요?" 의사가 또 물었다.

"너무 쓸퍼써 씩욕이 업써요……!" 슈뮈크가 천진하게 답했다.

"아니, 증인과 함께 사망 신고를 해야 하고, 시체를 벗기고, 수의에 감싸서 묻고, 장의사에 행렬을 주문해야 합니다. 그리고 시체를 지키는 사람과 밤을 샐 사제에게도 식사를 차려 줘야 하는데, 그걸 다 혼자 하시겠다고요……? 문명 세계의 수도에서 개처럼 죽을 수는 없죠!"

슈뮈크는 놀란 눈을 뜨고 잠시 광기를 일으켰다.

"봉쓰는 안 죽어요…… 체카 쌀릴 컵니타……!"

"조금이라도 자지 않고 오래 버틸 수 없을 텐데, 그땐 누가 대신 지키나요? 퐁스 씨를 돌보고, 마실 것도 드리고, 약도 먹여야 하잖아요……."

"아, 청말이네……!"

"그러니까!" 뒤플랑티 신부가 다시 말을 꺼냈다. "성실하고 정직한 사람인 캉티네 자매님을 보내 드릴게……."

슈뮈크는 죽어 가는 친구를 위해 행해야 하는 사회적인 의무들의 목록을 듣고 망연자실하여 퐁스와 함께 죽고 싶은 심정이었다.

"아이 같아요!" 풀랭 의사가 뒤플랑티 신부에게 말했다.

"아이……!" 슈뮈크가 기계적으로 따라했다.

"자, 캉티네 자매에게 이야기해서 오라고 할게요."

"수고하실 필요 없어요." 의사가 말했다. "내 이웃이니, 제가 집에 돌아가는 길에 들르겠습니다."

죽음은 죽어 가는 사람이 맞서 싸우는 보이지 않는 살인자와 같다. 임종의 순간에 그 사람은 마지막 공격을 받고, 되갚으려고 사투를 벌인다. 퐁스는 그 최후의 단계에 이르러서, 절규와 뒤섞인 신음을 냈다. 슈뮈크, 뒤플랑티 신부, 풀랭은 침대로 달려갔다. 갑자기, 퐁스는 몸과 마음을 잇는 끈을 자르는 마지막 일격으로 생명력이 고갈된 듯, 임종 직후의 완전한 평정을 한순간 되찾았다. 정신을 차리고, 얼굴에는 죽음의 평화가 깃들어 거의 웃는 표정으로 주위 사람들을 둘러보았다.

"아, 선생님, 많이 고생했지만, 말씀대로 이제 좀 낫네요…….
신부님, 감사합니다. 슈뮈크가 어디 갔나 했네요……!"

"슈뮈크 씨는 어제 저녁부터 아무것도 못 드셨는데, 지금이 4시예요. 지켜 드릴 사람이 아무도 없고, 시보 여사를 다시 오라고 하는 건 위험하겠죠……."

"무슨 짓을 할지 몰라요!" 퐁스가 시보댁의 이름에 혐오감을 내비쳤다. "맞아요. 슈뮈크에게 아주 정직한 사람이 필요해요."

"뒤플랑티 신부와 제가 두 분에 대해 고민해 봤어요……." 풀랭이 말했다.

"아, 감사합니다. 그 생각은 못했네요." 퐁스가 대답했다.

"신부님께서 캉티네 부인을 추천하셨어요."

"아, 의자 대여하는 분! 네, 아주 좋은 여자예요."

"시보 부인을 싫어해서, 슈뮈크 씨를 잘 돌볼 겁니다." 풀랭 의사가 말했다.

"보내 주세요, 뒤플랑티 신부님…… 그 부부라면 안심할 수 있어요. 여기서 아무것도 훔치지 않을 테니까……."

슈뮈크가 퐁스의 손을 다시 잡고, 건강을 되찾은 줄 알고 기뻐했다.

"갑시다, 신부님." 의사가 말했다. "빨리 캉티네 여사를 보내야겠어요. 내 경험상, 그분이 올 때까지 퐁스 씨가 살아 있지 않을 겁니다."

뒤플랑티 신부가 캉티네댁을 간병인으로 고용하도록 환자를 설득하는 동안, 프레지에는 의자를 대여하는 여인을 사무실로 불러서 상대방의 약점을 노려 꼼짝 못하게 하는 솜씨로 타락시키고 있었다. 캉티네댁은 긴 이와 차가운 입술을 가진 노랗고 마른 여인으로, 많은 서민층의 아낙네들이 그렇듯이 불행 때문에 둔탁해지고 일상의 아주 작은 이익도 행복으로 여기게 되어, 소바주댁을 파출부로 쓰는 데 곧 동의했다. 프레지에의 하녀는 이미 지시를 받은 상태였다. 그녀는 두 음악가들 주위에 철사로 된 망을 짜서 거미가 걸려든 파리를 지키듯이 그들을 감시하기로 약속했다. 소바주댁은 수고를 한 대가로 담배 가게를 받기로 했다. 프레지에는 이렇게 소위 자신의 유모를 쫓아낼 수 있었다. 캉티네댁 곁에 첩보원이자 경찰관을 세우는 셈이었다. 두 친구의 집에 하인방과 작은 부엌이 딸려 있었으므로, 소바주 여인이 가죽띠로 만든 침대에서 자면서 슈뮈크의 식사 준비를 할 수 있었다. 풀랭 의사가 데려와서 두 부인네가 그 집에 들어왔을 때, 슈뮈크도 모르는 사이 퐁스가 숨을 거둔 직후였다. 독일인은 온기가 조금씩 식어 가는 친구의 손을 아직 잡고 있었다. 그는 캉티네댁에게 소리를 내지 말라고 손짓했으나, 소바주댁의 군인다운 풍모에 놀라 반사적으로 공포감에 흠칫했다. 이 남자 같은 여자는 이런 반응에 익숙했다.

"이 여사님은 뒤플랑티 신부님께서 추천하시는 분입니다." 캉티테댁이 말했다. "대주교님의 식사도 차려 드리던 분이에요. 정직 그 자체인 분이고, 요리를 하러 오셨습니다."

"아, 크게 말해도 됩니다!" 소바주댁이 강한 천식성의 목소리로 소리쳤다. "불쌍한 양반께서 돌아가셨어요……! 지금 세상을 떠나셨다고요." 슈뮈크는 날카로운 비명을 지르더니, 곧 퐁스의 얼음 같은 손이 경직되는 것을 느끼면서 그의 눈을 똑바로 쳐다보았다. 그는 그 눈빛 때문에 미치기 직전이었는데, 소바주댁은 이런 장면에 익숙한 듯, 거울을 들고 침대로 가서 고인의 입술 앞에 대 보고, 어떤 숨결도 그 표면을 흐리게 하지 않는 것을 보자, 재빨리 슈뮈크의 손을 퐁스의 손에서 뺐다.

"빨리 놓으셔야 해요. 꾸물대면 뺄 수가 없어요. 뼈가 얼마나 뻣뻣해지는지 몰라요! 죽은 사람들은 순식간에 차가워져요. 아직 미지근할 때 빨리 준비시키지 않으면 나중에는 사지를 부러뜨려야 한다니까요."

이 무시무시한 아낙이 사망한 가엾은 음악가의 눈을 감겨 주었다. 그리고 10년 동안 간병인으로 일했던 경험으로 퐁스의 옷을 벗기고, 손을 몸의 양옆에 붙여 주고, 이불을 코까지 올렸다. 꼭 가게 점원이 포장하는 모양이었다.

"묻으려면 시트에 감싸야 하는데. 어디서 구하죠……?" 그녀는 이러한 광경을 대하고는 공포에 사로잡힌 슈뮈크에게 물었다.

종교적인 의례는 하늘에서 찬란한 미래를 맞이할 존재에 대한 깊은 공경 속에서 진행되었던 반면, 친구가 물건처럼 취급되는 이 포장 의식 앞에서는 생각이 용해될 지경의 고통이 몰려왔다.

"알라써 하쎄요……!" 그가 기계적으로 대답했다.

이 순진한 어린 양은 사람이 죽는 것을 처음 보았다. 게다가 그 사람은 유일한 친구, 자신을 이해하고 사랑했던 유일한 존재였다!

"시보댁에게 침대 시트가 어디 있는지 물어볼게요." 소바주 여인이 말했다.

"이분이 주무시게 가죽띠로 만든 침대가 필요해요." 캉티네댁이 슈뮈크에게 알렸다.

슈뮈크는 고개를 끄덕이고 눈물을 떨구었다. 캉티네댁은 이 불행한 사람을 혼자 내버려 두었다. 그러나 한 시간 후에 다시 와서 물었다.

"필요한 물건을 사게 돈을 주실 수 있나요?" 슈뮈크는 가장 사나운 증오심도 누그러뜨릴 만한 눈을 캉티네댁에게 돌렸다. 그는 마치 모든 질문에 대한 답변인 듯 고인의 창백하고, 마르고 뾰족해진 얼굴을 가리켰다.

"타 카쳐카코 나는 울코 키토하케 내퍼려 투쎄요." 그는 무릎을 꿇으며 말했다.

소바주댁이 프레지에에게 퐁스의 사망 소식을 알렸고, 그는 다음 날 상속인들을 대변할 권리를 주는 위임장을 받으러 법원장 부인의 집에 마차를 타고 달려갔다.

"선생님." 캉티네댁이 앞의 질문을 한 지 한 시간 후에 와서 말했다. "살림을 잘 아는 시보 여사님한테 가서 물건들이 어디 있느냐고 물어봤는데, 남편을 잃어서 그런지, 헛소리만 잔뜩 늘어놓네요…… 선생님 제발 내 말 좀 들으세요……."

슈뮈크는 자신이 얼마나 잔인한지 실감하지 못하는 이 여인을 바라보았다. 서민들은 가장 큰 정신적 아픔도 묵묵히 참는 데 익숙하다.

"수의를 만들기 위해 흰 천이 필요하고, 저분이 주무실 가죽 띠 침대를 사려면 돈이 필요하고, 요리 도구, 쟁반, 접시, 컵 등을 사기 위해서도 돈이 필요해요. 곧 밤을 새우실 신부님이 오실 텐데, 저 여사님이 부엌에서 아무것도 찾을 수가 없대요."

"선생님, 저녁 식사를 준비하려면 장작과 석탄이 필요한데, 아무것도 안 보이네요!" 소바주 여인이 반복했다. "놀랍진 않죠. 시보댁이 다 드렸으니……."

"아, 여사님." 캉티네댁이 완전한 무감각 상태로 고인의 발치에 쓰러져 있는 슈뮈크를 가리켰다. "내 말 믿어요, 어떤 말에도 답하지 않으세요."

"그렇다면, 딸, 이럴 땐 어떻게 하는지 보여 줄게." 소바주 여인이 말했다.

소바주 여인은 돈이 들어 있는 장소를 탐색하는 도둑들과 똑같은 눈초리로 방 안을 둘러보았다. 그녀는 퐁스의 서랍장으로 곧

바로 가서 첫 번째 서랍을 열더니 슈뮈크가 그림 판매액에서 남은 돈을 넣은 주머니를 보고 그것을 들고 와 그에게 보여 주었다.

"여기 돈이 있어, 딸!" 소바주 여인이 캉티네댁에게 말했다. "세 보고, 이 돈을 가지고 필요한 걸 사올게, 포도주, 음식, 초, 그러니까 다 사야 돼, 여긴 아무것도 없으니……. 서랍장에서 시체를 감쌀 시트를 꺼내 줘요. 이 불쌍한 양반이 순박하다고는 들었지만, 뭔지 모르겠어, 그보다 더하네. 갓난아기 같아서 먹여 줘야 할 것 같아……."

슈뮈크는 두 여인과 그녀들의 행동을 마치 미친 사람처럼 바라보았다. 아픔으로 찌그러진 채, 강경증과 거의 유사한 상태에 빠져서 죽음이라는 절대적인 휴식의 효과로 선이 정화되는 퐁스의 매혹적인 얼굴에서 눈을 떼지 못했다. 그는 죽기를 바랐고, 모든 것에 무관심했다. 방이 불길로 타 버렸어도 꼼짝하지 않았을 것이다.

"1,256프랑이 있네……." 소바주 여인이 소리쳤다.

슈뮈크는 어깨를 들썩했다. 소바주 여인이 퐁스에게 수의를 입히는 작업에 착수하기 위해 수의를 잘라서 꿰매기 전에 우선 시트를 몸에 대보았을 때, 슈뮈크와 그녀 사이에 격렬한 대립이 있었다. 슈뮈크는 주인의 시체를 만지려는 모든 사람을 물어뜯는 개처럼 행동했다. 인내심을 잃은 소바주 여인은 독일인을 붙잡고, 의자 위에 앉혀서 헤라클레스다운 힘으로 그 자세로 있게 했다.

"자, 딸! 수의를 입혀서 꿰매세요." 그녀는 캉티네댁에게 말했다.

일이 끝나자 소바주 여인이 슈뮈크를 침대 밑에 있었던 자리에 다시 갖다 놓고 말했다.

"이해하세요? 이 불쌍한 고인을 해치워야죠!"

슈뮈크가 울기 시작했다. 두 여인은 그를 두고 부엌을 장악하러 가서, 둘이서 순식간에 생활에 필요한 모든 물품을 구비하였다. 360프랑을 지출한 보고서를 일단 작성하고 소바주 여인이 4인분의 만찬을 준비했다. 굉장한 만찬이었다! 주된 요리로는 솜씨 없이 구운 꿩, 살찐 거위, 그리고 잼을 곁들인 오믈렛, 야채 샐러드, 재료가 너무 많이 들어서 국물이 고기 젤리처럼 보이는 의례적인 포토푀*가 있었다. 저녁 9시에 퐁스 곁에서 밤을 새우기 위해 보좌신부가 보낸 사제가 교회의 양초와 촛대를 든 캉티네댁과 함께 왔다. 사제가 들어왔을 때 슈뮈크는 침대 위에 친구에게 몸을 길게 밀착한 채로 누워 있었다. 종교의 권위를 동원해서 겨우 그를 떨어지게 했다. 독일인은 무릎을 꿇고, 사제는 안락의자 안에 편안하게 자리를 잡았다. 사제가 기도문을 읽고, 슈뮈크는 퐁스와 같은 무덤에 묻힐 수 있도록 기적에 의해 자신을 따라 죽게 해 달라고 하느님께 간청하는 동안, 캉티네댁이 가죽띠 침대와 침구를 사기 위해 3구에 갔다. 1,256프랑이 든 주머니가 약탈당하고 있었다. 캉티네댁은 저녁 11시에 슈뮈크가 조금 먹기를 원하는지 물으러 왔다. 독일인은 내버려 달라고 손짓했다.

"저녁 식사하세요, 파스틀로 수사님." 의자를 대여하는 여인이 사제에게 말했다.

혼자 남은 슈뮈크는 임신한 여자들이 갖는 욕구와 비슷한 것을 실현할 수 있게 된 광인처럼 미소를 지었다. 슈뮈크는 퐁스를 덮쳐서 다시 그를 꼭 껴안았다. 자정에 사제가 돌아와서 그를 혼내자, 퐁스를 놓고 또 기도하기 시작했다. 날이 밝자 사제는 갔다. 아침 7시에 풀랭 의사가 슈뮈크를 다정하게 보러 와서 억지로 먹게 하려 했지만 독일인은 거부했다.

"지금 먹지 않으면, 이따가 돌아오실 때 시장기를 느끼실 겁니다." 의사가 말했다. "퐁스 씨의 사망을 신고하기 위해 증인과 함께 구청에 가시고, 사망……."

"내카!" 독일인이 두려움에 떨며 말했다.

"그러면 누가 하나요……? 돌아가시는 걸 목격한 유일한 분이시니 면하실 수 없습니다……."

"**다리카 말을 안 틀어요**……." 슈뮈크는 풀랭 의사에게 도움을 요청했다.

"마차를 타세요." 위선적인 의사가 부드럽게 대답했다. "내가 이미 사망 진단서에 서명했어요. 이 집의 누군가에게 함께 가자고 부탁하세요. 두 여자 분이 다녀오시는 동안 집을 지킬 겁니다."

진정한 슬픔에 빠진 사람에게 이와 같은 법의 구속들이 어떤 것인지 상상하기란 어렵다. 이런 경우 문명을 증오하고, 야만인들의 관습을 선호하기 마련이다. 9시에 소바주댁이 슈뮈크의 팔을 받쳐 주면서 내려오게 했고, 그는 마차에 타서 어쩔 수 없이 레모냉크에게 구청에 퐁스의 사망 신고를 하러 같이 와 달라고 부탁해야 했다. 평등에 도취된 이 나라에서는 파리 어디서든, 무슨 일이든, 불평등이 터져 나온다. 죽음에 있어서도 그런 불변의 이치가 드러난다. 부잣집에서는 친척, 친구, 대리인들이 비탄에 빠진 이들에게 역겨운 그런 잡일늘을 면하게 해준다. 그러나 세금의 분배와 마찬가지로, 서민들, 도움을 받지 못하는 프롤레타리아는 슬픔의 무게로 고통 받는다.

"아, 슬퍼하실 만해요." 불쌍한 희생양의 입에서 새어 나온 탄식에 레모냉크가 말했다. "정말 착한 분이었어요. 정말 정직한 분이었고요. 훌륭한 수집 작품들을 남기셨죠. 그런데 선생님이, 외국인이신데, 아주 곤란한 상황에 처하게 될 것 같아요. 여기저기서 선생님이 퐁스 씨의 상속자라는 이야기가 떠돌거든요."

슈뮈크는 듣지 않았다. 슬픔이 너무 커서 광기에 가까웠다. 마음도 몸처럼 파상풍에 걸릴 수 있다.

"상담자, 대리인을 쓰는 게 좋을걸요."

"태리인!" 슈뮈크가 기계적으로 따라 했다.

"알게 되시겠지만, 대변인이 필요하게 될 겁니다. 나라면 경험 많은 사람, 동네에서 알려진, 믿을 만한 사람을 고르겠어요……. 난 말이요, 모든 자질구레한 일에 집행관 타바로를 이용해요……. 그 사람의 일등 서기에게 위임장을 주면, 골치 아픈 일이 전혀 없을 거예요."

프레지에가 은근슬쩍 언급하고, 레모냉크와 시보댁 사이에서 합의된 이런 암시는 슈뮈크의 기억 속에 머물렀다. 슬픔으로 정신이 마비되어 그 기능이 멈췄을 때 기억은 거기에 우연히 닿은 모든 자국들을 새긴다. 고철 장수는 슈뮈크가 이성이라고는 전혀 발견할 수 없는 눈빛으로 자신을 바라보며 듣고 있어서 더 이상 아무 말도 하지 않고 속으로 생각했다. '저렇게 멍청한 상태로 계속 있으면, 내가 1만 프랑을 주고 저 위에 있는 잡동사니 전체를 다 사면 되겠네, 만약 이 사람이 갖게 되면 말이야…….'

"선생님, 구청에 도착했습니다."

레모냉크는 슈뮈크를 마차에서 꺼내어 호적부 등본을 작성하는 부서까지 팔 밑을 받쳐 줘야 했다. 그곳에서는 결혼식이 한창이었다. 파리에서 흔히 일어나는 우연에 의해, 서기가 사망 증서를 대여섯 건이나 작성해야 해서, 슈뮈크는 기다려야 했다. 그곳에서 가엾은 독일인은 아마도 예수 그리스도와 비등한 수난을 겪었을 것이다.

"슈뮈크 씨 되십니까?" 검은 옷을 입은 사람이 독일인에게 물었다. 그는 자신의 이름이 불리자 매우 놀랐다.

슈뮈크는 레모냉크에게 말대꾸할 때와 똑같이 얼빠진 표정으로 그 사람을 쳐다보았다.

고철 장수가 그 낯선 사람에게 말했다. "아니, 무슨 일이신가요? 이분을 가만히 좀 두세요. 보시다시피 지금 큰 슬픔을 당하셨잖아요."

"선생님께서 친구를 잃으셨고, 상속인이시니 아마도 고인의 유덕(遺德)을 기리고 싶어 하시겠죠." 그 사람이 말했다. "분명히 돈을 아끼지 않으시겠죠……. 무덤을 위해 영구 묘지를 구매하시겠죠. 퐁스 씨가 예술을 얼마나 사랑하셨는데요! 묘를 음악, 회화, 조각의 여신들로 장식하지 않는다면 정말 후회하실 겁니다…… 탄식하는 여신들의 전신 조각상……."

레모냉크가 그 사람을 쫓아내기 위해 오베르뉴인다운 손짓을 하자, 그는 상업적이라고 할 수 있는 다른 손짓으로 맞받았다. 그 의미는 다음과 같았다. "장사 좀 하게 해 줘요!" 골동품 장수가 이를 알아들었다.

　"저는 묘비를 제작하는 소네 상사의 중개인입니다." 월터 스콧이 '묘비의 젊은이'*라고 칭했을 장사꾼이 말을 계속했다. "선생님께서 저희한테 위임하신다면, 예술을 사랑하셨던 분의 묘에 필요한 토지를 사러 시내까지 가시는 번거로움을 덜어 드리겠습니다……."

　레모냉크가 동감의 뜻으로 고개를 끄덕이면서 슈뮈크의 팔꿈치를 살짝 밀었다. 이 동작에 격려를 얻은 중개인이 또 설명했다. "매일 가족들을 대신해 모든 형식적인 절차를 밟는 것이 저희의 일입니다. 슬픔에 잠긴 첫 순간에는 상속인이 그런 잡일을 직접 처리하기 어려우니, 고객을 위해 해 드리는 데 익숙합니다. 저희 묘비는 절단석이나 대리석 1미터당 가격을 매깁니다……. 가족묘의 무덤을 파기도 합니다……. 아주 적절한 가격에 모든 일을 도맡아 합니다. 페르 라셰즈 공동묘지에서 가장 엄청난 장식 중의 하나인, 아름다운 에스테르 곱세크와 뤼시앙 드 뤼방프레의 엄청난 묘비도 저희가 제작했습니다. 저희에게 가장 숙련된 일꾼들이 있어요. 영세업자들을 조심하라는 말씀을 드리고 싶습니다……. 그들은 싸구려 물건만 만드니까요." 그는 또 다른 대리석 가공, 조각 상사를 대변하러 다가오는 검은 옷의 사내를 보고 덧붙였다.

죽음이 항해의 끝이라는 표현이 있지만, 파리에서 그 유사성이 얼마나 사실적인지 아는 사람은 적다. 고인, 특히 신분이 높은 고인은 항구에 도착하는 여행객처럼 어두운 해변에서 마중을 받는데, 이때 숙소의 모든 중개인들이 몰려와 그를 피곤하게 만든다. 몇몇의 철학자와 저택을 소유하듯이 묘를 짓는 부유한 집안들을 제외하고, 아무도 죽음과 그 사회적인 파생물에 대해 미리 생각하지 않는다. 죽음은 항상 너무 일찍 찾아온다. 무엇보다, 죽음 자체가 가능하다고 여기지 않는 게 상속인들의 당연한 감정이다. 따라서 아버지, 어머니, 아내와 자녀를 잃은 거의 모든 이들이 슬픔으로 제정신이 아닌 틈을 타서 주문을 하나 받아 내려는 장사꾼들에게 포위당한다. 예전에 묘비 제작자들이 유명한 페르라셰즈 공동묘지 주변에 모여서 묘석 거리라고 불러야 마땅한 거리를 형성했다. 하지만 경쟁, 투기 정신으로 인해 그들은 점점 영토를 확장해서 오늘날 시내에 시청 근처까지 내려왔다. 심지어 묘비의 설계도를 들고 상갓집 안으로 들어오는 일도 흔하다.

"제가 선생님과 말씀 중입니다." 소네 상사의 중개인이 새로 등장한 중개인에게 말했다.

"퐁스 사망 건⋯⋯! 증인은 어디 있어요⋯⋯?" 서기가 말했다.

"이쪽으로 오세요⋯⋯ 선생님." 중개인이 레모냉크에게로 갔다.

레모냉크는 관성 질량처럼 벤치에 앉아 있는 슈뮈크를 들어올려 달라고 중개인에게 부탁했다. 둘이서 그를 공적인 슬픔으로부터 사망 신고서 작성자를 보호하는 난간으로 데려갔다. 슈뮈크의 구세주 레모냉크는 퐁스의 나이와 출생지에 관한 필요한 정보를 제공하러 온 풀랭 의사의 도움을 받았다. 독일인은 단 한 가지, 퐁스가 자기 친구라는 사실밖에 몰랐다. 서명을 다 한 후에, 레모냉크와 의사가 불쌍한 독일인을 마차에 태웠고, 끈질긴 중개인은 주문을 받아야겠다고 작심하여 함께 타고 갔다. 대문 앞에서 지키던 소바주 여인이 레모냉크와 소네 상사 중개인의 보조를 받고 기절하다시피 한 슈뮈크를 안고 올라갔다.

"병드시겠어요⋯⋯!" 시작한 일을 끝내고자 하는 중개인이 외쳤다.

"병들고말고요!" 소바주댁이 대꾸했다. "스물네 시간 전부터 울고 있으니, 아무것도 안 먹고. 슬픔만큼 배 속을 비우는 건 없는데."

소네 상사의 중개인이 말했다. "우리 고객님, 수프라도 드세요. 할 일이 많아요. 시청에 가서 비석을 세울 토지를 구매하셔야지요. 예술의 친구를 기념하고 선생님의 감사하는 마음을 새겨야 하잖아요."

"그건 말이 안 돼요." 캉티네댁이 수프와 빵을 가지고 오면서 슈뮈크에게 말했다.

"선생님, 이렇게 몸이 힘드시면, 일을 위임할 생각을 하세요." 레모냉크가 다시 주장했다. "처리할 게 태산 같아요. 장례 행렬을 주문해야 돼요! 가난한 사람처럼 친구를 묻고 싶진 않으시겠죠."

"자, 자, 우리 선생님!" 슈뮈크가 의자의 등받이에 머리를 기대고 있는 순간을 잡아 소바주 여인이 다가갔다.

그녀는 슈뮈크의 입에 수프 한 숟가락을 쑤셔 넣고 아이를 먹이듯이 거의 억지로 먹였다.

"현명하시다면, 마음 놓고 슬퍼하실 수 있게, 위임을 하셔야
……."

중개인이 끼어들었다.

"선생님께서 친구를 기리는 장대한 기념비를 세울 계획이시
니, 저한테 시키시면 제가 다 하겠습니다……."

"이건 뭐야? 뭐야?" 소바주 여인이 말했다. "선생님, 뭘 주문하
셨어요? 당신은 누구예요?"

"소네 상사의 중개인입니다, 사모님. 가장 큰 묘비 회사입니
다……." 그는 명함을 꺼내어 건장한 소바주 여인에게 줬다.

"알았어! 좋아, 좋아……! 때가 되면 당신네한테 갈게. 그렇다
고 지금 선생님의 상태를 이용하면 안 되지. 지금 제정신이 아니
란 게 보이잖아요……."

"만약 이 주문을 성사시키도록 해 주시면, 40프랑을 드릴 수
있어요……." 소네 상사의 중개인이 소바주댁의 귀에 속삭였다.

"그럼 주소나 줘요!" 소바주댁은 이내 인간적인 모습으로 돌아
왔다.

다시 혼자 남겨진 슈뮈크는 수프와 빵을 섭취한 덕분에 기운
을 차려서 재빨리 퐁스의 침실로 돌아가 기도하기 시작했다. 고
통의 암흑 속에 잠겨 있을 때, 검은 옷을 입은 젊은이가 열한 번
째 "선생님……?"이라고 부르는 소리에 빈사지경에서 잠시 빠
져나왔다. 불쌍한 희생양은 자기 옷소매를 잡아당기는 느낌 때
문에 그 소리가 귀에 더욱 잘 들어왔다.

"토 뭡니카……?"

"선생님, 가날 박사님께서 대단한 발견을 하셨어요. 이집트의 기적을 재현하셨으니, 그분의 명성을 부정하지는 않습니다. 다만 최근에는 기술이 발달해서 정말 놀라운 결과를 얻었습니다. 그러니까, 생전 모습 그대로 친구분을 보고 싶으시다면……."

"타씨 폰타코요……!" 슈뮈크가 외쳤다. "나한떼 말토 하나요?"

방부 처리 회사의 중개인이 말을 이었다. "그렇진 않아요……! 하지만 말씀만 못하실 뿐이지 방부 처리한 후에는, 보게 되시겠지만 영원히 그대로 계실 겁니다. 작업은 오래 걸리지 않아요. 경동맥을 절개하고 주사만 놓으면 돼요. 하지만 지금 빨리 해야 합니다. 15분만 더 기다리시면 몸을 보존했다는 만족감을 느끼실 수 없습니다……."

"치옥에나 카씨오……! 봉쓰는 영혼이에요……! 하눌로 칸 영혼이라코요!"

"이 사람은 인정이 없군요." 유명한 가날 박사의 경쟁자 가운데 한 명을 위해 일하는 중개인이 대문을 지나면서 말했다. "친구를 방부 처리하는 걸 거부하다니요!"

"어쩌겠어요!" 소중한 남편을 막 방부 처리한 시보 여인이 말했다. "상속자, 수혜자라니까요. 일단 유산을 챙기면 고인은 더이상 아무것도 아니죠."

한 시간 후, 슈뮈크는 일꾼처럼 보이는 검은 옷의 사나이를 데리고 들어오는 소바주택을 보았다.

"선생님, 캉티네가 친절하게도 본당에 관을 납품하는 이분을 보내 줬어요."

관 납품업자가 동정과 애도의 표정을 지으면서 허리를 굽히고는, 자기가 없어서는 안 될 존재임을 아는 자신만만한 사람답게 전문가의 눈썰미로 고인을 살펴보았다.

"그럼 뭘로 해 드릴까요? 소나무, 단순한 참나무, 아니면 납을 댄 참나무로 하시겠어요? 납을 댄 참나무가 가장 번듯하죠. 시체는 보통 크기네요……."

그는 목측을 하기 위해 발을 만졌다.

"1미터 70! 물론 교회에서 장례식을 치르실 거죠?"

슈뮈크는 말썽을 부리기 전 광인들이 보이는 눈빛을 그 사람에게 던졌다.

"선생님, 이런 모든 자질구레한 일들을 대신 해 드릴 사람을 쓰지 그러세요." 소바주 여인이 말했다.

"네……." 희생양이 결국 말했다.

"타바로 씨를 데리고 올까요? 지금 처리할 일이 정말 많은데! 타바로 씨가, 아실지 모르겠지만, 동네에서 가장 정직한 사람이에요."

"네, 다파로 시! 얘키 틀어써요……." 슈뮈크는 항복했다.

"좋아요! 이제 대리인과 한번 만나고 나면 편하게, 마음대로 슬퍼하실 수 있어요."

타바로의 일등 서기는 집행관이 되려는 목표를 품은 청년이었는데, 그가 2시 즈음 공손하게 나타났다. 젊음은 겁을 모르는 놀라운 특권을 지녔다. 빌르모라는 이름의 이 청년은 슈뮈크 옆에 앉아서 이야기를 할 수 있을 때까지 기다렸다. 이런 조심성이 슈뮈크를 매우 감동시켰다.

"선생님, 저는 타바로 씨의 일등 서기입니다. 그분이 제게 여기서 선생님의 권익을 보호하고, 친구분 장례일을 처리하라고 시키셨습니다…… 동의하시나요?"

"날 쌀릴 쑤는 없을 커예요. 내카 쌀날이 얼마 안 남았커튼요. 날 카만히 내퍼려 툴커요?"

"아, 전혀 방해받지 않으실 겁니다." 빌르모가 대답했다.

"크래요! 내카 뭘 해야쵸?"

"상속에 관한 모든 일처리에 있어 타바로 씨를 대리인으로 임명하신다는 내용의 이 서식에 서명해 주시면 됩니다."

"추쎄요!" 독일인은 즉시 서명하려고 했다.

"아닙니다. 위임장을 읽어 드려야 합니다."

"일크씨요!"

슈뮈크는 총 위임장을 읽어 주는 동안 전혀 듣지도 않고 서명해 버렸다. 청년은 장례 행렬, 독일인의 바람대로 그도 묻힐 자리가 마련된 묘지의 구입, 교회의 장례식에 대해 슈뮈크의 뜻을 받아 적으면서, 이제 어떤 불편도, 지출도 없을 거라고 약속했다.

"평화만 춘타면 카친 커 타 추케써요." 불쌍한 사람이 말하고는, 다시 친구의 시체 앞에 무릎을 꿇었다.

프레지에가 승리하고 있었다. 상속인은 소바주 여인과 빌르모가 가둔 원 밖으로 한 발자국도 나올 수 없었다.

잠을 이기는 슬픔이란 없는 법이다. 저녁 무렵 소바주 여인은 퐁스의 시체가 놓인 침대 밑에 누워서 잠이 든 슈뮈크를 발견했다. 그녀는 그를 들어 올려 본인 침대에 눕히고는 어머니처럼 이불을 덮어 주었다. 독일인은 그다음 날까지 잤다. 슈뮈크가 깨어났을 때, 다시 말해 잠깐의 휴전 후에 다시 슬픔의 품으로 돌아왔을 때 퐁스의 시체는 3급 행렬의 자격으로 대문 아래 영구 안치소에 놓여 있었다. 그는 거대해 보이는 아파트에서 친구를 헛되이 찾으면서 끔찍한 기억만을 떠올렸다. 유모가 아이에게 하듯 슈뮈크를 엄격하게 다루는 소바주 여인은 교회에 가기 전에 점심을 먹도록 강요했다. 불쌍한 희생양이 억지로 먹으려 하는 동안, 그녀가 예레미야처럼 탄식*하면서 검은 옷이 없다고 알려 줬다. 시보가 관리하던 슈뮈크의 의상실은 이미 퐁스가 죽기 전부터 식사처럼 가장 소박한 내용물, 즉 바지 두 벌과 웃옷 두 벌로 이루어져 있었다······.

"지금처럼 이렇게 입고 친구분의 장례식에 가실 건가요? 그건 동네 전체가 손가락질할 만한 망신살이에요······!"

"내카 어터케 캇으면 초케써요?"

"상복을 입으셔야죠!"

"쌍폭······?"

"예의범절이라는 게······."

"예으펌철······! 크런 슬테없는 지커린 타 쏘용업써요!" 고통으로 인해 이 가엾은 사내는 아이 같은 영혼이 다다를 수 있는 분노의 마지막 단계에 이르렀다.

"배은망덕의 극치일세." 소바주 여인이 집 안으로 느닷없이 들어선 신사를 향해 몸을 돌리면서 말했다. 슈뮈크는 그를 보고 경악했다.

검은 천으로 고급스럽게 차려입은 이 공무원은 검은 바지를 입고, 검정 비단으로 된 스타킹을 신었으며, 흰색 소맷등을 달고, 메달이 달려 있는 은줄을 차고, 격식에 맞는 흰색 모슬린 넥타이에, 흰색 장갑으로 치장하고 있었다. 공적인 슬픔을 위해 같은 틀로 주조된 이 공직자의 전형은 그 역할을 표상하는 흑단 막대기를 손에 들고, 왼팔 밑에 삼색휘장이 달린 삼각모를 끼고 있었다.

"제가 장례 집행인입니다." 이 인물이 상냥한 목소리로 말했다.

이 사람은 직업상 날마다 장례 행렬을 지휘하고 실제든 가식이든 똑같이 깊은 비탄에 빠진 온갖 집안들을 겪는 데 익숙하여, 동료들과 마찬가지로 낮고 부드러운 목소리로 이야기했다. 죽음의 신을 재현한 석상처럼 그는 역할에 맞게 점잖고, 예의 바르고, 단정했다. 그의 말에 슈뮈크는 형리를 본 듯이 신경질적으로 떨기 시작했다.

"선생님께서는 고인의 아들이시거나, 형제 또는 아버지신가요?"

"난 크 모튼 커 타이고, 크 이쌍입니다…… 크 쌀람의 친쿠입니타……!" 슈뮈크는 격류와 같은 눈물을 쏟았다.

"상속인이십니까?" 장례 집행인이 물었다.

"쌍쏙인……." 슈뮈크가 되뇌었다. "이 쎄쌍에 타 쌍콴 업써요!"

그리고 그는 다시 침울하고 고통스럽다는 자세를 취했다.

"친척들, 친구들이 어디 계시죠?" 장례 집행인이 물었다.

"여키 타 이써요." 슈뮈크가 그림들과 골동품들을 가리키면서 외쳤다. "얘네틀은 우리 작한 봉쓰한떼 쌍져를 춘 척이 업써요……! 봉쓰가 싸랑한 컨 나랑 얘네틀분이어타코요!"

"미쳤어요." 소바주 여인이 집행인에게 말했다. "들어봤자 소용없어요."

슈뮈크는 앉아서 눈물을 기계적으로 훔치며 다시 바보 같은 태도로 돌아갔다. 그때 타바로의 일등 서기인 빌르모가 나타났다. 집행인이 행렬을 주문하러 온 이를 알아보고 말했다. "자, 선생님, 갑시다…… 장의 마차가 왔어요. 그런데 이런 행렬은 처음이에요. 친척과 친구들이 어디 있죠……?"

"우린 시간이 별로 없어요." 빌르모가 말했다. "이분은 너무 슬퍼서 아무 생각도 못하셨어요. 그런데 친척은 한 명밖에 없어요……."

집행인이 슈뮈크에게 연민의 시선을 보냈다. 이 슬픔 전문가는 진짜와 가짜를 잘 구분할 줄 알았던 것이다. 그는 슈뮈크에게 다가갔다.

"자, 우리 선생님, 용기를 내세요……! 친구의 기억을 기려야지요."

"통지서 보내는 걸 잊었지만, 방금 말한 유일한 친척인 마르빌 법원장님께 속달을 보냈어요……. 친구는 없어요……. 고인이 지휘자였던 극장 사람들이 올 것 같지는 않고…… 이분이 아마 포괄 상속자이실 겁니다."

"그렇다면 행렬을 선도하셔야 합니다." 집행인이 말했다. "검은 옷이 없으신가요?" 그는 슈뮈크의 옷차림을 알아차리고 물었다.

"난 쏙이 타 카마케 물틀어써……!" 불쌍한 독일인의 목소리는 처절했다. "청말 새카매써 내 안에 축음이 느껴쳐요…… 하느님케써 날 무텀 쏙에 친쿠와 컬합할 쑤 있케 은혜를 페불어 추시니 캄싸합니타……!"

그는 손을 모았다.

"우리 행정부가 이미 많은 것을 개선했지만, 이것 역시 이야기했어요." 집행인이 빌르모에게 말했다. "의상실을 구비해서 상속인들에게 상복을 대여하라고…… 점점 더 필요해지고 있어요……. 하지만 이분이 상속인이시니, 상주의 망토를 입으셔야죠. 제가 가져온 걸 입으시면 몸 전체가 가려져서, 아무도 속에 옷이 부적절하다는 사실을 모를 거예요……."

"일어나시겠어요?"

슈뮈크는 일어났지만 비틀거렸다.

"잡아 주세요, 대리인이시니." 집행인이 일등 서기에게 말했다.

빌르모가 슈뮈크의 팔 밑을 받쳐 주는 동안, 집행인이 집에서 교회까지 장례 행렬을 따라갈 때 상주들에게 입히는 그 크고 추악한 검정 망토를 둘러 주고 검은 비단 끈을 턱 밑에 묶었다.

이렇게 슈뮈크가 상속인으로 치장되었다.

"이제 큰 어려움이 생깁니다." 집행인이 말했다. "관보(棺保)의 네 개 끈을 잡아야 합니다……. 아무도 없으면 어떻게 하죠……? 지금 2시 반이네요." 그가 시계를 보았다. "교회에서 기다리겠어요."

"아, 프레지에가 오네!" 빌르모가 실수로 외쳤다.

그러나 아무도 이런 공모의 누설에 신경 쓸 상황이 아니었다.

"이분은 누구세요?" 집행인이 물었다.

"가족 대리인이십니다."

"어떤 가족이요?"

"상속권을 박탈당한 가족이요. 카뮈조 법원장의 대리인이에요."

"좋아요!" 집행인이 만족스러운 표정이었다. "적어도 끈 두 개는 들겠네요, 하나는 당신이, 다른 하나는 저분이."

집행인은 두 개의 끈을 채워서 흐뭇해하며 매우 고급스러운 흰색 사슴 가죽으로 된 장갑을 가지고 와서 차례대로 프레지에와 빌르모에게 정중하게 건넸다.

"신사분들께서 끈을 하나씩 잡아 주시죠……!"

흰 넥타이에 검은색으로 거만하게 빼입고 공식자 같은 몸가짐을 취한 프레지에는 보는 이를 후들거리게 만들었다. 그의 안에는 소송 사건이 백 건은 들어 있었다.

"기꺼이." 그가 대답했다.

"두 명만 더 있다면, 네 개가 다 채워질 텐데."

그때 소네 상사의 지칠 줄 모르는 중개인과 퐁스를 기억하고 그에게 마지막 인사를 하러 온 유일한 사람이 나타났다. 극장의 임시 직원으로, 오케스트라 악보대 위에 악보를 놓는 일을 맡았는데, 그가 가장이라는 사실을 알고 퐁스가 매달 5프랑짜리 동전을 하나씩 주곤 했었다.

"아, 도비나르(토피나르)……." 슈뮈크가 그를 알아보며 말했다. "차네는 봉쓰 싸랑했치⋯⋯!"

"저는 매일 왔어요, 아침에, 선생님의 소식을 물으러⋯⋯."

"매일! 풀상한 도비나르⋯⋯!" 슈뮈크가 극장 일꾼의 손을 꼭 쥐었다.

"하지만 여기서 내가 친척이라고 생각하고 참 불친절하게 대했어요! 난 극장에서 왔고, 퐁스 선생님의 안부를 물으러 왔다고 아무리 말해도, 그런 거짓말은 안 통한다고 하더군요. 편찮으신 우리 선생님을 뵙고 싶다고 해도 올라가지 못하게 막았답니다."

"처 못퇴머큰 씨포⋯⋯!" 슈뮈크는 굳은살이 박힌 손을 자신의 가슴에 누르며 말했다.

"저 착한 퐁스 선생님, 참된 인격자셨어요. 매달 100수를 주셨어요⋯⋯ 나한테 아내와 세 아이가 있다는 걸 아시고. 아내는 교회에 있어요."

"내 팡을 차네와 나눠 먹켔네!" 슈뮈크가 퐁스를 사랑했던 이가 곁에 있다는 것에 기뻐하며 외쳤다.

"신사분께서 관의 끈을 잡으시겠어요?" 집행인이 물었다. "그러면 네 개가 채워져요."

집행인은 소네 상사의 중개인에게 관행대로 본인이 갖게 될 멋진 장갑을 보여 줌으로써 끈 하나를 잡아 달라고 쉽게 설득했다.

"10시 45분이군요⋯⋯! 이제는 반드시 가야 합니다⋯⋯ 교회에서 사람들이 기다려요."

여섯 사람이 계단을 내려갔다.

"아파트 잘 잠그고 안에 있어요." 악랄한 프레지에가 층계참에 서 있는 두 여인에게 지시했다. "특히 경비원이 되고 싶으면 말이요, 캉티네 사모님. 하! 하! 하루에 40수라고요……!"

파리에서는 전혀 놀랍지 않은 우연에 의해, 대문에 죽은 수위와 퐁스의 영구대(靈柩臺)가 나란히 있었고, 따라서 두 장례 행렬이 있었다. 아무도 예술 애호가의 화려한 영구대 앞에서 애도하지 않은 반면, 동네의 모든 수위들이 몰려와서 수위의 시체 위로 성수를 뿌려 주었다. 시보의 행렬을 이루는 군중과 퐁스의 쓸쓸함이 집의 대문에서뿐만 아니라 거리에서도 대비되었다. 상속인 슈뮈크는 퐁스의 관을 홀로 따라가면서 걸음마다 넘어지려 했기에 장의 일꾼이 부축해야 했다. 이미 말한 것처럼, 이 동네에는 모든 일이 사건이 되어, 노르망디 거리에서 성프랑수아 교회가 위치한 오를레앙 거리까지 두 행렬은 구경꾼들이 양쪽으로 이룬 울타리 사이를 걸어갔다. 커다란 'P'가 수놓아진 휘장을 늘어뜨린 찬란한 흰색 장의 마차와 그 뒤를 따르는 유일한 사람이 사람들의 눈에 띄었다. 이에 비해, 최하류층의 소박한 장의 마차는 엄청난 군중이 뒤따랐다. 다행히 창가에 기댄 사람들과 구경꾼들이 이룬 울타리 때문에 슈뮈크는 정신이 산란해져 아무 소리도 듣지 못했고, 눈물의 장막을 통해서만 이 무리들을 엿볼 수 있었다.

"아, 호두까기 인형이구려……! 알잖아, 음악가!"

"관보 끈을 잡은 사람들 누구야?"

"뭐, 배우들이겠지!"

"어, 저기, 불쌍한 시보 영감의 행렬이네! 일꾼 한 명 갔네! 정말 열심히 일했는데!"

"바깥에 나오는 법이 없었어!"

"월요일에도 쉬지 않았어.*"

"아내를 정말 사랑했지!"

"그 여편네도 참 안됐어!"

레모냉크는 자신이 희생시킨 자의 장의 마차 뒤에서 이웃을 잃은 것에 대한 조의를 받고 있었다.

두 행렬이 교회에 도착했다. 캉티네는 문지기와 이야기해서 어떤 걸인도 슈뮈크에게 말을 걸지 못하도록 조치해 놓았다. 빌르모가 상속인에게 방해받지 않을 거라고 약속했고, 의뢰인을 돌보면서 모든 지출을 도맡았다. 육십에서 팔십 명이 시보의 소박한 장의 마차를 공동묘지까지 호위했다. 교회에서 나올 때 퐁스의 행렬을 위해 마차 네 대가 기다리고 있었다. 한 대는 성직자들, 나머지 세 대는 가족들을 위한 것이었다. 하지만 중개인이 장례 미사 중에 나갔기 때문에 지금은 한 대만 필요했다. 그는 공동묘지에서 나올 때 소네 씨가 묘비의 설계도와 견적서를 가지고 와서 포괄 상속자에게 제시할 수 있도록 행렬이 떠났다고 알리러 갔다. 프레지에, 빌르모, 슈뮈크와 토피나르가 마차 한 대에 탔다. 다른 두 대는 다시 행정 부서로 가는 대신 빈 채로 페르 라셰즈까지 갔다. 빈 마차의 불필요한 운행은 빈번히 일어난다. 고인이 유명하지도 않고, 사람을 많이 모으지 못하면 마차가 남아돌기 마련이다. 모두가 하루에 스물다섯 번째 시간이 있기를 바라는 파리에서 사람들이 친척이나 친구를 공동묘지까지 동행하려면 고인이 생전에 사랑을 듬뿍 받았어야 한다. 하지만 마부들은 할 일을 하지 않으면 팁을 받을 수가 없다. 따라서 비거나 차거나, 마차들이 교회와 공동묘지까지 갔다가, 다시 상갓집으로 돌아왔을 때 마부들은 팁을 요구한다. 죽음으로 먹고사는 사람이 얼마나 많은지 실감하기란 어렵다. 하위 성직자들, 동냥을 받는 이들, 장의 일꾼들, 마부들, 묘혈을 파는 인부들 등 스폰지 같은 존재들은 장의 마차 안에 빠졌다가 흠뻑 불어서 나온다. 상속자가 교회에서 나오자 걸인들이 벌 떼처럼 몰려와 문지기가 즉시 제지했다. 가엾은 슈뮈크는 예전에 죄수들이 법원에서 그레브 광장*으로 가던 것처럼 페르 라셰즈로 갔다. 퐁스의 죽음을 진정으로 애도하는 유일한 사내인 토피나르의 손을 잡고 그가 행렬을 선도했다. 토피나르는 관보의 끈을 자기에게 맡긴 영광에 매우 감동했고, 마차를 탄 기쁨을 누리는 데다, 장갑까지 얻어 퐁스의 장례식 날이 생애에 기념할 만한 날이 되어 가고 있었다. 슬픔의 구렁에서, 마음이 담긴 이 손의 촉감에서 힘을 얻은 슈뮈크는 도살장에 끌려가기 위해 수레에 탄 불행한 송아지들처럼 마차를 타고 갔다. 앞자리에는 프레지에와 빌르모가 앉았다. 애석하게도 가족을 마지막 안식처로 동행할 기회가 잦았던 이들이라면 공동묘지로 마차를 타고 가는 동안 모든 위선이 그친다는 사실을 알 것이다. 많은 경우에, 교회에서 동부 공동묘지, 다시 말해 파리의 공동묘지 중 모든 허영심, 사치가 만나는 곳, 장엄한 기념비들이 즐비한 그곳까지는 거리가 매우 길다. 무관심한 자들이 대화를 시작하고, 슬픔에 아주 깊이 잠긴 사람들도 끝내 귀를 기울이고 기분을 전환하기 시작한다.

프레지에가 빌르모에게 말했다. "법원장님께서 이미 법정으로 떠나셔서 근무하시는 분을 오시라고 할 필요는 없다고 생각했네. 어떻게든 너무 늦게 오셨을 거야. 법정 상속인이신데 슈뮈크 씨에게 상속권을 박탈당하셨으니 대리인이 대신해도 될 것 같아서……."

토피나르가 귀를 기울였다.

"네 번째 끈을 잡았던 그 자식은 뭔가?" 프레지에가 빌르모에게 물었다.

"묘비를 하는 집의 중개인인데, 주문을 얻어 내려 합니다. 고인을 애도하는 음악의 여신, 회화의 여신과 조각의 여신을 대리석으로 제작하려나 봅니다."

"발상 좋네. 영감이 그 정도 받을 자격은 있지. 그런데 그런 묘비는 적어도 7천에서 8천 프랑은 나갈걸."

"그럼요!"

"슈뮈크 씨가 주문하면, 상속과는 무관해야 돼. 그런 지출을 하기 시작하면 상속을 말아먹을 수도 있으니까."

"소송을 걸어야죠. 우리가 이길 거고요……."

"그렇다면, 알아서 하겠지 뭐! 저 상인들을 골려 줄 수 있는 좋은 기회야……." 프레지에가 빌르모의 귀에 대고 말했다. "왜냐하면, 그 유서가 무효가 되면, 그건 내가 보장하지…… 아니면, 유서가 아예 없으면 누가 돈을 내겠어?"

빌르모는 원숭이처럼 웃었다. 타바로의 일등 서기와 법률가는 낮은 목소리로 서로의 귀에 대고 이야기했다. 그러나 마차가 굴러가는 소리와 그 밖의 소음에도 무대 뒤편에서 뭐든지 눈치채는 데 익숙한 극장 일꾼은 두 법률가가 불쌍한 독일인을 곤경에 빠뜨리려고 공모한다는 것을 알아차리고 '클리시'*라는 무서운 단어를 가로챘다. 이때, 연극계의 당당하고 정직한 일꾼은 퐁스의 친구를 돌보기로 마음먹었다.

소네 상사 중개인의 도움으로 빌르모는 거대한 묘비를 세우겠다고 단언하며 시청에 3제곱미터의 묘지를 구입했다. 슈뮈크는 구경꾼의 무리를 뚫고 집행인으로부터 퐁스를 묻을 묘혈까지 안내받았다. 사제들이 마지막 기도를 올리고, 인부 네 명이 퐁스의 관을 밧줄로 지탱하고 있는 중에, 관 아래로 파인 네모난 구멍을 보자 독일인은 가슴이 미어져 기절했다. 토피나르가 소네 상사의 중개인, 그리고 소네 사장 본인의 도움을 받아 불쌍한 독일인을 대리석 제작자의 가게로 데려갔다. 그곳에서 소네 부인과 소네 사장의 동업자 아내인 비틀로 부인이 아주 정성스럽고 너그럽게 돌봐 주었다. 토피나르는 악당처럼 보이는 프레지에가 소네 상사의 중개인과 대화를 나누는 것을 보았기에 거기 서 있었다.

한 시간 후인 2시 반 즈음, 가엾은 독일인이 정신을 차렸다. 슈뮈크는 이틀 전부터 꿈을 꿨다고 착각하고 있었다. 그는 깨어나서 살아 있는 퐁스를 볼 수 있으리라 믿었다. 이마에 젖은 수건을 하도 많이 올려놓고, 각성제와 식초를 하도 많이 흡입시켜서 끝내 눈을 뜨고야 말았다. 대리석 가게에서 포토푀를 끓여 소네 부인은 슈뮈크에게 기름기 많은 걸쭉한 고기 국물을 마시도록 강요했다.

"이렇게 슬퍼하는 고객들을 맞이하는 건 흔한 일이 아니에요. 그래도 2년에 한 번씩은 있더랍니다……."

결국 슈뮈크는 노르망디 거리로 돌아가겠다고 말했다.

소네가 입을 열었다. "선생님, 비틀로가 일부러 그린 도안이에요. 밤을 샜다고요……! 어쨌든 영감을 잘 받았어요! 멋있을 겁니다……."

"페르 라셰즈에서 가장 아름다운 묘비가 될 거예요!" 자그마한 소네 부인이 말했다. "전 재산을 물려준 친구를 기념하셔야지요……."

일부러 그렸다는 이 계획안은 유명한 장관 드 마르세를 위해 준비되어 있었다. 하지만 이 실업가들의 계획은 싸구려라고 거절당했고, 그 미망인이 결국 묘비를 스티드만에게 맡겼다. 당시의 세 여신은 이 위대한 장관이 빛을 발한 7월 혁명을 재현하고 있었다. 그 후, 소네와 비틀로는 이 '영광의 3일'*을 조금 수정해서, 샤를 켈레르*를 위해 군대, 금융, 가족으로 변신시켰으나, 그때도 스티드만이 만들었다. 11년 전부터 이 계획안이 모든 가족들의 상황에 맞춰졌다. 이번에도 비틀로가 베끼면서 세 여신을 음악, 조각, 그리고 회화로 탈바꿈시켰다.

"세부 사항과 구조물을 생각하면 아무것도 아니에요. 그런데 6개월이면……" 비틀로가 말했다. "선생님, 여기 견적서와 주문서가 있습니다…… 7천 프랑이 되겠습니다, 조수들 월급을 제하고요."

대리석 가공업자인 소네가 덧붙였다. "대리석을 원하신다면, 1만 2천 프랑입니다. 그러면 선생님께서 친구분과 함께 영원히 남게 되시는 거죠……."

토피나르가 비틀로의 귀에 대고 이야기했다. "내가 듣기로 유서가 공격될 거고, 법정 상속인들이 유산을 찾을 거랍니다. 카뮈조 법원장을 찾아가세요. 아무것도 모르는 이 불쌍한 분은 한 푼도 못 얻을 테니……."

"맨날 이런 사람들만 데려온다니까!" 비틀로 부인이 중개인에게 말다툼을 걸었다.

장의 마차들이 이미 노르망디 거리로 떠나서 토피나르는 그곳까지 걸어서 슈뮈크를 데려다주었다.

"날 투코 더나치 말케……!" 슈뮈크가 토피나르에게 말했다.

토피나르는 불쌍한 음악가를 소바주 부인의 손에 맡기고 가려고 했다.

"우리 슈뮈크 선생님, 4시가 다 되어서, 식사하러 가야 합니다……. 극장 안내인인 제 아내가 걱정해요. 아시다시피…… 극장이 5시 45분에 열잖아요……."

"크래, 알아…… 크런테 내카 친쿠 하나토 업씨 이 쎄쌍에 혼차라는 컬 쌩칵해 추케. 차네는 봉쓰의 죽음을 쓸퍼했으니, 날 이끌어 춰, 난 치큼 감감한 밤 쏙에 있어. 봉쓰는 내카 악탕에 둘러사였타코 말해써……."

"알아요, 클리시 신세 지시는 것도 면해 드렸는걸요!"

"글리지……? 크컨 무쓴 말인카……?"

"불쌍한 양반! 자, 걱정 마세요, 제가 뵈러 올게요, 안녕히."

"**안녕히! 콸 봐요**……!" 슈뮈크는 지쳐서 쓰러지다시피했다.

"안녕히 가세요, **앚-씨**!" 소바주댁의 표정은 토피나르의 주의를 끌었다.

"부엌데기는 왜 그래……?" 극장 일꾼이 비아냥거렸다. "여기 멜로드라마의 배신자처럼 폼 잡고 있네."

"당신이나 배신자 해! 여기서 뭘 참견하는 거요? 선생님의 일에 끼어들려 하는 거 아니요? 뜯어내려고……?"

"뜯어낸다고……! 식모……!" 토피나르가 기세등등하게 대답했다. "나는 보잘것없는 극장 일꾼이지만, 예술가들을 존경하고, 모르시겠지만, 누구한테도 뭘 요구한 적이 없어요! 당신한테 내가 뭘 달라고 했어요? 내가 빚졌어요……? 어이, 할망구……!"

"극장 일꾼이요? 이름이 뭡니까……?" 여장부가 물었다.

"토피나르올시다……."

"안녕히 가시오, 그리고 **앚-씨**. 결혼했으면 **싸아모님**께도 안부전해 줘요…… 더 알고 싶은 건 없어요."

"왜 그러세요, 여사님……?" 들어온 캉티네댁이 물었다.

"저녁 요리 지키러 여기 좀 있어 봐요. 변호사님께 잠깐 다녀올게……."

"이 밑에서 샘물처럼 우는 불쌍한 시보 부인과 이야기하고 계셔요."

소바주 여인이 어찌나 빨리 달려 내려가는지 그녀의 발밑에서 계단이 울렸다.

"선생님……." 그녀는 시보댁에게서 조금 떨어져서 프레지에를 잡아당겼다.

극장 일꾼이 익살기가 편재한 무대 뒤에서 받은 영감으로 술수를 부려 퐁스의 친구를 함정에서 구함으로써 이미 은혜를 갚았다고 흡족해하며 지나가는 순간 소바주 여인이 그를 가리켰다. 임시 직원은 다른 함정으로부터도 순진한 음악가를 보호해야겠다고 다짐하고 있었다.

"저 쪼끄만 놈……! 정직한 척하며 슈뮈크 씨의 일에 참견하려는 사람이에요……."

"누군데?" 프레지에가 물었다.

"아, 별 볼일 없는 자식이에요……."

"일에 있어서는 별 볼일 없는 자식이란 없어요……."

"뭐, 극장 일꾼인가 봐요. 이름은 토피나르래요……."

"좋아요, 소바주 여사님! 계속 그렇게만 해 주면, 담배 가게를 얻을 수 있어요."

그리고 프레지에는 시보댁과의 대화를 이어 갔다.

"그러니까, 우리 친애하는 의뢰인님, 저희에게 모든 걸 솔직하게 털어놓지 않으셨으니, 이렇게 신뢰를 저버린 동업자에게는 더 이상 지킬 의무가 없습니다!"

"제가 어떻게 신뢰를 저버렸나요?" 시보댁이 옆구리에 주먹을 얹으며 따졌다. "신 포도즙 같은 눈으로 쏘아보고 서리처럼 얼어붙을 얼굴을 하면 내가 무서울 줄 알고……? 약속 안 지키려고 엉터리 이유를 대고 있으면서 정직한 사람 행세를 하니 원…… 당신 뭔지 알아요? 불량배라고요. 네, 네, 팔을 긁적거리시네요……! 그래도 욕먹어 마땅해요……!"

"자, 자, 격한 말 쓰지 말고, 화내지 말고, 이봐요, 내 말 들어봐요! 실속 챙기셨잖아요…… 아침에 장례 행렬을 준비하는 동안 퐁스 씨가 전체적으로 직접 손으로 쓴 이 목록 2부를 찾아냈어요. 우연히 이게 눈에 띄더군요." 그는 필사된 목록을 펴고 읽었다.

"제7번. 세바스티아노 델 피옴보가 1546년에 대리석 위에 그린 훌륭한 초상화. 테르니 성당에서 가져간 집안에 의해 매매되었음. 영국인이 구입한 대주교의 초상화와 쌍벽을 이루던 이 그림은 기도 중인 말타의 기사를 재현하고 있고, 로시 집안의 묘 위에 걸려 있었음. 날짜가 없다면, 이 그림을 라파엘로가 그렸다고 착각할 정도임. 이 작품이 박물관에 있는, 바치오 반디넬리의 초상화보다 우월한 듯. 그것은 조금 메마른 반면, 말타의 기사는 그림을 라바냐(흑판) 위에 보관하여 신선함."

"7번의 위치를 보니 샤르댕이라고 서명된, 그것도 7번이라는 번호가 없는 부인상이 있었습니다. 집행인이 관보의 끈을 잡을 인원을 채우는 동안 그림을 확인한 결과, 고인이 되신 퐁스 씨가 아주 중요하다고 표시한 작품의 자리에 일반적이고 번호가 없는 그림들이 대체되었더랍니다……. 그것들은 찾을 수가 없었고요…… 마지막으로 걸작으로 표시된 메추의 작은 작품이 안 보였습니다……."

"내가 그림까지 지켜야 했습니까? 내가!"

"아니요, 하지만 퐁스의 살림과 일을 돌보는 심복이었으니, 절도가 있었다면……."

"절도요! 그 그림들은 필요한 돈을 마련하기 위해 퐁스 씨가 시켜서, 슈뮈크 씨가 파셨다는 걸 아세요!"

"누구한테?"

"엘리 마귀스와 레모냉크 사장님들한테⋯⋯."

"얼마에⋯⋯?"

"기억 안 나요⋯⋯!"

"잘 들어봐요, 우리 시보 사모님, 한몫 챙기셨어요, 그것도 아주 두둑하게⋯⋯! 제가 지켜보겠어요! 제 손안에 계세요⋯⋯. 저를 도와주시면 입을 다물게요! 어떤 경우에도, 카뮈조 법원장님께 국물도 기대하기 어렵다는 것만 알아 두세요. 사모님이 그분의 재산에 손을 대는 게 적절하다고 판단했으니까요."

"내가 이럴 줄 알았어요. 나한테서만 **용두사리**로 끝날 거란 걸요⋯⋯." 시보댁은 "입을 다물게요!"라는 말에 누그러졌다.

"사모님한테 시비를 거시네!" 레모냉크가 나타났다. "그러시면 안 되죠! 그림은 퐁스 씨가 합의에 따라서 마귀스 씨와 나한테 팔았어요. 그림을 놓고 한참 꾸물대던 고인하고 의견을 맞추느라 우린 3일이나 걸렸어요. 제대로 된 영수증이 있고, 항상 하는 대로 사모님한테 40프랑짜리 동전 몇 푼을 드렸지만, 거래를 하는 부르주아들의 집에서 원래 주는 만큼밖에 안 받았어요. 아, 존경하는 변호사님, 힘없는 여자를 속이려 하시면, 재미 못 보실 겁니다⋯⋯! 아시겠어요, 꿍꿍이 전문가님? 마귀스 사장이 이 바닥에선 왕이요. 사모님의 말을 잘 듣지 않으면, 약속한 걸 안 주면 그림 경매에서 봅시다. 장수들을 선동할 테니 마귀스와 나와 대결하면 얼마나 손해 보는지 알게 될 거요…… 70에서 80만 프랑 대신 2만 프랑도 못 빌 테니까!"

"좋아! 좋아, 두고 보자! 안 팔거나, 런던에서 팔지 뭐." 프레지에가 대꾸했다.

"우린 런던을 잘 알지! 마귀스 사장이 거기서도 파리에서만큼 입김이 세지."

"안녕히 계세요, 사모님, 이 일에 대해 조사 좀 해야겠네요." 프레지에가 말했다. "계속 제 지시를 따르신다면 이야기가 다르지만요." 그가 덧붙였다.

"이 사기꾼 자식……!"

"조심하시오, 난 치안 판사가 될 사람이요!"

이렇게 그들은 협박을 주고받으며 헤어졌다. 서로가 상대방 협박의 심각성을 잘 헤아렸다.

"고마워, 레모냉크!" 시보댁이 말했다. "편들어 주는 사람이 있다는 게 불쌍한 과부한테 얼마나 다행인지 몰라."

저녁 10시 즈음 극장에서는 고디사르가 오케스트라 일꾼을 사무실로 불렀다. 그는 배우, 무용수, 단역, 음악인, 기계공들을 지휘하고, 작가들과 교섭하게 된 이후로 취하게 된, 나폴레옹을 모방한 자세로 벽난로 앞에 서 있었다. 보통 오른손을 조끼 안으로 찔러 넣어서 왼쪽 멜빵을 잡고, 머리를 4분의 3으로 돌려 허공을 쳐다보았다.

"나 참! 토피나르, 연금을 타나?"

"아닙니다, 극장장님."

"지금보다 더 나은 자리를 찾나?"

"아닙니다, 극장장님……." 임시직은 창백해졌다.

"젠장, 마누라는 일등석에서 안내하고…… 파산한 내 선임자를 봐서 그 자리를 그대로 줬지…… 너한테는 낮에 무대 뒤의 양등을 닦는 일을 맡겼어. 그리고 악보도 놓지. 그게 다가 아니야! 지옥 장면이 나오면 20수 받고 괴물 역할을 하고 악마들을 통솔하지. 모든 임시직들이 노리는 자리야. 친구, 극장에 자네를 질투하는 적들이 많아요."

"적들이라니요……!" 토피나르가 말했다.

"자네는 자식이 셋인데, 맏이가 50상팀을 받고 아역 연기를 하고……!"

"극장장님……."

"내 말 좀 들어……" 고디사르가 천둥과 같은 목소리로 말했다. "그런 입장에서, 극장을 떠나고 싶은 건가……."

"극장장님……."

"자넨 계략을 꾸미는 데 뛰어들어서, 유산 상속 일에 참견하려 하지……! 이 딱한 친구야, 달걀처럼 산산조각 날거야! 내 후원자가 포피노 백작 각하인데, 아주 재치 있고 훌륭한 인격자이셔서, 폐하께서 현명하게도 국정 자문 회의에 다시 불러들이셨지…… 이 고위 공직자, 우월한 정치가께서, 포피노 백작 말이야, 맏아들을 고위 사법부의 가장 중요하고, 가장 존경받는 인물이자 법원의 등불인 마르빌 법원장의 딸과 결혼을 시키셨어. 자네, 법원 아나? 그런데 그분이 사촌 퐁스의 상속자야, 그래, 자네가 오늘 아침 장례에 참석한 우리 옛 지휘자. 그 불쌍한 영감에게 마지막 도리를 다하러 간 걸 나무라지는 않아…… 하지만 그 점잖은 슈뮈크 씨의 일에 관여하면 자넨 제자리에 남지 못할 줄 알아. 난 그 슈뮈크한테 행운을 빌지만, 그 사람은 퐁스의 상속자들과 대립하게 될거야……. 그리고 그 독일인은 나한테 아무것도 아닌 반면, 법원장님과 포피노 백작님은 나한테 중요하니까, 자네에게 그 점잖은 독일인이 혼자 자기 일을 처리하도록 내버려 두라고 권하겠어. 독일인을 돌보는 하느님은 따로 있으니 말이야. 자네한테 하느님의 보조 역할은 안 어울려! 이봐, 그냥 극장 일꾼으로 있어……! 그보다 잘하긴 힘들어!"

"알아들었습니다, 극장장님." 토피나르가 가슴 아파하며 대답했다.

퐁스의 죽음을 애도한 유일한 사람, 이 불쌍한 극장 일꾼이 다음 날 다시 오리라고 기대했던 슈뮈크는 이렇게 해서 운명이 보내 줬던 보호자를 잃었다. 그다음 날, 불쌍한 독일인이 깨어났을 때, 비어 있는 아파트를 보고 엄청난 상실감을 경험했다. 전날과 그 전날은 죽음이 야기한 사건들과 근심거리들로 인해 눈을 돌릴 수 있는 수선스러움과 분주함이 있었다. 하지만 친구, 아버지, 아들, 사랑하는 여인이 무덤 속으로 떠난 후의 침묵, 그다음 날의 음울하고 차가운 침묵은 무시무시하고, 얼음처럼 냉랭하다. 불가항력적인 힘에 의해 퐁스의 침실로 다시 들어온 불쌍한 사내는 그 광경을 감당하지 못하고, 뒷걸음질 쳐서 소바주댁이 점심을 차리는 식당으로 돌아와 앉았다. 슈뮈크는 앉았지만 아무엇도 먹지 못했다. 갑자기 초인종 소리가 거세게 나더니 캉티네댁과 소바주댁이 검은 옷을 입은 세 남자를 들여보냈다. 첫 번째는 치안 판사 비텔 씨, 그리고 두 번째는 그의 서기였다. 세 번째 사람은, 자신이 그토록 대담하게 훔친 강력한 무기를 무력화시키는 제대로 된 유언장으로 뒤통수를 얻어맞아서, 그 어느 때보다 메마르고 표독해진 프레지에였다.

"저희는 이곳에 봉인을 하기 위해 왔습니다." 치안 판사가 슈뮈크에게 상냥하게 말했다.

이 말이 그리스어와 다름 없었던 슈뮈크는 질겁을 하며 세 사람을 바라보았다.

"저희는 변호사 프레지에 씨의 요청으로 왔습니다. 그분은 고인이 되신 친척 퐁스 씨의 상속자인 카뮈조 드 마르빌 씨의 대리인이십니다……" 서기가 부연했다.

"소장품들은 저기, 저 큰 거실과 고인의 침실에 있습니다." 프레지에가 말했다.

"자, 그러면 건너갑시다! 실례하겠습니다, 선생님, 식사하십시오." 치안 판사가 말했다.

검게 차려입은 이 세 사람의 침입이 독일인을 겁에 질리게 했다.

프레지에는 파리에 최면을 거는 거미처럼 상대에게 최면을 거는 독살스러운 시선을 슈뮈크에게 쏘았다. "선생님, 공증인 입회하에 자기한테 유리한 유서를 작성하게 하셨으면 가족들의 반격이 있으리라고 예상하셨을 텐데요. 한 가족이 싸우지 않고 가만히 앉아서 외부인에게 재산을 빼앗길 수는 없죠. 부정과 사기,

그리고 가족 중에 누가 이기는지 봅시다……! 저희는 상속자로서 봉인을 요구할 권리가 있으니, 봉인할 것이고, 이런 보존 조치가 빈틈없이 이루어지도록 제가 주의할 것입니다."

"**하느님! 하느님! 체카 무쓴 최를 치어킬래?**" 죄없는 슈뮈크가 한탄했다.

"집 안에서 사람들이 선생님 이야기를 많이 해요." 소바주 여인이 말했다. "주무시는 동안 검은 옷을 입은 작은 청년이 왔는데, 그 건방진 젊은이가 안느캥 씨의 일등 서기라며 선생님을 만나겠다고 고집을 부리더라고요. 선생님이 주무시고, 어제 일 때문에 피곤하셔서, 타바로 씨의 일등 서기 빌르모 씨에게 위임장을 주셨으니 거기 가 보라고 말했어요. '아, 잘됐네요. 그분과 말이 통하겠어요. 법원장님께 보여 드리고, 법원에 유서를 제출하려 합니다.' 그 젊은이가 그랬어요. 그래서 최대한 빨리 빌르모 씨를 불러 달라고 부탁했어요. 걱정 마세요, 선생님." 소바주 여인이 말했다. "지켜 줄 사람들이 있어요. 재산을 몽땅 빼앗기지는 않을 겁니다. 온 힘을 다해 제대로 싸우는 사람이 옆에 있잖아요. 빌르모 씨가 그 작자들한테 대놓고 말할 거예요. 벌써 나는 세입자들을 감히 평가하는 그 수위, 저 거지 같은 시보 여편네한테 화를 냈어요. 그 여자는 선생님이 상속자들에게서 재산을 빼앗았다고, 퐁스 씨를 방에 가두고 기계처럼 말을 잘 듣게 만들어서, 그분이 완전히 미쳐 버렸다고 주장한답니다. 내가 보기 좋게 주제 파악하라고 했어요, 그 몹쓸 년에게 말했어요. '당신은 도둑년이고 말종이야! 저 양반들에게서 훔친 것 때문에 재판받을 거야……. 그러니까 주둥이를 닥치라구.'"

"고인의 침실을 봉인하는 동안 선생님께서 직접 보시렵니까?"
서기가 슈뮈크를 데리러 왔다.

"하쎄요! 하쎄요! 체카 초용히 춤을 쑤는 있는 커쬬?"

"누구든 죽을 권리는 있습니다." 서기가 웃으면서 대답했다.
"그래서 저희의 가장 주요한 업무가 유산 관련한 일들입니다.
그런데 포괄 상속자들이 유언자를 무덤 속으로 따라가는 건 별
로 본 적이 없습니다."

"난 칼 커예요!" 이렇게 여러 번의 충격을 받은 후에 슈뮈크는
심장에 극심한 통증을 느꼈다.

"아 빌르모 씨, 오셨어요!" 소바주 여인이 외쳤다.

불쌍한 독일인이 말했다. **"필르모 지, 나를 태편해 추쎄요……"**

"달려왔습니다." 일등 서기가 말했다. "유서가 전적으로 원칙
에 합당하고, 아마도 법원이 곧 승인해서 재산에 대한 점유권을
부여할 거라는 소식을 알려 드리려고요…… 커다란 재산을 소
유하실 겁니다."

"내카, 거타란 채싼을!" 슈뮈크는 탐욕스럽다는 의심을 받는 것
이 매우 애통했다.

소바주 여인이 말했다. "그런데 그동안 치안 판사는 양초와 작
은 리본 띠 가지고 뭐 하는 겁니까?"

"아, 봉인하는 겁니다…… 오세요, 슈뮈크 씨, 보실 권리가 있
습니다."

"아니요, 카쎄요."

"아니, 그런데 선생님이 자기 집에 있고, 모든 게 자기 건데 봉인을 왜 하나요?" 소바주 여인이 멋대로 법전을 실천하는 부녀자들식의 법률 이론을 펴며 물었다.

"사모님, 슈뮈크 씨는 본인 댁에 계신 게 아닙니다. 퐁스 씨 댁에 계신 거죠. 앞으로 틀림없이 모든 걸 소유하게 되시겠지만, 유증 수혜자일 때는 점유권 부여라는 것에 의해서만 유산을 구성하는 물건을 취할 수 있게 됩니다. 그건 법원에서 해 주는 겁니다. 그런데 유언자의 뜻으로 유산을 박탈당한 상속자들이 그런 점유권 부여에 반대하면, 소송이 걸리죠…… 유산이 누구에게 돌아갈지 모르니, 모든 물건들을 봉인하고, 상속자들의 공증인과 유증 수혜자의 공증인이 법이 정한 기한 내에 목록을 작성합니다. 그런 겁니다."

난생처음으로 이런 말을 들어 본 슈뮈크는 머리가 완전히 돌 지경이었다. 그는 너무 무거워진 머리를 들고 있을 수가 없어서 그것을 앉아 있는 의자의 등받이에 떨어뜨렸다. 빌르모는 치안 판사, 서기와 이야기를 나누러 갔다. 상속자들이 부재할 때 분배하는 날까지 이렇게 가둬 놓는 물건들에 대해 여러 지적과 농담이 오가는 가운데 이루어지는 봉인 작업을 실무가다운 냉정함을 가지고 지켜보았다. 끝내 법조인 네 명이 거실을 잠그고, 서기가 앞장서서 식당으로 들어갔다. 문짝이 두 개일 때는 양쪽에 띠를 묶어서 치안 재판소의 인장으로 봉인하고, 장롱과 외짝 문의 경우 닫히는 양쪽 가장자리를 봉인하는 과정을 슈뮈크는 기계적으로 바라보았다.

"저쪽 방으로 갑시다." 프레지에가 문이 식당으로 통하는 슈뮈크의 침실을 가리켰다.

"저건 선생님의 방이에요!" 소바주 여인이 달려가서 법조인들과 문 사이를 틀어막았다.

"여기 임대차 계약서가 있어요." 소름 끼치는 프레지에가 말했다. "서류들 사이에서 찾았어요. 퐁스와 슈뮈크 씨의 공동 명의가 아니라 퐁스 씨의 명의로만 되어 있습니다. 이 아파트 전체가 유산에 포함되었고…… 게다가." 그는 슈뮈크의 침실 문을 열었다. "보세요, 판사님, 그림으로 가득 찼습니다."

"그러네." 치안 판사는 즉시 프레지에의 요구에 승낙했다.

"선생님들 잠깐만요." 빌르모가 말했다. "포괄 상속자를 거리로 쫓아도 되는 겁니까, 그 자격에 아직 이의 제기가 없는데도요?"

"아니, 있어요!" 프레지에가 반박했다. "유증 이행에 이의를 신청합니다."

"어떤 이유로요?'

"알게 될 거요, 꼬마!" 프레지에가 빈정거렸다. "지금 유증 수혜자가 이 방에서 자기 소유라고 주장하는 물건들을 빼내는 것에 반대하지는 않아요. 하지만 방 자체는 봉인됩니다. 이분은 원하는 곳에 가서 주무시길!"

"안 됩니다." 빌르모가 말했다. "선생님께선 본인 침실에 계실 겁니다……!"

"어떻게요?"

"당신을 급속 심리에 소환하겠어요. 그래서 우리가 이 아파트의 공동 세입자로 인정받을 거고, 우리를 내쫓을 수 없을 겁니다…… 그림을 가져가고, 고인의 셋, 우리 의뢰인의 깃을 구분히시오. 하지만 우리 의뢰인은 여기 있을 겁니다…… 꼬마……!"

"내카 나칼케요!" 늙은 음악가가 이 끔찍한 논쟁을 듣고 힘을 얻어서 말했다.

"잘 생각하셨습니다!" 프레지에가 말했다. "싸움이 나면 득되실 건 없으니 그게 돈을 아끼시는 길이죠. 계약서는 정확합니다……."

"계약서, 계약서라니요!" 빌르모가 대꾸했다. "이건 정직성의 문제입니다……!"

"형사 사건에서처럼 증인으로 입증되는 게 아니지요…… 감정, 검증…… 중간 판결, 소송 등의 절차에 뛰어드실 건가요?"

"아니! 아니!" 질겁한 슈뮈크가 소리쳤다. "난 이싸 카요, 캅니타."

슈뮈크는 최소한의 물품들만을 가지고 자기도 모르게 철학자, 그것도 키니코스학파*의 철학자처럼 생활하고 있었다. 구두 두 켤레, 장화 한 켤레, 의복 두 벌, 블라우스 열두 벌, 스카프 열두 장, 손수건 열두 장, 조끼 네 벌과 퐁스가 선물한 멋있는 담뱃대와 수가 놓인 담배 케이스가 그가 가진 전부였다. 그는 분노로 열이 난 아주 흥분한 상태로 침실에 들어갔다가 옷가지들을 들고 나와서 의자 위에 놓았다.

"이커 천푸카 내 커요……!" 그는 킨킨나투스*를 본뜬 듯 담백하게 말했다. "비아노토 내 커요."

"사모님……." 프레지에가 소바주 여인에게 지시했다. "누구보고 도와달라고 하고, 이 피아노를 가져가서 거리에 내다 놓아요!"

"너무하신 거 아닙니까?" 빌르모가 프레지에에게 말했다. "치안 판사님 마음대로 지시하실 수 있습니다. 이 분야에서 결정권을 가지셨습니다."

"이 안에 가치 있는 물품들이 있어요." 서기가 침실을 가리켰다.

치안 판사가 지적했다. "게다가, 스스로 기꺼이 나가십니다."

"이런 의뢰인은 처음 봐요." 빌르모가 격분하며 슈뮈크를 돌아보았다. "낡은 헝겊처럼 무르시네요."

"어티써 축튼치 무쓴 쌍콴이야." 슈뮈크가 나가면서 말했다. **"저 쌀람틀 얼쿨이 홀랑이 같아…… 내 포찰컷엎는 물컨틀 누쿠 씨겨써 캇타 탈라 할게요."**

"어디 가십니까?"

"하느님이 원하씨는 태로!" 포괄 상속자는 무관심하다는 듯이 근사한 동작으로 손을 흔들었다.

"알려 주세요." 빌르모가 말했다.

"따라가 봐." 프레지에가 일등 서기의 귀에 대고 말했다.

캉티네댁이 봉인을 지키는 사람으로 임명되었다. 그녀는 소지품 중에 나온 돈에서 50프랑의 사례비를 받았다.

"잘되어 가고 있어요." 슈뮈크가 떠나자 프레지에가 비텔에게 말했다. "은퇴하면서 제게 자리를 물려주시려면 마르빌 법원장 부인을 만나서 같이 이야기해 보세요."

"버터처럼 물러 터진 상대를 구했네!" 치안 판사가 마당에서 마지막으로 아파트 창문을 바라보는 슈뮈크를 보여 주면서 말했다.

"우린 성공했어요!" 프레지에가 대답했다. "염려 마시고 손녀 따님을 퐁스와 결혼시키셔도 됩니다. 카드르뱅 병원*의 병원장 이 될 테니."

"두고 봅시다! 프레지에 씨, 안녕히 가세요." 치안 판사가 동지 애가 담긴 표정으로 인사했다.

"능력 있는 친구예요." 서기가 말했다. "저 녀석, 멀리 갈 겁니다."

11시였다. 늙은 독일인은 퐁스 생각을 하면서 기계적으로 퐁 스와 걸었던 길로 갔다. 친구가 계속 눈에 선했고, 옆에 있다고 착각하면서 극장 앞에 다다랐다. 때마침 친구 토피나르가 극장 장의 무정함을 생각하면서 모든 등을 닦고 나오고 있었다.

"아, 여키 날 쿠해 출 쌀람이 있네!" 슈뮈크가 불쌍한 임시직을 세 우며 외쳤다. "도비나르, 차네 칩 있나?"

"있습니다, 선생님……."

"카촉토 있코……?"

"네, 선생님……."

"내카 차네 칩에 묵어토 퇴켓나? 아, 톤은 많이 출케. 연큼 쿠팩 브랑 팔커튼…… 크리코 오래 쌀치토 않을 커야…… 불변하케 안 할케…… 타 찰 먹어……! 탐패만 비우케 해 주면 돼…… 크리코 차네카 나하코 봉쓰의 축음을 쓸퍼한 유일한 친쿠니, 차네한데 정이 틀었네!"

"선생님, 기쁜 마음으로 저희 집에 자리를 마련해 드리겠지만, 고 디사르 극장장님이 저한테 잘 손질된 가발 하나를 씌워 주셨어요."

"카팔?"

"그러니까, 머리를 잘 식혀 주셨단 말입니다."

"머리를 지켜?"

"선생님한테 관심을 보여서 혼내셨어요……. 저희 집에 오시면 우린 조심해야 돼요! 그런데 저처럼 딱한 놈의 살림이 뭔지 모르시니까 그렇지, 오래 계시지 못할걸요……."

"난 홀랑이 얼쿨을 한 쌀람틀하고 뒬르리쿵에 있으니 봉쓰를 애토한 마음이 타툿한 쌀람의 카난한 쌀림이 훨씬 좋다네! 치큼 막 타 먹어 지우려 하는 홀랑이틀을 봉쓰 팡에 투코 나와써."

"오세요, 선생님, 일단 보세요…… 그런데…… 고미다락방이 있어요…… 아내와 한번 의논해 보죠."

슈뮈크는 파리의 암(癌)이라고 할 수 있는 흉악한 동네로 안내하는 토피나르를 양처럼 따라갔다. 그곳은 보르댕 단지라고 명명된다. 투기로 지은 듯한 집들이 늘어선 비좁은 길목인데, 파리의 외관을 망치는 한 가지 요인인 거대한 포르트-생-마르탱 극장의 그늘 속에 잠긴 지점에서 봉디 거리로 통한다. 차도가 보도보다 낮은 곳에 파인 이 길목은 마튀랭-뒤-탕플 거리를 향해 경사져 있다. T 자를 그리면서 안쪽에서 가로막는 거리가 단지의 경계이다. 이렇게 뻗은 두 개의 길목에 육칠 층짜리 집 삼십 채가 있는데, 그 안마당에, 그리고 건물마다 온갖 종류의 가게, 공장, 작업실이 들어서 있다. 생-탕투안 지구의 축소판이다. 그곳에서 가구를 만들고, 구리도 깎고, 무대 의상도 재단하고, 유리도 다듬고, 도자기도 칠하고, 한마디로 기발하고 다양한 파리 특산물의 모든 것을 만들어 낸다. 상업처럼 더럽고 생산적인 이 길목은 항상 오가는 사람들, 수레, 이륜마차들로

붐비고 그 모양이 매우 추저분했다. 거기에서 우글거리는 사람들도 사물과 장소와 조화를 이루었다. 수작업에는 능하지만, 능력 전체가 그것으로 빨려들어 가는 작업실에서 일하는 사람들이었다. 토피나르는 낮은 월세 때문에 이 번영하는 단지의 산물처럼 살고 있었다. 그는 입구에서 왼쪽 두 번째 건물에 살았다. 6층에 위치한 그의 아파트는 봉디 거리에 있는 큰 저택 서너 채에 딸린, 오늘날에도 남아 있는 정원을 내다보고 있었다.

토피나르의 집은 부엌과 두 개의 침실로 구성되었다. 침실 하나에는 아이들이 있었다. 거기에는 흰색의 작은 나무 침대와 요람이 있었다. 다른 침실은 토피나르 부부의 방이었다. 식사는 부엌에서 했다. 그 위에 6피트 높이에 아연으로 덮이고 지붕창이 나 있는 일종의 작은 다락이 있었다. 그곳에는 건물 세입자들의 속어로 '방앗간 사다리'라 명명되는 나무 계단을 통해 올라갔다. 하인 방의 용도로 주어진 이 방 때문에 집주인은 토피나르의 아파트를 다 갖춰진 집이라고 광고하고, 1년치 방세로 4백 프랑을 요구했다. 입구에는, 부엌을 가리기 위해 첫 번째 침실 문과 부엌 문을 연결시켜서 만든 아치형 접이문이 있었고, 부엌 쪽에 나 있는 작은 타원형 창문으로 빛이 들어왔다. 문이 총 세 개인 셈이었다. 바닥에 벽돌이 깔리고 한 두루마리에 6수짜리 추잡한 벽지로 도배된 세 칸에서 아이 세 명을 포함한 다섯 식구가 살았다. 각 방은 소위 수도원 양식의 벽난로로 장식되었고, 나무 색의 싸구려 페인트로 칠해져 있었다. 아이들이 팔이 닿는 높이까지 벽에 파놓는 홈집이 선명하게 보였다. 요리용 화덕, 솥, 석쇠,

냄비, 주전자 두어 개와 프라이팬으로 구성된 부엌 도구의 소박함을 부자들은 상상하지 못할 것이다. 탁자가 요리와 식사의 용도를 겸했다. 다른 가구로는 등받이 의자 두 개와 등받이 없는 의자 두 개뿐이었다. 연도(煙道)가 달린 화덕 아래에 석탄과 땔감이 비축되었다. 구석에는 주로 밤에 식구들의 빨래가 비눗물에 담겨지는 나무통이 있었다. 빨래 건조 줄이 사방으로 매달려 있는 아이들의 방은 공연 포스터, 또는 신문이나 그림책 광고에서 오린 판화들로 조잡하게 도배되었다. 물론, 학교 교재가 구석에 놓여 있기도 했다. 토피나르의 맏이가 6시에 부모가 극장으로 출근하면 집안을 돌보았다. 하류층의 많은 가정에서는 아이가 여섯에서 일곱 살만 되면 동생들에게 어머니 역할을 한다.

이 간결한 밑그림으로도 토피나르 부부가 속담대로 가난하지만 정직한 사람들이라는 짐작을 할 수 있다. 토피나르는 약 40세였고, 30세 정도 된 아내는 합창 대장 출신으로, 소문에 의하면 파산한 고디사르 선임 극장장의 정부였다. 롤로트는 과거에 예뻤지만, 지난 경영층의 악운이 그녀에게도 불똥을 튕겨서 토피나르와 연극 속과 같은 결혼을 할 수밖에 없었다. 그녀는 부부가 150프랑만 모으면 토피나르가 너무나 사랑하는 아이들을 적법하게 만들기 위해서라도 법 앞에서 약속을 지키리라는 것을 의심하지 않았다. 이 근면한 일꾼들은 뼈 빠지게 일해서 1년에 900프랑을 벌어들였다.

"한 층만 더요!" 토피나르가 슈뮈크에게 3층에서부터 계속 말했다. 슈뮈크는 슬픔에 빠져 내려가는지 올라가는지도 몰랐다.

흰색 천으로 된 근무복을 입고 일꾼이 방문을 열었을 때, 토피나르 부인의 목소리가 들렸다. "자, 애들아, 조용히 하렴. 아빠 오셨네!"

그런데 틀림없이 아빠가 아이들한테 꼼짝 못하기 때문에 맏이는 계속 시르크-올림픽 극단에서처럼 빗자루 위에 올라타서 돌격을 지휘하고 있었고, 둘째는 양철 피리를 불었고, 셋째는 큰 부대를 최선을 다해 따라갔다. 어머니는 무대 의상을 만들고 있었다.

"조용히 해, 아니면 매 맞는다!" 토피나르가 우렁찬 목소리로 외쳤다. "맨날 이렇게 말해야 돼요." 슈뮈크에게 낮은 목소리로 말했다. "여기, 여보." 일꾼이 안내원에게 말했다. "저 불쌍한 퐁스 선생님의 친구 슈뮈크 선생님이셔. 가실 곳이 없어서 우리 집에 계시겠다고 하네. 우리 집이 근사하지 않다고, 6층이라고, 고미다락밖에 드릴 수 없다고 아무리 말씀드려도 굳이 오시겠다고……."

슈뮈크는 여인이 놓아 준 의자 위에 앉았다. 낯선 사람이 들어와서 깜짝 놀란 아이들은 그의 주위에 모여서, 판단하기보다 개들처럼 냄새 맡는 데 익숙한 유년기답게, 면밀한 분석을 말없이 순식간에 끝냈다. 슈뮈크는 이 귀여운 무리로 눈을 돌렸고, 그 중에서 나팔을 불던, 눈부신 금발을 가진 다섯 살짜리 소녀를 보았다.

"착은 톡일 여차아이 같네!" 슈뮈크는 그녀에게 가까이 오라고 손짓했다.

"선생님께는 여기가 정말 불편하실 거예요." 극장 안내원이 말했다. "제가 아이들 곁에 있어야 하지만 않는다면 저희 침실을 드릴 텐데."

그들은 침실 문을 열고 슈뮈크를 들어가게 했다. 이 침실이 아파트의 유일한 사치였다. 마호가니 침대는 흰색 술 장식이 달린 파란색 광목 커튼으로 장식되어 있었다. 같은 파란색 광목이 창문 커튼으로도 쓰였다. 서랍장, 책상, 의자가 비록 마호가니였지만 깨끗이 유지되었다.

벽난로 위에는 추시계와 촛대가 있었다. 그것들은 당연히, 파산한 극장장이 예전에 증여한 것이었는데, 그의 초상화, 피에르 그라수*가 그린 몹시 흉한 초상화가 서랍장 위에 있었다. 아이들은 출입 금지 구역 안으로 호기심 가득한 눈길을 던지려 애썼다.

"선생님, 여기 계시면 되겠네요." 극장 안내원이 말했다.

"아닙니타, 아니에요. 참, 난 쌀날이 얼마 안 남아써요, 변안하케 춤을 쿠썩만 있으면 돼요."

침실 문을 다시 닫고, 다락방으로 올라갔다. 그곳에 이르자 슈뮈크는 외쳤다. **"여키카 탁이네요. 봉쓰와 쌀키 천엔 이커포타 터 나온 테 있어 폰 척이 없어요."**

"그렇다면 가죽띠 침대, 매트리스 두 개, 긴 베개, 작은 베개, 의자 두 개와 탁자만 사면 되겠네요. 거금이 들지는 않겠네요…… 대야, 요강, 작은 침대까지 해서 50에퀴 정도 들겠어요……."

모든 것이 합의되었다. 단지 50에퀴가 모자랐다. 극장이 코앞이어서, 슈뮈크는 새로운 친구들의 곤경을 보고 극장장에게 가서 봉급을 요구해야겠다고 자연스럽게 생각했다. 그는 즉시 극장으로 향했고, 고디사르를 만났다. 극장장은 예술인들을 만날 때 으레 취하는 예의 바르지만 조금 뻣뻣한 태도로 슈뮈크를 맞이한 다음, 한 달 봉급을 달라는 그의 요구에 놀랐다. 그러나 확인한 결과, 그 요구는 정당한 것이었다.

"참 대단해, 이 친구!" 극장장이 말했다. "독일인들은 항상 셈을 잘하지, 눈물 속에서도…… 난 또 1천 프랑 준 걸로 만족하실 줄 알았지! 1년 봉급을 퇴직금으로 줬는데, 그게 지불 증서 같은 거였어."

"아무컷토 못 팥았는테요." 상냥한 독일인이 말했다. "내카 큭창창님한데 온 컨 커리로 내좇키코 한 푼도 없어써예요…… 크 톤은 누쿠한데 추쎠써요?"

"수위한테……!"

"씨포 푸인!" 음악가가 소리쳤다. "크 여찬 봉쓰를 축이코, 토툭칠하코, 팔아넘켜써요…… 유언창을 풀때우려 해써요…… 악녀예요! 쾨물이요."

"아니 그런데, 포괄 상속자이신데 어떻게 해서 한 푼도 없이, 거처 없이 길거리에 내몰리셨어요? 말이 안 되잖아요."

"날 문팍으로 좇아냈어요…… 난 외쿡인이라 펍에 태해 아무컷토 몰라요……."

"딱한 양반!" 고디사르는 불공정한 싸움의 뻔한 귀결을 예감하며 생각했다. "들어 보세요." 그가 말했다. "방법을 알려 드릴까요?"

"태리인이 이써요!"

"좋아요, 그러면 당장 상속자들과 타협을 하세요. 그러면 일정한 돈과 종신연금을 얻을 수 있어요. 그렇게 편안히 사실 수 있어요……"

"난 크 이쌍을 파라치 않아요!" 슈뮈크가 대답했다.

"그렇다면, 나한테 맡겨요." 그 전날 프레지에가 그에게 계획을 털어놨었다.

고디사르는 이 지저분한 싸움을 해결해 주면 젊은 포피노 자작 부인과 그녀의 어머니에게 잘 보여서, 언젠가는 적어도 국가 고문이 될 수 있을 것이라고 기대했다.

"크러케 해 추쎄요……"

"자, 봅시다. 우선, 여기요, 100에퀴입니다……" 대로변 극장계의 나폴레옹이 말했다. 그는 돈주머니에서 금화 열다섯 닢을 꺼내어 음악인에게 내밀었다. "가져가세요, 봉급 여섯 달 치입니다. 그리고 극장을 그만두시면, 돌려주세요. 계산해 봅시다! 1년에 얼마 지출하세요? 행복하려면 얼마가 필요하세요? 자, 자, 사르다나팔로스*처럼 사시라니까……!"

"켜울 옷 한 펄하코 여름 옷 한 펄만 빌요해요……"

"300프랑!"

"씬팔도 네 결레……"

"60프랑."

"양말……"

"열두 켤레! 36프랑."

"플라우쓰 여섯 벌."

"광목 블라우스 여섯 벌, 24프랑, 천 블라우스도 여섯 벌 48프
랑, 다 해서 72프랑. 지금 468프랑이니까, 넥타이와 손수건 더하
면 500프랑, 그리고 세탁비 100프랑하면…… 600프랑! 다음은,
사는 데는 얼마 필요하세요……? 하루에 3프랑……?"

"아니 크컨 너무 많아요……!"

"그리고 모자도 있어야지요……. 그러면 1,500프랑에 월세
500프랑 더하면 2천 프랑. 종신연금 2천 프랑을 얻어 드릴까
요……? 아주 확실하게……."

"탐패는요?"

"2,400프랑……! 아, 슈뮈크 아빠, 그걸 담배라고 부르시나
요……? 좋아요! 담배 퍼 드릴게요. 그러니까 종신연금 2,400프
랑입니다……."

"크케 타카 아니에요! 난 톤을 원해요! 현큼으로……."

'옷핀……! 그래! 암튼, 저 독일인들! 순진한 척하긴, 이 늙은
로베르 마케르* 같으니……!' 고디사르가 생각했다. "얼마 원하
세요?" 다시 물었다. "그런데 이게 끝입니다."

"썽쓰러운 픷을 캅키 위해썹니다."

'빚!' 고디사르가 속으로 생각했다. '무뢰한 같으니! 부잣집 아
들보다 더하잖아! 환어음을 지어 내겠군! 딱 잘라 버려야 해! 저
프레지에 작자가 사람 속을 제대로 볼 줄 모르는군!'

"무슨 빚이오, 친구? 말해 보세요……!"

"나하코 봉쓰를 애토한 이카 탁 한 명팍에 없어요……. 아름타운 머리

가락을 카친 예픈 어린 탈이 이써요. 아카 터나치 말았어야 할 내 크리운 톡일의 화씬을 포는 출 알아써요…… 빠리는 톡일인틀에게 좋은 콧이 아닙니타. 놀림이나 팥쵸…….” 그는 이승의 모든 사물을 꿰뚫어 본다는 듯이 머리를 가볍게 끄덕였다.

'미쳤구먼!' 고디사르가 생각했다.

이 순진한 사람에 대한 연민으로 그의 눈에 눈물이 고였다.

“하, 처를 이해하시는쿤요! 큭창창님! 크러니카, 크 어린 쏘녀 아퍼치카 바로 오게쓰드라에서 일하고 틍을 켜는 도비나르입니타! 봉쓰가 크이를 좋아하코 토와춰써요. 창례 행럴, 크 쌀람 혼차 쿄회, 콩통 묘치에 내 유일한 친쿠와 함케 카써요…… 크이를 위해 쌈천 브랑, 어린 탈을 위해 쌈천 브랑을 팥킬 원해요…….”

'딱한 양반……!' 고디사르가 또 생각했다.

이토록 감사하는 마음과 고귀한 인간성 앞에서 이 사나운 벼락부자는 감동을 받았다. 사교계 사람들의 눈에는 아무것도 아니지만, 이 하느님의 어린 양에게는 정복자들의 승리보다 값진 보수에의 물 한 잔*이 귀중했다. 고디사르는 허영심, 출세하고 친구 포피노를 따라잡으려는 거친 욕망 뒤에 착한 마음씨, 선한 본성을 숨겼다. 그는 슈뮈크에 대한 경솔한 편견을 지우고 그의 편이 되었다.

“그거 다 얻어 드릴게요! 그리고 그 이상도, 우리 슈뮈크 영감님. 토피나르는 정직한 사람이야…….”

“네, 촘 천에 퐈써요, 아이틀하코 카난한 쌀림에써 행폭하게 싸는 컬요…….”

"보드랑 영감이 은퇴하니, 매표소를 맡기겠어요……."

"하, 하느님께서 죽폭할 겁니다!"

"자! 착하고 용감한 양반, 오늘 오후 4시에 공증인 베르티에 씨 사무실로 오시오. 모든 준비가 되어 있을 거고, 당신은 여생 동안 부족한 거 없이 살게 될 거요…… 6천 프랑 받으시고, 같은 월급으로 퐁스와 하던 일을 가랑조와 계속하시오!"

"아닙니타! 난 오래 쌀지 못해요……! 아무컷토 하키 싫어요…… 평이 틀었어요……."

'불쌍한 어린 양!' 고디사르가 가는 슈뮈크에게 인사하며 생각 했다. 뭐, 어쨌든 갈비뼈만 남아도 사니까. 위대한 베랑제*가 그 랬듯이 그는 감동을 쫓기 위해 이런 정치평을 노래했다.

"가엾은 양들이여, 언제나 너희는 털이 깎일 운명이로다."

그러고 나서 그는 비서에게 말했다. "내 마차를 준비해!"

그는 내려가서 마부에게 외쳤다. "아노브르 거리!" 야심가가 통 째로 다시 나타났다! 그의 눈앞에 국가 고문 회의가 아른거렸다.

그동안 슈뮈크는 꽃을 사고 있었다. 그러고는 토피나르의 아 이들에게 줄 과자와 함께 그것을 거의 즐겁게 들고 들어왔다.

"내카 콰차 나눠 줄케……!" 그는 미소를 지었다.

그가 3개월 만에 처음으로 띤 이 미소를 누가 봤다면, 섬뜩했 을 것이다.

"추는테, 초컨이 하나 이써."

"선생님, 아이들을 너무 호강시키시네요." 어머니가 말했다.

"여차 코맹이카 나를 안아 추코, 어린 톡일 쏘녀틀처럼 머리를 타써, 머

382

리에 꽂을 곶아줘!"

"올가, 애야, 선생님께서 말씀하시는 대로 다 해 드려요." 안내원이 엄한 표정으로 말했다.

"**우리 착은 톡일 쏘녀를 혼내치 마쎄요⋯⋯!**" 이 여자아이에게서 그리운 독일의 모습을 보았던 슈뮈크가 애원했다.

"**배달원 세 명이 잡동사니를 다 들고 옵니다⋯⋯!**" 토피나르가 들어오면서 말했다.

"**하! 친쿠, 여키 이팩 브랑 카치코 타 치풀하케⋯⋯ 크런테 차네 착한 푸인을 투었네. 켤혼할 커치? 전 에퀴를 추케써⋯⋯ 탈 치잠큼으로는 전 브랑을 타로 크 애 이름으로 은행에 넣케. 크리코 차네 이체 임씨칙 아니네⋯⋯ 쿡창 켸싼원 튈 컬세⋯⋯.**"

"내가 보드랑 영감 자리에?"

"**크래.**"

"누가 그래요?"

"**코티사르 쿡창창이!**"

"좋아서 미칠 지경이네요⋯⋯! 야, 로잘리, 극장에서들 약 올라 하겠다⋯⋯! 아니, 사실일 리가 없어요." 그가 덧붙였다.

"저희 은인께서 다락방에서 주무실 수는 없어요."

"**허, 며칠 남치도 않아써! 크통안 중푼해! 찰 있케, 난 묘치에 캇타 올케⋯⋯ 봉쓰 묘에 어떻케 해 낳는치⋯⋯ 커키에 곶토 추문해 놓을 컬세!**"

카뮈조 드 마르빌 법원장 부인은 큰 근심에 빠져 있었다. 프레지에가 고데샬과 베르티에와 함께 그녀의 집에서 논의 중이었다. 공증인 베르티에와 소송 대리인 고데샬은, 두 증인 앞에서 공증인 두 명이 작성한 유서는, 레오폴드 안느캥이 사용한 명확한 문구 때문에 공격할 수 없다고 여겼다. 정직한 고데샬의 의견으로는 지금의 대리인이 슈뮈크를 속이는 데 성공한다 할지라도, 결국 누군가가 어쩌면 고결하고 자상한 행동으로써 두각을 나타내려는 변호사 한 명이 슈뮈크에게 진실을 밝히고 말 것이 틀림없었다. 두 법원 공무원들은 법원장 부인과 헤어지면서 프레지에를 경계하라고 충고했다. 물론 그에 대해 뒷조사를 한 상태였다. 그때 프레지에는 봉인 현장에서 나와 법원장 서재에서 소환장을 꾸미고 있었다. 두 법원 공무원은 말 그대로 법원장이 연루되기에 일이 너무 추잡하다고 판단했고, 프레지에 모르게 마르빌 부인에게 자신들의 의견을 들려주기 위해 그를 그곳에서 대기시키라고 권유했다.

"사모님, 이 신사분들은 어디 계시죠?" 망트의 옛 소송 대리인이 물었다.

"갔어요! 나한테 이 일을 포기하라고 하면서요!" 마르빌 부인이 대답했다.

"포기하라고요!" 프레지에가 분노를 삼키며 말했다. "이것 좀 들어 보세요……."

그리고 그는 다음 자료를 읽었다.

"누구누구의 신청에 의하여…… 등등 문구들을 생략하겠습니다.

1심 재판장님께 파리의 공증인 레오폴드 안느캥과 알렉상드르 크로타가, 파리에 거주하는 외국인 브루네르와 슈밥 씨가 증인으로 동석한 가운데 접수한 유서가 제출되어, 그 유서에 의하면 사망한 퐁스 씨가 법정 상속인인 신청자에게 불리하게 재산을 독일인 슈뮈크 씨에게 유증한 관계로…… 이 유서가 추악한 술책으로 얻어 낸, 법이 처벌하는 공작의 결과라는 사실을 신청자가 입증하려는 관계로…… 높은 지위에 있는 사람들이 유언자가 전술한 마르빌 씨의 딸 세실 양에게 재산을 물려주려는 의도였다는 사실을 입증하는 관계로…… 신청자가 취소를 요구하는 유서는 유언자가 광란 상태에 있을 때 정신이 온전하지 못한 틈을 타 얻어 낸 것인 관계로…… 슈뮈크 씨가 포괄 상속자가 되기 위해 유언자를 불법 감금하여 가족이 고인에게 접근하지 못하게 하고, 원하는 결과를 얻자마자 건물 주민들과, 유언자가 사망한 그 집의 수위에게 마지막 인사를 하러 왔다가 우연히 그것을 목격한 동네 사람들을 경악케 할 정도의 명백한 배은망덕의 행태를 보인 관계로…… 신청자가 지금 증거를 수집 중이므로 위에서 말한 것보다 더 심각한 사실들이 재판관님들 앞에서 진술될 관계로…… 본인 집행관 아무개 등등은, 전술한 이를 대신하여, 변호인 등등, 슈뮈크 씨를 1심 법원에 소환하여, 공증인 안느캥과 크로타 씨가 받은 유서가 명백한 술책의 결과이므로, 법적으로 무효로 여겨야 한다는 사실을 확인하고자 하는 바이고, 게다가 전술한 이를 대신하여, 슈뮈크 씨가 주장할 포괄 상속자의 자격과 자질에 대해 이의를 제기하는데, 이는 슈뮈크 씨가 요청할 상속 재산에 대한 점유권 부여를 신청인이 반대함을 듣고 밟는 절차이고, 실제로 신청인은 재판장님께 제출하는 오늘 날짜의 신청서에 의해 반대합니다. 저는 슈뮈크 씨에게 이 소환장의 복사본을 전했고, 그 비용은……." 등등.

"사모님, 저는 이 영감을 압니다. 이 글을 읽고 나면 타협할 겁니다. 타바로에게 조언을 구하면 타바로가 제안을 받아들이라고 할 거예요! 종신연금 1천 에퀴는 주실 거죠?"

"그럼요, 첫 연금을 지불할 때가 어서 왔으면 좋겠네요."

"3일도 안 걸릴 겁니다. 이 소환장은 아직 슬픔으로 충격에 빠져 있을 때 그이를 칠 겁니다. 저 불쌍한 영감은 퐁스를 정말로 애도하거든요. 그의 죽음을 진심으로 슬퍼합니다."

"소환장을 제출했다가 취하할 수 있나요?"

"그럼요, 언제든 취하할 수 있습니다."

"그렇다면 그리하세요……!" 카뮈조 부인이 말했다. "계속 진행시켜 보세요! 네, 말씀하신 그 재산은 그럴 만한 가치가 있어요! 내가 비텔 은퇴 건은 처리했어요. 하지만 퐁스의 유산에서 그 비텔에게 6만 프랑을 내셔야 합니다…… 그러니까 보시다시피 꼭 성공하셔야 해요……."

"사표 받으셨어요?"

"네. 비텔 씨는 마르빌 법원장님만 믿고 있어요."

"그렇다면 제가 이미 사모님께 그 역겨운 수위, 시보 여인에게 사례할 6만 프랑을 덜어 드렸지만, 소바주 여인을 위한 담배 가게, 그리고 제 친구 풀랭에게 카트르뱅 병원에 비어 있는 병원장 자리를 얻어 줘야겠습니다."

"알았어요. 다 조치해 놨습니다."

"그럼, 다 됐네요……. 모두가 사모님 편입니다. 어제 찾아갔는데, 고디사르도 우리 계획에 방해가 될 수도 있는 임시직을 깔아뭉개겠다고 약속했습니다."

"아, 알아요. 고디사르 씨는 완전히 포피노의 사람이죠!"

프레지에가 나갔다. 불행히도 그는 고디사르를 만나지 못했고, 그 치명적인 소환장이 즉시 발송되었다.

프레지에가 떠난 지 20분 만에 고디사르가 방문하여 불쌍한 슈뮈크와의 대화 내용을 보고했을 때 법원장 부인이 맛본 기쁨을 정직한 사람들은 비난하겠지만, 탐욕스러운 이들은 이해할 것이다. 부인은 모든 것에 동의하며 극장장에게 무한한 감사를 느꼈다. 그의 그럴듯한 지적들이 모든 양심의 가책을 씻어 주었기 때문이다.

고디사르가 말했다. "사모님, 그 불쌍한 영감이 그 재산을 가져서 어찌할 바를 모를 거라고 오면서 생각했습니다! 원시 부족장과 같은 순박한 성격입니다! 순진하고, 독일스럽고, 박제해서 밀랍으로 만든 아기 예수처럼 유리 찬장 안에 보호를 해야 할 정도입니다……! 제 생각에는, 이미 연금 2,500프랑도 쓸 줄을 몰라 방탕해질 위험이 있습니다……."

"우리 사촌을 애도하는 그 노인를 구제하다니 참 좋은 분이시네요." 법원장 부인이 말했다. "나와 퐁스 영감님 사이에 있었던 사소한 실랑이가 유감스러울 뿐입니다. 다시 오셨더라면 다 용서해 드렸을 텐데. 얼마나 내 남편이 그분을 보고 싶어 했는지 아세요? 마르빌 법원장은 가족의 의무를 신성하게 여기는 사람이라, 사망 소식을 받지 못해서 매우 애통해했어요. 장례 미사, 행렬, 안장 모두 참석했을 테고, 나도 미사에 갔을 텐데…….”

고디사르가 말했다. “그렇다면, 아름다우신 사모님, 증서를 준비하십시오. 4시에 독일인을 데리고 오겠습니다…… 매력적인 따님, 포피노 자작 부인께 제 말씀 좀 잘 해 주시고요. 제 친구이기도 하신 명망 높은 저 위대한 공직자, 정의롭고 자비로우신 시부님께 제가 그분 가족 모두에게 얼마나 헌신적인지 전해 주시고, 계속 은혜를 베풀어 주십사 부탁드리면 감사하겠습니다. 판사이셨던 그분의 삼촌께서 제 생명의 은인이시죠, 제가 출세한 건 그분 덕입니다……. 권력과 재산이 있는 사람들에게 따르는 명예를 사모님과 따님 덕으로 얻고 싶습니다. 저는 극장 일을 그만두고, 진지한 사람이 되려고 합니다.”

“이미 그러신데요, 뭐……!” 법원장 부인이 대꾸했다.

“정말 사랑스러운 분이세요!” 고디사르는 마르빌 부인의 메마른 손에 입을 맞추며 말했다.

4시에, 공증인 베르티에 사무실에 계약서의 작성자인 프레지에, 슈뮈크의 대리인 타바로, 그리고 고디사르가 데려온 슈뮈크 본인이 모여 있었다. 프레지에가 요구된 6천 프랑과, 종신연금 첫 지불의 액수 6백 프랑을 지폐로 공증인 책상 위에, 독일인의 눈앞에 일부러 놓았다. 독일인은 그토록 많은 돈을 보자 어안이 벙벙해져 큰 소리로 읽는 증서 내용에 전혀 주의를 기울이지 않았다. 이 가엾은 노인은 공동묘지에서 퐁스와 대화를 하면서 곧 따라가겠다고 약속한 후 돌아오는 길에 고디사르에게 잡혀 끌려와, 이미 수많은 충격으로 인해 정신이 손상되어 온전치 못했다. 그는 자신의 대리인 겸 고문 타바로의 보조를 받고 있음을 명시하고, 딸의 이해관계 때문에 법원장이 제기한 소송의 동기를 상기하는 증서의 서문을 듣지 않았다. 독일인은 완전히 속고 있었다. 증서에 서명함으로써 그는 프레지에가 주장하는 끔찍한 혐의들을 인정하는 격이었다. 그러나 그는 토피나르 가족을 위한 돈을 보고, 자기 생각으로 퐁스를 사랑했던 유일한 사람의 형편을 펴게 해 준다는 전망에 너무나 행복해져서, 소송과 합의에 대해 한마디도 못 들었다. 증서의 중간 즈음에 서기 한 명이 사무실에 들어왔다.

"선생님, 여기 어떤 사람이 슈뮈크 씨를 만나길 원합니다……."

프레지에의 손짓을 보고 공증인은 의미심장하게 어깨를 들썩했다.

"증서에 서명하는 동안 방해하지 말게. 그…… 사람인가 신사분인가? 성함이나 물어보게. 빚쟁인가?"

서기가 갔다 와서 말했다. "슈뮈크 씨를 꼭 만나겠답니다."

"이름이?"

"토피나르랍니다."

"가 볼게. 걱정 말고 서명하세요." 고디사르가 슈뮈크에게 말했다. "무슨 일인지 물어보고 올게요."

고디사르는 프레지에의 생각을 알아차렸고, 둘은 위험을 감지했다.

"여긴 뭐 하러 온 거야?" 극장장이 임시직에게 말했다. "계산원 안 하고 싶어? 계산원의 첫 번째 자격은…… 조심성이야."

"극장장님……!"

"가서 네 일이나 해, 다른 사람 일에 자꾸 이렇게 참견하면 아무것도 못 돼."

"극장장님, 저는 삼킬 때마다 목에 걸릴 빵은 먹지 않겠습니다……! 슈뮈크 선생님!"

서명하고 손에 돈을 들고 있는 슈뮈크가 토피나르의 목소리를 듣고 달려왔다.

"여키 착은 톡일 쏘녀와 차네를 위해……."

"아, 슈뮈크 선생님, 지금 선생님의 명예에 먹칠을 하려 하는 괴물들을 부자로 만드셨습니다. 제가 이걸 프레지에를 아는 정직한 소송 대리인에게 보여 줬더니, 소송에 응해서 그런 사기꾼들을 혼내셔야 한다고 합니다. 그러면 이 사람들이 뒷걸음질 칠 거랍니다…… 읽어 보세요."

이 경솔한 친구는 보르댕 단지로 슈뮈크에게 발송된 소환장을 건넸다. 슈뮈크는 그 종이를 들고 읽다가, 그런 취급을 받은 것을 보고, 소송의 상냥한 말투에 익숙하지 않은 탓에 치명타를 입었다. 이 자갈이 심장을 막아 버렸다. 토피나르가 쓰러지는 슈뮈크를 받았다. 그들은 공증인 사무실의 대문 앞에 있었는데, 마침 마차가 지나가서 토피나르가 장액성 뇌출혈의 증상이 나타나는 불쌍한 독일인을 태웠다. 시력이 흐려지는 와중에도 음악인은 토피나르에게 돈을 내밀 힘이 남아 있었다. 슈뮈크는 이번 충격에 목숨은 건졌지만, 이성을 되찾지는 못했다. 의식 없는 동작만 행했고, 먹지도 않았다. 그는 말을 더 이상 하지 않았기에 불평 없이 죽었다. 토파나르댁이 돌봐주었고 이 독일의 자식을 마지막 거처까지 따라간 유일한 사람, 토피나르의 정성으로 퐁스 옆에 묻혔다.

치안 판사 자리에 오른 프레지에는 법원장 댁의 측근이 되어, 부인의 총애를 받는다. 그녀는 그가 '타바로네 딸'과 결혼하는 것을 원치 않았다. 그 능란한 사람에게 그보다 훨씬 더 좋은 혼처를 약속한다. 그녀에 의하면, 마르빌 목장과 전원주택을 구입한 것뿐만 아니라, 법원장이 1846년 재선에서 하원으로 선출된 것도 그의 덕분이라고 한다.

이 이야기는 불행히도 그 모든 세부까지 너무나 사실적인데, 쌍벽을 이루는 앞의 이야기와 더불어* 사회를 움직이는 위대한 힘이 성격이라는 점을 입증해 준다. 모두가 이 이야기의 주인공이 어떻게 되었는지 궁금할 것이다. 오, 예술품 애호가들이여, 감정가, 장수들이여! 여러분들은 그 주인공들이 바로 퐁스의 수집품들임을 알아차렸을 것이다. 얼마 전에 외국인들에게 그 훌륭한 컬렉션을 자랑하던 포피노 백작 댁에서 주고받은 대화만 들어봐도 궁금증이 다 풀릴 것이다.

"백작님, 정말 보물을 가지고 계시네요." 지위 높은 외국인이 말했다.

"아, 밀로드(milord)." 포피노 백작이 겸손하게 대답했다. "그림에 관한 한, 엘리 마귀스라는 이름의 잘 알려지지 않은 유대인이 있는데, 파리에서만 아니고, 유럽 전체에서 아무도 그자와 경쟁조차 할 수 없습니다. 그 늙은 편집광이 그림 애호가의 황제입니다. 수집을 해 보려는 애호가들을 시작하기도 전에 낙담시킬 수준의 그림을 1백여 점 모았습니다. 그 졸부가 죽으면, 프랑스 정부는 7백에서 8백 프랑을 투입해서 컬렉션을 사들여야 합니다…… 골동품에 관해서는, 내가 소장한 것도 회자될 만큼은 되지요……."

"하지만 백작님처럼 바쁘신 분이, 게다가 재산을 모으기 위해 근면하게……."

"약을 팔았죠." 포피노가 말을 이었다. "그런데 어째서 계속 마약에 손을 대냐고요……?"

"아니요." 외국인이 계속 말했다. "찾아다닐 시간을 어떻게 내셨어요? 골동품이 저절로 걸어오지는 않잖아요……."

"아버님께서는 예술과 아름다운 작품들을 좋아하셔서 이미 얼마 소장하고 계셨어요." 포피노 자작 부인이 말했다. "하지만 그 수집품들의 대부분이 저한테서 왔답니다."

"부인이요! 젊으신 분이…… 그런 기벽이 있으셨단 말씀이세요." 러시아 대공이 말했다.

러시아인들은 모방 심리가 너무나 강해서, 문명의 모든 병폐가 그들에게 반향된다. 이런 수집벽이 페테르부르크에서 창궐하고 있고, 이 민족의 본래적인 대담함 때문에, 러시아인들이 레모냉크의 용어를 빌자면 '물건'계에 엄청난 가격 상승을 야기해서 앞으로 수집이 불가능해질 지경이다. 이 대공도 단지 수집을 위해 파리에 와 있었다.

자작 부인이 말했다. "대공님, 이 보물은 저를 아주 사랑했던 사촌의 유산으로 받았습니다. 그분은 1805년부터 40여 년 동안 온 세상을, 특히 이탈리아를 돌아다니며 이 걸작들을 긁어모았습니다……."

"성함이 어떻게 되셨나요?" 영국 귀족이 물었다.

"퐁스요!" 카뮈조 법원장이 말했다.

"정말 좋은 분이셨어요." 법원장 부인이 하이톤의 목소리로 말했다. "재치 있고, 독창적이고, 거기에 마음씨까지 따뜻하셨죠. 밀로드께서 지금 음미하시는 이 부채는 퐁파두르 부인 것이었답니다. 어느 날 아침 너무나 유쾌한 말을 하면서 주셨어요. 저한테 그 말을 옮기라고 하지 말아 주세요……."

그리고 딸을 쳐다보았다.

"말해 주세요, 자작 부인." 러시아 대공이 간청했다.

"부채에 걸맞은 말이었습니다……!" 자작 부인의 상용 어구였다. "어머니에게 말씀드리기를, 부덕한 손이 들던 물건이 덕성의 손으로 돌아올 때가 되었다고 했습니다."

영국 귀족은 법원장 부인처럼 말라비틀어진 여자의 기분을 좋게 하기 마련인 의심의 눈길을 그녀에게 던졌다.

"저희 집에서 일주일에 서너 번 저녁 식사를 하셨어요. 저희를 얼마나 아끼셨는데요! 저희는 그분의 진가를 알아보았죠. 예술가들은 그들의 재치를 알아주는 사람들을 좋아하잖아요. 남편이 그분의 유일한 친척이었어요. 전혀 기대하지 않게 유산이 남편한테 왔을 때, 백작님께서 이 컬렉션이 경매에 팔리는 것을 보느니 차라리 한꺼번에 구입하셔야겠다고 결정하셨어요. 저희도 사랑했던 사촌을 즐겁게 했던 그 아름다운 물건들이 흩어지는 것보다 그런 식으로 파는 쪽이 나았죠. 엘리 마귀스가 감정했고, 그렇게 해서 밀로드의 삼촌이 지으신 시골 별장을 살 수 있게 되었죠. 그곳으로 저희를 방문해 주시면 큰 영광이겠습니다.”

극장은 고디사르가 팔아서 1년 전에 주인이 바뀌었지만 계산원은 여전히 토피나르이다. 토피나르 씨는 음울한 인간 혐오자가 되었고, 말수가 적어졌다. 범죄를 저질렀다는 소문도 있고, 짓궂은 이들은 롤로트와 결혼해서 괴로워한다고 한다. 프레지에라는 이름만 들어도 정직한 토피나르는 움찔한다. 다른 사람들에겐 유일하게 퐁스에 견줄 만한 이가 대로변 극장의 하단 직원 중에 있었다는 사실이 믿기지 않을지도 모른다.

퐁텐댁의 예언을 두려워하는 레모냉크댁은 시골로 내려가려하지 않고, 다시 한 번 과부가 되어 마들렌 대로의 찬란한 가게에 머물고 있다. 오베르뉴인이 결혼 계약에 의해 전 남편의 재산을 양도받은 후, 실수를 기대하며 황산염 한 잔을 아내가 볼 수있는 곳에 놓았는데, 아내는 좋은 의도로 그 작은 잔을 다른 곳으로 치웠고, 레모냉크 본인이 마셔 버렸다. 이 파렴치한 인간의죽음은 신의 섭리가 있음을 증명한다. 풍속 화가들이 신의 섭리를 잊어버린다는 비난을 받는 것은 아마도 신의 섭리를 남용하는 결말들 때문일 것이다.

필경사의 실수를 용서하시길!

파리, 1846년 7월~1847년 5월.

7   **이탈리앵 대로** 파리의 중심부에 위치한 대로. 19세기에 젊은 멋쟁이들의 집합소였다.

8   **개암색 스펜서** 영국의 정치인 조지 스펜서가 고안한 짧고 몸에 꼭 맞는 외투. 19세기 초에 유행했음.

    아미엥 평화 협정 1802년에 프랑스, 스페인, 바타비아 공화국의 연맹과 영국 간에 맺어진 평화 협정.

9   **알키비아데스** Alcibiades, 기원전 450~404, 고대 그리스의 정치가이자 장군. 기원전 5세기에 아테네의 가장 영향력 있는 인물 중 하나였다.

    갈로-그리스풍 18세기에 유행했던 고딕 양식과 고대 그리스 양식을 결합한 것. 대표적으로 파리의 팡테옹 성당을 들 수 있다.

11   **가라의 조끼 다섯 벌** 가라(Jean-Pierre Garat, 1764~1823)는 당대 이름을 떨쳤던 가수. 특이한 옷차림으로 더욱 유명했음.

    환상적인 멋쟁이 18세기 말에 막을 내린 공포 정치에 대한 반작용으로 성행한 괴상하고 과장적인 옷차림.

    자코브 조르주 자코브(Georges Jacob, 1739~1814). 제정기풍의 가구를 대표하는 고급 가구 세공인. 1844년에는 유행이 완전히 지난 상태.

13 **프랑스 예술원이 다시 개원했을 때** 1666년에 루이 14세의 재무장
관인 콜베르가 프랑스의 예술가들을 파견하기 위해 로마에 세운
연수 기관. 그 후 콩쿠르를 통해 회화, 조각, 건축, 음악 등의 분야
에서 젊은 예술인들을 선별했다. 1793년에 국민의회가 폐지했다
가, 2년 후 총재정부가 다시 개원했다. 1968년 당시 문화부 장관
이었던 앙드레 말로가 콩쿠르를 폐지하고 미술사, 고고학, 문학,
영화, 사진 등으로 확대하여 서류 심사를 통해 지원자를 오늘날에
도 선별한다.

퐁파두르 부인 퐁파두르 부인(Madame de Pompadour, 1721~
1764). 프랑스의 국왕 루이 15세의 정부. 안목이 뛰어나 예술을 많
이 후원하기로 유명했음.

14 **댄디** 19세기에 옷차림, 몸치장에 신경 쓰는 멋쟁이 청년을 일컫
는 말.

외젠 들라크루아 또는 메소니에 등 18~19세기의 프랑스 화가, 조
각가들.

에우테르페 그리스 신화에서 아폴로의 열두 뮤즈 중 음악의 여신.

15 **크라이슬러** 독일 작가 E.T.A. 호프만(1776~1822)의 작품에 등장
하는 천재 음악가.

16 **에롤드** 페르디낭 에롤드(Ferdinand Hérold, 1791~1833). 프랑
스 19세기 작곡가.

17 **검은 조직** 혁명기에 압수된 성들과 교회들을 싼값에 사들여서
그 안의 물건들을 팔던 투기꾼들.

소프트 페이스트 도자기의 재료. 본차이나, 세브르 도자기처럼 대
체로 고령토를 쓰지 않고, 점토와 유지 프릿 혼합물을 사용함. 고온
에 약하기 때문에 소프트 페이스트라 이름 붙여짐. 18세기 유럽에
서 장식품과 주방 도구 제작에 많이 쓰였음.

| 18 | **소바조** 소므라르, 소바조는 당시 유명한 수집가들. |

19 **베르통** 당시에 유명한 작곡가들.

20 **엘리앙트** 17세기 프랑스 극작가 몰리에르의 희극 「인간 혐오자」 (1666)의 인물.

21 **40수** 19세기에 수(sou)는 20상팀(centime)짜리 동전을 일컬었음. 100상팀=1프랑(franc).

24 **그랜디슨** 영국의 18세기 작가 리차드슨의 소설 『찰스 그랜디슨』 (1754)의 주인공.

브리야 사바랭 장 앙텔므 브리야 사바랭(Jean Anthelme Brillat-Savarin, 1755~1826). 『맛의 생리학』(1825)을 출판하여 미식을 최초로 이론화한 사람.

25 **라퐁텐** 아우구스트 라퐁텐(August Lafontaine, 1758~1831). 대중 소설을 집필한 18~19세기 독일의 소설가. 19세기에 프랑스에서 큰 인기를 누렸음.

26 **클라라 빅처럼 독일인** 슈타이벨트, 모차르트와 두섹을 제외하고 모두 발자크와 동시대의 작곡가 또는 피아니스트들. 이중 실제로 독일인이 아닌 사람들도 몇 있음.

27 **『이브의 딸』을 볼 것** 발자크의 1838년 소설. 슈뮈크가 주인공의 피아노 교사로 등장. 발자크는 동일한 인물을 여러 작품에 등장시키는 '인물 재등장 수법'으로 유명한데, 이렇게 가끔 자신의 다른 작품을 언급함.

37 **튈르리궁** 파리에 프랑스 왕들이 거주하던 궁전.

38 **헥타르** 1헥타르는 약 10,000제곱미터.

에퀴 1에퀴는 5프랑짜리 은화.

39 **부르봉의 분가** 부르봉(Bourbon)은 16세기에서 19세기까지 프랑스 왕들의 가문. 1830년 7월 혁명으로 부르봉의 마지막 왕 샤를 10세가 퇴위하고 그 분가 중에서 루이 필리프 1세가 왕위에 오름.

40 **디도** 그리스 신화에서 아이네이아스에게 버림받은 여왕.

43 **바토** 장 앙투안 바토(Jean-Antoine Watteau, 1684~1721). 프랑스 18세기 화가.

귀띔해 주는 격이다 르사쥬의 소설 『질 블라스』(1715~1735)의 한 에피소드. 그라나다의 대주교가 주인공인 그의 비서에게 자신의 설교 수준이 낮아지면 알려 달라고 했으나, 정작 그렇게 하자 비서를 해고한다.

46 **팔라티나 선거후** 신성 로마 제국의 선거후들 중 하나.

튀렌 튀렌(Turenne, 1611~1675). 17세기의 가장 뛰어난 전술가로 알려졌음.

52 **새로운 왕족** 7월 혁명으로 왕위에 오른 루이 필리프 1세.

54 **마비유 무도회장** 19세기에 유명했던 고급 무도회장. 폴카, 캉캉 등의 춤들이 그곳에서 처음으로 선보였고, 발자크의 작품에서 매춘부들이 자주 들락거린다고 묘사됨.

59 **이지니산(産) 버터** 프랑스 노르망디 지방에 위치한 도시 이지니에서 생산되는 버터.

66 **티 디예 푸인** 발자크의 『인간극』에 나오는 인물들(포르탕뒤에르, 방드네스, 뒤 티예)

67 **불** 앙드레 샤를 불(André-Charles Boulle, 1642~1732). 17~18세기 프랑스의 가구 공예가.

69 **기욤 텔** 1829년에 파리 오페라에서 초연된 로시니의 오페라 「빌헬름 텔」.

70 **탐욕스러운 생각은 ~ 자라나기 시작했다** 앞에서 시보댁에게서 수염이 난다는 묘사가 나오는데, 이른바 콧수염까지 청렴하던 여자가 탐욕이 커졌음을 비꼬면서 표현한 것으로 보인다. 불어에서 흔히 사용되는 비유적 표현이 아닌, 작가가 만들어 낸 장난스러운 표현이다.

73 **몽티옹 상** 1782년부터 프랑스 한림원과 과학원이 매년 뛰어난 과학적인 업적, 문학 작품, 덕성스러운 행위의 세 분야에 대해 수여하

는 상. 무엇보다 윤리, 도덕적인 기준에 의해서 심사됨.

73 **캐논게이트 연대기** 영국 작가 월터 스콧의 단편집. 그중 『하이랜드의 미망인』(1827)에서 한 어머니가 휴가 나온 군인 아들에게 수면제를 먹여서 제시간에 복귀 못하게 한다. 결국 아들은 자신을 찾아 나선 장교를 살해하여 총살형에 처해진다.

74 **열씨** °Ré. 섭씨(℃) 이전에 프랑스에서 사용하던 온도 단위 (1°Ré=1.25℃)

74 **메피스토펠레스** 괴테의 「파우스트」에 등장하는 악마.

77 **괴테의 그레트헨** 독일 낭만주의 작가 괴테의 작품 『파우스트』에 나오는 여주인공. 여기서는 '여자'들을 통칭.

78 **르프랑 드 퐁피냥의 시에서처럼** 18세기 시인 르프랑 드 퐁피냥의 유명한 시 「장 바티스트 루소 애도가」의 한 구절. "신은 자신의 소명을 따라/어두운 신성 모독자들 위에/빛을 격류처럼 퍼붓나니"

79 **위대한 우화** 라퐁텐의 우화 「두 친구」를 가리킴. 우화의 배경이 메소포타미아이다.

80 **모노모타파** 17세기 우화 작가 라퐁텐의 우화 「두 친구」의 공간적 배경.

81 **착한 요정 위르젤** 민담에 등장하는 착한 요정. 18세기의 동명 연극으로 더욱 유명해짐.

84 **로마의 아벤티노 언덕 위로 올라간 듯이** 고대 로마사의 한 에피소드에서 나온 '아벤티노 언덕으로 은신하다'라는 표현은 불어에서 '낭패를 본 후 세상과 동떨어진 곳으로 들어감으로써 항의하거나 체면을 지키다'라는 뜻.

오페라 코미크 이탈리아 극장, 오페라 코미크는 파리의 유명한 두 극장 이름.

86 **세르뱅** 발자크의 다른 소설에 등장하는 유명한 화가.

90 **브뤼네르** 독일인 '브루너'의 프랑스식 발음.

94 **박스** 오페라 극장의 관중석 중 측면에 칸막이로 나뉜 좌석. 요즘

은 '박스석'이라고도 많이 함.

96 **코르넬리우스나 슈노르** 페터 폰 코르넬리우스(Peter von Cornelius, 1783~1867), 율리우스 슈노르(Julius Schnorr, 1794~1872) 모두 성화, 역사화, 또는 신화 장면을 주로 그리던 19세기의 독일 벽화 화가.

107 **다음다음 날, 몇 명이 단지 금니가 정말 존재하는지** 18세기 작가 퐁트넬의 『신탁의 역사』라는 책에 나오는 일화를 일컫는다. 16세기 독일에서 일곱 살짜리 어린이의 입에서 금니가 났다는 소문이 퍼졌다. 모두가 기적이 일어났다고 믿었는데, 알고 보니 모두 부모가 꾸민 일이었다.

110 **뒤 티예** 『인간극』에 나오는 대 은행가들.

111 **열 장도 잘리지 않았네요** 유럽에서는 책을 두 페이지씩 한쪽 면이 서로 붙은 채로 만들던 관행이 있었다. 이 경우 구입한 독자가 칼로 자르면서 읽었다. 요즈음에도 드물지만 간혹 이런 책이 출간된다.

124 **아리스티데스** 로마의 수사학자, 소피스트 철학자(기원후 117?~185?)를 일컫는다고 추정된다. 르네상스 이후에 완전히 잊혔다가 19세기 말부터 재발견된 철학자이다.

　　알세스트 17세기 프랑스 극작가 몰리에르의 「인간 혐오자」의 주인공. 정직하지만 건조하고 융통성이 없는 인물.

　　오를란도 16세기 이탈리아 시인 아리오스토가 지은 『성난 오를란도』의 주인공.

128 **구두새** '구두쇠'의 잘못된 표현. 작품 속의 시보댁은 배움이 짧은 여성으로 단어들을 간혹 변형시켜서 사용한다.

　　타르튀프 몰리에르의 희극 「타르튀프」에 나오는 위선자.

133 **니콜레** 당시 대중극 작가.

134 **니코뎀** 희극의 인물들. 자노, 조크리스, 니코뎀은 멍청이의 전형, 붉은 꼬리는 기회주의자, 몽도르는 재력가, 아르파공은 구두쇠.

197 **오베르캄프** 크리스토프 오베르캄프(Christophe-Philippe Oberkampf, 1738~1815), 18세기 말에서 19세기 초반에 활동한 프랑스 사업가. 주이 면직 공장을 세움.

205 **레이디 멕베스** 셰익스피어의 비극 「멕베스」에 나오는 멕베스의 아내를 일컬음.

발레리우스 푸블리콜라 발레리우스 푸블리콜라(Valerius Publicola, 기원전 560~503). 로마 공화국의 창시자 중 한 명. 청렴하기로 유명했음.

209 **보마르셰** 피에르 보마르셰(Pierre-Augustin Caron de Beaumarchais, 1732~1799), 프랑스 18세기 극작가. 「세비야의 이발사」, 「피가로의 결혼」의 저자. 시계공의 아들로 태어나 다양한 직업에 종사하여, 음모와 술수에 능하여 부유해지고 국왕의 비밀 요원 노릇도 했다.

계단긑 나선형 계단에서 가운데 뚫린 부분.

211 **에스파르트** 밧줄, 바구니, 모자 등 식물 섬유로 만든 제품.

214 **레 알의 옛 여주인공** 시보댁이 처녀 시절 일하던 식당이 레 알 시장에 위치했음을 암시.

222 **프랑스의 술라** 루키우스 코르넬리우스 술라(Lucius Cornelius Sulla, 기원전 138~78). 로마의 정치가.

224 **그 가엾은 무어 여인** 13세기부터 교황이 종교 재판을 제정하여 이단, 이교도를 화형에 처하고 특히 여성들을 상대로 극심한 마녀 사냥이 자행되었다. 종교 재판이 가장 심하게, 오랫동안 활동한 스페인에서는 회교도 무어인들이 박해를 많이 받았다.

225 **키메라** 그리스 신화에 등장하는 머리는 사자, 몸통은 염소, 꼬리는 뱀으로 이루어진 괴물. 공상, 망상을 의미하기도 함.

231 **신앙의 산** 불어로 전당포(Mont-de-piété)의 문자적인 의미가 '신앙의 산'임. 위의 '이모', '계획'은 전당포를 흔히 돌려서 일컫는 단어들임.

팡시에 공작 부인이 사주했다고 전해짐.

298 **미식가 카토** 마르쿠스 포르키우스 카토(Marcus Porcius Cato, 기원선 95~46). 고대 로마의 문인이자 정치가.

299 **조세파** 발자크의 다른 소설에 나오는 여배우들.

310 **카프리치오** 일정한 형식 없이 자유롭고 대체로 경쾌한 기악곡.

311 **트레몰로** 음 또는 화음을 빨리 떨리는 듯이 되풀이하는 연주법.
황홀경에 빠뜨렸다 볼로냐 박물관에 있는 라파엘로의 그림 「성세실리아의 황홀경」.

334 **포토푀** 소고기 수프의 일종.

338 **묘비의 젊은이** 영국 소설가 월터 스콧의 작품 『스코틀랜드의 청교도들』(1816)에 나오는 '묘비의 늙은이'의 변형.

345 **예레미야처럼 탄식** 구약성서의 「애가」는 예루살렘의 파괴를 애통해하는 시로 이루어졌는데, 예언자 예레미야가 그 저자일 것이라 추측되어 '예레미야의 탄식'이라고도 명명된다.

352 **월요일에도 쉬지 않았어** 당시 노동자들이 때로 주말을 연장하여 월요일까지 선술집 등에서 놀던 관행을 일컫는다.

353 **그레브 광장** 파리에서 사형이 가장 많이 집행되던 곳.

355 **클리시** 파리 북쪽의 거리. 19세기에 빚을 갚지 못하는 채무자들을 가두던 감옥이 있었음.

356 **영광의 3일** 1830년 7월에 혁명이 일어난 3일(27, 28, 29일)을 불어로 일컫는 말.
샤를 켈레르 정치인 드 마르세, 조각가 스티드만, 은행가 켈레르는 발자크의 다른 소설에 나오는 인물들.

370 **키니코스학파** 인위적인 것은 배제하고 자연적인 삶을 추구했던 고대 그리스의 학파.
킨킨나투스 루키우스 퀸크티우스 킨킨나투스(Lucius Quinctius Cincinnatus, 기원전 519~430). 기원전 5~6세기에 살았던 로마의 정치가이자 군인. 로마인의 남성다운 미덕을 상징.

372   **카트르뱅 병원**   파리의 공립 병원.

377   **피에르 그라수**   발자크의 동명 단편 소설에 나오는 삼류 화가.

379   **사르다나팔로스**   고대 아시리아 왕국의 왕. 엄청난 권력을 휘둘렀고, 사치스럽고 방탕한 삶을 살았다고 알려져 있음.

380   **로베르 마케르**   19세기에 연극과 회화에서 유행한 허구적인 인물로, 파렴치한 사기꾼, 음모가의 전형.

381   **승리보다 값진 보수에의 물 한 잔**   17세기 작가 보쉬에가 왕가의 콩데 공을 위해 쓴 추도사에 나오는 문구를 인용.

382   **베랑제**   피에르 베랑제(Pierre-Jean de Béranger, 1780~1857), 19세기에 대단한 인기를 끌었던 대중가요 작사가.

391   **앞의 이야기와 더불어**   이 소설은 『사촌 베트』(1846)와 함께 '가난한 친척들'이라는 제목으로 묶여 있음. 『사촌 베트』는 자신을 소외시키는 가족을 상대로 끔찍한 복수극을 벌이는 노처녀의 이야기.

돈, 예술, 그리고 사랑

정예영(서울대 불문과 교수)

『사촌 퐁스』(1847)는 발자크가 평생 동안 집필한 200편이 넘는 장·단편 소설들 중 마지막 완성작 가운데 하나이다. 그는 항상 동시에 여러 작품을 집필했고, 미완, 또는 구상 단계로 남긴 작품 역시 여러 편이다. 그는 젊은 시절 가명으로 발표한 10여 편의 습작들, 그리고 단편집 『100편의 익살스러운 이야기들』을 제외하고, 1829년부터 집필한 90여 편의 장·단편 소설들을 1843년부터 '인간극'이라는 제목의 전집으로 구성했다. 1850년에 때 이른 죽음을 맞이하여 거대한 계획은 미완으로 남았으나, 그조차도 하나의 소우주를 이루는 데 충분하다. '인간극'이 현실 세계의 축소판이라고 할 수 있는 이유는 그 방대한 규모에만 있는 것이 아니라, 소위 '인물 재등장 수법' 덕분에 전체를 관통하는 몇 개의 굵직한 주제 의식, 나아가 사회적인 섭리, 이치가 일관되게 나타나기 때문이다. 인물 재등장 수법이란, 발자크가 같은 인물들을 여러 작품에 등장시키는 방식이다. 『사촌 퐁스』에서도, 마지막 작품인 만큼, 이전 작품들에서 주연급이었던 인물들이 조연으로 나오거나 언급된다. 가령 카뮈조 법원장 부부는 젊은 시절 『창녀들의 영광과 비참』(1838~1847)의 마지막에 주인공의 운명을 좌우하는 인물들이고, 앙셀므 포피노는 『세자르 비로토』(1837)에서 패기 넘치고 의리 있는 청년으로, 사업의 기반을 다진다. 극장주 고디사르의 외무 사원 시절은 단편 『위대한 고디사르』(1833)에서 묘사되었다. 언급만 되는 인물 중에서도 『인간극』의 단골들이 몇 있다. 풀랭이 경쟁할 생각조차 못하는 명의(名醫) 비앙숑, 소네 상사의 졸작 묘석으로 기념될 뻔했던 장관 드 마르세 등, 그 시점이 되면 발자크는 예전 작품에서 온갖 종류의 인간상을 빌려와, 그 이름만으로도 존재감을 부여할 수 있다.

이 소설의 주요 인물들인 사촌 퐁스, 수위 시보댁, 변호사 프레지에 등은 다른 작품에 등장하지 않지만 '인간극'이 구축해 놓은 세계 안으로 자연스럽게 자리를 잡는다. 다시 말해서, 그것은 황금과 권력이 모든 가치를 대신하고, 기회주의자들, 이기적이고 파렴치한 자들이 승리하는 세계이다. 물론 '인간극'에는 덕성스럽고 선한 인물들, 유능한 천재들도 있고, 심지어 몇몇 작품에서 발자크는 소수의 인재들이 사회에 긍정적인 영향을 미칠 수 있다는 믿음을 피력하기도 했다. 그러나 다소 순진한 낙관주의가 엿보이는 작품들보다 가망 없이 어두운 사회상을 냉정하고 날카로운 시선으로 꿰뚫어 볼 때 발자크의 재능이 가장 돋보인다. 그런 의미에서 '가난한 친척들'로 묶인 두 걸작 『사촌 베트』

(1846)와 『사촌 퐁스』는 진정한 '만년의 걸작'이라고 할 수 있다. 이 시기에 작가는 건강도 악화되고, 폴란드 대지주의 미망인과 고대하던 결혼도 성사되지 않아 점점 비관적인 성향으로 빠지는 상황이 원인으로 작용했겠지만, 탐욕과 이기심, 배신과 사기 따위는 '인간극'의 초기작부터 편재한 주제들이다. 두 작품 모두 가난하고 외모가 추하다는 이유로 소외되는 친척들의 이야기지만, 전작인 『사촌 베트』가 멜로드라마적인 요소가 다분히 가미된 현란한 복수극인데 비해, 후작인 『사촌 퐁스』는 기복이 적고 매우 건조한 소설이다. 작가가 사회의 윤리적, 정치적, 예술적 수준에 대해 모든 희망을 버린 듯, 비루하고 탐욕스러운 무리들이 힘없는 노인들을 처참한 죽음으로 몰고, 재산을 빼앗는 과정을 매정하고 불가항력적인 운명의 기계처럼 서술해 나가고 있다. 작품에서 각양각층의 사람들에게 포위되다시피 한 퐁스와 슈뮈크는 거미줄에 갇힌 듯 아무리 발버둥 쳐도 빠져나올 길이 없다.

1. 악의 필연성

발자크는 서양 문학사에서 '사실주의 작가'로 분류된다. 대체로 문학, 나아가 예술은, 추상적이거나 환상적이라고 할지라도, 현실을 모방한다고 할 수 있다. 그러나 19세기에 부상한 소설은 이전의 비극, 서사시 등 고급 장르들이 내세우던 위대하고 탁월한 덕을 지닌 영웅, 끔찍한 갈등을 겪는 왕과 왕비들 대신 당대 역사, 사회적 현실에 뿌리를 박은 평범한 인물들을 주인공으로 삼는다. 이들은 구체적인 삶의 여건들과 맞서야 하고, 성격과 운명이 상당 부분 그들이 속한 사회의 영향을 받는다. 가령 『사촌 퐁스』에서도, 매번 돈의 정확한 액수가 명시되는 것은 그 이전 문학에서 흔히 볼 수 없었던 사항이다. 이런 자세한 돈 계산은 인물들이 처한 상황과 그들의 심리까지 생생하게 헤아리도록 하는 데 효과적이다. 그리하여 카뮈조 부인, 시보 여인, 프레지에와 풀랭이 금전적으로 얼마나 절박하고, 따라서 얼마나 악착같이 먹잇감을 덮치려 하는지 실감이 난다. 발자크 작품 속의 악(惡)은 자의적이지 않다. 단순히 처음부터 '악인'으로 존재하는 인물은 없고, 개인적인 상황, 사회적인 요인에 의해서 어쩔 수 없이 양심을 버리고 자신의 살길을 모색하는 체스판 위의 말들만 있을 뿐이다. 1843년에 쓴 전집의 서문에서 소설가는 다음과 같이 선언하고 있다.

프랑스 사회가 역사가가 되고, 나는 그 서기에 불과하다. 악덕과 미덕의 목록을 작성하고, 정념이 파생시킨 사실들을 모으고, 인물 유형을 묘사하고, 사회의 주된 사건들을 선별하고, 일관된 여러 성격상의 특징들을 결합시켜 전형들을 구성함으로써 많은 역사가들이 잊은 역사, 즉 풍속의 역사를 쓰는 일을 해낼 수 있을 것이다.

이처럼 발자크의 목적은 표면적인 현상들 배후에 사회를 움직이는 숨은 힘들을 탐색하는 것이었다. 따라서 그는 모든 인물의 동기를 설명하기 위하여 그들이 살아온 배경, 현재 처한 상황, 심지어는 건강 상태와 주거 환경까지 섬세하게 묘사한다. 소설 분량의 절반이 되어서야 "이 시점에서 탐욕스럽고 게걸스러운 무리들이 병상 주위에 몰려들어, 그들의 손아귀에 치명적으로 놀아나는 노총각의 죽음이라는 비극, 아니 끔찍한 희극이 시작된다"(207페이지)는 말로 독자를 당혹스럽게 하는 것도, 이야기의 모든 가닥들 하나하나 엮은 뒤 모아지는 지점을 알리기 위함이다. 『사촌 퐁스』에 여러 번 등장하는 "그 이유는 다음과 같다"는 문구도 다른 작품에 수없이 사용되어 평자들의 조롱거리가 되기도 했다. 모든 현상들에 다 이유가 있다는 관점에서, 카뮈조 부인의 야심도, 레모냉크와 시보 댁의 탐욕, 풀랭과 프레지에의 한 맺힌 출세욕도 모두 저마다 충분히 정당화될 수 있고, 당연하게 보이기조차 한다. 그렇다면 선악의 구분조차 무효화된다. 이때 정글에서처럼 가장 힘이 세고 간사한 이들이 약자들을 잡아먹는 적자생존의 원리가 지배한다.

정의와 법은 법학도였던 발자크에게 중요한 관심사이다. 그가 창조한 가장 인상적인 인물인 탈옥수 보트랭(『고리오 영감』(1835), 『잃어버린 환상』(1837~1843), 『창녀들의 영광과 비참』)이 작가의 분신이라고 할 수 있을 정도로, 법 제도의 불완전함과 비리를 신랄하게 꼬집기도 했지만, 또한 법의 영역을 벗어나는 배신, 사취, 교묘한 폭력 등 일상의 사적인 불의도 부각시키고자 했다. 『사촌 퐁스』의 결말에서 비꼬듯, 그는 하늘의 응징이 있기를 간절히 바라지만, 현실은 그렇지 않다는 사실을 깨달은 지 오래다. 왕당파였던 발자크는 한때 종교와 왕정의 권위를 재확립하면 황금만능주의, 출세지상주의 등 부르주아 사회의 폐단을 바로잡을 수 있으리라는 기대를 품기도 했으나, 부르주아 계급의 세력이 커질수록 헛된 희망을 버리기에 이른다. 발자크는 이 작품에서 공증인 사무소의 서기로 일했던 경험을 살려서, 법률계의 모습과 상속 절차들을 잘 드러내고 있다. 결국 법이란 그것을 속속들이 아는 자들, 권력을 쥔 자들의 도구로 전락하여, 그 보호를 받고자 하는 힘없는 자들을 짓밟고야 만다. 모든 음모의 주범인 공증인 프레지에는 자신의 법적인 지식을 이용하여 시보댁에게 겁을 준 후 그녀를 조종하고, 퐁스의 상속자가 된 슈뮈크도 봉인 등을 통해 궁지로 몰아 사실상 막대한 재산을 포기하게 만든다. 이 모든 공작들이 그 첫째 수혜자가 될 프랑스 대법원의 법원장 카뮈조의 축복하에서 이루어진다. 시보댁은 프레지에와 상부상조하는 관계에 있을 뿐만 아니라, 자기 나름대로 수단이 좋고 다른 두 명의 탐욕스러운 공범자와 함께하기 때문에 법과 권력에 완전히 눌리지 않지만, 도와줄 친구도 없는 어리숙하고 늙은 외국인 슈뮈크는 꼼짝없이 당할 수밖에 없다. 주축이 되는 인물들 외에도 정치적인 꿈을 키우는 극장주 고디사르, 사촌에게 지휘봉을 안겨 주고픈 무용수 엘로이즈, 은퇴 후 편안한 노후를 보내고자 하는 치안 판사 비텔, 담배 가게를 탐내는 소바주 여인과 경비원 자리를 노리는 캉티네 여인 등 크고 작은 사리사

욕들까지 합류하여 그 모든 인물이 퐁스와 슈뮈크의 죽음에 일조를 하도록 수렴시키는 전개는 절정에 이른 이야기꾼의 역량을 보여 준다. 소설 끝부분에서 유일한 직접적 살인인 시보의 독살이 완전 범죄가 되어 형사법의 그물망을 빠져나가지만 '신의 섭리'에 의해 응징되는 결말은 음울한 아이러니가 아닐 수 없다. 사실 이 세계에는 신의 응징도, 정의도, 선과 악의 구분도 없고, 권력과 돈, 두 힘을 좇는 꼭두각시들만 있을 뿐이다.

2. 부르주아들과 예술

작품의 시대적인 배경이 되는 1844년은 1830년 7월 혁명으로 왕위에 오른 루이 필리프 1세의 통치, 소위 7월 왕정이 한창일 때이다. 1815년 나폴레옹의 워털루 전투 패배에 이어 복귀한 절대왕정이 혁명으로 막을 내린 후, 입헌 군주제 형태로 출범한 이 정부의 특징은 금융, 무역에 유리한 정책으로 일관하고 보통 선거에 반대하는 등 부르주아들의 이해관계에 봉사한다는 점이다. 7월 왕정의 한 총리가 국민들에게 "부자가 되시오!"라고 외쳤다는 일화는 유명하다. 잡화상으로 부유해진 다음 정치적인 권력까지 얻게 된 포피노 백작이 7월 혁명으로 출세한 대표적인 경우이다. 이때 득세한 세력이 바로 "예술에 대한 어떠한 존경심도 없[고]", "재산과 높은 사회적 지위"(22페이지)만을 중요하게 여기는 부류들이다. 18세기 프랑스의 위대한 화가 바토의 이름조차 모르고, 예술 작품이 지닐 수 있는 금전적인 가치에만 관심을 쏟는 카뮈조 부인이야말로 그런 무식한 졸부의 선형이다. 이들 중 그나마 예술에 대한 애정이 있는 사람은 끝내 퐁스의 소장품들을 사들이는 포피노 백작이다. 하지만 그는 퐁스, 또는 엘리 마귀스처럼 예술품의 가치를 진정으로 알아보고 사랑하기보다 허영심을 채우려는 속된 의도가 더 큰 것으로 보인다. 실제로 이 시기에 상업으로 부를 축적한 부르주아들은 신분 상승을 꾀하며 포피노처럼 작위를 획득하고, 귀족들의 고급 문화를 모방해 미천한 출신을 지우려는 노력을 기울였다. 1789년 프랑스 대혁명 이후에 나타난 수집의 대유행도 이와 관련된다.

퐁스가 상대하는 골동품상들의 물량을 제공해 주는 '검은 조직'은 혁명 정부 당시 주인을 잃은 귀족들의 저택과 교회, 수도원을 차지하여 그 소장품, 장식, 건축 자재까지 뜯어내어 되팔면서 큰 이익을 얻은 투기 집단이다. 이런 과정에서 문화재는 투기의 대상, 물질적인 부의 축적 수단으로 자리 잡는다. 수집품의 종류도 천차만별이고 그 규모도 다양했지만 일반적으로 19세기의 수집 활동은 경제적으로 부상한 부르주아 계층의 문화적, 지적인 욕구를 채워 주는 수단이었다. 부르주아들의 골동품, 예술 작품의 수집 관행은 부와 권력뿐만 아니라 문화적인 수준의 표지이면서, 때로 비판과 풍자의 대상이 되기도 하였다. 신문 논객들은 수집의 유행을 고유의 문화를 성립시키지 못하는 시대의 징후로 보거나, 정신적인 가치를 상실한 사회의 물질주의, 또는 소비문화를 꼬집기도 했다.『사촌 퐁스』에서도 볼 수 있듯이, 수집가라는 인물은 신문이나 문학 작품 등에서 엘리 마귀스처럼 괴팍한 기인(奇人), 또는 결말 부분에 나오는 러시아 귀족처럼 허영심 많은 댄디로 그려진다. 수집의 유행은 예술 작품이 본격적으로 시장의 상품이 되어 가는 한편, 소수의 선택받은 자들만의 전유물이었다가 국립 박물관들의 재편성, 개방과 함께 다수의 대중들이 접근할 수 있는 전시물이 되어 가는 과정에서 나타난 현상이다. 루브르 박물관에 수집품을 기부한다는 퐁스의 허위 유서가 이런 움직임을 반영한다.

물론 퐁스와 마귀스도 각자의 소장품에 대한 금전적인 가치를 중요하게 여기고, 값비싼 재료로 만든 공예품에 욕심이 있지만, 예술의 본질을 이해하고 진정으로 사랑할 줄 안다. 발자크는 "평범한 사람이 위대한 시인의 형제가 될 수 있는 유일한 능력, 다시 말해 감탄하고 이해할 줄 아는 능력은 파리에서 너무나 드물기 때문에 퐁스는 경의를 받을 만했다"(16페이지)면서 예술을 볼 줄 아는 안목을 높이 평가한다. 반면 퐁스의 유산을 손에 넣으려 맹활약을 벌이는 카뮈조 부인, 시보댁, 프레지에는 작품들을 거들떠보지도 않는다. 결국 승리는 예술 작품을 현금과 동일시하는 부르주아들에게 돌아간다. 카뮈조 가족이 퐁스의 유산을 상속받고, 그것을 다시 정략결혼으로 사돈이 된 포피노 백작에게 판다. 그 돈으로 카뮈조는 재정적인 어려움을 탈피하여 하원으로 당선되는 데 성공한다. 어떠한 잣대로도 헤아릴 수 없는, 무한한 가치의 예술 작품은 그 자체로 존재하지 못하고 뭐든지 돈으로 환원시키는 부르주아들의 손에서 다른 무엇인가의 대용품 또는 수단, 말하자면 교환 가치로 떨어지고 만 것이다.

풍스가 소장한 보물고의 최종적인 소유자인 포피노 백작은 손님의 칭찬에 예술 작품의 가치와 수에 관한 한 아무도 엘리 마귀스와 경쟁할 수 없다고 대답한다. 이 음흉한 유대인 상인의 진열실은 유럽에서 가장 값진 그림들이 가장 비밀스럽게 지켜진 신화적인 장소이고, 나중에는 풍스의 소장품 중 진수로 꼽히는 명화 4점이 옮겨지는 곳이다. 수수께끼 같은 유대인은 가장 역설적인 인물임에 틀림없다. 그는 회화 작품 앞에서 무아지경에 빠지는가 하면, 예술품과 골동품 장사로 큰 재산을 모은 장본인이고 예술을 상품화시키는 주역이자, 자본과 지식을 갖춘 예술 시장의 새로운 권위/권력이다. 발자크의 단편 『피에르 그라수』(1839)에서 벌이는 사기 행각은 그가 어떤 인물인지 밝혀 준다. 그는 삼류화가 그라수에게 옛 거장들의 화풍을 어설프게 모방한 그림을 주문한 후 예술에 대해 문외한인 부르주아를 상대로 진품 명화라고 속여 거액에 매매한다. 토피나르의 집에 있는 피에르 그라수의 초상화를 통해 작가는 이 이야기를 상기하는지도 모른다.

부르주아 사회는 진짜와 가짜의 구분을 더 이상 하지 않는다. 그들 자체가 귀족들의 문화를 모방하고, 그 신분과 정치적인 지위를 돈으로 사는 일종의 '짝퉁'이다. 돈이라는 교환 수단이 그 자체로 다른 것들을 대신하는 절대적인 잣대가 되었을 때, 가치 체계가 와해되고 돈처럼 자의적이 된다. 『사촌 퐁스』에서 예술품의 '진품' 여부가 여러 차례 언급되지만, 사실 그것은 그 예술적인 가치를 이야기하기보다는 금전적인 값을 측정하기 위한 조건이다. 이런 경우 진품처럼 보이기만 하면 되는 것이지, 실제로 그러한가는 중요하지 않다. 이는 인간관계에서도 마찬가지여서, 사람의 가치도 그 고유의 인간성, 존재보다 가진 것, 표면적으로 드러나는 모습으로 매겨진다. 그래서 "의사에게는 의학적인 지식보다 마차가 더 중요"(198페이지)하고, 퐁스와 틀어진 카뮈조 부인의 그럴듯한 해명을 모두가 확인도 없이 믿어 버린다. 작품 속 세상은 퐁스나 슈뮈크 같은 이들이 늙고, 추하고, 가난하다는 이유로 배척과 횡포를 당하고, 무능한 카뮈조, 파렴치한 프레지에가 금전과 권력에 힘입어 출세하는 곳이다. 이런 의미에서 벤야민, 보드리야르와 같은 철학자들이 19세기에 "위조와 복제의 시대"가 열렸다고 한 바 있다. 발자크는 그래도 '진실'이 어쨌든 존재하고, 그것을 찾는 일이 작가의 의무라고 생각했기 때문에 자신이 서술하는 이야기의 진실성에 대해 독자의 신뢰를 얻을 필요를 느낀다. "이 이야기는 불행히도 그 모든 세부까지 너무나 사실적"(391페이지)이라고 확언하고, 마지막에는 "필경사의 실수를 용서"(394페이지)해 달라고 당부함으로써 다시 한 번 소설이 허구, 거짓이 아님을 강조한다.

3. 무한한 욕망, 무한한 선물

『사촌 퐁스』의 사실성은 인물의 개성을 돋보이게 하고 실제로 살아 숨 쉬는 듯이 그려 내는 솜씨에 기인하는 바가 크다. 소설 첫 부분에서 괴상한 퐁스의 차림과 얼굴 묘사는 오늘날의 한국 독자들에게 시각적으로 잘 다가오지 않는 면이 더러 있지만 충분히 인물의 성격, 인간됨을 알려 주고 존재에 두께를 부여한다. 비슷한 방식으로, 슈뮈크, 카뮈조 부인, 시보택, 프레지에 등은 우리에게 금세 친숙해진다. 역자에게 가장 곤혹스러웠던 슈뮈크, 레모냉크의 사투리도, 발자크의 창작물이지만, 그 인물 성격의 일부가 되어 생동감을 준다. 슈뮈크의 어리숙하고 나약한 마음씨는 어눌한 말투와 불가분의 관계에 있고, 레모냉크의 우스꽝스러우면서도 비루한 성격은 그 기이한 사투리에 묻어 있는 듯하다. 또, 아무 데나 'ㄴ'을 첨가하는 시보택의 입버릇은 그녀의 저열함을 더욱 부각시킨다. 카뮈조 부인의 메마른 몸과 손은 그녀의 심성을 보여 주는 거울이고, 마찬가지로 프레지에의 삐꺽거리는 목소리, 파충류와 같은 외모는 그가 얼마나 엉큼하고 유독한지를 더욱 실감나게 한다. 이와 같은 인물의 외양, 말투, 목소리, 그리고 말과 행동들은 무엇보다 그들이 사로잡힌 정념, 욕망을 표현한다. 발자크의 인물들이 모두 저마다 특유의 매력을 발산하는 것은 각자에게서 뿜어져 나오는 열정 때문이다. 각각 다른 종류의 탐욕에 의해 움직이는 카뮈조 부인, 시보택, 프레지에, 레모냉크는 물론이고, 그들의 희생양이 되는 퐁스와 슈뮈크도 이에 못지않은 열정을 지니고 있다. 슈뮈크의 음악적인 재능은 쇼팽과 리스트에 비견될 정도로 천재성에 가깝고 친구를 향한 애틋한 사랑은 어떤 열녀도 무색케 할 경지이다. 하지만 이 비극적인 이야기의 발단은 주인공 퐁스 본인의 무절제한 욕망이라고 해도 과언이 아니다. 다시 말해, 그림에 대한 사랑과 좋은 음식에 대한 식탐이 그를 파멸시킨 일차적인 요인이라고 할 수 있다.

이 두 개의 '기벽'은 여자를 제대로 알지 못한 이 사내에게 충족되지 못하는 성욕, 애정 욕구에 대한 보상이라는 사실, 말하자면, "맛있는 음식과 수집은 그에게 여인의 구실을 했"음이 명시된다(24페이지). 특히 식도락은 퐁스에게 최고의 육체적인 쾌락을 선사하고, 그를 중독 상태에 빠뜨리다시피 한다. 그는 친척들의 홀대로 고통을 받으면서도 그들의 식탁이 아쉬워서 계속 왕래를 하며 온갖 모욕을 감수한다. 그러다가 카뮈조의 딸 세실이 도를 넘어선 일격을 가해 발걸음을 끊지만, 식탐이 충족되지 않아 병이 날 지경에 이른다. 요리를 해 주는, 게다가 "이지니산 버터 덩어리" 같은 시보댁에 대해서도 마치 어머니에게 보살핌을 받는 어린아이처럼 지나치게 의존적이 된다. 이렇게 그는 항상 누군가에게 음식을 얻어먹어야 하는 유아적인 위치에 처하는데, 프로이트 용어를 빌자면 구순기적인 욕망에 머물러 있는 것이다. 구순기란 태어나서 18개월까지 나타나는 성 심리 발달의 첫 단계로, 유아가 젖을 빠는 행위 등에서 입을 통해 쾌락을 알게 되는 시기이다. 이때 아이는 그런 구강적인 쾌락을 주는 존재, 흔히 어머니 또는 유모와 강한 애착 관계를 형성하는 한편, 그 사람에게 완전히 의존하게 된다. 퐁스에게 먹을 것을 제공함으로써 어머니의 역할을 하는 인물들은 곧 그에게 횡포와 억압을 마음껏 가하는 폭군으로서 모습을 드러낸다. 퐁스, 그리고 슈뮈크도 동화 속에서 계모에게 학대당하는 아이들처럼, 어머니를 벗어나지 못한 영원한 어린이들이다.

수집벽도 한번 쥔 물건을 놓지 않고 점유하려는 일종의 유아적인 습관이다. 그런 측면에서 부의 축적에 전념하는 부르주아들과 유사하다. 그러나 퐁스의 경우, 양적인 축적, 팽창만을 추구하는 이들과는 달리, 예술을 통한 질적인 승화라는 점에서 특별하다. 양적인 계산, 수직적인 상승이 이성적인 '성인'이 사고하는 방식이라면, 퐁스는 이에 저항하며 그와는 다른 데서 삶의 가치를 찾는다. 이미 이야기했듯이, 그도 예술품의 값을 따지지만, 그것은 자신의 재산을 돈으로 환산하려는 것과 무관하게, 가격을 매길 수 없는 절대적인 가치를 역설하기 위한 것이다. 바토가 그린 부채에 대해서 "그 가치의 백 분의 일도 주지 않았"다고 밝히고, 슈뮈크가 그림을 팔았다는 이야기에도 "그 스무 배는 나가는 작품들"이라고 펄쩍 뛴다. 이는 실제로 어떤 액수를 상정하기보다 그 고유의 가치를 지불해야 한다면 살 수도 팔 수도 없다는 의미로 받아들여야 한다. 예술 작품이야말로 경제적인 논리에서 벗어나는 일탈의 영역이다. 사실 자본주의 경제의 효율성과 생산성의 관점에서 퐁스와 슈뮈크는 비생산적인 낭비, 잉여에 속한다. 특히 퐁스의 식탐은 부르주아들 눈에 아무것도 가져다주지 않는 순전한 소비 행위이기에 그는 '식충', '세금'으로 취급받는다. 그들에게 재미와 오락을 제공해 줄 때까지는 받아들였지만, 그때조차 그가 들려주는 음악, 얻어 주는 극장표는 허영심을 충족시키는 장식물에 불과하다. 늙으면서 불필요해진 퐁스는 게다가 쓸모가 없는 물건들을 긁어모으는 취미에 몰두하니, 부르주아에게 이보다 한심하고 우스꽝스러울 수 없다. 카뮈조 부인은 그의 소장품의 금전적인 가치를 알기 전까지 바토가 그린 부채와 같은 작품들을 레모냉크가 장사하는 고철과 비슷한 것으로 여긴다. 소설의 초반에 퐁스를 웃음거리처럼 묘사하는 부분에서 오히려 그를 비웃는 자들을 향한 화자의 냉소가 엿보인다.

미식에 대한 욕구 때문에 퐁스는 어쩔 수 없이 실물을 주고받아야 하는 교환 체계 속에 들어가지만, 더 이상 줄 것이 없어지자 전 재산을 걸고 카뮈조의 딸을 결혼시킴으로써 평생 식권을 얻으려 한다. 부르주아의 결혼은 세실 카뮈조와 포피노 자작의 결합에서 알 수 있듯이 가장 기본적인 상업 거래인만큼, '불쌍한 퐁스'는 브루너와의 결혼이 무산되었을 때 엄청난 원한을 '사고' 완전히 추방당한다. 그로 인해 얻은 병 때문에 그는 또 다른 의존 관계에 빠지지만 이해관계로 얼룩진 세상을 제대로 알아볼 수 있게 된다. 곧 자신이 사랑하는 예술마저 돈의 논리에 오염되었음을 깨닫고 유일하게 맹목적이고 순수한 선물로 다가오는 것, 우정을 위해 마지막 힘을 쏟기로 결심한다. 평자에 따라서 슈뮈크를 포괄 상속자로 만듦으로써 또다시 사회적인 논리에 말려들어 친구를 탐욕의 표적이 되게 하는 결과를 자초했다고 여기기도 한다. 왕립 박물관에 기증했으면 친구의 생계도 보장될 뿐더러 예술의 가치를 가장 잘 보존했을지도 모른다. 그러나 퐁스는 이미 그런 계산까지 초월하여, 구분 없이 물질이든 비물질이든 가진 것을 모두 슈뮈크에게 주고자 한다. 퐁스가 "자네에게 내 마음과, 내 모든 사랑을 줬다"고 이야기하듯이, 그것은 개별적인 것들을 넘어서 사랑의 표현 그 자체이다. 그러므로 어떤 양적인 측정이 불가능하다는 점에서 예술과 가장 동질적인 것이 된다. 여기에 슈뮈크는 준 것을 '소유'함으로써가 아니라, 자신의 생명을 죽어 가는 퐁스에게 불어넣은 다음, 스스로를 초월하는 영감으로 "꾀꼬리처럼 한없이, 그 위에 펼쳐진 하늘처럼 숭고하게, 트레몰로로 가득 채우는 숲처럼 다채롭고 울창하게"(311페이지) 천상의 음악을 들려주는 등 온 존재로 화답한다. 그는 퐁스를 끝내 무덤까지 따라간다. 두 사람의 관계는 무엇을 주고 이에 보답하는 교환 관계가 아니라 자기의 전적이고 무한한 선물에 기반한다.

퐁스와 슈뮈크의 우정은 맹금들의 온갖 권모술수에 가려져 부차적인 주제처럼 느껴진다. 하지만 흉흉한 대양 가운데 솟은 작은 섬처럼, 그들의 사랑과 우정, 토피나르의 온정은 인간이 교환이 아닌 무상의 선물로 관계 맺는 존재임을, 욕망이 단지 탐욕의 형태로만 발휘되지 않음을 반증한다. 20세기 프랑스 철학자이자 소설가 조르주 바타유는 효율성과 생산성 위주의 자본주의 경제에서 축제, 선물 등 쓸모없는 것으로 정의되는 잉여분을 '저주받은 몫'이라고 명명하였다. 자식도 없는 비생산적인 두 노음악가는 비참하게 짓밟히지만, 궁극적으로 이런 일탈의 공간은 어떤 형태로든 다시 나타난다. 19세기 중후반에 시인 보들레르, 랭보, 화가 모딜리아니 등 부르주아 사회에 반발하여 보헤미안과 같은 삶을 영위했던 일련의 예술가와 문인들이 그것의 발현이다. 앞으로도 예술과 문학이 저주받은 몫을 이어받을 수 있을까.

판본 소개

　『사촌 퐁스(*Le Cousin Pons*)』는 1847년 3월에서 5월까지 프랑스 일간지 「공화정(Le Constitutionnel)」에 30회에 걸쳐 연재된다. 이때 31개의 장으로 나뉘어, 각 장에 제목이 붙었다. 연재된 직후에 작가의 수정을 거쳐 페티옹(Pétion) 출판사에서 두 권의 단행본으로 출간되고, 같은 해 10월에 또 다른 일간지 「세기(Le Siècle)」에 10~11월 동안 연재된다. 후자에서 장의 수는 45개가 되고 제목이 삭제되었다. 최종적으로 1848년에 퓌른(Furne) 출판사에서 나온 전집 '인간극(*La Comédie humaine*)'의 제17권으로 더해지는데, 발자크가 「세기」지에 연재되었던 글을 수정하고 장 구분을 모두 없앴다. 그 후 작가가 출판사에 넘기지 않고 퓌른 판 '인간극'에 개인적으로 가한 수정 사항들을 반영하여 소위 '수정된 퓌른 판'이 그의 사후인 1865년에 레비(Lévy) 출판사에서 나오지만, 『사촌 퐁스』에 대한 수정은 발견되지 않아 기존 퓌른 판의 글과 동일하다. 수정된 퓌른 판은 발자크 연구자 피에르

조르주 카스텍스(Pierre-Georges Castex)가 편집하여 1976년에서 1981년 사이에 길리마르(Gallimard) 출판사의 플레이아드 총서(Bibliothèque de la Pléiade) 12권으로 나왔고, 이 작품은 그중 제7권에 속한다. 본 번역은 이 판본을 대본으로 삼았다.

오노레 드 발자크 연보*

1799　**5월 20일**　오노레 드 발자크가 프랑스 투르에서 출생. 생시르라는 근방 마을에 사는 유모에게 맡겨짐.

1803　유모를 떠나 투르의 부모 집으로 들어감. 군식량 공급 부서에서 일하던 아버지가 그해 종합병원장이 됨.

1804　투르에 있는 르게 기숙학교 입학.

1807　**6월 22일**　방돔의 오라토리오회 수도사 학교에 입학. **12월 21일** 아버지가 다른 동생인 앙리의 출생. 사생아인 그에 대한 어머니의 편애는 오노레의 어린 시절을 불행하게 만든다. 후에 발자크는 앙리의 아버지인 장 드 마르곤과 친해짐.

1814　**6~7월**　과도한 독서가 이유인 것으로 추정되었던 건강 악화로 집에서 1년간 요양 후 투르 중학교에 입학. **11월** 아버지가 파리에서 식량 공급 부서장으로 임명됨. 오노레도 1816년까지 그곳에서 중등교육을 마침.

1816~1818　소르본 법대 강의 수료. 여러 법조인 사무실에서 비서로 일함. 이런 경험이 이후 그의 소설에 많이 반영된다. 「철학과 종교에 관한

---

* 다작인 관계로 주요 작품의 출판 연도만 명시했음.

소고」와 「영혼의 불멸에 관한 소고」를 집필. 평생 간직할 철학적인 취향의 첫 발현.

1819   1월 4일 법학과 졸업. 8월 그가 공증인이 되기를 희망하던 부모의 뜻과 달리 파리의 한 다락방으로 독립하여 글을 쓰기 시작.

1819~1820   겨울에 운율을 지킨 5막짜리 희곡 「크롬웰」 집필. 콜레주 드 프랑스(공개강좌제 고등교육기관) 교수인 앙드리외는 이를 읽고 졸작이라고 평하며 발자크에게 작가의 꿈을 접으라고 충고. 9월 1일 제비뽑기에서 운이 좋아 군대를 면제받음.

1821   6월 44세의 로르 드 베르니와의 만남. 1822년에 그의 연인이 됨. 인생의 여러 분야에 그를 입문시키고 계속 가장 든든한 지지자, 조언자로 남음.

1822   가명으로, 때로 공저로 상업적인 대중 소설들을 다수 집필(1827년까지).

1825   4~5월 아브란테스 공작 부인과 만남. 그녀와 연인 사이가 됨.

1826   파리에 인쇄소 개업. 빚을 내기 시작.

1828   8월 12일 인쇄소 처분. 약 6만 프랑의 빚을 남김.

1829   3월 『올빼미 당원』 출간. 발자크라는 실명으로 출판된 최초의 작품.

1830   『사생활 전경』(2권) 출간. 고된 집필 활동. 사교계 생활과 금전적 낭비. 많은 문인들과 사귐.

1831   8월 1일 『양피 가죽』 발표. 9월 『철학 소설과 단편』 발표.

1832   4월 『익살스런 단편』 10편 출간. 5월 『사생활 전경』(4권) 재판. 10월 『신 철학 단편집』 발표.

1833   7월 『익살스런 단편』 다음 10편 출간. 9월 『시골 의사』 발표. 9월 25일 한스카 부인과 뇌샤텔에서 첫 만남. 12월 『전원 생활 전경』의 1, 2권 출간.

1834   1월 26일 한스카 부인과 연애 시작. 4월 『파리 생활 전경』(2권) 출간. 10월 기도보니 비스콘티 백작 부인과 만남, 연애 시작. 12월 『철학 연구』 출간.

1835   3월 『고리오 영감』. 5~6월 한스카 부인과 빈에서 체류. 12월 『루이

랑베르』,『추방자들』,『세라피타』 발표.

1836 6월 『골짜기의 백합』 출간. 7월 발자크가 주주였던 잡지『파리 일보』 파산. 7~8월 남장한 마르부티 부인과 토리노 여행. 7월 27일 베르니 부인의 별세. 9월『철학 연구』계속.

1837 2월 『노처녀』,『잃어버린 환상』의 첫 부분 발표. 7월 빚 때문에 고소 됨. 기도보니 비스콘티 백작 부인의 집으로 피신. 그녀가 그의 빚을 갚고 감옥행을 면해 줌.

1838 2~3월 노앙의 조르주 상드 저택에 체류. 3~6월 코르시카와 이탈리 아 여행.

1839 6월 『잃어버린 환상』 2부 발표.

1841 5월 29일 『시골 사제』 발표. 10월 2일『인간극』 출판을 위해 퓌른 출 판사와 계약. 1842년에서 1847년까지 17권으로 나옴. 사후에 한 권 추가됨. 11월 10일 한스카 부인의 남편 별세. 발자크는 그녀와 결혼하 기를 희망.

1843 7~10월 상트페테르부르크에서 한스카 부인 곁에 체류. 8월『잃어버 린 환상』 발표. 10월 건강 악화.

1845 4월 24일 프랑스 명예 훈장을 수여받음. 12월 한림원에 지원하나 실패.

1846 3~5월 한스카 부인과 로마, 스위스, 독일 여행.

1847 2~5월 한스카 부인의 파리 체류. 4~5월『잃어버린 환상』 완간. 5월 『사촌 베트』,『사촌 퐁스』 출간. 9월 5일 비르초브니아(폴란드)의 한 스카 부인 집으로 떠나 5개월간 체류.

1848 2월 15일 혁명으로 여러 계획에 차질이 생김.

1849 1월 한림원에서 또 고배. 건강의 심각한 악화.

1850 3월 14일 한스카 부인과 우크라이나에서 결혼. 5월 20일 파리로 돌아 옴. 앓아누움. 8월 18일 빅토르 위고의 문병. 그날 밤 별세.

새롭게 을유세계문학전집을 펴내며

을유문화사는 이미 지난 1959년부터 국내 최초로 세계문학전집을 출간한 바 있습니다. 이번에 을유세계문학전집을 완전히 새롭게 마련하게 된 것은 우리가 직면한 문화적 상황에 적극적으로 대응하기 위해서입니다. 새로운 을유세계문학전집은 세계문학의 역할이 그 어느 때보다 중요해졌다는 인식에서 출발했습니다. 오늘날 세계에서 타자에 대한 이해는 우리의 안전과 행복에 직결되고 있습니다. 세계문학은 지구상의 다양한 문화들이 평등하게 소통하고, 이질적인 구성원들이 평화롭게 공존할 수 있는 문화적인 힘을 길러 줍니다.

을유세계문학전집은 세계문학을 통해 우리가 이런 힘을 길러 나가야 한다는 믿음으로 만들어졌습니다. 지난 5년간 이를 준비하기 위해 많은 노력을 기울였습니다. 세계 각국의 다양한 삶의 방식과 문화적 성취가 살아 있는 작품들, 새로운 번역이 필요한 고전들과 새롭게 소개해야 할 우리 시대의 작품들을 선정했습니다. 우리나라 최고의 역자들이 이들 작품 속 한 문장 한 문장의 숨결을 생생히 전하기 위해 심혈을 기울였습니다. 또한 역자들은 단순히 번역만 한 것이 아니라 다른 작품의 번역을 꼼꼼히 검토해 주었습니다. 을유세계문학전집은 번역된 작품 하나하나가 정본(定本)으로 인정받고 대우받을 수 있도록 최선을 다 했습니다. 세계문학이 여러 경계를 넘어 우리 사회 안에서 주어진 소임을 하게 되기를 바라며 을유세계문학전집을 내놓습니다.

을유세계문학전집 편집위원단

김월회(서울대 중문과 교수)
박종소(서울대 노문과 교수)
손영주(서울대 영문과 교수)
신정환(한국외대 스페인어통번역학과 교수)
정지용(성균관대 프랑스어문학과 교수)
최윤영(서울대 독문과 교수)

을유세계문학전집

을유세계문학전집은 계속 출간됩니다.

을유세계문학전집 연표